Andy Hermann

Der Peruaner

Dritter Band der Reihe „Das Seelenkarussell"

Bibliographische Information der Deutschen Nationalbibliothek:

Die Deutsche Nationalbibliothek verzeichnet diese Publikation in der Deutschen Nationalbibliographie, detaillierte bibliographische Daten sind im Internet über dnb.dnb.de abrufbar.

TWENTYSIX – Der Self-Publishing-Verlag

Eine Kooperation zwischen der Verlagsgruppe Random House und BoD – Books on Demand

Texte: © 2020 Copyright Andy Hermann
Einband: © 2020 Copyright Andy Hermann

Herstellung und Verlag:

BoD – Books on Demand, Norderstedt

ISBN: 978-3-7407-6796-9

Vorbemerkung

Diese Geschichte und sämtliche darin handelnden Personen und Organisationen sind frei erfunden. Ähnlichkeiten mit lebenden oder toten Personen, Organisationen und politischen Parteien sind rein zufällig und erlauben keine wie immer gearteten Rückschlüsse auf diese oder deren Meinungen und Handlungen.

Die Geschichte handelt in einer Zukunft, die vielleicht nur wenige Wochen von unserer Gegenwart entfernt ist.

Danksagung

Ganz besonders bedanken möchte ich mich bei Evelyn, denn ohne ihre Geduld mit dem Autor wäre das Buch wohl nie fertig geworden, bei Barbara, welche das Lektorat innehatte und bei Daniel, der uns als Experte so manche Plätze mit ganz spezieller Energie gezeigt hat und viele Erklärungen zum spirituellen Bewusstsein und über Pacha Mama geliefert hat.

Kapitel 1 – Tag 12

Vera sah nervös auf ihre Armbanduhr, sie waren verdammt spät dran, um ihren Flug in Wien Schwechat noch zu erreichen. Neben ihr auf der Rückbank des Taxis saß ihr Sohn Henry, gerade einmal acht Jahre alt.

Draußen glitt der Stadtrand von Wiens Südosten vorbei. Linkerhand endete der Prater mit seinen alten Auwäldern, rechterhand erstreckten sich endlose Gewerbegebiete und Sozialbauten der Gemeinde Wien.

Vera überlegte zum x-ten Mal an diesem Tag, ob es richtig war, Henry in diese Sache mit hinein zu ziehen. Aber eine Mutter gehört nun einmal zu ihrem Kind. Er wirkte noch so zart und zerbrechlich, wie er am Rücksitz des Taxis neben ihr saß, er war einer der Kleinsten in seiner Klasse.

Vera wandte sich um und blickte durch das Heckfenster, um zu sehen, ob ihnen ein Wagen folgte. Doch sie sah nur eine endlose Kolonne von Fahrzeugen im Licht der untergehenden Sonne. Alles Pendler, die heim zu ihren Familien wollten, dachte Vera.

„Beruhige deine Nerven, du kannst nicht erkennen, ob ihr verfolgt werdet, das merkst du erst am Flughafen, wenn sie dich aufhalten. Oder am Gate, im letzten Moment", kam kurz Panik hoch.

Wie kam sie überhaupt dazu, flüchten zu müssen. Vera Rauhenstein war Chefredakteurin und Programmdirektorin in einer Person. Sie war für das Programm des Channels „Power of Family", kurz POF genannt, verantwortlich. Der

Channel hatte als kleine Internet-Plattform im Schatten der PRO, der Partei für Recht und Ordnung, begonnen, war aber unter Veras Chefredaktion seit zwei Jahren auch als TV Format erfolgreich. Mit Otto Rauhenstein, einem sehr wohlhabenden Geschäftsmann, der sein Geld im Osthandel verdiente, war sie seit acht Jahren glücklich verheiratet. Henry war ihr gemeinsamer Sohn.

Das Dumme war, dass Otto derzeit in Georgien geschäftlich unterwegs war und sie ihn am Handy seit Stunden nicht erreichen konnte. Das gab es normalerweise nie. Otto war bisher immer erreichbar gewesen.

So wusste Otto Rauhenstein nichts von der heutigen Katastrophe, weshalb sie mit ihrem Sohn so dringend zum Flughafen musste, um außer Landes zu fliehen. Und sie hatte sich auch nicht mit ihm beraten können, ob die Flucht überhaupt sinnvoll war.

Vorne leuchteten Bremslichter auf, der Verkehr kam zum Stillstand und in weniger als einer Stunde würde ihr Flieger nach Madrid abheben. Für einen Stau gab es jetzt einfach keine Zeit. Doch der dichte Abendverkehr auf der A4 kam hier, bei der Einmündung der Wiener Außenringschnellstraße fast täglich zum Erliegen.

Vera biss sich auf die Lippen, wenn Henry nur kein Theater machte. Sie wusste, ihre Nervosität war ansteckend und ein in Tränen aufgelöster Henry war das Letzte, was sie in ihrer Situation jetzt brauchen konnte.

Schon standen sie im Stau, sie konnte dem Fahrer keinen Vorwurf machen, er hielt sich an die Vorschriften.

„Wir kommen zu spät", quengelte Henry, der für sein Alter sehr aufgeweckt war, und genau wusste, dass sie auf der Flucht waren.

Vera versuchte ihn zu besänftigen, doch Henry rief, „Mama, was machen wir, wenn wir den Flieger nicht kriegen, dann können wir nicht zu Papa."

„Wir kommen zu Papa, mach dir keine Sorgen", erwiderte Vera, die selbst nicht davon überzeugt war.

„Ist es schon sehr knapp?", schaltete sich der Fahrer des Taxis plötzlich ins Gespräch ein.

„Ja, leider, wir sind viel zu spät dran, die Maschine wird ohne uns starten. Es war noch so vieles zu erledigen", entschuldigte sich Vera.

„Können Sie umbuchen?", erkundigte sich der Fahrer verständnisvoll.

„Nein, wenn der Flieger weg ist, ist alles weg, die ganze Reise ist dann gelaufen", rief Vera, die ihre Verzweiflung nur mühsam beherrschen konnte.

„Na gut, wenn Sie mir die Strafe zahlen, dann bringe ich Sie zum Flieger", erklärte der Taxler entschlossen und lenkte den Wagen in die Rettungsgasse, die von den Kolonnen der vor ihnen stehenden Autos glücklicherweise freigehalten worden war und stieg aufs Gaspedal.

Das Befahren von Rettungsgassen ist nur Einsatzfahrzeugen vorbehalten und für alle anderen streng verboten, doch kurz vor dem Flughafen drücken sie oft ein Auge zu, meinte der Taxler schmunzelnd. „Damit der Kleine seinen Vater wiedersehen kann."

Bei der Flughafenausfahrt drängte sich das Taxi quer durch zwei stehende Kolonnen durch und schon waren sie beim Eingang der Abflughalle am Terminal Drei. Vera drückte dem Taxler noch einen zusätzlichen Hunderteuroschein in die Hand und schon rannten sie in Richtung Security Check, denn viel Gepäck hatten sie nicht. Nur jeder einen kleinen Trolley der beim Check-In gerade noch als Handgepäck durchging.

Vera hatte die Tickets erst vor drei Stunden gebucht, auf eine Weise, wie sie noch nie im Leben Flugtickets gebucht hatte. Es war für sie richtig unheimlich gewesen, was es für verborgene Möglichkeiten gab, wenn die richtigen Leute aktiv wurden. Regulär wäre ihr Flugtermin erst in einem Monat möglich gewesen.

Vera war so geistesgegenwärtig gewesen, die Boardingcards gleich über das Internet zu lösen und zu Hause auszudrucken. Am Smartphone würden sie wenig Sinn machen, denn ihr geliebtes Smartphone hatte sie in ihrer Wohnung zurücklassen müssen.

Beim Security Check schlug ihr Herz bis zum Hals, es waren ungewöhnlich wenige Leute vor ihnen, sie mussten nicht lange warten. Niemand wollte ihren Pass sehen und niemand hielt sie auf. Vera war erleichtert und für Henry war es ein großes Abenteuer, er war noch nicht so oft geflogen. Für ihn war es immer spannend, auf einem Flughafen zu sein, da gab es so viel zu sehen und zu staunen.

Diesmal hatten sie überhaupt keine Zeit für all die schönen Dinge, die es hier zu bestaunen gab. Im Eilschritt stürmten sie an den Restaurants vorbei. Für Henry gab es nicht einmal ein Sandwich obwohl jetzt Abendessenszeit war.

Vera zog ihn unbarmherzig weiter, denn vor ihnen lag der endlose lange Gang zu den Gates und der Fliege nach Madrid hatte am äußersten Ende angedockt.

Als sie das erkannten, mussten sie Laufschritt einlegen und kamen ganz außer Atem beim Gate an. Dort waren keinerlei Passagiere mehr zu sehen, die Stewardess am Schalter wollte eben das Absperrband vor den Ausgang zum Flugzeug legen, als ihre Kollegin rief, „Da kommen noch welche."

Vera warf ihr einen dankbaren Blick zu, als sie durchgewunken wurden und die Stewardessen Henry noch halfen, seine Boarding Card über den Scanner zu ziehen.

Dann waren sie schon in der Kabine und noch bevor sie ihre Plätze in der vorletzten Reihe erreicht hatten, wurde die Kabinentür bereits geschlossen, das „Boarding completed" ertönte im Lautsprecher und die Maschine begann, sich in Richtung Startbahn zu bewegen.

Kapitel 2

Erschöpft ließ sich Vera in die Polster ihres Mittelsitzes sinken, während Henry, einen Fensterplatz hatte und begeistert auf die Lichter der Wiener Stadt hinunterblickte, die rasch immer kleiner wurden. Bald durchstießen sie im Steigflug die dünne Wolkendecke und das helle Licht der für sie nun wieder aufgegangenen Abendsonne drang durch die Kabinenfenster.

Vera Rauhenstein schloss die Augen und versuchte sich zu entspannen. Das war noch einmal gut gegangen, der erste Teil ihrer Flucht war gelungen. An Bord waren sie jetzt einmal sicher und niemand konnte sie verhaften oder in die Luft sprengen.

*

Dann ließ sie den heutigen Tag vor ihrem geistigen Auge ablaufen. Heute Morgen, als ihr Smartphone läutete, war sie noch Chefin eines erfolgreichen und für Österreichische Verhältnisse reichweitenstarken TV Channels gewesen, der sowohl im Internet, als auch mittels Satellitenschüssel empfangen werden konnte.

Und heute Abend ist sie mit ihrem Sohn auf der Flucht und weiß nicht, ob sie jemals wieder Chefredakteurin ihres Senders sein könnte, oder ob sie stattdessen in irgendeiner Gefängniszelle vermodern würde.

Sie hätte den Anruf heute Morgen nicht annehmen sollen, doch nun war es zu spät. Der Mann hatte sich mit fremdem Akzent als Geschäftsfreund ihres Schwiegervaters vorgestellt. Dr. Gerasimov hatte er sich genannt.

Vera war in Eile gewesen, da sie Henry noch zur Schule bringen musste, und selber beim POF, wie alle ihren Sender nannten, um neun den ersten Termin des Tages hatte. Deshalb war ihr das Merkwürdige an diesem Anruf nicht aufgefallen und sie hatte einem Treffen mit Dr. Gerasimov zugestimmt. In der Eile hatte sie nicht daran gedacht,

Heinrich, ihren Schwiegervater in Wien, oder Otto, ihren Ehemann in Tiflis darüber zu informieren.

Denn normalerweise kümmerte sie sich nicht um die Geschäfte ihres Schwiegervaters, der mit Import und Export in die Länder der ehemaligen Sowjetunion sehr viel Geld gemacht hatte, den Grundstein seines Vermögens aber vor vielen Jahrzehnten in England gelegt hatte.

Otto Rauhenstein, wie Vera gerade vierunddreißig Jahre alt geworden, arbeitete in der väterlichen Firma immer intensiver mit, da ihn der Job eines stellvertretenden Parteivorsitzenden der Partei für Recht und Ordnung immer weniger interessierte. Sein Vater Heinrich war in das Alter gekommen, in dem er sich schön langsam aus dem Geschäftsleben zurückziehen - und seinem Sohn alles übergeben wollte.

Denn in der Partei für Recht und Ordnung hatte inzwischen die Fraktion der Hardliner das Sagen, seit der Oberösterreichische Landesparteiführer Hugo Heinrichs die Leitung der Bundespartei vor einigen Jahren übernommen hatte.

Die von Vera initiierte liebevollere und verständnisvollere Linie hatte sich in der Partei langfristig nicht durchsetzen können, da sie nicht den gewaltigen Stimmenzuwachs gebracht hatte, den Hugo Heinrichs vehement gefordert hatte. Otto, der damals in allen Medien als neuer Bundesparteivorsitzender fix gehandelt worden war, hätte beinahe alle Ämter in der Partei hingeschmissen, war aber dann noch als einer von drei Stellvertretern im Leitungsgremium der PRO verblieben.

Trotz dieses Misserfolges der von Vera damals neu konzipierten menschlichen Parteilinie, war er immer zu seiner Frau gestanden, denn inzwischen war auch er von der Richtigkeit ihrer liebevolleren Politik überzeugt.

Der einzige dauerhafte Erfolg dieser sanften Linie war das Format „Power of Family", kurz POF genannt, die Internetplattform für die ganze Familie mit alternativen und zugleich konservativen Werten. Das war alleine der Erfolg von Vera gewesen, die den Spagat zwischen den Lagern schaffte, indem sie jeden Hass und jede Hetze aus ihrem Kanal draußen hielt. Sie war so erfolgreich gewesen, dass daraus ein TV Format geworden war. Ihre Kritiker spotteten zwar, dies sei nur die „Schöne heile Welt", die da gezeigt würde, die brutale Wirklichkeit sei ganz anders, aber das Publikum wollte eben genau diese heile Welt sehen und hören und sich daran beteiligen. Von Krieg, Horror und politischer Intrige hatten viele schon die Nase gestrichen voll.

POF hatte sich von der Partei schon recht weit entfernt, es gab nur mehr eine lose Verbindung, und das linke Lager Österreichs konnte diesen Sender politisch überhaupt nicht mehr einordnen. Waren das jetzt böse Rechte, die so lieb auftraten, dass man sie erst recht fürchten musste, oder waren das verkappte Linke, die in der Tarnung als Konservative daherkamen und deshalb noch gefährlicher waren. Der Sender hatte etwas, das andere Privatsender nicht hatten, nämlich Vera mit ihrer gewissen Spiritualität und geheimnisvollen Aura.

Wenn sie eine Diskussion selbst moderierte, dann war das Publikum jedes Mal gebannt dabei, denn die Teilnehmer gaben dabei oft Dinge preis, die sie lieber verborgen hätten. Doch Vera schaffte es mit lockerem freundlichen Plauderton aggressive Teilnehmer zu besänftigen und eine friedliche und verständnisvolle Atmosphäre ins Studio zu zaubern, der sich letztendlich kein Teilnehmer entziehen konnte.

Und das alles sollte nun vorbei sein, nur wegen der Ereignisse des heutigen Tages, dachte Vera und erinnerte sich an heute Vormittag.

Um elf Uhr traf sie sich mit Dr. Gerasimov in einem frequentierten Kaffeehaus an der Ringstraße neben einer Station der U-Bahnlinie U3. Dort musste sie erkennen, dass der Akzent von Dr. Gerasimov nicht russisch, sondern amerikanisch war. Er sah aus, wie ein amerikanischer Geschäftsmann in seinen Vierzigern.

Ihr Instinkt sagte ihr, dass an der Sache etwas faul sein müsse. Doch gleichzeitig war ihre Neugier erwacht, da sie vor langen Jahren als Aufdeckungsjournalistin hatte arbeiten wollen.

Diesen Job hatte sie verloren, bevor sie ihn richtig hatte beginnen können. Sie hätte illegale Geschäfte Otto Rauhensteins aufdecken sollen, stattdessen hatten sie sich ineinander verliebt und schließlich geheiratet.

Dr. Gerasimov hatte zwei Begleiter dabei, die in ihren schwarzen Anzügen aussahen, als wären sie direkt einem amerikanischen Agentenfilm entsprungen. Einer der beiden zog einen großen Rollkoffer hinter sich her.

Da das Kaffeehaus an diesem Vormittag sehr gut besucht war, mussten sie sich an einem der kleinen Tischchen in der Mitte des Saales zusammendrängen, was

Vera gar nicht gefiel. Dr. Gerasimov führte das Wort und erklärte Vera umständlich, dass er hier wichtige Unterlagen in dem Rollkoffer habe, die für Heinrich Rauhenstein bestimmt seien. Es seien sehr alte Akten, die es nur mehr in dieser einzigen Papierfassung in diesem Rollkoffer gäbe. Sie dokumentierten den gesamten Verlauf eines vor vielen Jahren abgewickelten sehr wichtigen Geschäftsfalles bis in alle Einzelheiten. Dr. Gerasimov sei im Auftrag von Viktor Urbanowitsch, dem Georgischen Geschäftspartner von Heinrich, hierher gesandt worden, um diese wichtigen Akten persönlich zu übergeben. Denn Heinrich Rauhenstein lege großen Wert darauf, diese Unterlagen in seinen Besitz zu bekommen.

Auf die naheliegende Frage von Vera, was sie damit zu tun habe und warum er sich nicht mit Heinrich Rauhenstein persönlich treffen wolle, antwortete Dr. Gerasimov ausweichend. Da gebe es eine alte Sache, er selbst sei bei Heinrich Rauhenstein gewissermaßen eine unerwünschte Person. Dieser wolle ihn nie mehr sehen, denn in der Vergangenheit hatten sie ein kleines Problem miteinander gehabt, welches er aber hier nicht erläutern wolle.

Die beiden Begleiter von Dr. Gerasimov saßen die ganze Zeit daneben und sprachen kein Wort. Konnten sie kein Deutsch, oder würde ihr Akzent sie verraten. Vera fühlte sich unwohl bei der Sache und spürte, dass da etwas nicht stimmen konnte. Sie entschuldigte sich, ging zur Toilette und rief ihren Schwiegervater an, kam aber nur auf dessen Mailbox.

Als sie zurück am Tischchen war, schob ihr der Begleiter den Rollkoffer einfach zu und Dr. Gerasimov erklärte, dass sie ihrem Schwiegervater den Gefallen einfach tun müsse, denn die Akten würden das Gewissen des alten Herren gewaltig beruhigen, wenn er sie sicher in seinem Besitz wusste. Er könne sie ja verbrennen, wenn er wolle.

Vera konnte nicht nein sagen, denn sie wusste von Otto seit ihrer Hochzeit, dass es in der Vergangenheit von Heinrich Rauhenstein ein nicht ganz legales großes Geschäft gegeben hatte. Wenn das hier nun wirklich der Schlussstrich war, der letzte Akt des Dramas sozusagen, dann konnte sie ihn als seine Schwiegertochter jetzt auch nicht hängen lassen, obwohl ihr klar war, dass dieser Koffer eigentlich zur Polizei gebracht werden sollte, wenn das drin war, was sie vermutete.

Aber dann käme die Familie, in die sie eingeheiratet hatte, in die Schlagzeilen, und ihr Schwiegervater käme womöglich ins Gefängnis. Und sie selbst könnte sich bei den Rauhensteins nicht mehr blicken lassen. Otto würde sich von ihr scheiden lassen. Sie würde dann vor den Trümmern ihrer Existenz stehen, wenn sie zur Polizei ginge. Auch an ihren Sender dachte sie, der würde dann auch zerstört werden, denn Hugo Heinrichs wollte die POF schon längst eliminieren, es gelang ihm nur nicht, weil ihre Quoten so gut waren.

Dr. Gerasimov erklärte, Heinrich Rauhenstein habe für den Inhalt des Koffers bezahlt, es sei nun der gesamte Inhalt sein alleiniges Eigentum. Der alte Herr könne nun ruhig schlafen, versicherte er.

„Nun denn, dann bringen wir es hinter uns, damit Friede in die alten Geschichten kommen kann", erklärte Vera, als sie aufstand und den riesigen Rollkoffer aus dem Kaffeehaus rollte.

Das Ding war wirklich verdammt schwer, der musste randvoll mit Papier sein, dachte Vera. „Oder auch nicht, wer weiß, was wirklich in dem Koffer ist", begann eine leise Angst in ihr hochzukriechen, als sie den Koffer über die Ringstraße in Richtung U-Bahn zog.

Das Attentat vor neun Jahren kam ihr in den Sinn. Damals wäre sie fast gestorben, als sich Otto den teuren Wagen von Heinrich ausgeborgt hatte, und sie unbedingt an dem Abend, als sie sich das erste Mal in diesem Leben begegneten, über die Höhenstraße nach Hause bringen wollte. Sie landeten sehr unsanft in einem Waldstück und Vera wurde von einem Ast aufgespießt, da der Attentäter die Elektronik des Wagens sehr geschickt manipuliert hatte und keine Bremsen und keine Lenkung mehr funktionierten. Dieses Attentat war nie aufgeklärt worden, doch die Durchführung war so professionell erfolgt, dass Otto schon damals an eine bestimmte Organisation gedacht hatte, deren Namen er Vera nie verraten hatte. Nur eine geheimnisvolle verschlüsselte Festplatte hatte er ihr bei der Hochzeit übergeben, mit der Bitte, sie für ihn sicher zu verwahren.

Sie beschloss, ein Taxi zu nehmen, da brauchte sie den Koffer nicht schleppen. Ein Standplatz war unmittelbar neben dem Kaffeehaus. Der Fahrer wunderte sich auch über das Gewicht des Koffers, als er diesen in sein Auto verlud. Auf der Fahrt zur Hietzinger Villa ihres Schwiegervaters gelang es ihr endlich Heinrich ans Telefon zu bekommen und ihm die ganze Geschichte zu erzählen und verschwieg auch ihre Bedenken nicht.

Doch ihr Schwiegervater zerstreute ihre Bedenken und meinte, Dr. Gerasimov gäbe es wirklich, und es stimme, er wolle ihn nicht persönlich treffen, das habe alles seine Richtigkeit. Sie seien vor Jahrzehnten heftig aneinandergeraten, denn Dr. Gerasimov habe ihm damals mit seinem Misstrauen fast das Geschäft vermasselt.

An diesen Satz musste Vera jetzt denken, als sie im Flugzeug ihre Augen wieder öffnete, weil die Stewardess mit Erfrischungen vorbeikam. Ein echtes Abendessen würde sie hier am Flug nach Madrid nicht bekommen, aber zumindest Henry bekam etwas zwischen die Zähne und es gab zu Trinken.

Als Heinrich vor Jahrzehnten mit Dr. Gerasimov einen Konflikt hatte, da war Mann, der sich Vera als Dr. Gerasimov vorgestellt hatte, gerade in den Kindergarten gegangen. Er war viel zu jung, um Heinrich damals gekannt zu haben.

Doch Vera war abgelenkt gewesen, weil eben Henry mit seinem neuen Smartphone anrief, das er erst zu Schulbeginn bekommen hatte, um ihr brühwarm zu erzählen, er habe auf die Ansage eine Eins bekommen. Vera, die zwischen beiden Gesprächen hin und her sprang, hatte nicht richtig zugehört und aus Heinrichs Bemerkung keine Schlussfolgerung gezogen, wie sie sich jetzt im Rückblick bitter eingestehen musste.

In Hietzing öffnete Heinrich das große Gartentor per Fernbedienung, so dass das Taxi den geschwungenen Zufahrtsweg direkt bis zum Hauptportal der Villa fahren konnte.

Unter dem von Säulen gestützten Balkon des Portals stand Heinrich Senior in der offenen Eingangstür und erwartete sie. Als der Taxifahrer den Koffer ausgeladen hatte, schleppte er ihn noch die paar Stufen bis in das Vestibül in Erwartung eines Trinkgeldes.

„Warten Sie kurz, wir kommen gleich zurück", rief Heinrich dem Fahrer zu, nahm Vera beim Arm und zog sie ins Innere der Villa.

„Ich zahle das Taxi schon, wenn du kein Geld eingesteckt hast", erklärte Vera und wollte zurück um den Fahrer zu bezahlen.

„Das kannst du auch, mein Kind", entgegnete Heinrich lächelnd, „aber du sitzt dabei im Taxi und fährst wohin immer du willst."

„Kommt nicht in Frage, jetzt habe ich dir diesen seltsamen Koffer gebracht, jetzt denke ich, dass ich auch endlich wissen darf, was drinnen ist. Schließlich gehöre ich längst zur Familie und bin keine Journalistin mehr, bei der die Familiengeheimnisse nicht sicher sind. Ihr macht immer nur Andeutungen, aber was war das damals für ein Geschäft, ich bin einfach nur neugierig."

„Kind, deine Neugier wird dich eines Tages noch den Kopf kosten. Deshalb wirst du nicht erfahren, was in dem Koffer ist. Das ist eine alte Geschichte, die heutzutage keinerlei Bedeutung hat. Es ist sicherer für dich, wenn du nicht weißt was drin ist."

In Vera brodelte es, sie wollte jetzt unbedingt wissen, was das für ein Geschäft war.

„Dann sag mir zumindest, was für ein Deal das damals war. Denn dass er nicht ganz legal gewesen sein dürfte, kann ich mir denken, sonst würdest du nicht so ein Geheimnis draus machen."

„Nein, und sei nicht so laut, dort drüben steht der Taxler", erwiderte Heinrich leise aber bestimmt. „Du nimmst jetzt dieses Taxi und wir sehen uns am Wochenende wie vorgesehen. Da ist Otto aus Tiflis auch schon wieder zurück. Keine Widerrede mehr."

Vera schmollte, sie wurde hier wie ein kleines Kind behandelt, und nicht wie die erfolgreiche Chefredakteurin eines Fernsehsenders. Doch sie wusste nur zu gut, wenn ihr Schwiegervater nichts sagen wollte, dann nutzen keine Bitte. Es war ja schließlich sein Koffer, sollte er doch damit glücklich werden.

„Gut, dann eben nicht, hoffentlich bist du vom Inhalt nicht enttäuscht", erwiderte sie schnippisch und verabschiedete sich von ihm.

Als sie die Haustür schloss, sah sie, wie er den schweren Koffer in Richtung Küche rollte, da er ihn alleine ja niemals in den ersten Stock in sein Arbeitszimmer schleppen konnte.

*

Eine Träne rann über ihre Wange, als sie an diese Szene dachte, sie musste jetzt dringend etwas trinken und sich um Henry am Nebensitz kümmern, der die Brösel seines Sandwiches überall verteilte und guter Dinge war. Für ihn war das alles ein großes und aufregendes Abenteuer.

Draußen in zehntausend Metern Höhe war es nun auch schon dunkel geworden. Tief unter ihnen leuchteten die

Lichter einer kleinen Stadt irgendwo in der Poebene. Bis Madrid war es noch ein Stück, und dann würde ihre Flucht erst so richtig losgehen. Veras Magen verkrampfte sich, wenn sie an das Ziel ihrer Reise dachte.

Kapitel 3

Vera drehte den Fernseher auf. Es werden gleich die Mittagsnachrichten kommen. Sie war dem Rat ihres Schwiegervaters gefolgt und ins Taxi gestiegen. Dann hatte sie kurz ihre Termine am Smartphone gecheckt und bemerkt, dass sie heute in der Redaktion nicht mehr gebraucht würde, und hatte sich nach Hause bringen lassen. Ihre Assistentin wurde kurz informiert, hatte aber keine Neuigkeiten für Vera. Alles lief seinen gewohnten Gang. Henry würde auch schon zu Hause sein, denn eine Freundin von Vera, deren Sohn in dieselbe Klasse geht, würde die Kinder von der Schule abholen und heimbringen.

Henry erzählte ihr ganz begeistert, wie er heute von der Lehrerin gelobt worden war. Er war der einzige in der Klasse, der bei der Ansage null Fehler hatte. Vera fand, das wäre ein Grund zum Feiern und wollte eben nach Schokolade suchen, als ihr Blick auf den großen Flachbildschirm ihres Entertainment Equipments fiel.

Feuerwehrautos waren zu sehen, diese standen in einer parkähnlichen Gegend. Es schien eine Villengegend zu sein. Aber diese Auffahrt kam ihr so bekannt vor, das sah aus, wie die Auffahrt der Villa ihres Schwiegervaters, doch wo war die Villa.

Diese Säulenreste konnten doch nicht zur Villa gehören, da stimmte doch etwas nicht, dachte Vera, als die Stimme des Nachrichtensprechers in ihr Bewusstsein drang: „Heute Mittag hat sich in Hietzing eine schwere Explosion ereignet. Das betroffene Gebäude, eine originale Jugendstilvilla, wurde fast bis auf die Grundmauern zerstört. Die Rettungskräfte konnten bisher noch keine Opfer bergen, somit ist unklar ob sich zum Zeitpunkt der Explosion jemand im Gebäude aufgehalten hat. Die Feuerwehr hat das Feuer unter Kontrolle und sichert derzeit die umliegenden Gebäude. Die Polizei vermutet, dass es sich um eine Gasexplosion gehandelt haben könnte, andere Ursachen können aber noch nicht ausgeschlossen werden."

Vera spürte, wie ihre Knie weich wurden, das war eindeutig einmal die Villa ihrer Schwiegereltern gewesen. Jetzt standen nur mehr die Säulenstümpfe des Eingangsbereiches. Sie musste sich aufs Sofa setzen. Wo war bloß ihr Smartphone, sie musste versuchen Heinrich zu erreichen, vielleicht lebte er ja noch, begann sie verzweifelt zu hoffen.

Doch die Nummer von Heinrich war nicht mehr erreichbar. Auch auf der Nummer von Johanna, ihrer Schwiegermutter, blieb die Leitung tot. „Das Gerät ist derzeit nicht erreichbar", sprach das Tonband.

Otto ist in Tiflis, sie musste ihn erreichen, doch auch dort die gleiche Tonbandstimme. „Diese Nummer ist derzeit nicht erreichbar".

Der Koffer kam ihr in den Sinn. Die Polizei würde Reste der Sprengladung und des Koffers finden. Es konnte nur der Koffer gewesen sein, denn in der Villa der Rauhensteins gab es keinen Gasanschluss, sie hatten eine Pelletsheizung und das Warmwasser wurde mittels Wärmepumpe produziert, alles ganz umweltfreundlich, dachte Vera bitter.

Und sie hatte den Koffer gebracht, sie hing in der Sache mit drin. Gut, sie hatte einen Zeugen, den Taxifahrer. Der aber auch bezeugen konnte, dass sie den extra schweren Koffer gebracht hatte. Wie sollte sie erklärten, warum sie nicht gleich die Polizei verständigt hatte, nachdem ihr die Leute schon so verdächtig vorgekommen waren. Sie hätte auf ihren sechsten Sinn hören sollen, und sich nicht von Heinrich beschwichtigen lassen dürfen.

Aber nun war es zu spät, Heinrich war tot, er musste tot sein, so eine Explosion konnte er nur überleben, wenn er nicht in der Villa gewesen war. Und er war ganz begierig darauf gewesen, den Koffer alleine und heimlich zu öffnen.

Vera schauderte, als sie daran dachte, was gewesen wäre, wenn er ihrer Neugier nachgegeben hätte. Hätte sie die Bombe als solche erkennen können, kaum. Mit ziemlicher Sicherheit wäre sie gemeinsam mit ihrem Schwiegervater in die Luft geflogen.

Da stand plötzlich Henry mit seinem nigelnagelneuen Smartphone vor ihr und hielt es ihr unter die Nase.

„Mami, ein Herr will dich sprechen", erklärte er ganz wichtig, und sah dabei ganz ernst drein.

Anscheinend hatte Henry die Nachrichten im Fernsehen nicht mitbekommen. Dort lief inzwischen der Wetterbericht. Ein schwerer Hurrikan der Stufe vier hatte sich in den

Nordatlantik verirrt und zog unaufhaltsam auf die britischen Inseln zu. Das hatte es in der Geschichte der Wetteraufzeichnungen noch nie gegeben. Der Hurrikan weigerte sich, schwächer zu werden und im Vereinigten Königreich begann Panik auszubrechen, da man dort solche Ereignisse nicht gewohnt war

„Henry, du sollst nicht mit dem Smartphone spielen, das ist nur dazu da, damit du mich erreichen kannst, wenn es nötig ist", wies Vera ihren Sohn zurecht. Die Nummer ihres Sohnes hatte nur die Familie, da konnte kein fremder Herr anrufen.

„Doch, da ist ein Mann in der Leitung", schmollte Henry, „hör ihn dir an, er will dich sprechen, hat er mir gesagt und er kennt sogar deinen Namen."

Verwundert übernahm Vera das Gerät und lauschte.

„Hallo Vera, ich bin´s, Kurt Oberleitner, ich muss dich warnen. Hast du schon mitbekommen was in Hietzing passiert   ist?"
„Wie kommst du zur Nummer von Henry, wieso rufst du nicht bei mir an", war Veras erste Antwort.

„Vergiss ab sofort dein Smartphone, du steckst jetzt echt in Schwierigkeiten. Glaub es mir", erwiderte Kurt.

Kurt Oberleitner, ein langjähriger Freund von Otto, tat gerne sehr geheimnisvoll. Er war vor Kurzem zum Oberstleutnant im Heeresabwehramt, dem Österreichischen Heeresgeheimdienst, befördert worden und hatte bei dem Attentat vor neun Jahren Otto entlastet, da er die Spuren der elektronischen Manipulation des Unfallwagens hatte nachweisen können. Vera und Otto waren ihm dafür sehr dankbar gewesen. Heute war er ein guter Freund der Familie.

„Das weiß ich selbst", erwiderte Vera, „Heinrich ist tot, ich kann ihn nicht erreichen und Otto auch nicht. Was willst du mir sonst noch sagen?"

„Zum Beispiel, dass du die Bombe zu Heinrich gebracht hast", entgegnete Kurt trocken.

Vera erschrak, wieso konnte er das wissen und mit einer derartigen Bestimmtheit behaupten.

„Wer sagt das, wie kommst du auf diese Wahnsinnsidee, dass ich damit etwas zu tun habe", fuhr sie durchs Telefon.

„Ich nicht, aber es gibt ein Video, liebe Vera, du bist beschattet worden. Und auf dem Video ist eindeutig dein heutiger Auftritt im Ringstraßenkaffee zu sehen, wie die Gangster dir den Bombenkoffer geben und du damit zum Taxistandplatz abrauschst. Und nicht nur das, wie du mit dem Bombenkoffer bei Heinrichs Villa vorfährst, und dieser ins Haus getragen wird, ist auch zu sehen."

„Das gibt es nicht, wer macht so etwas und wozu?", war Vera fassungslos. „Da war doch gar niemand bei Heinrich im Garten, wer soll mich beobachten, wenn ich aus dem Taxi steige."

„Jemand, der die ganze Familie vernichten will, und der irgendwo versteckt gewartet hat, dass du mit dem Koffer aufkreuzt. Und das waren keine Gangster, das kann ich dir versichern, das war einer der ausländischen Dienste, das ist sicher und mehr kann ich dir im Augenblick nicht sagen. Nur so viel noch, dass du schleunigst außer Landes gehen solltest, denn ich kann das Video mit meinem Einfluss für vierundzwanzig Stunden zurückhalten, dann haben es die Ermittlungsbehörden auf ihren Schirmen und du stehst wegen Terrorismus auf den internationalen Fahndungslisten. Schau, dass du aus der EU rauskommst, bevor die vierundzwanzig Stunden um sind, das rate ich dir als Freund, weil mit dem Dienst, der hier involviert ist, legst du dich besser nicht an, wenn du dein restliches Leben nicht hinter Gittern verbringen willst."

Jetzt hatte es Vera die Sprache verschlagen, was nicht oft vorkam.

„Ich weiß, das kommt jetzt alles überraschend", fuhr Kurt mit seinen Erklärungen fort. „Deshalb habe ich mir ja die Nummer von Henrys Telefon besorgt, um dich zu warnen, denn diese Nummer haben die Dienste noch nicht. Dein Smartphone wird überwacht, vergiss es. Und damit du noch eine Chance hast, aus der EU lebend rauszukommen, schicke ich dir einen Link auf das Smartphone deines Sohnes, über den du die nötigen Flugbuchungen vornehmen kannst. Der Link läuft über das Darknet und das gibt dir einige Stunden Vorsprung, bevor sie wissen, wohin du gebucht hast."

„OK, es geht also um Leben oder Tod, stimmt's", erwiderte Vera tonlos.

„Du beginnst zu begreifen, doch ich bin noch immer nicht fertig", entgegnete Kurt Oberleitner gelassen.

„Du kannst nicht nach Georgien zu Otto. Das ist zwar außerhalb der EU, aber dort würden sie dich schon erwarten. Und jetzt halte dich fest, sitzt du gut, ich sage dir jetzt, wo deine einzige Chance ist. Und lass mich bitte ausreden, bevor du ausflippst."

Vera versuchte ihre Gedanken zu ordnen, doch sie spürte nur ein dumpfes Rauschen in ihrem Hirn. Das war alles ein wenig viel für die letzten Stunden.

„Der sicherste Platz für dich ist das Peruanische Hochland, dort wo Daniel, dein Ex, jetzt lebt", ließ sich die Stimme von Oberleitner vernehmen.

„Und was habt ihr mit Otto vor", wollte Vera wissen, „wer sagt mir, dass ich dir noch trauen kann, und du kein doppeltes Spiel spielst."

Sie hatte ihre Gedanken langsam wieder in Griff. Hier ging es um Otto, sie war nur das Bauernopfer, das von Unbekannten einfach am Feld der Geheimdienste geopfert werden sollte. Aber wenn Oberleitner sie angelogen hatte, dann gab es auch kein Video, wer hätte das schließlich filmen sollen und wie kam Oberleitner zu dem Video. Das war doch alles mehr als verdächtig.

Sie erwiderte: „Und wenn ich mich der Polizei stelle, dann müssen sie mir nachweisen, dass ich gewusst habe, dass in dem Koffer eine Bombe ist. Ich habe schließlich Null Motiv, meinen Schwiegervater umzubringen."

„Wer sagt das, Ihr seid die Erben und Erbschaft ist immer ein Motiv, wird der Staatsanwalt feststellen", meinte Kurt trocken. „Mit einem fairen Prozess dürft ihr nicht rechnen, die Medien verurteilen euch schon vorher, wenn Otto, als Funktionär der PRO betroffen ist. Und außerdem könntest du im Gefängnis plötzlich Selbstmord begehen, das ist schon anderen prominenten Gefangenen in Österreich passiert. Da hilft dir dann niemand, wenn die Häscher in deiner Zelle sind und deinen Selbstmord inszenieren. Glaub es mir einfach."

„Warum gerade nach Peru, das ist am anderen Ende der Welt, gibt es nichts Näheres, wo es sicher ist. Nordafrika zum Beispiel. Ich will nicht zu Daniel, wir haben uns im Streit getrennt und ich habe seit acht Jahren nichts mehr von ihm gehört. Ich weiß nicht einmal, ob er noch seine alte Handynummer hat, und wo er in Peru wohnt."

„Vergiss deine Ausreden, genauso wie Nordafrika, dort ist es nicht sicher für dich, wozu glaubst du, ist ein Geheimdienst da. Du bekommst die neue Handynummer von Daniel auf das Smartphone von Henry, auch seine Adresse, da kannst du ihn kontaktieren. Und damit du mir glaubst, schicke ich dir auch das Video von deinem Terroreinsatz heute Vormittag. Und dann schau, dass ihr wegkommt, denn in den vierundzwanzig Stunden solltest du in Peru bereits durch die Passkontrolle sein, wenn der internationale Haftbefehl draußen ist, denn den checken die Peruaner auch und schnappen dich dann bei der Einreise. Wenn du aber vorher drinnen bist, wird das nicht so schnell auffallen.

„Wie soll ich so schnell die Reise organisieren, das geht doch gar nicht", wollte Vera widersprechen, „was du verlangst, ist unmöglich."

„Ist es nicht, wenn du den Darknet-Link verwendest. Ich habe alles vorbereitet, nur ums Geld musst du dich selbst kümmern, denn deine Kreditkarte kannst du natürlich auch vergessen."

„Dann schick mir das verdammte Video, lass sehen", war Veras Antwort. Sie war überrascht, wie rasch das Video auf das Smartphone von Henry übertragen wurde, high compress vermutlich.

Und dann sah sie sich selbst aus dem Winkel einer Überwachungskamera des Kaffeehauses aufgenommen an dem Tisch mit den drei seltsamen Anzugträgern sitzen. Sie musste zugeben, das sah schon auf die Entfernung sehr verdächtig aus, und als die Kamera dann noch heranzoomte konnte man sehen, wie ihr dieser Dr. Gerasimov mit verschwörerischer Miene etwas erklärte und sie dazu nickte. Und vor der Villa musste ein zweites Team versteckt gewesen sein, denn die Szene am Eingang der Villa war gut und scharf im Bild. Sogar den Taxifahrer würde man vermutlich wiedererkennen können.

Vera gab sich geschlagen: „Gut, wir gehen, oder besser nicht gut, denn was wird aus meinem TV Channel, wenn ich auf der Flucht bin. Den dreht mir doch die Partei für Recht und Ordnung sofort zu, die warten doch nur auf so einen Skandal. Und ich hoffe, du erreichst Otto, um ihn zu warnen."

„Das hoffe ich auch, denn im Moment kann sogar ich ihn nicht erreichen", räumte Kurt Oberleitner ein.

„Und damit du nicht glaubst, ich spiele ein doppeltes Spiel, verrate ich dir jetzt noch eine echt interne Info, nämlich wie ich zu dem Video gekommen bin. Wir müssen alle Kanäle überwachen, und haben so auch alles am Radar, was bei der Polizei so hereinkommt, und die Spezialisten unseres befreundeten Dienstes haben das Video samt unverschlüsseltem Begleitschreiben an die Sicherheitspolizeidirektion gesandt. Aber wir haben es vorher dank Textanalyse unserer Artifical Intelligence abgefangen und können die Zustellung um exakt vierundzwanzig Stunden verzögern. Dann stimmt die Uhrzeit mit der originalen Uhrzeit überein und beim Datum scheint eine Datumsgrenze dazwischen gelegen zu sein, was ja leicht sein kann, bei dem Absender."

„Du wirst mir langsam unheimlich", bemerkte Vera erstaunt.

„Ich mir selber auch, aber fahr bitte wirklich ins Hochland von Peru, bleib nicht an der Küste, die ist viel zu gefährlich für dich, vertrau mir und glaub einfach, dass es so ist. Wenn alles klappt, sehen wir uns vielleicht sogar im Hochland, ich kann es aber nicht versprechen, vorerst bist du dort mit deinem Sohn auf dich allein gestellt."

„Henry muss auch mit", reagierte Vera entsetzt, bis ihr dämmerte, dass es gar keine andere Möglichkeit gab. Seine Großeltern waren tot. Ihr Vater weilte dienstlich gerade in den USA, dem konnte sie Henry auch nicht übergeben. Veras Mutter war schon lange tot, von Terroristen vor zehn Jahren in Hamburg ermordet. Aber das war eine andere Geschichte.

Wenn Henry in Wien bei Freunden blieb, würden die Gangster eventuell versuchen, ihn zu entführen, um Vera zu erpressen, damit sie zurückkäme. Das war keine Option, denn die Gangster schreckten vor nichts zurück, das war heute deutlich geworden.

„Ihr bekommt beide die nötigen Tickets, dafür ist gesorgt", beruhigte Kurt, als er sich von Vera verabschiedete.

*

Vera blieben nur Stunden, um alles zu erledigen, was für so eine Reise nötig war. In fliegender Hast packte sie das Nötigste in zwei handgepäcktaugliche Rollis, die zum Glück in ihrem Haushalt in genügender Anzahl immer vorhanden waren. Einfache strapazierfähige Kleidung war das Wichtigste, sie würden sich als Touristen tarnen. Ihr Notebook musste trotzdem mit, digitale Spur hin oder her, da war alles drauf, was wichtig war.

Sie hatte noch nie über Darknet gearbeitet, aber es funktionierte hervorragend, und irgendwie auf geheimnisvolle Weise waren die Daten von Vera und Henry bereits im Buchungssystem, als sie den Link anklickte.

Dann dachte sie zum Glück daran, die Boarding Karten auszudrucken, denn ihre Smartphones würden die Wohnung nicht mehr verlassen. Und dann musste noch die geheimnisvolle Festplatte mit, denn wenn die in ihrer Wohnung gefunden würde, war sie womöglich wegen Terrorismusunterstützung erst recht dran. Wenn sie nur wüsste, worum es sich bei dem Projekt damals gehandelt hatte. Sie hatte immer auf Waffenschmuggel getippt, aber es konnte auch ganz etwas anderes gewesen sein, doch die Festplatte hatte bisher allen ihren Entschlüsselungsversuchen wiederstanden.

Henry maunzte zwar, als er sein neues Smartphone nicht mitnehmen konnte. Er glaubte aber den

Versicherungen von Vera, dass er in Peru ein Neues bekäme.

Vera erklärte ihm, sie würden zu Papa fahren, in Peru träfen sie alle zusammen, wenn Otto seine Geschäfte in Tiflis erledigt hätte.

Dann fiel ihr siedend heiß ein, dass es sogar stimmen könnte, dass Henry in Peru seinen Vater sah, auch wenn Otto gar nicht käme. Denn Otto hatte damals den Vaterschaftstest abgelehnt und gemeint, sein Sohn sei auf alle Fälle sein Sohn, da darf es keine Zweifel geben, ein echter Rauhenstein eben, doch Vera war sich nie sicher gewesen, da es damals beim fliegenden Wechsel von Daniel zu Otto alle Möglichkeiten gegeben hatte.

Somit könnte auch Daniel, ihr Ex, den sie ja wegen Otto verlassen hatte, der Vater von Henry sein. Die Frage war nie geklärt worden.

Ein letzter Versuch, Otto zu erreichen schlug auch fehl, und Ärger kochte in Vera hoch. Wieso wurde sie in die Geschäfte der Familie Rauhenstein hineingezogen. Sie hätte nie akzeptieren dürfen, dass Otto ihr nicht alles erzählt hatte, was es mit diesen Geschäften und der geheimnisvollen Festplatte auf sich hatte.

Vera hatte immer gedacht, dass diese alten Geschichten längst vorbei waren, aber nein, Otto steckte immer noch bis zum Hals drin, sonst würden die Dienste in Tiflis ja nicht auf sie warten, wie Oberleitner ihr erklärt hatte.

Otto hatte ihr anscheinend nie wirklich vertraut, sonst hätte er ihr alles erzählt. Das schmerzte Vera, denn sie liebte Otto. Sollte sie sich in ihm doch getäuscht haben. Sie waren jetzt acht Jahre verheiratet, aber ein Teil von Otto war ihr immer noch unbekannt. Da war er immer ausgewichen, wenn sie mehr hatte wissen wollen.

Sie schmiss das Smartphone auf ihren Schreibtisch, so dass es aussah, wie wenn sie jeden Moment wiederkommen würde. Danach verließ sie mit Henry ihre nette hübsche kleine Villa am Stadtrand von Wien, in der sie die letzten acht Jahre gemeinsam als Familie so glücklich gewesen waren. Dieses Glück war nun auf immer vorbei.

Mit dem eigenen Wagen noch rasch zur Bank, um einen größeren Dollarbetrag in bar beheben. Die Bankomaten gaben solche Summen ja nicht her, und auch der Schalterbeamte verlangte einen Ausweis. Mehr als achtzehntausend Dollar waren nicht lagernd und warten konnte sie nicht, denn sie musste zum Flughafen und dort sollte sie besser nichts mehr beheben, um ihre digitale Spur zu verwischen.

Dann parkte sie ihr schickes BMW Cabrio in einer Seitengasse und sie stiegen ins Taxi zum Flughafen um.

Kapitel 4

Am Morgen desselben Tages trat Otto auf die Shota Rustaveli Avenue als er das Marriott Hotel in Tiflis verließ. Er stieg in eines der Taxis, die vor dem Hotel warteten und ließ sich in die Altstadt bringen.

Es war sehr warm, die Sonne schien kräftig herab. Tiflis lag viel südlicher als Wien, fast auf der Höhe von Istanbul, allerdings auf einer Seehöhe von vierhundert Meter, in der

Ferne umgeben von den bis zu viertausend Meter hohen Gebirgszügen des Kaukasus.

In der Altstadt von Tiflis wollte Otto Rauhenstein Viktor Urbanowitsch, einen alten Geschäftsfreund seines Vaters treffen. Dieser hatte ihn eingeladen, weil er auf einen neuen Deal hoffte.

Otto war interessiert, wollte aber diesmal in der Legalität bleiben. Das war der Einfluss von Vera, mit der er seit acht Jahren glücklich verheiratet war. Diese dubiosen Geschäfte, mit denen sein Vater das riesige Vermögen der Familie erwirtschaftet hatte, mussten ein Ende haben. Er wollte sein Geld künftig legal verdienen. Mit den Waffengeschäften seines Vaters wollte er nichts mehr zu tun haben und damit nicht mehr in Verbindung gebracht werden. Ihm schwebte ein neues Geschäftsmodell über Technologietransfer vor. Das klang viel besser, und die alten Kontakte konnten auch genutzt werden, um die neueste Technik in Länder zu verkaufen, die diese Techniken nicht hatten und nicht auf der Embargoliste der Amerikaner standen. Georgien war so ein Land. Und ob diese Technik dann ohne sein Wissen nach Russland oder bis in den Iran gelangte, konnte ihm egal sein, solange er die Dokumente besaß, die solche Deals ausschließen und von allen Vertragspartnern unterschrieben worden waren.

Seit er Vater war, war er vorsichtiger geworden, kein so ein wilder Haudegen mehr, der zuerst handelt und dann denkt, sondern ein verantwortungsbewusster Familienvater, der sich um seinen Sohn kümmert.

Vera liebte er aus ganzem Herzen, sie war der Glücksfall in seinem Leben. Seit er mit ihr zusammen war, fühlte er sich wie ein besserer Mensch. Mit Schaudern dachte er immer wieder daran, wie sie wegen des Autoattentats beinahe bei ihrem ersten Zusammentreffen ums Leben gekommen wäre. Seither stand die Sicherheit bei ihm ganz oben auf der Agenda.

Otto ließ den Taxifahrer anhalten und ein Mann im dunklen Anzug mit Aktenkoffer, der unauffällig im Schatten eines Baumes gewartet hatte, stieg vorne auf den Beifahrersitz ein und nickte Otto zu.

„Sicher ist sicher", dachte Otto, als er Dmytro, seinen Leibwächter begrüßte. Denn der Ort, wo Viktor Urbanowitsch ihn hinbestellt hatte, war nicht dessen offizielle Büroadresse. So fühlte sich Otto mit Leibwächter eben sicherer. Er hatte Dmytro über seine Kontakte in Tiflis, die er unabhängig von Viktor Urbanowitsch hatte, gebucht. Viktor musste davon nichts wissen und Otto kannte auch nicht den richtigen Namen von Dmytro. Das war auch nicht nötig.

Zwei Quergassen vor der angegebenen Adresse bezahlte Otto das Taxi, stieg aus, und ging das letzte Stück mit Dmytro zu Fuß. Eine reine Vorsichtsmaßnahme, um sich in der Gegend unauffällig umsehen zu können.

Die Häuserblocks waren alt und baufällig. Breite diagonale Risse zogen sich durch viele Fassaden über mehrere Stockwerke. Das waren Spuren der letzten Erdbeben, die seit Jahren niemand beseitigt hatte. Bei manchen Häusern war das Dach eingestürzt und Bäume wucherten aus den Innenräumen nach oben. Viele Fenster waren mit Brettern vernagelt. Der Gehsteig bestand aus losen gegeneinander verschobenen Steinplatten. Ein unachtsamer Fußgänger konnte da sehr leicht einen gebrochenen Fuß davontragen.

„Etwas sehr heruntergekommen", dachte Otto, „kann Viktor sich keine anständige Adresse mehr leisten, oder warum treffen wir uns hier."

Außer ihnen war fast niemand auf der Straße. Nur eine einzelne alte Frau schleppte ihre Einkaufstaschen die steile Straße entlang.

Hausnummern gab es hier keine, doch an der Eingangstür zu einem etwas besser erhaltenen zweistöckigen Bau hing eine alte Messingtafel, die auf Georgisch verkündete, dass hier ein Zivilingenieurbüro seinen Sitz habe.

Viktor hatte ihm ein Foto dieser Tafel geschickt, Otto wusste daher, er war am Ziel seiner Reise angekommen. Durch ein baufälliges finsteres Stiegenhaus gelangten sie in den zweiten Stock, wo vor langer Zeit tatsächlich einmal ein Ingenieurbüro gewesen war.

Als ihnen Viktor Urbanowitsch die Tür öffnete und Otto begrüßte, merkte Otto erst, wie alt Viktor inzwischen geworden war, da er ihn einige Jahre nicht gesehen hatte. Er musste weit in seinen Achtzigern sein, die Jahre hatten tiefe Furchen in seinem Gesicht hinterlassen, und man sah ihm an, dass er sich nur mühsam durch den schmalen Gang zurück in das Büro schleppte, welches er für besondere Zwecke gemietet hatte. Dieses bestand aus einem leeren

Zimmer am Ende des Flurs, in dem nur ein alter Besprechungstisch und acht Sesseln standen. Auf dem Tisch lag sein Aktenkoffer.

Der Geist von Viktor aber war ungebrochen, seine Augen leuchteten, als er von seiner neuen Geschäftsidee zu sprechen anfing. Otto solle ihm über die alten Kontakte im United Kingdom geheimes Material über die neuen US Kurzstreckenraketen besorgen, die dieser neue verrückte amerikanische Präsident heimlich in die Ukraine hatte liefern lassen. Er habe Beweise, dass dort schon mindestens dreißig Stück aufgestellt seien. Moskau sei sehr besorgt und hätte gerne eine Möglichkeit in der Hand, die Elektronik dieser Waffen gezielt zu sabotieren. Sie würden auch diesmal ausgezeichnet zahlen.

Doch Otto winkte ab, seine Kontakte im Vereinigten Königreich seien nicht mehr aktuell, er könne da nicht mehr helfen, auch wenn das Geld sicher verlockend sei. Aber er investiere jetzt nur mehr in legalen Technologietransfer, und da fallen Waffen eben nicht mehr darunter. Er hätte stattdessen Informationen über die neueste Technologie mancher amerikanischer Internetfirmen, falls Moskau daran interessiert sei.

„Grundsätzlich ja", entgegnete Viktor", „aber dafür sei er nicht der richtige Ansprechpartner und Moskau sei auf dem Gebiet schon selber sehr weit. Es sei schade, wenn er bei den Raketen nicht helfen könne, wollte Viktor eben zu einer Rede ausholen, als mit einem Knall die Tür des Büros aufgeschlagen wurde und drei Gestalten in Kapuzenpullis ins Zimmer stürmten. Zwei Hühnen mit gezogenen Waffen und eine dritte kleinere Person mit Sonnenbrille. Alle drei hatten die Kapuzen ihrer Pullis über den Kopf gezogen.

„Das ist Hausfriedensbruch", polterte Viktor Urbanowitsch los, doch die kleinere Person, die von den beiden Hühnen flankiert wurde, warf sich in Pose, nahm ihre Sonnenbrille ab und klappte ihre Kapuze zurück.

„Otto Rauhenstein, Sie sind verhaftet", rief Sylvia Rabenstein mit schriller Stimme. „Auf frischer Tat ertappt. Diesmal gewinne ich."

Otto brauchte nur Sekunden, um sich von dem Schock zu erholen, dann rief er: „Was bilden Sie sich ein, Sie haben doch gar keine Kompetenz dazu und hier ist alles völlig legal. Was wollen Sie eigentlich? Sagen Sie sofort ihren Gorillas, sie sollen die Waffen wegstecken. Verschwinden Sie aus dieser Wohnung, bevor ich ungemütlich werde."

Otto griff in seine Tasche und zog sein Smartphone heraus. „Das Gespräch wird jetzt von mir aufgezeichnet", rief er und wollte eben die Aufnahmefunktion aktivieren, als ein leises Plop ertönte, und einer der Gorillas mit seiner schallgedämpften Beretta ihm sein Smartphone aus der Hand schoss. Dieses zerbarst dabei in seine Einzelteile, Ottos Hand blieb unverletzt.

„Kein Widerstand, ich kann noch ganz anders", kreischte Sylvia Rabenstein los. „Wie lange habe ich auf diesen Tag warten müssen. Seit damals, als ich den Prozess gegen Sie verlor und wegen Verleumdung verurteilt wurde. Ich wurde als Chefredakteurin gefeuert und war ein Jahr arbeitslos. Nur weil diese verdammte Vera nicht gegen Sie ausgesagt hat. Niemand hätte beweisen können, dass ich die ganze Geschichte erfunden hatte, wenn Vera mitgespielt hätte, statt sich an Sie heranzumachen und Sie zu heiraten. Jetzt sitzt sie im Geld und ich kann als selbständige Investigationsjournalistin schauen, wie ich zu guten Stories komme, um nicht zu verhungern.

„Sparen Sie sich ihr Lamento, Ihre Rache kommt zu spät, hier ist alles legal", blieb Otto eisig und ruhig. „Sie haben wieder keine Beweise."

„Doch, diesmal hat sie Beweise", seufzte Viktor Urbanowitsch und deutete auf seine Aktentasche, die am Tisch stand. „Otto, tut mir echt leid, aber ich wollte dir die Abschriften der alten Unterlagen von unserem damaligen Deal heute geben. Ich konnte doch nicht wissen, dass du beschattet wirst."

In Otto begann es zu kochen, er ärgerte sich über sich selbst, wie hatte er das übersehen können. Diese Rabenstein musste ihn beschattet haben, seit er das Hotel verlassen hatte. „Und ich Esel habe es nicht bemerkt," dachte er resigniert.

Und dann begann der alte Urbanowitsch zu erzählen, was damals gelaufen war, anscheinend wollte er sein Gewissen erleichtern, falls er je ein solches besessen hatte, oder er hoffte auf Strafmilderung, wenn er sich jetzt geständig zeigte.

Das SDI Projekt von Ronald Reagan, dem damaligen US Präsidenten, welches im Volksmund „Star Wars" genannt wurde, nach den Science Fiction Filmen, die damals in allen Kinos zu sehen waren, hätte einen Raketenabwehrschirm im Weltraum vorgesehen, der es der

USA erlaubt hätte, einen atomaren Erstschlag zu führen. Der Gegenschlag der Sowjetunion wäre durch die im Weltraum stationierten Abwehrraketen abgefangen worden.

„Und die Details dieser Raketensteuerung sind in England in die Hände von Heinrich Rauhenstein gelangt", erzählte Urbanowitsch voller Stolz.

„Eine Britische Zulieferfirma und ein Leck im Datentransport, denn Internet gab es damals ja noch nicht, haben ausgereicht, dass diese Steuerung an Moskau teuer verkauft worden ist. Dort fanden sie bald heraus, wie man die Steuerung aushebeln kann, sodass die Raketen trotzdem an ihr Ziel kommen."

„Und das haben die Sowjets dann den Amerikanern geflüstert. Euer Star Wars ist eine Niete, wir treffen euch trotzdem."

Rabenstein hatte mit offenem Mund zugehört, denn das hatte sie nicht vermutet. Sie hatte immer gedacht, es sei um Waffenlieferungen an den Iran gegangen, die Österreich als neutralem Staat verboten waren. Die Rauhensteins hätten mit diesen Lieferungen über irgendwelche Drittstaaten und Scheinabnehmer das österreichische Waffenexportgesetz verletzt. Das war ja ein viel größerer Deal. „Diese Story ist ja eine Sensation", dachte sie sich.

Urbanowitsch fuhr fort: „damit war das Star Wars Projekt tot, und die Amerikaner haben es eingestellt, offiziell wegen zu hoher Kosten und wegen technischer Probleme. Und der Rest ist die offizielle Geschichte, die jeder kennt. Nato Doppelbeschluss zur Aufrüstung mit Mittelstreckenraketen direkt vor der Nase der Sowjetunion, um deren SS20 Mittelstreckenraketen etwas entgegen zu setzen. Das Szenario eines auf Europa begrenzten und alles vernichtenden Atomkrieges war damit wahrscheinlicher geworden."

„Doch es kam ganz anders, stattdessen brachen die Sowjetunion und mit ihr der gesamte Ostblock aus noch immer nicht ganz geklärten Gründen faktisch über Nacht zusammen und der kalte Krieg war vorbei."

„Und auch wenn es damals Geheimnisverrat gewesen war, was Heinrich und ich gemacht haben, bin ich stolz darauf, die Welt damit vor SDI gerettet zu haben", beendete Urbanowitsch seine Ausführungen.

Otto, der die Story natürlich noch viel genauer kannte, als sie Viktor hier erzählt hatte, dachte sich, „Wozu erzählt er dieser Tussi das, die will uns doch nur schaden.

Doch Vera Rabenstein wirkte ganz euphorisch: „Diese Story muss veröffentlicht werden, und das wird meine Sache sein. Damit komme ich wieder ganz groß raus, und ihr bekommt Strafmilderung, weil ihr SDI verhindert habt, denn die Österreichischen Gerichte sind nicht sehr Amerikafreundlich. Wenn es denn stimmt, was Sie mir erzählt haben. Lassen Sie mich die Unterlagen sehen, dann wissen wir, ob Sie die Wahrheit gesagt haben."

Mit diesen Worten wollte Rabenstein nach der Tasche greifen, als einer ihrer Gorilla das Wort ergriff: „Der Alte hat die Wahrheit gesagt, und jetzt haben wir endlich fast alle Verantwortlichen von damals in einem Raum. Und niemand wird je über diesen Fall berichten, dafür werde ich jetzt sorgen."

Er drückte seine Beretta zweimal ab, und die erstaunt dreinschauende Sylvia Rabenstein drehte plötzlich eine malerische Pirouette, riss die Arme ein wenig hoch, sackte in sich zusammen und schlug unsanft am Fußboden auf.

Kapitel 5

Vera war verzweifelt, sie stand mit Henry im Internationalen Terminal in Madrid und hatte sich und Henry ein neues Smartphone mit Prepaid SIM Karte gekauft, und konnte Otto in Tiflis noch immer nicht erreichen. Sie wusste, er würde sein Smartphone niemals ausschalten. Er war nicht der Typ, der nicht ans Telefon ging, es musste etwas passiert sein. Aber sie konnte jetzt auch nicht Oberleitner anrufen, sonst würde sie womöglich eine neue digitale Spur legen.

In Madrid war es fast Mitternacht und das Boarding des Fluges nach Peru stand unmittelbar bevor. Sie hatte mit LATAM gebucht, der größten Südamerikanischen Fluglinie mit Hauptsitz in Chile. Bis heute hatte sie gar nicht gewusst, dass es diese Fluggesellschaft überhaupt gab und nun flog sie mit ihr.

Zwölf lange Nachtflugstunden ohne Kontakt zur Außenwelt standen ihr bevor. Der riesige Terminal war zu dieser Zeit fast ausgestorben, gähnend leere Wartesitzreihen schienen Vera anzustarren und zu fragen, „was machst du hier eigentlich?"

Nur mehr zwei Flüge würden jetzt starten, der Flug nach Santiago de Chile und als letzter Nachtflug ihr Flug nach Lima.

Henry begann müde zu werden, er war es nicht gewohnt, so lange aufzubleiben und die Aufregung des Tages ließ jetzt nach. Mit einigen Snacks hatten sie im Terminal ihren Hunger gestillt. An Bord würde sie noch ein verspätetes Abendessen erwarten, bis dahin sollte Henry noch wach bleiben, doch ihm fielen schon jetzt die Augen zu. Vera war mit ihren Sorgen allein.

„Nur ein toter Otto würde nicht an sein Telefon gehen", drängte sich als Gedanke immer stärker in ihr Bewusstsein und ihre Eingeweide verkrampften sich. „Wenn die Gangster in Wien so zugeschlagen haben, wie haben sie dann in Tiflis zugeschlagen", fürchtete Vera. Sie hatte Angst um Otto, sie liebte ihn mehr denn je.

Sie wechselten ihre Sitze, so dass Vera nicht mehr die endlos leeren Sesselreihen vor sich hatte, sondern die anderen Passagiere ihres Fluges sehen konnte. Dazu hatte sie Henry aufwecken müssen, der schon geschlafen hatte, und ihr nun von einem schrecklichen Alptraum berichtete, den er eben gehabt hatte. „Die Welt wird untergehen, feurige Steine fallen vom Himmel und bringen uns alle um, Mami lass uns nicht nach Peru fahren, dort werden wir sterben, ich habe solche Angst. Ich kann doch nichts dafür, diesmal bin ich wirklich nicht schuld", brach er schließlich in Tränen aus.

Vera versuchte, ihn zu beruhigen, was ihr half, einen Moment nicht an ihre eigenen Sorgen zu denken.

„Nein, du bist doch nicht schuld, wer behauptet denn sowas. Deine Mami passt auf dich auf, damit dir nichts passiert. In Peru sind wir sicher, da passiert uns nichts, da treffen wir Papa, der wird auch kommen", erklärte sie, obwohl sie selbst nicht an ihre Worte glaubte.

Am liebsten hätte sie jetzt genauso wie Henry einfach los geheult. Aber sie musste stark sein, sie musste ihren Sohn beschützen, auch wenn sie beide vielleicht nicht überleben würden. Sie musste kämpfen bis zum letzten Atemzug, und noch darüber hinaus, wie sie aus eigener Erfahrung ihrer früheren Abenteuer nur allzu gut wusste.

„Wer ist jetzt der Vater von Henry, Otto oder Daniel, den sie von Lima aus anrufen würde", sinnierte Vera.

*

Dann wurde es Zeit für das Boarding, beide stellten sich in die Kette der Passagiere, von denen viele schon sehr peruanisch aussahen. Vera wurde mit einem Mal bewusst, dass sie hier ihr ganzes bisheriges Leben, ihre Heimat und ihre Sicherheit verließ. Sie stand an der Kante Europas, bereits aus der EU ausgecheckt und bereit nach Südamerika zu gehen, ohne zu wissen, was sie dort erwarten würde, und ob Daniel ihr überhaupt helfen würde. In welche Schule sollte Henry im peruanischen Hochland gehen, Er konnte doch kein Spanisch, nur ein bisschen Volksschulenglisch.

Veras Blick fiel auf einen der TV Monitore, die im Terminal von der Decke hingen. Sie sah lodernde Flammen und darunter lief ein Nachrichtenticker auch auf Englisch: „Großfeuer in Kalifornien außer Kontrolle, bereits mehr als eine Million Einwohner evakuiert. Feuer breiten sich weiter aus, mehrere Kleinstädte vollkommen niedergebrannt."

Dann waren sie in der Maschine und machten es sich auf ihren Sitzen bequem, die für die nächsten zwölf Stunden ihr Zuhause sein würden. Die weiträumige Kabine der Boeing 767 gab Vera wieder ein wenig Vertrautheit und Sicherheit zurück.

„Bis Lima sind wir jetzt einmal in Sicherheit", dachte sie, als die Maschine geräuschvoll vom Europäischen Boden abhob.

Kapitel 6

Keiner sagte ein Wort, auch der zweite Gorilla der Rabenstein verstand die Welt nicht, als alle um die am Boden liegende Sylvia Rabenstein herumstanden. Sie bewegte sich nicht mehr und schien tot zu sein.

Niemand beugte sich zu ihr hinunter, um zu sehen, ob sie noch atmete, denn der Leibwächter, der geschossen hatte, nahm seinem Kollegen die Waffe aus der Hand. Er ließ diese zu Boden fallen, ging drei Schritte zurück und bedrohte seinen Kollegen und alle Anwesenden mit seiner Beretta.

Dann setzte er zu einer Erklärung an: „Alle Spuren dieses Verrats werden jetzt auf allerhöchste präsidiale Anweisung des Präsidenten der Vereinigten Staaten beseitigt."

Mit diesen Worten zog er seinen CIA Ausweis aus der Tasche und hielt ihn den Anwesenden vor.

„Tut mir leid, aber diesen Raum verlässt niemand lebend, es wird keine Zeugen für diese Schmach mehr geben."

Sein Kollege protestierte heftig: „Moment mal, wir waren bis vor drei Minuten ein Team, wir hatten den Auftrag sie zu beschützen", dabei deutete er auf die am Boden liegende Rabenstein, „und nun willst du auch mich umbringen, nur weil ich nicht vom CIA bin, das ist doch krank, was habe ich mit der Sache zu tun."

„Du bist zur falschen Zeit am falschen Ort, niemand konnte wissen, dass der Alte jetzt die ganze Star Wars Geschichte allen hier Anwesenden erzählt."

Nun versuchte es Otto Rauhenstein diplomatisch: „Was bringt dem amerikanischen Präsidenten unser Tod, den Deal hat mein Vater gemacht, und der lebt zufrieden in Wien. Da hat dein Kollege recht, du bist bei den falschen Leuten. Steck die Waffe weg, und lass uns alle gehen, dann erfährt niemand etwas von der ganzen Angelegenheit, das versprechen wir alle."

Der Agent zuckte spöttisch mit den Mundwinkeln und sah auf seine Armbanduhr.

„Jetzt lebt Heinrich Rauhenstein sicher nicht mehr friedlich in Wien, das Paket wird ihm gerade zugestellt und du kannst ihn nicht mehr warnen. Seine Schwiegertochter bringt es ihm und die ist ganz neugierig, was drinnen ist, sie werden es gemeinsam öffnen und dann ist Heinrich Rauhenstein Geschichte, wenn die Bombe hochgeht", erklärte er zynisch grinsend.

Otto wurde blass: „Vera wollt ihr auch erledigen, sie hat doch mit der Sache nichts zu tun, lasst gefälligst meine Frau aus dem Spiel, ihr Schweine."

„Mein Chef hat gesagt, alle Mitwisser werden beseitigt, und deine Frau hat doch irgendwo diese gestohlene Festplatte versteckt, stimmt´s. Sie weiß also etwas und hängt mit drinnen. Wer die USA betrügt, bekommt seine gerechte Strafe. Ich führe nur meine Befehle aus und jetzt wird es Zeit, mit dem Reden aufzuhören und die Waffen sprechen zu lassen. Los, alle miteinander dort rüber ins Eck mit euch. Das gilt auch für den da", rief er aus und deutete auf Dmytro, den Leibwächter von Otto, der bisher regungslos im Hintergrund gestanden hatte und seinen Aktenkoffer noch immer in der Hand hielt.

Kapitel 7

Vera hatte einen Musikkanal der Bordanlage gewählt und hing ihren Gedanken nach. Das nachmitternächtliche Abendessen war längst vorüber und Henry war in seinem Sitz eingeschlafen. In der Kabine war es ruhig und still. Nur die kleinen Nachtlichter brannten, von etlichen Sitzen war das schwache bläuliche Leuchten der in die Sitzlehnen eingebauten Bildschirme zu sehen. Dort saßen die Leute, die nicht schlafen konnten und stattdessen die Bord Videothek durchkämmten.

Niemand hier würde auf die Idee kommen, dass diese hübsche junge Frau mit den brünetten Haaren und im modischen khakifarbenen Outdoorlook keine Urlaubsreisende war. Der kleine zerbrechlich wirkende Bub neben ihr war zweifelsfrei ihr Sohn, die Ähnlichkeit war signifikant. Aufmerksame Beobachter hätten sich gewundert, wieso das Kind auf Reisen war, jetzt mitten in der Schulzeit. Doch solche Beobachter gab es in der Kabine nicht, obwohl der Flug gut gebucht war.

*

Jetzt gab es wieder den regulären Flugverkehr. Vor ein paar Jahren war der weltweite Flugverkehr im Zuge der Coronakrise, wie die COVIT-19 Pandemie genannt wurde, über ein Jahr fast völlig zum Erliegen gekommen. Damals dachten viele, die Welt würde sich nachhaltig ändern und die Menschen sich zum Besseren wandeln. Doch nach zwei Jahren Coronakrise und einer riesigen weltweiten Wirtschaftskrise waren alle froh, als der Virus durch neue Medikamente endlich besiegt war und lebten bald wieder so, wie vor der Krise. Die Menschheit hatte nichts daraus gelernt. Kaum waren die Reisebeschränkungen vorbei, drängten sich die Menschen wieder auf den Flughäfen, um zu ihren Traumdestinationen zu kommen, die kurz davor noch als Corona Hotspots gesperrt gewesen waren.

*

Vera hatte ihren Schirm abgeschaltet und versuchte, der Musik zu lauschen, denn schlafen konnte auch sie nicht. Zuviel war am gestrigen Tag passiert. Sie passierten gerade die Küste Spaniens mit Kurs auf Südamerika und Vera hatte noch keinen Plan gefasst, wie es von Lima aus weitergehen sollte.

Ihr Fernsehsender, die Power of Family, kam ihr in den Sinn. Sie war die Chefredakteurin und Programmdirektorin in einer Person. Ohne ihr OK lief gar nichts. Und nun würde sie morgen anrufen müssen und sich kurzfristig einen längeren Urlaub nehmen müssen. Falls Dr. Rüdiger Baumgartner, der CEO des Senders nicht der Ansicht war, eine Suspendierung wäre besser, bis die Vorwürfe gegen Vera geklärt wären. Denn es würde rasch an die Medien sickern, dass sie im Verdacht stand, etwas mit dem Anschlag auf ihren Schwiegervater zu tun zu haben. Und wie sollte sie sich rechtfertigen. Doch besser in Freiheit, als in U-Haft, wo sie unbekannten Angreifern ausgesetzt sein würde.

Holger würde übernehmen müssen, dachte Vera. Holger Martens war stellvertretender Chefredakteur und jetzt würde er zeigen können, was er draufhatte. Holger stammte aus Köln, sah äußerst smart aus und lebte schon länger in Wien. Er hatte schon bei einigen Privat TV Sendern gearbeitet. Vera verstand sich gut mit ihm, er würde sie nicht absägen, zumindest nicht in den ersten Wochen ihres Zwangsurlaubes. Sollte dieser aber länger dauern, würden die Karten neu gemischt werden.

Sie würde Lydia bitten, ein Auge auf die Situation zu haben. Lydia Ceskovic war ihre Assistentin, knapp vierzig und gebürtige Serbin, sie konnte mit Intrige und Hinterlist fertig werden. Ihr konnte Vera voll vertrauen.

Die Programmlinie war eingespielt und musste in den nächsten Monaten nicht geändert werden. Die ganze Linie hatte Vera damals bei der Gründung des Senders faktisch im Alleingang entwickelt. Darauf konnte sie stolz sein. Sie hatte einen informativen Familiensender geschaffen, der aufbauend auf der damaligen Internetplattform, die in ihren

Anfängen primär gegen Hass und Verleumdung im Web aufgetreten war, heute ein breites Spektrum an Ideen und Themen abdeckte.

Gesundheitsthemen und Alternativmedizin waren ein wichtiges Standbein. Sie förderte immer wieder Beiträge über den Nachweis der Wirksamkeit von Homöopathie, Energiearbeit, Akupunktur und ganzheitlicher Medizin. In den Diskussionsformaten kamen Befürworter als auch Kritiker zu Wort, doch es war bekannt, dass Aggression und aggressives Verhalten nicht toleriert wurden. Wer tobte und schimpfte, andere nicht ausreden ließ und keine Diskussionskultur kannte, wurde nicht nur ausgeladen, sondern erhielt das „rostige Mikrophon" des Senders als Negativauszeichnung für schlechtes Benehmen.

Dass die rostigen Mikrophon-Träger jeweils nach der Verleihung via Shitstorm in den asozialen Medien zerrissen wurden, war nicht das Problem der POF, denn dort herrschte Freundlichkeit.

Die Förderung der traditionellen Familie war bei der Gründung ein klarer Auftrag von Alexander Gauland, dem damaligen Bundesvorsitzenden der PRO, der Partei für Recht und Ordnung, gewesen. Daher auch der Name der Plattform „Power of Family".

Doch Vera hatte von Anbeginn an den Begriff wesentlich liberaler gesehen, wobei sie die konservative Familiensicht nicht ausschloss. Unversehens waren die Patchworkfamilien und die eheähnlichen Gemeinschaften beiderlei gleichen Geschlechts auch unter dem Begriff summiert und sogar zugewanderte Großfamilien kamen ins

Bild, wobei der Sender aber eine ganz klare Ablehnung jeder Art politisch oder religiös motivierter Unterdrückung oder Ungleichbehandlung zum Ausdruck brachte. Egal ob es sich dabei um die Unterdrückung von Musliminnen, oder um die Todesdrohungen gegenüber Moslems, die ihren Glauben verlassen wollten, handelte.

Dieser Kurs hätte nach dem ersten Jahr der Plattform beinahe das Aus für Vera bedeutet, da Vielen in der PRO diese Linie gar nicht schmeckte. Aber der Erfolg gab Vera recht, denn sie punktete mit Ethik und Verantwortung in allen Arten von Partnerschaften. Verantwortung dem Partner und den Kindern gegenüber. Die Moral war plötzlich kein Monopol der Linken mehr. Diese sahen vielmehr auf einmal wie verantwortungslose Vertreter des ungezügelten Sexualtriebes aus, da sie als Antwort auf die konservative Wende die Abtreibungsfrist bis zur Geburt des Kindes verlängern wollten.

Die Antwort von Vera als Mutter des kleinen Henry auf solche Perversitäten war so heftig, dass der ganze deutschsprachige Raum vibrierte und die Linken eine Reihe von Wahlschlappen einstecken mussten. Die Linke hatte nicht verstanden, dass die Familie als Keimzelle des Lebens unersetzbar war, und dass es auch in gleichgeschlechtlichen Partnerschaften Verantwortung für den Anderen geben musste.

Da erkannten die Leute der PRO, dass Vera richtig lag, als ihre Reichweite durch die Decke schoss. Es wurden Budgetmittel lockergemacht und die Reichweite stieg und stieg.

Die PRO war für die Plattform bald nicht mehr so wichtig, viel Prominenz aller politischen Lager wurde für die Diskussionsrunden eingeladen, auch Otto war ein gern gesehener Studiogast. Das Themenspektrum verbreiterte sich ständig. Die ersten kompletten Eigenproduktionen von neuen Formaten gingen an den Start.

Heute beschäftigte der Sender bereits sechzig Leute und war ein kleines und feines Medienunternehmen geworden, in dem Vera die tragende Rolle spielte.

*

Und diese Rolle wollte sie weiterspielen. Sie würde nicht so schnell aufgeben, ihr war massiv Unrecht geschehen. Mit ihren Anwälten würde sie auch von Peru aus reden können. Ihre Flucht war kein Schuldeingeständnis, sondern sie musste sich in Sicherheit bringen, um nicht weiteren Anschlägen zum Opfer zu fallen. Dass der Polizei Daten zugespielt worden waren, die sie zur Verdächtigen machten, war die Steigerung der Infamität derjenigen, die sie und ihre Familie zur Strecke bringen wollten.

Das konnte keine einzelne Person sein, da steckte mehr dahinter. Wie Kurt angedeutet hatte, sollte ein Geheimdienst die Fäden in der Hand haben. Aber was hatte sie damit zu tun. Die alten Waffengeschäfte gingen sie nichts an. Und normalerweise sprengten Geheimdienste keine Villen in die Luft. Da musste mehr dahinterstecken.

Kapitel 8

Rabensteins Leibwächter sah partout nicht ein, warum er wegen eines durchgeknallten CIA Agenten sterben sollte. Er probierte ein Ablenkungsmanöver und schrie den CIA Agenten an: „Pass auf, der zieht eine Waffe", und deutete auf Dmytro, der völlig regungslos in der anderen Zimmerecke stand.

Der CIA Agent wandte den Kopf einen Moment in dessen Richtung, als Rabensteins Leibwächter nach vorne hechtete, um dem CIA Agenten die Waffe zu entreißen. Dieser sah im Augenwinkel den Sprung, riss seine Beretta herum und feuerte eine Serie von Projektilen in dessen Brust.

Die Wucht des Sprunges war aber so groß, dass der Körper auf den CIA Mann geschleudert wurde und dieser zurückweichen musste, um nicht umgerissen zu werden. Unsanft stieß er den Körper mit beiden Armen von sich, so dass dieser zu Boden krachte.

In der nächsten Sekunde folgte der CIA Mann dem Leibwächter und schlug ebenfalls auf dem Fußboden auf. Otto hatte die Salve gar nicht gehört, die Dmytro abgefeuert hatte, so sehr war er unter Schock gestanden.

Jetzt sahen alle Dmytro an. Dieser stand regungslos, seinen Aktenkoffer noch immer in der Hand haltend.

Die Seitenwand des Koffers war allerdings zu einem Sieb geworden, als Dmytro mit einer schnellen Bewegung den Koffer mit der darin fix montierten Uzzi Maschinenpistole auf den CIA Agenten gerichtet und mit der anderen Hand den verborgenen Abzug an der Unterseite des Koffers betätigt hatte.

Die beiden Leibwächter von Rabenstein waren tot, da gab es keinen Zweifel, doch als sich Otto zu Sylvia Rabenstein beugte und ihren Puls fühlte, meinte er einen schwachen Herzschlag zu vernehmen.

Viktor Urbanowitsch wollte eben einen Krankenwagen rufen, als er durch ein lautes „Pst" von Dmytro zum Schweigen gebracht wurde.

Dmytro hatte die Leiche des CIA Agenten auf den Rücken gedreht und dessen Kaputzenpulli hochgeschoben. Er deutete wortlos auf die Verkabelung, die darunter zum Vorschein gekommen war. Die Kabel endeten in einem Aufnahmegerät, das mit Klebeband an der Brust des Agenten befestigt war und dessen Aufnahmelämpchen noch immer rot leuchtete.

Die Kugeln der Uzzi hatten das Gerät verfehlt, dafür aber das Herz des Agenten mehrmals durchschlagen. Die Adjustierung des Agenten war unvorschriftsmäßig ohne Schutzweste, was bei einem Einsatz leicht tödlich enden konnte.

Dmytro riss das Aufnahmegerät von der Brust des Agenten und zerschmetterte es am Fußboden. Dann trat er solange drauf, bis kein rotes Licht mehr leuchtete.

Eine schnelle Untersuchung des Gerätes ergab, dass die Tonaufnahme des gesamten Vorfalls eins zu eins an eine unbekannte Stelle live übermittelt worden war. Die CIA wusste also schon, dass der Agent tot war, während sie noch überlegten, was sie mit der Leiche machen sollten.

Jetzt waren schnelle Entscheidungen gefragt. Niemand wusste, ob der der Agent nicht ein ganzes Einsatzteam draußen auf der Straße hatte und nur um alle zu täuschen alleine mit der Rabenstein und dem echten Leibwächter in die Wohnung gekommen war.

Dmytro klärte daher die Lage indem er über das Dach des Nebenhauses in einen Hinterhof kletterte, von dem er auf die Straße gelangte.

Otto wolle mit Viktor Urbanowitschs Smartphone Vera oder seinen Vater anrufen, um sie zu warnen, doch niemand ging ran und er erhielt nur die Meldung, dass die Teilnehmer derzeit nicht erreichbar waren, er solle es später nochmals versuchen.

„Falls es noch ein Später gibt", dachte Otto resigniert.

„Alles ruhig, keine verdächtigen Wagen und keine Leute in Hauseinfahrten", war der Kurzbericht von Dmytro, als er eine Viertelstunde später wieder im Büro war.

Viktor Urbanowitsch hatte inzwischen seine Helfer aktiviert, da sie nicht gut die offizielle Rettung rufen konnten, weil die toten Agenten hier noch herumlagen und die Wände jede Menge Einschusslöcher aufwiesen.

Sylvia Rabensteins Puls wurde immer schwächer, sie versuchten die Blutungen zu stoppen, indem sie einen Druckverband um den Bauch legten, aber wie es innen aussah, wussten sie nicht.

Nach langen bangen Minuten erschienen zwei Männer in Arbeitskleidung, die einen Sarg mitbrachten.

„Der hat Luftlöcher", beruhigte Viktor Urbanowitsch, „ich kenne das System, da kann nichts passieren, so bringen wir sie unerkannt aus dem Haus. Und Otto soll mitfahren, da er ihre Sprache spricht, falls sie noch einmal aufwachen sollte."

*

Bald saß Otto zusammen mit Dmytro im Laderaum eines kleinen Lieferwagens, die beiden Männer in Arbeitskleidung saßen vorne im Fahrerhaus. Sie waren mit der Rabenstein, die im nun wieder geöffneten Sarg lag, alleine. Nur durch die kleinen Heckscheiben des Autos drang ein wenig Licht in den Laderaum. Zur Fahrerkabine gab es keine Verbindung. Otto und Dmytro mussten sich wegen der schlechten Straßenverhältnisse bei jeder Kurve am Sarg abstützen, um nicht gegen die Bordwand geschleudert zu werden. Viktor hatte versprochen, sich um die beiden toten Agenten zu kümmern. Er kenne da eine gute Methode des „Verschwindenlassens", hatte er lächelnd gemeint. „Da bleiben keinerlei Spuren zurück, die Toten lösen sich einfach in Luft auf."

Otto hatte kein Smartphone mehr, da dies der Agent zerschossen hatte. Er machte sich Sorgen um seinen Vater und um Vera. Er musste wissen, was gerade in Wien ablief. Die Andeutungen des Agenten waren ja mehr als eindeutig gewesen und er konnte seine Familie nicht erreichen.

Sylvia Rabenstein lag im offenen Sarg, wie wenn sie schon tot sei. Otto musste daran denken, wie er bei der bewusstlosen Vera im Hubschrauber gesessen hatte, als dieser ins Wiener allgemeine Krankenhaus geflogen war. Otto war mit über nullkommafünf Promille mit Vera in seinem schweren Audi in den Wald gekracht und alle dachten, er hätte einen Unfall gebaut. Nur Vera hatte gewusst, dass die Lenkung und die Bremsen versagt hatten. Otto hatte sie unbedingt als Entlastungszeugin gebraucht.

Nun saß er in Tiflis neben der bewusstlosen Sylvia Rabenstein im Sarg, die damals Chefredakteurin und Chefin von Vera gewesen war und befand sich in der gleichen Situation. Er brauchte Sylvia Rabenstein als Entlastungszeugin, da nur sie bestätigen konnte, was Viktor Urbanowitsch über den alten Star Wars Deal erzählt hatte und dass heute der CIA Agent alle hatte erschießen wollen.

Falls es denn je zu einem Prozess in Wien kommen würde. Dazu müsste die Rabenstein erst einmal überleben und sie beide aus Georgien herauskommen, ohne von irgendeinem Geheimdienst oder der Polizei spurlos entsorgt zu werden. Das könnte schwierig werden, dachte Otto.

*

Die Klinik, bei der sie ankamen, lag im Innenhof eines alten Industriegebäudes am Ufer der Kura, dem Fluss, der Tiflis durchquerte. Bröckelnder Beton und zerbrochene Fensterscheiben waren das erste, was Otto sah. Hier konnte die Rabenstein nicht gerettet werden, fürchtete Otto.

Doch der erste Eindruck täuschte, denn die eigentliche Klinik lag im Keller des Gebäudes und machte einen ganz modernen Eindruck. Otto begann zu ahnen, dass hier Leute behandelt wurden, die sich in den Krankenhäusern der Stadt nicht blicken lassen durften. Hier war der Untergrund von Tiflis, hier residierte die grusinische Mafia. Grusinien war die alte Bezeichnung von Georgien während der Sowjetischen Herrschaft. Die Sowjets waren Geschichte, die

Mafia war höchst lebendig. Otto hatte immer schon geahnt, dass Viktor Urbanowitsch über gute Kontakte verfügen musste. Aber anscheinend war er viel mehr mit der Mafia in Verbindung, als Otto bisher angenommen hatte. Darauf ließen zumindest seine lässigen Bemerkungen über das „Verschwindenlassen" der Leibwächter schließen.

Die Sanitäter, die Sylvia Rabenstein aus dem Sarg auf eine Patiententransportliege legten, waren wie ganz normale Sanitäter gekleidet und zeigten keine Verwunderung über den Sarg. Anscheinend kam das hier öfters vor.

Als sie eine Portierloge passierten, sah Otto, dass im Hintergrund des Raumes ein Regal randvoll mit Kalaschnikows stand. Das fand er für ein Spital eher ungewöhnlich. Dann wurden sie von einem Diensthabenden in einen Warteraum gebracht, und die Sanitäter fuhren mit Sylvia Rabenstein in das Innere dieser seltsamen Klinik.

Dann brachte Dmytro sein Anliegen vor: „Bei der heute festgestellten Sterberate ist es nur fair, wenn mein Tagsatz ab sofort um dreihundert Prozent steigt, du bist jetzt nicht mehr in der Position, das ablehnen zu können. Du hast mir ja nicht gesagt, dass deine Feinde von der CIA sind. Du hast gesagt, der Job ist ein reiner Routinejob."

Bei Otto stand der Sicherheitsgedanke im Vordergrund und er wollte diesen Dmytro noch länger an seiner Seite haben, da er ihm ja heute das Leben gerettet hatte.

„Das habe ich auch erst heute erfahren, aber keine dreihundert Prozent", erklärte er grinsend. Als Dmytro aufbrausen wollte, meinte er: „Keine Panik, ich meine es Ernst was ich jetzt sage! Ich erhöhe auf vierhundert, und ich hoffe, du kannst uns begleiten, wenn wir aus Georgien heraus wollen. Wir werden einen alternativen Weg brauchen. Am Flughafen in Tiflis wartet die CIA. Falls sie nur wartet, und uns nicht aktiv sucht."

„Wieso uns, du alleine musst aus Georgien weg, die Frau ist so gut wie tot, die war doch schon im Sarg.", erklärte Dmytro verwundert.

„Die Frau brauche ich noch lebend, wenn irgendwie möglich. Du musst uns beide begleiten, Viktor hat sicher einen Plan, wie wir hier wegkommen."

„Du überschätzt Viktor", erklärte Dmytro, „er ist ein alter Mann, er hätte die Geschichte von diesem „Star Wars" nie erzählen dürfen. Ich kenne bessere Leute, die uns hier wegbringen. Ist nicht billig, aber sicherer. Viktor hatte ja nicht einmal einen Leibwächter dabei, der ist zu alt für den Job."

Otto überlegte: „Dmytro hat nicht so unrecht, der heutige Auftritt von Viktor war suboptimal. Viktor musste längst von der CIA beschattet worden sein und sie warteten nur mehr, wer sein Geschäftspartner war, und dann kam er, und die Falle schnappte zu. Das Angebot von Dmytro muss überlegt werden, aber nichts überstürzen, ich kenne Dmytro viel zu wenig, um ihm vertrauen zu können. Heute war er gut, und morgen steht er womöglich auf der Payroll von jemandem anderen. Er würde ihn testen müssen."

„Klingt gut", erwiderte er daher, „aber ich brauche meine Sachen vom Hotel. Dort sitzt sicher auch einer von der CIA und wartet auf mich. Kannst du meine Sachen holen?"

„Klar, kein Problem, bei vierhundert Prozent sind noch ein paar Leichen drin, das mache ich schon", erklärte Dmytro und grinste.

Kapitel 9

Henry wälzte sich im Halbschlaf auf seinem Sitz umher. Er hatte schlecht geträumt. Er hatte es getan und war schuld und jetzt verfolgten sie ihn und wollten ihn töten. Das Dröhnen der Triebwerke klang für ihn wie Schlachtenlärm und der Donner von Kanonen. Sie durften ihn nicht erwischen. Henry rannte eine endlose Straße entlang, es war finster und er war in Panik. Er war ein Krieger auf der Flucht. Er hatte Ungläubige getötet und jetzt jagten sie ihn gnadenlos.

Dann erwachte er aus seinem Alptraum und spürte seine Mutter neben sich sitzen. Er blinzelte mit den Augen und merkte, dass seine Mutter zu schlafen schien. Zumindest hatte sie die Augen geschlossen.

*

Henry war mit seinen acht Jahren zwar noch recht klein, aber sehr aufgeweckt und hoch intelligent, hatte seine Lehrerin der Mutter versichert. Er selbst wusste, wo sein Problem lag. Es waren seine Ängste und Alpträume. Als Baby hatte er oft fürchterlich geschrien und sich vor allem gefürchtet, was irgendwie Lärm machte oder einem Messer ähnlichsah. Das hatte ihm seine Oma einmal erzählt. Erst nach einigen Jahren war das besser geworden. An die vielen Arztbesuche konnte er sich nicht mehr erinnern, die hatte er erfolgreich verdrängt. Seine Mutter hatte sich geweigert, ihn mit Medikamenten vollzustopfen, um ihm die Ängste zu nehmen. Das wusste Henry aber nicht. Er hatte keine Ahnung, welche Scharmützel seine Mutter mit den Psychologen ausgefochten hatte, um aus ihm ein normales Kind zu machen, und nicht einen Psychopharmaka abhängigen kleine Junkie, der schon im Kindergarten seine tägliche Dosis brauchte.

Vera hatte es mit viel Liebe und Zuwendung geschafft, dass seine Ängste nachließen und nun fast ganz verschwunden waren. Henry konnte darauf vertrauen, dass Vera ihn liebte.

*

Aber jetzt war alles anders. Jetzt waren sie wirklich auf der Flucht, weil böse Leute die Großeltern getötet hatten und der Vater nicht erreichbar war und sie aus Wien wegmussten.

Ganz verstand Henry nicht, weshalb sie fliehen mussten, denn Vera hatte ihm nicht viel vom Telefonat mit Kurt Oberleitner erzählt. Er wusste nur, sie mussten dringend nach Peru, weil die Großeltern tot waren und sie dort den Vater treffen würden. Doch Henry war nicht dumm. Er wusste, dass die Polizei hinter ihnen her war, warum sonst hätte ihm Mami das nigelnagelneue Smartphone weggenommen und ihres in der Wohnung gelassen. Handyortung durch die Polizei kam doch in jedem Fernsehkrimi vor. Aber warum nur, sie hatten doch nichts Böses getan. Oder war da etwas, was Mami ihm nicht erzählt hatte?

Doch nun wollte er stark sein, und Mami nicht mit seinen Ängsten quälen. Sie waren der Polizei schließlich entkommen, sonst wären sie nicht im Flugzeug nach Lima. An die dortige Passkontrolle und an internationale Haftbefehle dachte Henry nicht.

*

Vera am Nebensitz bemühte sich indessen, nicht in Selbstmitleid zu verfallen. Sie wusste, die Frage, warum ihr das passiert war, durfte sie sich nicht stellen. Sonst würde sie verzweifeln. Acht glückliche Jahre waren sie zusammen eine harmonische Familie gewesen. Jetzt war alles anders und sie wusste nicht einmal, ob Otto noch am Leben war, oder ob eine vergleichbare Bombe auch in Tiflis hochgegangen war.

Und auch ob Daniel ihr überhaupt helfen würde, war alles andere als sicher, denn sie hatte Daniel damals wegen Otto über Nacht sitzengelassen und war Hals über Kopf zu Otto gezogen. Das war nach ihrer ersten Nacht mit Otto auf Schloss Rauhenstein passiert. Sie war mit Daniel gemeinsam dort zum Geburtstagsfest von Heinrich, ihrem jetzigen Schwiegervater eingeladen gewesen. Daniel, der damals schon maßlos eifersüchtig auf Otto gewesen war, hatte sich geweigert, mitzukommen, da er alten Adel verabscheute, und so war Vera allein gefahren. Eigentlich hätte sie absagen müssen, wenn sie bei Daniel hätte bleiben wollen, doch die Liebe zu Otto war stärker gewesen.

Sie wollte ihn sehen und dachte absichtlich nicht darüber nach, was danach passieren würde, und auf Schloss Rauhenstein im Waldviertel passierte es dann. Beim

Geburtstagsfest von Ottos Vater mit mehr als zweihundert Gästen verschwanden Otto und Vera in den Tiefen des Schlosses und genossen ihre erste aufregende gemeinsame Nacht.

Tags darauf in Wien zog sie aus Daniels Wohnung aus, nach einer dramatischen Trennungsszene mit nur einem einzigen Koffer. Die Gefühle für Otto waren stärker gewesen, und sie hatte Daniel seit ihrem dramatischen Auszug nicht mehr gesehen. Als sie dann später ihre Sachen aus der Wohnung geholt hatte, war er nicht dabei gewesen, den Schlüssel hatte sie ihm in den Postkasten geworfen.

Inzwischen waren acht Jahre vergangen und wegen der damaligen stürmischen Ereignisse war nicht geklärt, wer der Vater von Henry war. Daniel hatte sich nach Südamerika zu seinem Aufforstungsprojekt abgesetzt, und Otto hatte einen Vaterschaftstest abgelehnt und erklärt, Henry müsse sein Sohn sein, daran würde er niemals zweifeln. Alles andere sei ihm egal, Henry sei ein echter Rauhenstein.

Nun war Daniel der einzige Mensch, den sie in Peru kannte, und er lebte genau dort, wo sie nach Kurts Angaben in Sicherheit sein sollte.

Warum wollte Kurt, dass sie gerade ins Hochland von Peru flüchten sollte, es gab doch tausend andere Orte auf der Welt, die leichter zu erreichen waren. Vera ahnte, dass Kurt ihr nicht alles gesagt hatte, was er wusste.

Kapitel 10 – Tag 11

Die Hektik in der Ankunftshalle des Jorge Chavez Airports von Lima verwirrte Henry. Er war noch nie auf einem anderen Kontinent gelandet. Er hielt die Hand von Vera fest umklammert, um im Gedränge nicht verloren zu gehen.

Vera steuerte unbeirrt dem Ausgang entgegen. Mit der rechten Hand zog sie ihren Rollkoffer, mit der linken Hand zog sie Henry durch die Menschenmenge. Jedem, der ihr ein Taxi oder etwas anderes aufdrängen wollte, schleuderte sie ein kurzes „No" entgegen. Sie wollte nur rasch das Flughafengebäude verlassen und draußen würde sie den ersten Teil ihres im Flugzeug gefassten Planes umsetzen. Sie hatte die letzten Stunden des ewig langen Zwölfstundenfluges dazu genutzt, sich zu überlegen, wie es nun weitergehen sollte.

Sie sah auf ihre Armbanduhr, es war 07:30 Lokalzeit in Lima, ihr Flug war pünktlich gelandet, und bei der Passkontrolle hatte es keinerlei Probleme gegeben. Es lag kein internationaler Haftbefehl gegen sie vor. Die vierundzwanzig Stunden waren jetzt um, die Fahndung würde jetzt losgehen. Falls es diese Fahndung überhaupt gab. Aber warum sollte Kurt gelogen haben?

Vera überlegte, wie lange es dauern würde, bis die Fahndungscomputer ihren Flug nach Peru, der ja unter ihrem echten Namen erfolgt war, entdecken würden. Sie hoffte, dass sie dann nicht mehr in Lima waren. Sie wollte keines der Taxis nehmen, die sich in langer Schlange am

Terminal drängten. Sie hatte schon mehrere Fahrer abgewiesen, die ihr ihre Dienste aufdrängen wollten.

Da sah sie direkt in der Nebenspur einen schwarzen Chevrolet parken, der am Seitenfenster eine klitzekleine Aufschrift trug: „Marriott Hotel Service". Der Fahrer des Wagens döste im Fahrersitz.

Vera klopfte an die Scheibe, worauf der Fahrer erschrocken zusammenzuckte. Als er Vera sah, sprang er aus dem Wagen und entschuldigte sich in annehmbarem Englisch, dass er nicht in der Ankunftshalle gewesen sei. Vera erkannte seinen Irrtum und erwiderte: „Das ist nicht Ihre Schuld, der Flug ist früher gelandet, wir hatten Rückenwind."

„Sie sind Miss Johnson", erklärte der Fahrer, der froh war, dass es keine Aufregung gab, weil er hier geschlafen hatte, statt in der Halle zu stehen.

„Si", entgegnete Vera, „und jetzt müssen wir rasch los, ich habe Termine". Der Fahrer wunderte sich, dass die beiden nur so wenig Gepäck hatten, aber drei Minuten später waren sie auf der Autobahn, welche Callao, die Hafenstadt, in der der Flughafen lag, mit dem Zentrum von Lima verband.

Vera hoffte nur, dass die echte Miss Johnson erst dann im Marriott Alarm schlagen würde, wenn sie schon dort waren und den Wagen verlassen hatten. Diese kleine Lüge war nötig, um rasch und sicher vom Flughafen wegzukommen.

Von Otto gab es immer noch kein Lebenszeichen, seine Nummer war nicht erreichbar. Vera überlegte, ob sein

Telefon abgehört werden könnte, dann würden die Geheimdienste rasch herausfinden, von welcher Funkzelle dieser Welt sie versucht hatte, Otto zu erreichen. Auch wenn ihre Nummer noch nicht bekannt war, wüssten sie spätestens nach dem zweiten Anruf, wer da anrief und wo sie steckte. Zum Glück in einem fahrenden Taxi, sodass sich ihre Spur auch in Lima rasch verlieren würde. So hoffte sie zumindest.

Als sie dies dachte, war die Autobahn auch schon zu Ende und der Wagen stand im Stau, den es in Lima ganztägig zu geben schien, wie Vera bald mitbekommen sollte. Im Wagen erklang leise Musik und die Verkehrsgeräusche drangen nur gedämpft an ihre Ohren. Um sie herum schoben sich die Wagen in alle Richtungen und quer über alle Fahrspuren, Verkehrsregeln schien es hier nicht zu geben. Die Verkehrsampeln an den Kreuzungen schienen nur zur Zierde da zu sein, doch es gab keine Unfälle. Im Abstand weniger Zentimeter schoben sich die Wagen vorwärts oder seitwärts um die Spur zu wechseln.

„Egal", dachte Vera, denn im Marriott würde es WLAN geben, da könnte sie die nächsten Schritte ihres Plans umsetzen. Doch da schrillte das Smartphone des Fahrers und Vera konnte die hektische Stimme des Anrufers bis in den Fond des Wagens hören. Es klang genauso, wie wenn ihr kleiner Schwindel schon aufgeflogen war.

Genau das war der Fall. „Sie sind nicht Miss Johnson, weil die steht am Airport und wartet auf mich, und mein Chef tobt, was mir einfällt, nicht auf Miss Johnson zu warten", erklärte der Fahrer mit überschlagender Stimme.

„Ein grobes Missverständnis", erklärte Vera und schob dem Fahrer einen Fünfzigdollarschein nach vorne. Sie hatte noch keine kleineren Scheine, denn in der Bank hatte sie nur große Scheine genommen, um Volumen zu sparen.

Der Fahrer nahm den Schein und hielt die Hand nochmals auf und meinte: „Meine Familie leidet, wenn ich den Job verliere."

„Wenn wir im Hotel sind," erklärte Vera, „dann gebe ich Ihnen den Rest und erkläre Ihrem Chef die Umstände."

Der Fahrer gab sich damit zufrieden und die Schneckenfahrt durch den Stau konnte fortgesetzt werden.

Nach gut einer Stunde Fahrt waren sie beim Marriott Hotel angelangt, das nur sechzehn Kilometer vom Flughafen entfernt an der Pazifikküste lag.

Beim Aussteigen mussten dann der Fahrer und auch dessen herbeigeeilter Chef mit je einem Schein zufriedengestellt werden. Beide verabschiedeten sich lächelnd und wünschten Vera und Henry einen angenehmen Aufenthalt.

In der Hotellobby bog Vera mit Henry sofort in Richtung Toiletten ab, anstatt zur Rezeption zu gehen, wie es sich gehörte. Sie hatte dem Rezeptionisten durch Gesten zu verstehen gegeben, hier gäbe es ein dringendes Problem zu lösen und hatte dabei auf Henry gedeutet. Der Rezeptionist hatte verständnisvoll genickt.

*

Nachdem sie sich ein wenig frisch gemacht hatten, steuerte Vera eine Ecke der weiträumigen Hotellobby an, wo sie von der Rezeption aus nicht gesehen werden konnte.

Dort gab es großzügig dimensionierte Sitzlandschaften, in die man sich hineinkuscheln konnte, sodass man für die Außenwelt fast unsichtbar war.

Denn Vera hatte überhaupt nicht vor, im Marriott einzuchecken. Solche Hotels wollen immer den Reisepass sehen, und genau hier im Hotel sollte sich die Spur Veras und Henrys in Luft auflösen. Da konnte sie unmöglich ihre Passdaten im Hotel bekannt geben.

Das WLAN im Hotelbereich war gratis, aber es war eine Zimmernummer nötig. Bei einem Bezahldienst hätte Vera ihre Kartennummer angeben müssen. Das ging aus gutem Grund nicht. Ihre Kreditkarte hatte sie zwar noch, konnte sie aber nicht im Netz verwenden, ohne eine dicke Datenspur zu hinterlassen.

Es sah so aus, als ob aus ihrem Plan nichts würde. Henry begann langsam zu maunzen, er sei hungrig. Übernächtigt waren sie beide, da sie seit fast sechsunddreißig Stunden kein Bett mehr gesehen hatten. Schließlich war die Müdigkeit stärker und Henry schlief auf der Sitzbank ein, als ihr der Zufall zu Hilfe kam.

Ein dicker Amerikaner in dunklem Businessoutfit mit einem riesigen Rollkoffer hatte es so eilig dass er die vor ihm an der Rezeption zum Einchecken stehende Touristengruppe nicht abwarten wollte, sondern über deren Köpfe hinweg dem Rezeptionisten seinen Namen und seine Zimmernummer zum Auschecken so laut zu brüllte, dass Vera in ihrer Ecke der Lobby jedes Wort mitbekam.

Eine Minute später war sie mit ihrem Notebook im Internet und konnte ihre Recherchen durchführen.

Zumindest solange, bis der Zugang des Amerikaners vom Hotelserver gesperrt würde. Aber diese Zeitspanne musste ihr eben reichen, alles zu erledigen.

Sie scannte die Webportale der wichtigsten Österreichischen Tageszeitungen und des ORFs und ihr Magen krampfte sich zusammen. Alle schrieben das gleiche.

„Die Rauhensteins sind untergetaucht, Rauhensteins auf der Flucht", waren die netteren Schlagzeilen.

„Internationaler Haftbefehl: Vera und Otto Rauhenstein unter Mordverdacht, oder Terrorismusverdacht", war die härtere Kost. Und in den Artikeln wurden die Zerstörung der Villa und das Video, welches Vera mit dem Bombenkoffer zeigte, breit ausgeschlachtet. Die Kommentatoren ergingen sich in wildesten Spekulationen, hatten aber wenig an Fakten zu bieten. Die Unschuldsvermutung wurde einfach vergessen, denn hier ging es um Personen, die der PRO, der Partei für Recht und Ordnung nahestanden oder sogar deren Vorsitzstellvertreter waren.

Das war ein Fressen für die Presse. Die Jagd war eröffnet, es könne sich nur um Stunden handeln, bis die beiden der Polizei ins Netz gingen, wagten einige Leitartikler zu schreiben, denn die Rauhensteins seien zu bekannt, um lange unentdeckt zu bleiben.

Vera hatte das kompromittierende Video rasch im Netz entdeckt, etliche Portale hatten es auf ihren Seiten verlinkt. Ganz Österreich konnte nun sehen, wie sie den Rolli mit der Bombe in Empfang nahm und wie sie vor der Villa mit der Bombe aus dem Taxi stieg.

Der Haftbefehl war keine Erfindung. Irgendjemand hatte der Polizei falsche Informationen zugespielt, und dann dafür gesorgt, dass alles an die Presse ging. Es sah für die Rauhensteins echt übel aus.

Vera wollte in der Redaktion ihres Senders anrufen, überlegte es sich aber anders, denn sie wollte ihre Deckung nicht vorschnell aufgeben, und welche Anschlüsse derzeit in Wien überwacht wurden, konnte sie nicht wissen.

In den sozialen Medien wurden die Rauhensteins aufs Übelste beschimpft. „Mörder, Verbrecher" und „die gehören öffentlich aufgehängt" waren noch die harmloseren Meldungen. Der Pöbel nahm sich kein Blatt vor dem Mund und machte aus seinem Herzen keine Mördergrube.

Die Website der POF war ganz normal ONLINE, und ein kleiner Lichtblick, denn Holger Martens, ihr Stellvertreter hatte einen Kommentar auf die erste Seite gestellt, in dem er sich überzeugt zeigt, die Sache wäre bald aufgeklärt, und die Rauhensteins wären unschuldig. Hier sei eine Intrige im Laufen, war seine Folgerung. „Die Redaktion steht hinter ihr", war sein Schlusssatz.

Bei den POF Forumsusern hatte Vera viel Unterstützung, kaum einer glaubte an ihre Schuld, doch Andersdenkende waren eingesickert und verbreiteten auch im POF Forum ihren Schmutz.

„Eine Schwalbe macht noch keinen Sommer", dachte Vera, aber immerhin, sie war bei der POF noch nicht gefeuert worden. Aber ob sie sich lange beim Sender halten konnte, wenn die Wahrheit nicht bald ans Licht kam, war mehr als fraglich. Möglicherweise hatte sie noch einige

Tage Frist. Sie würde einen Weg finden müssen, mit Rüdiger Baumgartner, dem CEO des Sender reden zu können, ohne dass ihr Aufenthaltsort dadurch verraten würde.

Vera vermutete einen Geheimdienst oder eine Gruppe der organisierten Kriminalität hinter der Sache. Sonst hätte Kurt Oberleitner sie nicht warnen können. Er musste mehr wissen, als er ihr am Telefon gesagt hatte, das war klar. Die Mafia wäre Vera als Gegner lieber gewesen, denn die konnte nicht alle Leitungen der ganzen Welt überwachen, die Geheimdienste schon.

Dann notierte sie sich rasch die nötigen Informationen, die sie für Lima unbedingt haben musste, und stieg aus dem Netz aus, indem sie ihr Notebook zuklappte.

*

Jetzt gab es keine Aktivitäten mehr, die sie noch vorschieben konnte, jetzt musste sie Daniel anrufen. Ob sie wollte, oder nicht. Denn eigentlich wollte sie nicht, aber da Kurt Oberleitner bisher die Wahrheit gesagt hatte, sollte sie auch dem Hinweis folgen, ins Hochland zu gehen. Mit ihren Dollars wäre sie zwar in Lima auch recht sicher, fand Vera, aber an einer Privatadresse untertauchen war doch etwas anderes. Wenn es nur nicht Daniel Geiger wäre, ihr Ex. Doch für Gewissensbisse war es jetzt zu spät. Sie war damals ihrem Herzen gefolgt und musste nun ihrem Verstand folgen.

Sie wählte die Nummer, lange geschah nichts, dann erklang eine Frauenstimme auf Spanisch. Vera verstand nichts und antwortete auf Englisch: „Kann ich bitte Herrn

Daniel Geiger sprechen." Sie wusste ja nicht, ob das seine private oder dienstliche Mobilnummer war, die ihr Kurt Oberleitner gegeben hatte.

„Was wollen Sie von ihm", entgegnete die Frauenstimme in bestem Englisch.

„Ihn sprechen, ich habe ein Anliegen, das kann ich ihm nur persönlich sagen."

„Das glaube ich nicht, ich bin Maria Estancia-Geiger, seine Ehefrau, worum geht es denn?"

Vera hatte damit gerechnet, dass Daniel inzwischen verheiratet sein könnte, aber dass seine Frau auf seinem Privathandy abhob, damit hatte sie nicht gerechnet. Wie sollte sie ihrer Nachfolgerin erklären, dass sie Daniel um Hilfe bitten musste, da sie in Lima gestrandet war. Da konnte sie genauso gut gleich auflegen. „Hier steht seine Ex alleine in Lima, und bittet um Hilfe", war doch wohl unmöglich zu sagen.

Aber dann spürte Vera plötzlich eine unglaubliche Ruhe und Gelassenheit in sich aufsteigen. Wie aus dem Nichts schossen Gedanken in ihren Kopf. Gedanken, dass sie Daniel ihre Situation nie hätte erklären können, aber seiner Frau schon. Vera spürte Energien in sich aufsteigen und entschloss sich, alles auf eine Karte zu setzen und der fremden Frau zu vertrauen.

„Das ist eine lange Geschichte, aber wenn Sie ein paar Minuten Zeit haben, erzähle ich Ihnen die Kurzfassung", begann Vera.

„Kein Problem, Daniel ist eben kurz weggefahren und hat sein Smartphone zu Hause vergessen, ich habe Zeit", war die Antwort von Maria.

Vera war so klug, die Geschichte verkehrt zu erzählen und begann mit dem Anschlag in Wien und dass sie deshalb mit ihrem Sohn nach Lima habe fliehen müssen. Dann wurde sie von Maria unterbrochen, da auch im peruanischen Fernsehen darüber berichtet worden war: „Dann sind Sie ja diese Rauhenstein, die jetzt von der Polizei gesucht wird."

Vera dachte im Augenblick, jetzt ist alles aus, sie ist geliefert, doch es kam ganz anders.

„Ich glaube Ihnen, dass Sie unschuldig sind, ich spüre so etwas. Daniel muss Ihnen helfen, und wenn er sich weigern sollte, dann tue ich es", erklärte Maria mit resolutem Ton in der Stimme.

„Sie wissen doch nicht, wer ich bin, und wie ich zu Daniel stehe", entfuhr es Vera.

„Doch, Daniel und ich haben vor unserer Hochzeit keine Geheimnisse voreinander gehabt. Ich weiß, Sie waren einmal mit ihm zusammen, aber ihr habt wirklich nicht zueinander gepasst. Hier die harte Managerin und dort der sanfte Daniel, der nur für seine Bäume lebt."

„Wieso harte Managerin", entfuhr es Vera, " ich war damals, als wir uns getrennt haben, eine arbeitslose Journalistin, was hat Daniel über mich erzählt?"

„Genau genommen nicht viel Gutes", erklärte Maria, „aber muss Frau nicht eine harte Managerin sein, wenn sie ihren eigenen Fernsehsender betreibt? Die „Power of Family" gibt es im Internet ja auch auf Englisch. Und ich bin davon begeistert, wie Sie das machen. Ich wollte Sie mit der harten Managerin nicht beleidigen, ich will Ihnen helfen. Denn ich weiß, was es heißt, wenn die Polizei hinter einem her ist. Peru war nicht immer ein freies Land."

Vera begann zu begreifen, hätte sie nicht so lange gezögert, und Daniel gleich vom Flughafen aus angerufen, dann hätte Daniel abgehoben und nicht Maria. Ein Energieschauer durchrieselte sie.

Dann begann der sachliche Teil des Gesprächs. Adressen, Telefonnummern mussten getauscht und die Reiseroute musste geklärt werden.

All das versäumte Henry, der neben Vera am Sofa der Hotellobby selig schlief.

Kapitel 11

Otto hatte Dmytro ins Hotel geschickt, ihm seine Sachen zu bringen. Viel hatte er ja nicht im Zimmer, denn Otto reiste auf Geschäftsreisen immer mit kleinem Gepäck. Sein Notebook hatte er wie immer bei sich in der Umhängetasche, aber ein Wäschewechsel würde wohl gut tun, nach den Abenteuern dieses Tages. So musste er vorerst auf Dmytro vertrauen. Wenn dieser ihm übers Ohr hauen sollte, dann würde die Leiche Ottos auf irgendeiner georgischen Müllkippe enden und wohl niemals identifiziert werden.

In diesem Spital gab es kein freies WLAN, doch Otto entdeckte in der Ecke des Raumes einen funktionsfähigen Internetterminal, der wohl einmal in einem Internetcafe gestanden hatte. Da konnte er Vera ein Mail schreiben, wenn er sie schon telefonisch nicht erreichen konnte. Denn sie würde sich sicher Sorgen machen, wenn sie mitbekam, dass seine Nummer tot war und er sie nicht anrief. Sie machte sich ganz bestimmt jetzt schon Sorgen, dachte Otto.

Ein instinktiver Gedanke ließ ihn zuerst die Website des österreichischen Fernsehens aufrufen, bevor er das Mail an Vera sendete.

Er war fassungslos und klickte sich vom ORF zu den Zeitungen und überall dasselbe Bild. Von der Villa seines Vaters standen nur mehr die Grundmauern, seine Eltern beide tot, Vera auf der Flucht. Er sah das Video, wie Vera mit der Bombe im Schlepptau die Villa betrat. Sie wurde von der Polizei gesucht. Hatte sie ihn schmählich verraten? Das konnte doch nicht sein. Seine Gedanken rasten. War er mit einer Mörderin verheiratet? Und was war aus dem kleinen Henry geworden. Auch sein Sohn war spurlos verschwunden. Und der Verdacht der Polizei richtete sich primär gegen ihn, Otto. Er solle der Drahtzieher des ganzen Komplottes sein. Das war eindeutig politisch motiviert, sie konnten keine Beweise haben, sie wollten nur der PRO schaden. Mit allen Mitteln ging der Gegner hier vor.

„Es sei denn, die echten Täter haben Beweise gefälscht, ihm geschickt untergejubelt und der Polizei einen Hinweis auf diese gegeben", erschauerte Otto. Dann war er echt dran und nicht nur in Georgien, sondern auch in der gesamten EU eine bekannte und nun von allen Medien und Polizeistationen gejagte Person.

Dann las er weiter in den ORF Nachrichten. Die Polizei hatte die Spur von Vera und Henry inzwischen bis zum Flughafen Wien Schwechat nachverfolgt. Der Taxifahrer, der sie gefahren hatte, war ausgeforscht worden. Es war auch schon bekannt, dass Vera einen größeren Dollarbetrag bei ihrer Bank in bar behoben hatte. Da sie dies erst nach dem Anschlag getan hatte, dürfte irgendetwas schief gelaufen sein, denn ihre Flucht sah sehr improvisiert aus. Die Polizei hatte auch bekannt gegeben, dass Vera und Henry die Abendmaschine nach Madrid genommen hatten. Doch seltsamerweise verlor sich dort ihre Spur. Interpol hatte keinen Flug gefunden, den die beiden von Madrid aus genommen hatten. Demnach wären sie in Spanien und die spanische Polizei würde das Amtshilfeansuchen aus Österreich unverzüglich behandeln und die Fahndung in ganz Spanien einleiten.

Kurt Oberleitner hatte ganze Arbeit leisten lassen, es waren einige Datensätze im Buchungscomputer manipuliert worden, aber das konnte Otto nicht wissen.

*

Otto war am Boden zerstört, als Dmytro mit seinem Rolli zurück in die Klinik kam. Er beschloss, diesem nichts von alldem zu erzählen, denn das würde nur den Preis noch weiter in die Höhe treiben. Er würde Dmytro brauchen, doch wohin sollte er fliehen. Die EU war eben noch so erstrebenswert erschienen, doch nun würde er schon bei der Einreise verhaftet werden. Falls er so dumm war, legal einzureisen.

Bilder von Migranten, die beim Versuch der illegalen Einreise ihr Leben verloren hatten, gingen ihm durch den Kopf. Er musste an die Mittelmeerroute denken. Was für ein Unsinn, er könnte über das Schwarze Meer nach Rumänien, mit einem Fischkutter musste sich das machen lassen, samt der Rabenstein. Aber was dann? Er musste selbst die Beweise für seine Unschuld finden. Das war aber weder von Georgien noch von Rumänien aus möglich.

Kurt Oberleitner kam ihm in den Sinn. Der Kontakt war zwar in den letzten Jahren nicht mehr so intensiv gewesen, wie früher, wo sie sich fast jedes Monat einmal getroffen hatten, doch die Nummer war noch in seinem Computer. Zudem war Kurt inzwischen Oberstleutnant im Heeresabwehramt und hatte ihm schon einmal aus einer schlimmen Patsche geholfen, als er Vera mit seinem Wagen bei einem Unfall im Wienerwald beinahe getötet hatte, und Kurt beweisen konnte, dass der Wagen manipuliert worden war. Wenn wer helfen konnte, dann Kurt.

Zum Glück war Skype auf dem alten Internet Terminal installiert. So schickte er Dmytro weg, um etwas zu Essen zu besorgen und kontaktierte Kurt via Skype von seinem Smartphone aus.

Dieser war über die Art der Verbindung etwas verwundert, als Otto sich bei ihm meldete.

Doch dann wurde es noch viel merkwürdiger, als Kurt Otto einfach das Wort abschnitt und erklärt: „Ich weiß, was du sagen willst, sag jetzt bitte nichts, die Leitung ist nicht sicher, aber ich kann dich beruhigen, Vera und Henry sind in Sicherheit und sie ist unschuldig. Vertrau mir, und hör genau zu, was ich dir jetzt sage. Denk an unsere Bergsteigerzeit, und sei so gut und mach Höhenmeter, wenn dir dein Leben lieb ist, möglichst viele. Mehr kann ich für dich nicht tun. Versuche auch nicht mehr, mich zu erreichen. Pass auf dich auf."

Und dann war die Verbindung getrennt.

*

Dmytro kam eben mit zwei Burgern und Cola zurück. Am Internet Terminal liefen weiter die Nachrichten, doch zum Glück für Otto wurde eine andere Meldung eingeblendet, die nichts mit ihm zu tun hatte: „Extremhitze in Finnland, Busch- und Waldbrände breiten sich unkontrolliert aus, Vierziggradgrenze erstmalig in Finnland überschritten. Ganze Dörfer müssen vor den Flammen evakuiert werden."

Otto war mit Kurt früher viel in den Bergen gewesen, und er wusste, was der Hinweis von Kurt bedeutete. Das war damals ihr geflügelter Spruch gewesen, wenn Schlechtwetter drohte und sie den Gipfel noch vor sich hatten. „Machen wir Höhenmeter", hatte es dann geheißen, damit wir vor dem Gewitter wieder unten sind. Otto verstand bloß nicht, was das mit seiner jetzigen Situation zu tun haben sollte, außer, dass er in Tiflis anscheinend nicht sicher war. Und Tiflis war von Bergen umgeben, nördlich lag der Kaukasus mit Gipfeln über fünftausend Meter Höhe. Dort war Russland, sollte er nach Russland gehen, das war nicht die EU und die Russen waren die Nutznießer des Star Wars Deals seines Vaters gewesen. Otto überlegte, in

Russland könnte er sicher sein, wenn die Amerikaner ihn jagten.

Ein Krankenbett wurde in den Raum geschoben, darauf lag Sylvia Rabenstein. Sie war sehr blass und lag regungslos auf ihrer Unterlage, hatte aber die Augen einen Spalt geöffnet und sah Otto an.

Kapitel 12

Vera seufzte tief, als sich der Bus in Bewegung setzte und sie durch das Fenster auf den Busbahnhof in Lima blickte. Eine neunzehn Stunden dauernde Busfahrt lag vor ihnen. Dabei waren sie schon seit fünfzig Stunden unterwegs, ohne ein Bett gesehen zu haben. Die Fahrt versprach anstrengend zu werden, denn der Bus war ein Bus für Einheimische und nicht für Touristen. Von außen nicht von einem Touristenbus zu unterscheiden, innen aber viel älter und verschlissener. Doch bei den Bussen gab es keine Passkontrolle, bei Inlandsflügen schon. Das war der entscheidende Unterschied.

*

Den Tag hatten sie in der Lobby des Hotels Marriots verbracht. Zuerst in der Sofalandschaft, dann im Restaurant und schließlich in der Shopping Mall, wo sie sich mit den nötigsten Dingen eindeckten. Etwas mehr an strapazierfähiger warmer Kleidung, denn am Altiplano konnte es sehr kalt werden. Vera erstand einen kleinen Übersetzungscomputer mit Sprachsteuerung, denn mit ihren rudimentären Spanischkenntnissen würde sie nicht weit kommen, denn am Altiplano sprach fast niemand Englisch. Aber dazu gab es heutzutage die Technik.

Danach hatte sie die nahegelegene Esplanade Circuito de Playas besichtigt, die hochgelegene Promenade, von der man einen traumhaft schönen Blick auf den Pazifik hat, in dem sich die untergehende Sonne wunderschön spiegelt. Hinter ihnen glitzerte die Strand Skyline der nobelsten Hochhäuser von ganz Lima. Hier wäre Vera gerne geblieben, im Marriott ein Zimmer nehmen, mit Blick auf das Meer und eine Woche hier ausspannen. Das hätte sie sich eigentlich verdient.

Aber Flüchtlinge müssen weiter, da hilft alles nichts. Deshalb waren sie mit einem Taxi zum Gran Terminal Terrestre, dem zentralen Busbahnhof von Lima gefahren. Von dort gingen die Fernbusse ab und das Abfahrtsterminal sah fast so aus, wie auf einem Flughafen, es gab nur viel zu wenige Sitze in der Wartehalle, weshalb sie ihre Rollis als Sitzgelegenheit umfunktionieren mussten, was viele andere Leute dort auch taten. Als sie gegen neun Uhr Abend endlich in den Bus steigen konnten, war Vera schon alles egal und sie wollte nur noch schlafen.

*

Bis nach Mitternacht waren sie nach Süden die Panamerikana entlang gefahren. Auf diesem Teilstück war sie als Autobahn ausgebaut und sie kamen rasch voran.

Bei Pisco war die Autobahn zu Ende und es ging nach Osten in Richtung der Anden. Als sie das Küstengebirge erreicht hatten, fiel Nebel ein, und die Sichtweite sank auf fast Null Meter. Das veranlasste den Fahrer aber nicht, das beachtliche Tempo des Busses zu reduzieren. Sollten sie auf einen langsamen Truck auflaufen, blieben dem Fahrer nur Sekunden zum Ausweichen auf die Gegenfahrbahn, in der Hoffnung, dass gerade kein anderes Fahrzeug entgegen kommt. Denn der Bremsweg des Busses ist viel länger, als die Sichtweite.

Die Straße führte am Steilhang eines engen Flusstales stetig bergauf und der Fahrer stand weiter voll am Gaspedal.

Von all dem bekamen Vera und Henry nichts mit, da sie fest schliefen und nicht wussten, wie knapp sie an schwindelnden Abgründen entlangfuhren.

Erst die ersten Sonnenstrahlen weckten Vera auf. Sie hatten den Nebel längst hinter sich gelassen und waren inzwischen auf über dreitausend Höhenmetern und der Bus fuhr immer noch bergauf. Es ging über eine weitläufige Hochfläche, die von tief eingekerbten Tälern durchschnitten wurde, in denen tosende Wassermassen talwärts schossen.

Vera musste sich erst besinnen, wo sie sich befanden und warum sie hier waren. Ihre Flucht kam ihr immer unwirklicher vor. Sie hätte doch genauso gut hier als Touristin im Bus sitzen können.

Irgendeine innere Stimme sagte ihr plötzlich sehr deutlich, dass es höchste Zeit wäre, mit ihrem Sender Kontakt aufzunehmen. Vera spürte, dass es mehr war, als eine innere Stimme, doch sie war noch zu verschlafen, um die Stimme zuordnen zu können. Geklungen hatte es, wie wenn direkt neben ihr jemand gesprochen hätte. Sie spürte ganz intensiv, das sei von immenser Wichtigkeit, denn ihre Flucht sei nur ein kleiner Teil eines viel größeren Ganzen.

Wie riesig dieses größere Ganze war, ahnte sie nicht im Geringsten.

Vera sah zum ersten Mal in ihrem Leben die berühmten Terrassen, die zum Großteil schon seit der Zeit der Inkas bestanden, und auf denen die Einheimischen ihre Landwirtschaft betrieben. Es gab hier im Gebirge keine ebenen Flächen für Felder, so dass die Terrassen die einzige Möglichkeit waren, ebene Flächen zu schaffen, auf denen das Wasser nicht wegrinnen konnte.

Henry presste seine Nase gegen die Fensterscheibe und bestaunte die Terrassen. Er sah im Geiste tausende Inka Bauern, wie sie die Steine sammelten und zu Mauern aufschichteten, um dem Boden auf den steilen Hängen Halt zu geben. Ihm war, als stünde er selbst mitten unter den Bauern und entschied eben, wo die nächsten Mauern errichtet werden sollten. Die Landschaft kam ihm so vertraut vor, und es war, wie wenn ihm jemand zuflüsterte: „Willkommen zu Hause."

Kapitel 13 - Tag 10

In der Ferne leuchteten die Gipfel der fünfeinhalbtausend Meter hohen Vulkane im Abendlicht. Die Fahrt hatte, durch wenige viel zu kurze Pausen unterbrochen, den ganzen Tag gedauert. Vera meinte, nicht mehr sitzen zu können, jeder Muskel ihres Gesäßes schmerzte.

Dabei hatte der Busfahrer im letzten Teilstück der Reise etliche Militärkonvois in halsbrecherischen Manövern überholt, um seinen Fahrplan einhalten zu können.

Nun quälte sich der Bus durch den Abendverkehr von Cusco, der scheinbar schon völlig zum Erliegen gekommen war. Die ungefilterten Abgase unzähliger LKWs zogen sich in den Bus und Vera meinte ersticken zu müssen. Die Luft in Cuscos Vororten war grauenhaft, da die Stadt in einem engen nur nach Südosten offenen Talkessel lag, der bei Ostwind den Abzug der Abgase verhinderte.

Aber endlich waren sie am Ziel ihrer Reise, da würde sie das auch noch durchstehen, dachte sie, als der Bus in den Busterminal von Cusco einbog und der Motor endlich abgeschaltet wurde.

Vera fand, dass sie jetzt dringend eine Dusche nötig hätte, da sie seit siebenundfünfzig Stunden nicht mehr aus ihren Sachen gekommen war, als sie durch das Busfenster Daniel Geiger, ihren Ex am Parkplatz stehen sah.

*

Er hatte sich fast gar nicht verändert, seit sie ihn bei ihrem spontanen Auszug aus der gemeinsamen Wohnung vor fast neun Jahren das letzte Mal gesehen hatte. Er trug immer noch seine verwaschenen Jeans und ein ausgeleiertes T-Shirt. Mit seiner strubbeligen Frisur sah er so gar nicht nach einem diplomierten Forstwirt aus, der er ja war.

Die Begrüßung verlief eher verhalten. „Maria hat mir alles erzählt, kommt einfach unauffällig mit, bevor euch Interpol hier findet", waren seine ersten Worte.

Vera wäre ihm gerne unter anderen Umständen wieder begegnet, nicht als von Interpol gesuchte Terroristin. Aber das ließ sich nun einmal nicht ändern.

„Wer bist du," fragte Henry Daniel ganz ungeniert, „hilfst du uns, damit wir uns verstecken können, wir sind nämlich auf der Flucht, Mama und ich."

Er rettete damit die Situation, denn Daniel musste lächeln. Und Vera wusste nicht, was sie sagen sollte, denn sie fühlte sich Daniel gegenüber schuldig, weil sie ihn damals verlassen hatte, und nun auf seine Hilfe angewiesen war.

„Ich bin Daniel, und wer bist du, den ich retten soll?"

„Ich bin Henry, und ich habe einen riesigen Hunger", krähte er vor Freude, endlich mit jemandem in dem fremden Land Deutsch sprechen zu können.

Daniel sah Vera an und meinte nachdenklich: „Ob du verdienst, gerettet zu werden, bin ich mir nicht sicher, aber weil Henry dabei ist, steigt ein, ich parke dort drüben."

Kapitel 14

Sylvia Rabenstein öffnete die Augen ganz, sah Otto an und versuchte ein Lächeln. Aber es gelang ihr noch nicht so richtig.

Der Pfleger, der das Bett geschoben hatte, meinte auf Georgisch zu Otto: „Sie ist noch sehr schwach, sehr großer Blutverlust, sie war schon kurz ganz weg, aber unser Chefarzt hat sie wieder zurückgeholt." Dabei machte er mit den Händen ein Kreuz in die Luft.

Otto verstand natürlich kein Wort und Dmytro musste alles übersetzen.

„Frag ihn, ob ich den Arzt sprechen kann und wie lange sie hier bleiben muss?", war Ottos Antwort.

Diesmal war es ein richtiger Redeschwall auf Georgisch, den der Pfleger von sich gab. Dmytro lieferte die Kurzfassung: „Der Arzt ist schon weg, den kannst du nicht sprechen. Und eine Bettenstation gibt es hier nicht, das ist kein normales Spital, das ist mehr eine Notfallklinik für Fälle, die in normalen Krankenhäusern mit der Polizei Probleme bekämen. Wir müssen sie mitnehmen. Er hat uns jede Menge Schmerzmittel eingepackt, das wird reichen, meint er."

Der Pfleger verabschiedete sich rasch und nun waren die drei auf sich allein gestellt.

Sylvia Rabenstein hatte alles mitgehört und nahm ihre ganze Kraft zusammen und erklärte mit schwacher Stimme: „Ich bin schuld, warum haben Sie mich überhaupt gerettet. Lassen Sie mich sterben, jetzt weiß ich es, das ist ganz leicht und schön."

„Sie redet wirres Zeug", erklärte Dmytro, „aber ohne sie kommen wir leichter über die Grenze", ergänzte er leise zu Otto.

„Kommt nicht in Frage, sie lebt und wir bleiben beisammen, denn Sie sind meine wichtigste Entlastungszeugin, wenn es zum Prozess gegen mich kommt", erklärte Otto kategorisch an Sylvia und Dmytro gewandt.

„Die CIA wird dafür sorgen, dass es zu keinem Prozess kommen wird, denn da würde viel zu viel breitgetreten werden", erklärte Sylvia schwach.

„Dann muss die Anklage gegen mich fallengelassen werden", widersprach Otto.

„Nein, beim nächsten Mal treffen sie besser", hauchte Sylvia.

„Gut, dann rufen wir Viktor an, er soll uns einen Unterschlupf organisieren", bestimmte Otto.

„Gar nicht gut", meinte Dmytro. „Viktor kennt die CIA inzwischen, mich kennen sie nicht, ich kann das besser, ich bin in einer Stunde wieder da, ich kenne da wen."

„Möglichst außerhalb im Bergland, das wäre ideal", rief ihm Otto nach, doch schon war Dmytro um die Ecke gebogen und nicht mehr zu sehen.

*

Otto sah Sylvia an, da lag sie nun, seine alte Feindin aus besseren Tagen. Doch diese Tage waren jetzt bald zehn Jahre her. Damals wollte er Parteiführer der Partei für Recht und Ordnung werden, und Sylvia war Chefredakteurin bei den Wiener Wochennachrichten und wollte Otto unbedingt zur Strecke bringen. Er sei eine Gefahr für die Demokratie und ein Wirtschaftsverbrecher, der ins Gefängnis gehört, verkündete sie damals bei jeder Gelegenheit. Doch dann wollte sie ihm einen Vergewaltigungsversuch anhängen, indem sie ein gefaktes Interview mit Vera in ihrer Zeitung brachte. Otto hätte Vera auf einem einsamen Parkplatz auf der Wiener Höhenstraße vergewaltigen wollen, und als sich

Vera wehrte, habe er diesen schrecklichen Unfall gebaut, bei dem Vera fast gestorben wäre.

Die Sache ging schief, Vera sagte gegen Sylvia, die damals ihre Chefin war, gerichtlich aus, dass alles erlogen war und heiratete Otto. Sylvia wurde gerichtlich verurteilt und verlor ihren Job und musste sich seither als private investigative Journalistin durchschlagen, und geriet so ohne es zu wissen an die CIA.

*

Otto hatte sich einen Stuhl besorgt und saß neben dem Krankenbett von Sylvia im Warteraum einer Klinik, die es eigentlich gar nicht gab, wurde inzwischen von Interpol gesucht und konnte Georgien auf legalem Weg nicht mehr verlassen, da die CIA hinter ihm her war. Die Lage war alles andere als rosig. Er wusste nicht, wo sich seine Frau und sein Sohn befanden, und hatte keine Ahnung, was die nächsten Stunden bringen würden. Jeden Moment konnten irgendwelche Typen hier eindringen und das Feuer aus ihren Kalaschnikows eröffnen.

Doch das alles war Otto mittlerweile egal. Er hatte von Vera gelernt, auch aus scheinbar hoffnungslosen Situationen wieder heraus zu kommen und wollte sich deshalb nicht unnötig Sorgen machen. Kurt hatte gesagt, Vera und Henry seien in Sicherheit, und Otto musste es glauben, ob er wollte oder nicht.

Lange sahen sie sich an und sagten gar nichts. Dann begann Sylvia mit leiser Stimme: „Ich muss mich wohl jetzt entschuldigen für das, was ich angerichtet habe. Ich bin sowas von falsch gelegen, dass es dafür keine Worte gibt.

Wenn du willst, erzähle ich es dir, denn ich muss das loswerden, es belastet mich. Wir können doch jetzt per du sein, oder?"

„Jetzt ist schon alles möglich, auch das, ich bin Otto", seufzte dieser und verstand überhaupt nicht, worauf Sylvia hinaus wollte.

„Mein gesamtes Weltbild ist im Arsch", fuhr diese so gar nicht vornehm fort. "Alles, woran ich bisher geglaubt habe, war falsch, Vera hatte damals recht, und ich habe ihr meinen Materialismus und dialektischen Sozialismus an den Kopf geworfen und gedroht, sie aus der Redaktion zu werfen."

„Du hast sie doch gefeuert", fiel ihr Otto ins Wort.

„Schon, aber erst, als sie sich geweigert hatte, gegen dich auszusagen."

„Und wieso weißt du jetzt plötzlich nach all den Jahren, dass du im Unrecht bist, nachdem du eben mit ein paar CIA Agenten aufgekreuzt bist, die vorhatten, uns alle über den Haufen zu schießen, nur damit du endlich deine Rache haben kannst."

„Ich weiß, was ich getan habe, kann man nicht entschuldigen. Ich würde verstehen, wenn du mich hier in Tiflis irgendwo verrecken lässt, nachdem was ich dir angetan habe. Warum tust du es eigentlich nicht? Ich bin doch für dich nur mehr eine Belastung."

„Ich will dich als Zeugin für meine Unschuld. Immerhin hat Dmytro den CIA Agenten erschossen, der sich als dein Leibwächter ausgegeben hat, als dieser deinen richtigen Leibwächter erschossen hat. Und das SDI Geschäft hat mein

Vater gemeinsam mit Viktor eingefädelt. Meine Familie war nur der Nutznießer des Gewinns daraus. Die paar Waffendeals, die ich später gemacht habe, waren völlig legal, das haben andere Österreichische Firmen genauso gemacht, alles sauber."

„Dein Vater ist tot", erklärte Sylvia ansatzlos.

„Ich weiß, aber eben erst aus dem Internet, wieso weißt du es schon. Der CIA Agent hat es zwar angedeutet, aber Agenten kann man doch nichts glauben."

„Weil dein Vater es mir selbst gesagt hat. Ich weiß, es klingt verrückt, aber so ist es gewesen."

Jetzt verstand Otto die Welt nicht. „Wenn er tot ist, wie soll er dir das denn gesagt haben?"

„Weil ich auch tot war, zumindest kurzfristig", erklärte Sylvia.

„Als mich dieses CIA Schwein niedergeschossen hatte, gab es bei mir einen Filmriss. Alles war weg. Und dann plötzlich bin ich hellwach und schwebe an der Decke eines Raumes und sehe, wie ein Chirurg mit nur einem Helfer an einem Körper unter mir herum schnippselt. Dann sehe ich genauer hin und erkenne, dass das ja ich bin, die da unten leblos am OP Tisch liegt. Mir selbst geht es aber glänzend und ich fühle mich voll gesund und lebendig."

„Ich gehe zu dem Arzt und stupse ihn an: „He, was macht ihr da, lasst meinen Körper in Ruhe. Mir geht es gut." Doch der Arzt reagiert nicht und der Assistent schreit auf Georgisch, dass mein Herz stillsteht, und ich kann jedes Wort auf Georgisch verstehen, obwohl ich gar nicht Georgisch kann."

„Unglaublich", entfuhr es Otto, „das war ein echtes Nahtoderlebnis. Und wie ging es weiter?"

„Die beiden haben zu streiten begonnen, ob sie mich aufgeben sollen, oder nicht. Und ich habe jedes Wort verstanden. Bis mir die Sache zu blöd geworden ist, und ich einfach den Raum verlassen habe. Ich bin lebendig, mir geht es gut, was wollen die eigentlich, dachte ich mir."

„Und dann stand am Gang des OP Saales plötzlich Heinrich Rauhenstein vor mir und erklärte: 'Sie sind schuld, ich will meinen Sohn sehen.' "

„Ich fragte ihn, was er hier mache und er antwortete allen Ernstes: ‚Ich bin tot, mich haben sie heute in Wien in die Luft gesprengt, meine Villa ist ein Trümmerhaufen, und jetzt bin ich hier und will sehen, ob mein Sohn noch lebt, und ihn warnen, vor Leuten wie Sie.' "

„Ich antwortete, es gibt doch gar kein Leben nach dem Tod, das träumen wir doch alles nur. Wir sind hier nur in einem Albtraum. Ich werde jetzt aufwachen."

„Er erklärte mir daraufhin, er habe eben Viktor Urbanowitsch gesehen, wie dieser die Leichen wegräumen lässt, die ich heute verursacht habe. Und dann erzählte er mir, was passiert ist, nachdem mich der Agent niedergeschossen hat. Das kann in einem Traum ja wohl nicht passieren. Und jetzt erfahre ich, dass das stimmt, was er mir erzählt hat. Es muss also Dinge jenseits unseres Lebens geben, die die Wissenschaft nicht erklären kann. Und daher weiß ich seit heute, dass ich falsch gelegen bin und im Unrecht war."

„Und was haben diese beiden Spitzenmediziner dann mit dir gemacht, dass du wieder da bist?", wollte Otto wissen. Die Sache mit der Nahtoderfahrung überraschte ihn nicht, denn solche Dinge kannte er längst und wusste, dass sie stimmten.

„Keine Ahnung, plötzlich riss es mich von Heinrich weg und ich war wieder im OP und stürzte in meinen Körper und alles war schwarz, bis ich dann nach der Operation am Gang zu mir kam und aufwachte."

„Wirst du mir je verzeihen können, was ich dir angetan habe?", versuchte Sylvia dem Gespräch eine andere Wendung zu geben. Ihre Nahtoderfahrung konnte sie noch nicht verarbeiten, es war wie ein Schock, der ihr ganzes bisheriges materialistisches Weltbild in einen Scherbenhaufen verwandelt hatte. Sie wollte nicht mehr darüber reden.

Otto sah sie lange an und meinte: „Vielleicht, du hast für deine Gemeinheiten schon ganz schön bezahlen müssen und die Zeit heilt alle Wunden. Wenn wir hier noch länger zusammen sein müssen, könnte es sein, dass ich dir verzeihe, da du ja auch von der CIA hinters Licht geführt worden bist."

Doch Dmytro stand plötzlich vor ihnen und erklärte: „Alles im grünen Bereich, Auto steht vor der Tür, wir können los."

Otto war verblüfft, dass es so schnell gegangen war. Dmytro schob das Krankenbett schon in Richtung Ausgang und Otto blieb nur mehr, ihm die Türen aufzuhalten, damit sie leichter durch konnten.

Der Morgen dämmerte schon, und im ersten Morgenlicht waren die Konturen der Ruine, in dessen Keller sich die Klink befand, klar auszunehmen. Sylvia schauderte, „das war also das Spital, da ist es wirklich ein Wunder, dass ich noch lebe."

Dmytro rollte das Krankenbett über den Hof zu einem nigelnagelneuen BMW Geländewagen und öffnete die Heckklappe.

„Nein, ich will nicht im Kofferraum fahren, ich will sitzen", protestierte Sylvia .

„Du bist zu schwach, nach dem Blutverlust solltest du liegen", warf Otto ein. So wurde Sylvia auf die Rückbank gebettet, die etwas zu kurz war, so dass sie ihre Beine anwinkeln musste. Otto schwang sich auf den Beifahrersitz und sie starteten mit unbekanntem Ziel.

Kapitel 15

Maria hatte groß aufgetischt, sie hatten Aj de Gallina gegessen, ein recht scharfes Hühnergericht aus dem Hochland mit Chili, Reis, Oliven und den unvermeidlichen Kartoffeln, die es in Peru immer und überall gibt. Denn in Peru gibt es viele verschiedenste Kartoffelsorten, die in Europa völlig unbekannt sind, und die für Abwechslung am Speisezettel sorgen.

Sie saßen um den großen Esstisch in der Wohnküche von Daniels und Marias Wohnung. Vera mit Henry und Daniel mit Maria und den beiden Kindern. Esmeralda, sechs Jahre alt, hatte die hübschen hispanischen Gesichtszüge ihrer Mutter. Jorge, drei Jahre alt, fiel es sichtlich schwer, ruhig sitzen zu bleiben.

Während des Essens war wenig gesprochen worden, nur das Nötigste auf Englisch, damit Maria, die sehr gut Englisch sprach, alles verstehen konnte. Nun aber, nachdem die Teller abgeräumt waren, stand die Frage im Raum: „Und wie soll es jetzt weiter gehen?"

Maria Estancia ergriff als erstes die Initiative: „Ihr schlaft die nächsten Tage hier bei uns im Wohnzimmer, die Couch ist zwar nicht sehr bequem, aber es wird gehen."

Vera war alles egal, sie wollte nach mittlerweile sechzig Stunden im selben Gewand nur noch in einem Bett schlafen, und wenn es noch so unbequem war. Henry dagegen war hellwach und ärgerte sich ein wenig, dass er noch nicht besser Englisch konnte, um alles zu verstehen, was die Erwachsenen sagten, als ihm der Übersetzungscomputer einfiel, den Vera gekauft hatte.

Esmeralda und Jorge hatten so etwas noch nie gesehen und waren ganz fasziniert, dass sie sich plötzlich mit Henry verständigen konnten. Wenn er in Deutsch redete, kam eine Stimme in verständlichem Spanisch aus dem kleinen Kästchen und umgekehrt genauso. Esmeralda war neugierig, weshalb dieser Junge so plötzlich und unerwartet von so weit weg gekommen war. Europa lag noch außerhalb ihrer Vorstellungswelt.

Daniel war weniger begeistert, dass Vera jetzt in derselben Wohnung schlafen würde, aber was sollte er dagegen sagen. Eine andere Möglichkeit gab es im Moment nicht. Ihm war nicht wohl dabei, weil gegen Vera ein internationaler Haftbefehl vorlag, und er hier eine Straftat beging, indem er sie vor der Polizei versteckte. Wenn das aufflog, kam er sicher in Schwierigkeiten, dachte er.

Maria war da ganz anders, sie fand, den beiden müsse geholfen werden, denn Vera sei unschuldig, das sehe sie doch sofort. Hier seien böse Mächte im Spiel, die irgendetwas Finsteres planten. Sie kenne das Land besser als Daniel, schließlich sei sie hier aufgewachsen. Politische Verfolgung und Mafiastrukturen waren ihr nicht fremd. Wenn jemand von der Polizei gejagt würde, dann hieße das gar nichts, das könne jedem passieren. Da müsse man einfach zusammenhalten, war ihre Ansicht.

*

Daniel wusste nicht, dass Marias Vater früher Kontakte zum Sendero Luminoso, der Freiheitsbewegung „Leuchtender Pfad", gehabt hatte und etliche Kämpfer vor dem Militär versteckt hatte. Maria war damals noch ein Kind gewesen, hatte aber alles mitbekommen. Glücklicherweise waren diese Kämpfer nie im Haus ihrer Eltern gefunden worden, sonst wäre der ganze Bauernhof eingeäschert worden und Maria würde heute nicht mehr leben.

Doch so hatte sie sich ihren Rebellengeist bewahrt und setzte diesen heute für den Naturschutz und andere Dinge ein. Nun hatte Maria Kontakte zu Leuten, von denen Daniel nichts wusste, da er viel zu sehr Wissenschaftler war, als dass er den so genannten esoterischen Dingen um Pacha Mama, wie die Göttin der Mutter Erde in Peru auch genannt wurde, etwas abgewinnen konnte.

Der peruanische Bürgerkrieg des Sendero Luminoso war längst vorbei, aber es konnte immer noch vorkommen, dass Großgrundbesitzer oder Mineneigentümer die Quechua sprechenden indigenen Bauern einfach von ihrem angestammten Land vertrieben, wenn sie es haben wollten. Das, und die schlechten Lebensbedingungen im Hochland der Anden führten zu einer stetigen Landflucht, was die Pueblos jovenes, wie die Slums in Peru genannt wurden, ständig vergrößerte, indem die Landflüchtlinge ihrerseits illegal Land besetzten und ein paar Blechhütten aufstellten. Wenn die Polizei ein solcherart besetztes Grundstück nicht rasch räumte, standen dort bald Häuser aus Ziegelsteinen und es lebten einige hundert Familien darin, die auch die Polizei nicht mehr vertreiben konnte. Dann war eine Pueblos jovenes wieder um ein paar Hektar größer geworden. Irgendwann bekommen diese Häuser dann Stromanschluss, noch später eine Wasserleitung. Kanalisation bleibt ein Fremdwort. Aber das macht den Leuten nichts aus, denn am Stadtrand in den Pueblos jovenes lebt es sich noch immer besser, als in den einsamen Dörfern im Hochland der Anden.

Daniel hatte Maria Estancia bei einem Aufforstungsprojekt kennen und lieben gelernt. Sie arbeitete bei der Dirección General de Ordenamiento, dem peruanischen Landmanagement und Daniel bei FFL, Forrest for Live, einer weltweit agierenden NGO, die sich für die Aufforstung von ehemaligen Waldflächen und Wüstengebieten einsetzt.

Nach einem Jahr des Zusammenseins mit getrennten Wohnsitzen hatten sie geheiratet, als Esmeralda schon unterwegs gewesen war und waren in diese Wohnung gezogen, die groß genug für alle war.

Daniel mit seinem Master in Forstwissenschaften, war für das Projekt engagiert worden, wieder mehr Wald auf die Hochflächen von Peru zu bringen.

Es war ein mühevolles und arbeitsintensives Unterfangen, auf den steilen Hängen der Anden wieder Wald anzupflanzen, doch mit Unterstützung der örtlichen Bevölkerung war es möglich geworden. Ganze Kolonnen Einheimischer machten sich mit Polylepis Setzlingen ins weglose Bergland auf, um diese in kleinen handgegrabenen Erdlöchern einzusetzen. Polylepis Bäume oder Büsche sind extrem zäh und gedeihen in Höhen zwischen dreitausend und viertausendachthundert Meter Höhe.

Mehr als eine Million Bäume waren in den letzten Jahren, seit Daniel hier war, bereits in mehreren Projektphasen gepflanzt worden.

Die Bäume wurden oft nur drei bis fünf Meter hoch, konnten aber auch bis zu dreißig Meter Höhe erreichen. Sie haben harte ledrige Blätter und einen gewundenen Stamm aus zähem Holz mit rötlicher abblätternder Rinde.

Sie bildeten eine guten Schutz gegen Erosion, hielten das Wasser in der Gegend, so dass es ganzjährige Quellen gab, und halfen mit, den Klimawandel hintanzuhalten.

Für die Bauern der Region waren sie die einzige Brennholzquelle. Das war auch der Grund, warum viele Polylepis Waldungen in den letzten Jahrhunderten verschwunden waren und die Europäer bei ihrer Ankunft geglaubt hatten, in so großen Höhen könnten keine Bäume mehr wachsen.

Aber nun wurde das Gegenteil bewiesen und die Bewohner von dutzenden Bergdörfern pflanzten Wald bis in Höhen von viertausendfünfhundert Meter. Das schuf Arbeitsplätze in den Baumaufzuchtstationen und hielt die Leute in der Region, statt sie in die Slums der Großstädte zu treiben. Die Bäume hielten das karge Klima aus und gediehen recht gut. Viele weitere Pflanzungen würden noch folgen müssen.

*

Das alles und vieles mehr erfuhr Vera erst in den nächsten Tagen, denn am Tag ihrer Ankunft okkupierte sie gemeinsam mit Henry sehr rasch die Couch im Wohnzimmer um in einen tiefen und traumlosen Schlaf zu sinken.

Kapitel 16

Otto drehte sich besorgt zu Sylvia um, die auf der Rückbank lag und zu schlafen schien. Dmytro hatte den Geländewagen kreuz und quer durch Tiflis gesteuert, um allfällige Verfolger abzuhängen, wie er ihnen versicherte. Aber nun, nach knapp eineinhalb Stunden Irrfahrt steuerte er eine steile Gasse am Stadtrand an. An deren oberen Ende befand sich eine heruntergekommene Wohnanlage aus der Sowjetzeit, deren drei Wohntürme traurig in den Himmel ragten. Der Verputz war schon längst abgefallen und die Gebäude sahen völlig desolat aus. Otto bemerkte sofort, dass die Balkone und Fenster bis hinauf in den achten Stock mit schweren Eisengittern gesichert waren. „Gegen Fassadenkletterer, die hier einbrechen", bemerkte Dmytro trocken auf die Frage Ottos, wozu denn die Gitter gut seien.

„Sieht aus wie ein Gefängnis", musste Otto denken.

Doch es half nichts, Dmytro brachte sie in einer Wohnung im sechsten Stock unter und meinte, hier seien sie vorerst sicher, und gab Otto die Schlüssel. „Die Wohnung gehört einem Verwandten von mir, der gerade im Ausland ist", merkte er lakonisch an. In wenigen Tagen würde er sie über die Grenze nach Russland bringen, denn wenn die CIA hinter ihnen her sei, dann sei Russland die sicherste Option. Doch er musste noch klären, wann wer am Grenzposten Dienst hatte. Wenn es der richtige war, dann konnten sie losfahren, es würde aber noch extra kosten, das müsse es Otto wert sein.

Und dann war Otto Rauhenstein alleine mit Sylvia Rabenstein in der Wohnung. Im Kühlschrank fanden sich Lebensmittel, sie würden hier nicht verhungern. Sylvia war im Moment alles egal, die Schmerzmittel taten jetzt ihre Wirkung, sie wollte nur mehr schlafen. Otto überließ ihr das Schlafzimmer und versuchte es sich im Wohnzimmer auf einer alten Eckbank bequem zu machen. Die Einrichtung der Wohnung war genauso alt, wie die Wohnung und die Bank drohte unter Ottos Gewicht zusammenzubrechen. Vergilbte Tapeten zierte die Wände und alte gerahmte Fotographien, die Menschen in Sowjetuniformen zeigten, standen auf verstaubten Kommoden herum. Der Verwandte musste schon sehr lange im Ausland sein, dämmerte es Otto. Die Wohnung diente offensichtlich schon länger als Versteck.

Doch immer noch besser als in einem Georgischen Gefängnis auf die Auslieferung nach Österreich warten zu müssen.

Internet gab es hier natürlich keines, sein Smartphone war kaputt, aber er konnte zumindest die Korrespondenz mit seinen Anwälten in Wien vorbereiten, und die Mails dann, wenn er wieder einmal ein WLAN erreichen würde, gebündelt wegschicken. Wo Vera und Henry jetzt wohl sein mochten, musste er denken. „In Sicherheit", hatte Kurt gemeint, aber Otto hätte brennend gerne gewusst, wo sie steckten.

Es bereitete ihm Sorgen, dass er hier keine Höhenmeter machen konnte. Wenn sich Kurt nur nicht so seltsam ausgedrückt hätte. Was sollte er in den Bergen denn anfangen, wenn er in Österreich gesucht wurde. Damals beim Bergsteigen war immer eine Schlechtwetterfront oder ein Gewitter im Anzug gewesen, wenn sie gemeint hatten, „machen wir Höhenmeter", um zuerst am Gipfel, und dann wieder rechtzeitig auf der Hütte zu sein, bevor das Unwetter hereinbrach. Aber was war jetzt im Anzug? Schlechtwetter konnte es nicht sein, ein Gewitter auch nicht, aber was war es dann? Otto begann, sich Sorgen zu machen. Kurt war beim Geheimdienst, der amerikanische Präsident spielte locker mit roten Atomknöpfen, der war nicht ganz dicht. Stand ein Atomkrieg bevor? Aber war er da nicht in Russland in größerer Gefahr als in Österreich.

Hoffentlich kam Sylvia durch und änderte ihre Meinung nicht, denn sie war seine einzige Entlastungszeugin. Wenn die CIA ihn schnappen sollte, war er ein toter Mann, oder verschwand für immer in einem US Gefängnis. Und in

Österreich würde er kaum ein faires Verfahren bekommen, die Medien würden ihn verurteilen, bevor ein Prozess überhaupt begonnen hätte. Seine Anwälte würden eine Menge Arbeit haben. Aber zuerst musste er sie einmal über die Sachlage informieren. Es zerrte an seinen Nerven, hier sitzen zu müssen und nichts tun zu können. Aber er musste warten bis Sylvia wieder aufwachte, dann würden sie sehen, welche Aktionen gesetzt werden konnten.

Leise öffnete er die Schlafzimmertür, um zu sehen, ob sie noch schlief.

Sylvia lag quer über das Doppelbett hingestreckt. Sie trug noch immer ihre schwarze Kampfanzughose, die sie beim Sturm auf das Büro von Urbanowitsch getragen hatte. Das Oberteil hatte sie ausgezogen, sodass der feste Verband um den Bauch sichtbar war und Otto nicht umhinkam, auch ihre weiblichen Reize zu bemerken, da sie oberhalb des Verbandes nur ihren BH trug. Sie musste mindestens zehn Jahre älter sein als er, schätzte Otto, aber dafür sah sie noch sehr gut aus.

Sie schlief fest und Otto sah, wie sich ihre Brust regelmäßig hob und senkte.

Sein Groll auf sie war verflogen, jetzt saßen sie beide im selben Boot, gejagt von der CIA und weit weg von der Heimat. Unter anderen Umständen hätte er sich fast für sie interessieren können, aber so konnte das nichts werden und er musste daran denken, dass er Vera ja wegen dieser Sylva Rabenstein überhaupt kennengelernt hatte. Sylvia hatte einen Bandscheibenvorfall gehabt und konnte das Interview mit ihm nicht wie geplant machen und hatte ihm kurzerhand Vera als jüngstes Küken der Redaktion geschickt.

Sylvia war die Chefredakteurin und hatte ihn jahrelang mit allen Mitteln bekämpft und verleumdet und letztlich dadurch ihre Journalistenkarriere zerstört, um nun, Jahre zu spät, zu erkennen, dass alles ganz anders gewesen war und sie auf der falschen Seite gestanden hatte. Und jetzt brauchte er diese Frau, die immer noch so gut aussah, als Zeugin für seine Unschuld. Otto zog sich leise zurück und schloss die Tür zum Schlafzimmer.

Kapitel 17 – Tag 9

Die Sonne stand schon hoch am Himmel, als Vera die Augen aufschlug. Ihr erster Gedanke war, sie musste ihren Sender kontaktieren um zu erfahren, wie dort über sie gedacht wurde und ob sie schon suspendiert war.

Ihr zweiter Gedanke war, wo ist Henry? Er hatte beim Einschlafen auf der anderen Seite der ausziehbaren Doppelcouch gelegen und nun war sein Platz leer. Im Zimmer war er auch nicht.

Vera sprang auf und suchte sich frische Sachen aus ihrem geringen Vorrat an Gewand, den sie aus Wien mitgebracht hatte.

In der Wohnküche fand sie Henry gemeinsam mit Esmeralda am Tisch sitzen und den Übersetzungscomputer voll beanspruchen. Die beiden quasselten drauf los, es war unglaublich. Sie hatten einen riesigen Spaß daran, dass sie sich über das Kästchen verständigen konnten, wenn Henry in Deutsch und Esmeralda in Spanisch redeten.

Maria räumte eben die Reste des Frühstücks weg und meinte, als sie Vera sah: „Wir haben dir ein Frühstück aufgehoben, aber Henry hat gesagt, du schläfst so fest, wir dürfen dich nicht wecken."

Und dann zog Henry Vera zum Fenster und deutete hinaus: „Mama, das musst du dir anschauen, die sind ganz riesig."

Die Wohnung von Daniel und Maria lag im zweiten Stock unter dem Dach des Hauses und Vera sah aus dem Fenster in eine enge schmale Gasse hinunter und ihr fiel nichts auf.

„Na siehst du nicht die riesigen Steine", rief Henry. Und dann sah sie, dass das gegenüberliegende Haus eine normale weiß verputzte Wand mit Fenstern im spanischen Stil hatte, und dass die ganze Wand auf eine Mauer aufgesetzt war, die aus riesigen, mindestens eineinhalb Meter großen, nach außen gewölbten fein bearbeiteten Steinblöcken bestand, die in der Sonne rötlich schimmerten.

„Das sind Inka Steine", rief Henry ganz begeistert, „die sind uralt, viel älter als die ganze Stadt."

„Was du schon alles weißt, habt ihr das alles schon gegoogelt?", schmunzelte Vera. „Ja, aber das stimmt nicht was dort steht, die Steine sind älter", behauptete Henry trotzig, „ich weiß das."

„Die Kleinen wissen immer alles besser", schaltete sich Maria in das Gespräch ein, die durch Daniel auch ein wenig Deutsch gelernt hatte.

„Wieso ist Esmeralda nicht in der Schule", wunderte sich Vera.

„Wir haben hier wieder einmal das völlige Chaos in Cusco", erklärte Maria. „Die Lehrer streiken seit einer Woche, keiner weiß genau, warum. Aber ein Ende ist nicht in Sicht. Vor zwei Tagen haben sie mit einer Demonstration sogar den Flughafen in Cusco lahmgelegt. Daniel musste heute früh ins Büro, ich arbeite nur halbtags wegen der Kinder. Am Nachmittag kommt ein Kindermädchen, da bin ich dann arbeiten.

Vera erkundigte sich, ob es irgendeine Möglichkeit gäbe, ein Zimmer oder eine Wohnung zu mieten, denn sie könnten doch nicht auf Dauer das Wohnzimmer der Familie besetzen. Die großen Hotels wolle Vera aus gutem Grund eher meiden.

Doch Maria schüttelte den Kopf: „Nein, hier herrscht wirklich das Chaos, du hast es gestern bei der Ankunft nur nicht bemerkt. In der ganzen Stadt gibt es keine freien Zimmer mehr, nicht einmal eine Besenkammer. Auch die Hotels sind vollkommen überfüllt."

„Stell dir vor, der Weltjugendtag, der heuer in Brasilien hätte stattfinden sollen, wurde plötzlich und überraschend hierher nach Cusco verlegt, und das vor wenigen Tagen völlig ohne Vorbereitung. Es hieß nur, in Brasilien könne er aus organisatorischen Gründen nicht stattfinden. Die Brasilianer schäumen vor Wut, aber die Änderung kam direkt aus dem Vatikan, die lokalen Kirchenführer wussten von nichts."

„Und wie soll das gehen?", war Vera verblüfft.

„Es wird improvisiert. Unser Präsident hat gesagt, machen wir und hat die Armee aktiviert. Die stellt jetzt vor Cusco gerade ein riesiges Zeltlager auf und karrt die Verpflegung in Form von Armeerationen heran. Und die ersten Flugzeuge randvoll mit jungen Menschen aus der ganzen Welt landen schon am Flughafen in Cusco, der diesem Ansturm überhaupt nicht gewachsen ist. Die leiten die Flieger einfach um, erzählt man sich. Statt in Sao Paulo landen die Flieger in Cusco, da kann man sich nicht vorstellen, was das für ein Chaos ist. Der Flughafen ist viel zu klein."

„Daher die vielen Armeelaster, die wir überholt haben", bemerkte Vera. „Aber in Europa stand davon zumindest bis vorgestern nichts in den Zeitungen", wunderte sie sich.

„Das ist seltsam", meinte Maria, „aber es war wirklich sehr kurzfristig. Ich habe sagen gehört, manche Flieger wurden in der Luft umgeleitet, die Jugendlichen wussten selbst nichts davon und waren blass erstaunt, als sie in Cusco, statt in Sao Paulo ausstiegen und die Bergketten sahen. Aber die Jungen nehmen das locker und freuen sich aufs Abenteuer."

Dann begann Vera zu überlegen, wenn hier wirklich so ein Chaos herrschte, dann war sie vor Verfolgern sicher. Denn dann würde sie hier keiner finden, in all der Masse an Jugendlichen, die wohl bald durch Cusco ziehen würden.

„Aber wo sollen wir dann hin", blieb Vera hartnäckig. „Ich muss über das Internet mit dem Sender Kontakt aufnehmen und nach Neuigkeiten fragen, vielleicht hat sich inzwischen alles aufgeklärt und wir können zurück nach Wien."

Sie musste an Otto denken und die nächste Sorge erfüllte sie. Otto war nicht erreichbar gewesen, sie wusste nur, dass sein Smartphone nicht im Netz war. Doch ein Gefühl sagte ihr, dass Otto vorerst in Sicherheit war, auch wenn sie nicht wusste wieso, aber sie wusste es einfach. Sie beschloss daher, sich um Otto nicht zu sorgen, denn im Moment konnte sie nichts für ihn tun und musste selbst einmal klarkommen.

„Ich kenne da jemanden, der könnte uns helfen", meinte Maria, „er wohnt nicht weit von hier, nur knapp achtzig Kilometer, in Ollantaytambo, im heiligen Tal. Don Pedro hilft euch sicher, das verspreche ich."

„Don Pedro, wer ist das, ein Haziendero?", fragte Vera.

„Nein, er hat keine Hazienda, er ist ein ganz wunderbarer Mensch, du wirst sehen. Er war einmal Fremdenführer und heißt eigentlich Garcia Martinez, aber das ist eine lange Geschichte. Jetzt hilft er allen mit seinen Fähigkeiten."

„Du machst mich neugierig, was sind das für Fähigkeiten?", wollte Vera wissen.

„Du wirst es sofort wissen, wenn du ihn siehst. Ich glaube, du gehörst zu denjenigen, die das erkennen können", antwortete Maria und betrachtete Vera dabei sehr nachdenklich.

„Verstehe, es geht um die Dinge, die nicht von dieser Welt sind", erwiderte Vera und lächelte dabei. „Aber du hast auch ein Talent dafür, stimmt's Maria?"

„Aber nur ein ganz kleines bisschen", gab sich Maria bescheiden.

„Woher kennst du ihn?"

„Über unser Aufforstungsprojekt. Er hat Quechuablut in seinen Adern und hat uns sehr geholfen, die Einheimischen für die Aufforstung zu gewinnen."

„Hast du hier in der Wohnung einen Internetanschluss", fragte Vera daraufhin.

„Ja, du kannst über Skype telefonieren, wenn du willst, das kostet nichts."

„Darf ich deinen Computer benutzen? Meinen kennen die Geheimdienste vermutlich schon, wenn seine IP Adresse im Internet auftaucht."

„Ja, aber dann wird es Zeit, dass du ins Darknet abtauchst. Da kann dir Alfredo helfen, der hilft uns auch immer, wenn wir technische Lösungen brauchen."

„Wo arbeitetes du, dass du ins Darknet musst?" wunderte sich Vera.

„Bei der Dirección General de Ordenamiento brauche ich das nicht, aber wenn Leuten geholfen werden muss, sollte man andere Leitungen benutzen, als die von der Regierung abgehörten."

„Du musst mir nicht alles sagen, ich verstehe und wo finde ich diesen Alfredo?"

„Ich rufe ihn an und sage, mein Notebook hat einen Totalabsturz, er muss es neu einrichten, dann versteht er sofort und ist bald da. Denn er lebt in Cusco und hat eine kleine Firma, die mit Computern aller Art handelt. Aber bis dahin kannst du mit meinem PC skypen."

*

Vera kontaktierte zuerst Lydia Ceskovic, ihre Assistentin. Ach, wie tat es gut, deren Bild am Skype Video zu sehen und ihre Stimme zu hören. Doch Lydia Ceskovic hatte Vera zu laut und freudenstrahlend begrüßt: „Vera, du bist es wirklich, wie geht es dir und wo steckst du?"

Das Ergebnis war, dass im Großraumbüro, wo Lydia arbeitete, bald alle um den Schirm von Lydia geschart waren und Vera sehen wollten.

Damit hätte Vera rechnen müssen, aber sie hatte nicht gleich Holger kontaktieren wollen, sondern zuerst die Lage sondieren.

Alle redeten durcheinander und stellten Fragen an Vera. Diese hielt sich aber mit Antworten bedeckt und verriet nicht, wo sie gerade war. Für die Belegschaft war nur ein Arbeitszimmer mit einer Bücherwand zu sehen. Das konnte überall auf der Welt sein.

„Stimmt es, dass du in Spanien untergetaucht bist", wollte einer wissen, „die Pressemeldung hat die Polizei herausgegeben."

„Dann muss es wohl stimmen", lächelte Vera, die feststellen konnte, dass die Stimmung im Büro eindeutig pro Vera war. Alle waren der Meinung, sie sei unschuldig in etwas Schreckliches hineingeraten. Da wolle jemand der Familie Rauhenstein Übles antun, was ja mit der riesigen Bombe mehr als deutlich zum Ausdruck gebracht worden war.

Aber eigentlich tappte die Polizei im Dunkeln, was die Fahndung nach Vera anging. Und die drei Gestalten, die sich Vera gegenüber als Russen ausgegeben hatte, waren zwar am Video recht gut erkennbar, aber wie vom Erdboden verschwunden. Die Großfahndung nach ihnen war bisher völlig ergebnislos verlaufen. Spuren hatten sie auch keine hinterlassen. Es war, wie wenn es sie gar nicht gegeben hätte, wenn nicht dieses Video existierte, das die drei Anzugträger zeigte, wie diese Vera den Rollkoffer mit der Bombe übergaben.

Die Konkurrenz, allen voran das Staatsfernsehen, zerrissen die Familie Rauhenstein in der Luft und berichteten alles andere als neutral und vergaßen in der Regel auf die Unschuldsvermutung im „schlimmsten Kriminalfall der je in der Politik in Österreich vorgekommen war", wie die Sache Rauhenstein von den Medien mittlerweile genannt wurde. Das aber hatte Vera über das Internet schon selbst mitbekommen, da die Webseiten der Österreichischen Medien in Peru genauso verfügbar waren und Vera sich vor ihrem Skype Auftritt einen Überblick verschafft hatte.

Alle wünschten Vera in dieser schweren Zeit alles Gute und hofften, sie bald wieder gesund und wohlauf im Studio begrüßen zu können. Da würde es eine Willkommensparty geben.

Da fiel Vera siedend heiß ein, dass ja die Identitäts-Informationen von Maria am Skype Screen in der Redaktion zu sehen sein müssen. Sie wollte schon abbrechen, bis sie merkte, dass Maria mit einem völlig neutralen undefinierbarem Namen und einer Graphik als Bild ihren

Skype Account betrieb. Maria schien wirklich ein Doppelleben zu führen. Wozu brauchte sie als brave Angestellte des Peruanischen Staates sonst einen getarnten Skype Account. Doch Vera konnte das nur recht sein. Maria war aus dem Zimmer gegangen, bevor Vera mit der Redaktion verbunden war.

Doch es half nichts, sie musste das Gespräch mit dem Account von Lydia Ceskovic beenden und ein neues Gespräch mit Doktor Rüdiger Baumgartner aufbauen. Dieser war CEO und somit oberster Chef des Sender und formal Veras Vorgesetzter, auch wenn er ihr in ihre Arbeit als Chefredakteurin nie hinein redete.

Sie verabschiedete sich von ihren Leuten: „Haltet die Ohren steif und glaubt nichts, was über mich geschrieben steht, es ist alles ganz anders und die Wahrheit wird ans Licht kommen." „Aber jetzt muss ich zu Rüdiger, ist er im Lande?", fragte sie in die Runde. Einige nickten und Vera glaubte zu spüren, wie sich die Stimmung plötzlich verdüsterte und in den Gesichtern Anspannung sichtbar wurde.

*

Als die Verbindung stand, komplimentierte Rüdiger gerade noch einen Besucher aus seinem Büro und wandte sich dann seinem Bildschirm zu, auf dem Vera versuchte, ihn möglichst unschuldig anzulächeln.

„Bist du wahnsinnig geworden, was treibst du eigentlich", begann dieser zu toben, ohne Begrüßung und ohne eine Einleitung von Vera abzuwarten.

„Die machen mir die Hölle heiß. Die Polizei war schon gestern hier und hat mir nicht geglaubt, dass ich nicht weiß, wo du steckst. Das gibt es nicht, wir kriegen euch alle, haben sie gedroht. Aus geheimer Quelle weiß ich, dass die PRO den Sender zudrehen will, wenn die Sache nicht rasch aufgeklärt und beendet wird", polterte er weiter.

Vera wurde blass, so schlimm hatte sie es sich nicht vorgestellt, sie hatte bestenfalls mit ihrer eigenen Kündigung gerechnet, aber nicht mit solchen Überreaktionen. Sie wusste aber, dass die PRO, die Partei für Recht und Ordnung, am Sender noch immer Mehrheitseigentümer war, auch wenn die Senderlinie von ihr frei bestimmt werden konnte.

Doch Hugo Heinrichs, inzwischen Bundesparteivorsitzender der PRO, hatte aus der Ablehnung des liebevollen und familienfreundlichen Konzeptes von Vera nie ein Hehl gemacht und nutzte jetzt die Gelegenheit.

„Die PRO hat in den nächsten sechs Monaten drei Landtagswahlen zu schlagen, die können sich so einen Skandal in ihrem Umfeld nicht leisten, der Name Rauhenstein ist in Europa erledigt", polterte Rüdiger weiter, allerdings etwas leiser, nachdem er seine erste Wut über die Rauhensteins herausgelassen hatte.

„Und ich bin vermutlich fristlos gefeuert", ergänzte Vera.

„Nein, bist du nicht, erst will ich wissen, was los ist, verdammt noch mal, und versuche ja nicht, mir ein Gschicht´l rein zu drucken, wie es auf gut Wienerisch heißt. Dann wird entschieden, was wir mit dir machen."

Vera war verblüfft, Rüdiger schien nicht zu wissen, was er von der Sache und von Vera halten sollte und ihr Instinkt sagte ihr mehr als deutlich, sie brauche den Sender jetzt ganz dringend. Sie müsse unbedingt auf Sendung, es sei ganz wichtig. Da dürfe ihr Rüdiger nicht dazwischen kommen.

Sie entschied sich für die Wahrheit und erzählte Rüdiger alles, was an diesem Tag passiert war. Beginnend beim Anruf von diesem Dr. Gerasimov, der sich als Geschäftsfreund ihres Schwiegervaters vorgestellt hatte, bis zur Landung in Madrid.

Sie unterschlug allerdings den Namen von Kurt Oberleitner und erklärte, dass sie den Anrufer nicht gekannt habe, der ihr die Flucht nahegelegt hatte. Sie erwähnte auch nicht, wo sie sich jetzt befand. Sie sei im Schock wegen der fürchterlichen Explosion und wegen des Videos zu keinem klaren Gedanken fähig gewesen und habe die angebotene Flucht akzeptiert, berichtete sie Rüdiger, er müsse ihr das glauben, mehr wisse sie selbst auch nicht.

„Wenn das alles stimmen sollte, dann will jemand die Rauhensteins auslöschen", bemerkte Rüdiger: „Wer kann es sein, der so einen Hass auf die Familie hat, dass er das alles inszeniert, sag es mir", wollte Rüdiger wissen.

„Keine Ahnung, ich will es selbst wissen, aber Otto ist auch nicht erreichbar, ihm ist vielleicht in Tiflis auch eine Bombe zugestoßen. Ich mache mir solche Sorgen", spielte Vera jetzt etwas Theater.

„Davon ist nichts bekannt. Bomben dieser Größenordnung explodieren heutzutage nicht unbemerkt.

Das wäre in den Medien gewesen. Aber ich glaube dir deine Geschichte, auch wenn es noch so verrückt klingt. Denn eines ist ja wohl völlig klar, auch wenn die Wahrheitsapostel in den Medien es nicht wahrhaben wollen, die Sache hat eine große Unlogik drinnen."

„Denn wenn dich jemand heimlich filmt, wie du die Bombe übergibst, dann wäre es für diesen Jemand auch ein Leichtes gewesen, die Polizei einschreiten zu lassen, den Anschlag damit zu verhindern und dich des versuchten Mordes zu überführen. Doch was macht dieser Jemand? Er wartet ab, bis die Bombe hochgeht und schickt dann das Video zur Polizei."

„Und zur Steigerung rufen sie dann bei dir an und raten dir zur Flucht. Wenn du Heinrich Rauhenstein hättest töten wollen, dann wärst du niemals so auffällig vorgegangen."

„Hier wollte jemand Heinrich Rauhenstein durch dich töten lassen und dich außer Landes haben, aus welchem Grund auch immer. Soweit, so klar. Warum er das wollte, ist allerdings völlig unklar. Aber vielleicht hast du eine Idee."

„Ich will meine Unschuld beteuern", wechselte Vera das Thema. „Und das geht nur, wenn ich im Sender live auftrete und alles erkläre. Schließlich habe ich eine riesige Fangemeinde im Internet. Die Leute haben ein Recht darauf, zu erfahren, was passiert ist."

„Das haben sie schon erfahren, von der Konkurrenz. Deine Fangemeinde wird von Tag zu Tag schrumpfen, wenn du nicht zurückkommst und dich stellst. Glaub es mir. Und wenn meine Indizienkette hält, dann müssen sie dich bald wieder freilassen, wenn es sich so zugetragen hat, wie du erzählt hast."

„Aber durch deine Flucht lieferst du selbst ein Schuldeingeständnis, denn warum bitte bist du geflohen, wenn du unschuldig bist."

Vera musste an die Worte von Kurt denken: „Du könntest in der Gefängniszelle plötzlich Selbstmord begehen, sowas ist in Wien schon vorgekommen."

„Weil ich meines Lebens nicht mehr sicher bin, wenn ich in U-Haft sitze und mich nicht wehren kann. Und wenn meine Unschuld dann erwiesen ist, laufen die Unbekannten immer noch unerkannt herum und ich bin das nächste Ziel. Daher muss ich in Deckung bleiben."

„Dann sag´ wenigstens mir, wo du steckst, dann kann ich dir vielleicht helfen, dass du auch in Österreich in Sicherheit bist."

„Leider nein, wir reden über eine normale offene Skype Leitung, da kann ich dir das nicht sagen, das musst du einsehen."

„Wie soll ich dir dann helfen, wenn du mir nicht vertraust", begann Rüdiger zu resignieren.

„Ganz einfach, ich bekomme einen Liveauftritt, in dem ich mich über eine sichere Verbindung zum Sender schalte und rede direkt zu allen. Du wirst sehen, die Quote geht durch die Decke, wenn das vorher im Sender beworben wird", konterte Vera.

„Die Quote geht durch die Decke und ich gehe in den Häfen, wegen Beihilfe", stöhnte Rüdiger.

„Gehst du nicht, du hilfst den Behörden mich zu finden und willst mich mit dem Liveauftritt ortbar machen", erklärte Vera plötzlich, ohne selbst zu wissen, worauf sie sich da einließ. Doch die Gedanken waren plötzlich in ihrem Kopf.

„Aber dann bist du doch geortet und sie finden dich, ganz egal, wo du dich in Spanien versteckt hast. Die Polizei steht dann bald vor deiner Tür."

„Lass das mein Risiko sein", hörte Vera sich sagen, „mich kriegen sie nicht, aber du stehst mit reiner Weste da."

„Du bist wahnsinnig, aber wenn du das Risiko tragen willst, dann kriegst du deinen Liveauftritt, abgemacht. Ich komme dich dann in der U-Haft besuchen, versprochen", strich Rüdiger die Segel.

Vera begann zu jubilieren obwohl sie gar nicht wusste, ob ihr waghalsiger Plan überhaupt umsetzbar war.

„Gut, dann werde ich mit Kay Kontakt aufnehmen und die Einzelheiten klären", frohlockte sie.

„Mach das, ich sage Kay, wann der Termin steigen wird, aber vor Übermorgen wird das nicht gehen, wir brauchen auch Vorbereitungszeit."

Kay Uwe Andersen war der Cheftechniker des Senders, bei dem alle Fäden der Technik zusammenliefen und er würde Vera beim illegalen Teil ihres Planes helfen müssen. Aber das wollte Vera Rüdiger nicht sagen, um sein rechtliches Gewissen nicht zu sehr zu belasten.

„Gut, ich trenne uns jetzt, sonst werden wird doch noch geortet", erklärte Vera übergangslos. „Tschüss und Danke für alles." Und ihr Skype Fenster auf Rüdigers Notebook wurde dunkel.

*

Vera checkte noch schnell einige Österreichische Nachrichtenseiten im Internet um zu sehen, ob etwas Neues über sie berichtet wurde. Doch ihr Fall war aus den aktuellen Schlagzeilen schon nach hinten gerutscht. Das hieß, es gab nichts Neues über sie zu berichten, stattdessen wurde berichtet: „Chinesische Weltraumrakete beim Start explodiert, das gesamte Startareal und die umliegenden Dörfer mussten wegen Strahlenalarm evakuiert werden. Das Areal ist weitläufig zerstört und niemand darf es betreten. Es ist ein neuartiger Antrieb getestet worden und der Test war nicht erfolgreich, berichtet die chinesische Weltraumbehörde."

Kapitel 18

Otto und Sylvia saßen bei einem einfachen Frühstück. Jetzt bei Tageslicht konnten sie sehen, wie heruntergekommen die Wohnung war, die ihnen als Unterschlupf dienen musste. Aber hier waren sie wenigstens vor Verfolgung sicher.

Otto trug eines seiner weißen Businesshemden und eine Anzughose, Sylvia ihre Kampfhose und ein viel zu knapp sitzendes Sweatshirt, das ihre Figur eng umschloss.

So gaben sie wahrlich ein seltsames Paar ab, aber sie hatten nichts anderes zum Anziehen. Die Situation war grotesk, sie wirkten wie ein altes Ehepaar und als sie sich das eingestanden, mussten beide lachen.

Aber wenigstens hatte sich Sylvia gut von dem Eingriff erholt. Sie war zwar immer noch auf Schmerzmittel angewiesen, davon hatten sie ihr in dieser seltsamen Klinik genug mitgegeben. Doch der Verband musste gewechselt werden, das war klar und es gab nur Otto, der ihr dabei helfen konnte und dabei musste das Sweatshirt ausgezogen werden. Da blieb Sylvia nichts anderes übrig.

Aber ein Verbandswechsel ist alles andere, als eine erotische Angelegenheit. Otto sah sich die Wunde an, die recht fachmännisch vernäht war, wie er fand, obwohl er von Medizin überhaupt keine Ahnung hatte. Doch Sylvia hatte eine Erste Hilfe Ausbildung und konnte ihm erklären, wie er den neuen Verband anlegen musste, damit er auch hielt.

Dann überlegten sie, was sie tun konnten. Die Wohnung zu verlassen, war sinnlos und wäre bloß gefährlich gewesen. So standen sie nahe beieinander am Fenster und sahen durch die Gitterstäbe auf die benachbarten Wohnblocks, von denen der Putz in großen Platten abgefallen war und die einen völlig verwahrlosten Eindruck machten.

Bis Sylvia ihr Smartphone einfiel, das ja unbeschädigt war. Es gab hier doch ein Mobilnetz und sie konnte eine Freundin in Wien erreichen und diese über ihre missliche Lage informieren. Das Risiko, dass sie abgehört wurde, musste sie in Kauf nehmen. Ihre Freundin war ganz entsetzt, wie ihr das passieren konnte. Sylvia erwähnte nicht, dass sie von derCIA gejagt wurde, sondern erklärte, sie müsse noch ein paar Tage in Georgien bleiben, bis die Wunde eine

Heimreise erlaube. Dann gäbe es ein großes Fest für alle Freunde, um ihre Wiederauferstehung gebührend zu feiern. Das verspreche sie ganz groß.

Dann blieb ihr nichts anderes übrig, als Otto das Smartphone zu leihen, damit dieser endlich seine Anwälte in Wien kontaktieren konnte. Er aktivierte gleich drei Anwälte, denen er klar machte, was auf dem Spiel stand. Es ging ja nicht nur um seine Unschuld, sondern auch um das Vermögen seines Vaters, das er zu verlieren drohte, wenn er seine Unschuld nicht beweisen konnte. Da ging es um viele Millionen Euro.

Sylvia zeigte sich sehr kooperativ, sie war zu einer ersten telefonischen Aussage bereit, die vom Anwalt gleich vom Smartphone aus aufgezeichnet wurde. Nur unterschreiben konnte sie das Protokoll nicht. Doch der Anwalt versicherte, dass eine Stimmüberprüfung ihrer Stimme die gleiche Beweiskraft haben müsste. Besser sei aber, sie wären in Wien in seiner Kanzlei, denn so könnte die Staatsanwaltschaft Otto Rauhenstein Nötigung vorwerfen, da er Sylvia Rabenstein ja mit vorgehaltener Pistole zur Aussage in Tiflis gezwungen haben könnte. Denn für eine Videoübertragung ihrer Aussage reichte die Bandbreite aus dieser Ecke von Tiflis leider nicht aus. Die Verbindung war ständig abgebrochen, als sie es versucht hatten.

Ein erster Schritt zu ihrer Verteidigung war somit getan, nur wie sie mit der CIA fertig werden würden, war noch offen. Sie konnten ja nicht ihr ganzes Leben auf der Flucht bleiben, denn sie hatten schließlich nichts verbrochen. Otto meinte, da werde ihnen Kurt Oberleitner schon helfen können, der habe sie ja auch gewarnt. Sylvia war sich da nicht so sicher, behielt ihre Bedenken aber lieber für sich.

Durch das gemeinsame Telefonieren waren sie recht nahe beisammen und ihre Finger hatten sich irgendwann berührt. Otto war drauf und dran, sie in den Arm zu nehmen, als ihm siedend heiß einfiel, dass er gar nicht wusste, wie es Vera und Henry jetzt ging. Er musste versuchen, Kontakt zu bekommen.

Doch alle Nummern, die er wählte, blieben tot, auch die Nummer des Smartphones von Henry. Bis Sylvia meinte, „versuch es doch bei der POF, vielleicht wissen die etwas."

„Du bist ein Schatz, das ist doch der Feind für dich, da darf ich mit deinem Smartphone anrufen".

„Aber ja, jetzt ist schon alles egal", erklärte sie resignierend. „Was gestern noch gültig war, ist heute Geschichte."

*

Otto bekam Rüdiger Baumgartner, Veras nominellen Chef recht rasch ans Telefon, als er dem Sekretariat erklärte, wer er war. Otto kannte Rüdiger Baumgartner ganz gut, doch der Kontakt in den letzten Jahren war sehr lose gewesen. Aber für Rüdiger Baumgartner repräsentierte Otto Rauhenstein noch immer die PRO und die Finanzierung des Senders.

„Otto, was ist denn da passiert", waren seine ersten Worte, als er Ottos Stimme am Telefon vernahm.

Otto fasste sich kurz, erwähnte aber sehr wohl, dass Sylvia Rabenstein bereits als Entlastungszeugin bei seinem Anwalt ausgesagt hatte. Dann fragte er Rüdiger gleich, ob er etwas von Vera wisse, denn er könne sie von Tiflis aus nicht erreichen.

So erfuhr er die Skype Adresse und das dies im Moment der einzige Weg sei, mit Vera zu kommunizieren. In der Redaktion warteten sie ebenfalls auf ihre nächste Kontaktaufnahme, da sie unbedingt live mit einem Videostream ONLINE gehen wollte, um ihre Unschuld an dem Anschlag zu erklären. Was gar nicht so schwer wäre, denn sie habe auch ihn, Rüdiger, überzeugen können, dass die Anschuldigungen gegen sie keiner Beweisführung standhalten könnten und hier eine Intrige gegen die Rauhensteins am Laufen sei.

Sylvia, die jedes Wort mithören musste, da sie daneben stand, bekam einen ziemlich roten Kopf und murmelte etwas wie, „verzeih mir, aber die CIA hat mich reingelegt, und ich Dummkopf habe mitgespielt und nichts bemerkt."

*

„Soll ich dich jetzt erwürgen, oder verhauen", knurrte Otto, nachdem das Gespräch mit Rüdiger Baumgartner beendet war.

„Jetzt hast du mich am Hals, schon vergessen, ich bin deine Entlastungszeugin, nur ich kann dich da wieder herausholen", erklärte sie trotzig.

Er sah ihr in die Augen und sie erwiderte seinen Blick. „Sei mir nicht böse, inzwischen weiß ich auch, dass das Ganze ein Unsinn war, aber glaub mir, vom Anschlag in Wien hatte ich keine Ahnung, mir ging es nur darum, dich hier in Tiflis auf frischer Tat zu schnappen. Das wäre meine Rache gewesen. Aber jetzt, bitte verzeih´ mir."

Mit diesen Worten schlang sie ihre Arme um seinen Hals und drückte ihn an sich. Otto spürte Gefühle in sich aufsteigen, doch dann drückte er sie sanft von sich weg und meinte, „noch sind wir nicht lange genug eingesperrt, dass wir vor lauter Lagerkoller gleich miteinander ins Bett gehen."

Sylvia wollte beleidigt reagieren, aber Otto lächelte schelmisch und ergänzte, „aber wenn wir noch länger hier festsitzen, könnte ich bei einer so feschen Frau schon schwach werden, muss ich gestehen."

Dabei nahm er ihre Hand und meinte: „Vertragen wir uns endlich, auch wenn wir lange in gegnerischen Lagern gegeneinander gestritten haben." Dann zog er sie zu sich und küsste sie kurz auf die Wange. Dann ließ er sie los und eine etwas verwirrte Sylvia Rabenstein stand im Wohnzimmer und versuchte die Männer zu verstehen.

Kapitel 19 – Tag 8

Vera und Henry besuchten den Sonnentempel in Cusco. Dieser war eine Kirche und eine Klosteranlage, welche die Spanier auf den Grundmauern des ehemaligen Inka Heiligtums errichtet hatten. Doch im Innenhof des Klosters hatten Archäologen die Reste des Tempels wieder freigelegt und für jedermann sichtbar gemacht. Es sah seltsam aus, unten als Grundmauern die riesigen Steine der Inkas und darauf aufbauend die viel kleineren Steine des Mauerwerks der Spanier.

Sie sahen auch die berühmte goldene Sternentafel, über deren Inhalt und Bedeutung sich die Historiker bis heute nicht einig sind. Sonne, Mond und einige Sterne und dazwischen ein undefinierbares Etwas, das alles Mögliche darstellen kann. Darunter sind einige Menschen abgebildet, die zu diesem Etwas blicken.

Danach kamen sie in den engen Gässchen der Altstadt an den riesigen Steinquadern der Inkas vorbei, aus denen diese ihre Mauern errichtet hatten. Ein einzelner Steinquader bildete oft mehr als einen Quadratmeter Mauerfläche. Die Quader waren völlig fugenlos ineinandergefügt. Keine Messerklinge würde zwischen die Steine passen. Eine ganz außergewöhnliche Genauigkeit, wie Vera feststellen musste. Auf die perfekt gebauten Inkamauern aufgesetzt waren die einfachen Mauern aus kleinen Steinen, die die Spanier für ihre Palazzos verwendet hatten. Henry war von den Steinen der Inkas ganz fasziniert und strich immer wieder mit der Hand drüber, da sie sich wie glatt poliert anfühlten.

Dann kamen sie aus der engen Gasse auf den weitläufigen Hauptplatz von Cusco, dem Plaza de Armas, wo die spanischen Soldaten in der Zeit der Eroberung ihre Waffen gelagert hatten.

Vera hatte jetzt fast vergessen, dass sie keine normalen Touristen waren und glaubte einen Moment lang, Otto würde jetzt gleich um die Ecke biegen und hätte in der Hand eine Tüte mit Empanadas, peruanischen Teigtäschchen als Snack für sie und Henry. Sie wünschte, sie wären hier auf Urlaub und würden morgen nach Machu Picchu weiterfahren.

Dann realisierte sie, dass das nur ein schöner Tagtraum war und sie gar nicht wusste, ob sie Otto je wiedersehen würde. Sie wischte sich eine Träne aus dem Gesicht, es half nichts, sie musste stark bleiben, schon alleine wegen Henry.

So kam sie auf den Gedanken, die Kathedrale von Cusco von innen sehen zu wollen, obwohl sie sich sonst aus alten Kirchen nicht viel machte.

Dass das keine gute Idee war, merkte sie rasch. Die Kathedrale war breit und gedrungen gebaut, was wegen der vielen Erdbeben hier in der Gegend nötig war. Die Spanier konnten nicht in die Höhe bauen, das wäre rasch eingestürzt. Doch so wirkte der riesige Innenraum gedrungen, schwer und düster, da die Spanier auch fast ganz auf Fenster verzichtet hatten. Alle Wände waren überreich mit vergoldeten Ornamenten und Figuren verziert. Es handelte sich um christliche Heilige, wie der Reiseführer, den sie gekauft hatte, behauptete, aber da waren auch andere Figuren zu sehen, die der Reiseführer nicht erwähnte und die eher an Ausgeburten der Hölle erinnerten. Teuflische Fratzen mit aufgerissenen Mäulern schienen die Gläubigen attackieren und verschlingen zu wollen. Dazwischen überall Ornamente und Figuren aus der Inkazeit, die mit dem Christentum rein gar nichts zu tun hatten. Diese waren von den indianischen Bauleuten eingebaut worden, da die Spanier deren Bedeutung nicht kannten. Das Ganze gab eine wahrlich unheimliche Kombination von Glaubensvorstellungen an ein Jenseits voller Dämonen und Teufel.

Überall gab es dieses düstere Gold im Dämmerlicht der Kirche und Vera spürte die eiskalte, abgestandene Luft, die stark nach Weihrauch und abgebrannten Kerzen roch.

Ihr begann übel zu werden, als Henry aufschrie: „Mama ich habe Angst, ich will hier raus, da sind überall Teufel."

Vor Veras Augen begann sich jetzt ebenfalls alles zu drehen und sie spürte einen heftigen Schwindelanfall. Sie musste sich zusammenreißen, als sie glaubte, einen spanischen Soldaten des sechzehnten Jahrhunderts in voller Montur mit Säbel, Schaftstiefeln und eiserner Harnischhaube im Mittelgang der Kirche auf sie zukommen zu sehen.

„Aus, jetzt reichts, raus hier", rief Vera laut aus und packte den weinenden Henry an der Hand und startete so schnell Richtung Ausgang, dass die Teilnehmer einer Reisegruppe, die gerade ihrer Führerin lauschten, alle die Köpfe in Richtung Vera wandten.

Erst draußen im grellen Sonnenlicht am Plaza de Armas beruhigten sich beide wieder und Henry erzählte, „da drinnen waren ganz viele ganz böse Leute."

Vera wusste, dass Henry nicht die beiden Reisegruppen meinte, die zusammen mit ihnen die Kathedrale besichtigten. Ihrem höheren Bewusstsein war klar, dass in der Kirche viele Seelen der grausamen Frühzeit der spanischen Kolonialherrschaft festhingen und die Mauern der Kathedrale mit Blut gebaut worden waren. Ein wahrlich schauerlicher Ort.

Sie kehrten daher in ein kleines Bistro am Rande der Plaza de Armas ein, wo es dann die Empanadas in der

Realität gab und nicht nur in Veras Tagtraum. Als Nachtisch gönnten sie sich noch ein paar Picarones, zuckersüße Teigringe aus Süßkartoffeln und Kürbis.

Dann merkten sie erst, wie müde sie waren. Henry war drauf und dran am Tisch einzuschlafen. Die Anspannung der Flucht war nun abgefallen und die Anstrengungen der langen Reise machten sich jetzt bemerkbar. Auch die dreitausendsechshundert Meter Seehöhe auf der Cusco lag, taten das ihre. Vera und Henry wollten nur mehr schlafen gehen.

Zum Glück lag die Wohnung von Daniel und Maria nicht weit entfernt, sodass sie diese zu Fuß bald erreicht hatten.

Vera wollte sich nicht in das Leben von Daniel und Maria drängen, doch im Moment war das ihre einzige Bleibe. Maria hatte zwar von einem Don Pedro gesprochen, der ihnen angeblich helfen könnte, aber ob das wirklich so war, stand wohl in den Sternen. Aber das Wohnzimmer der beiden konnten sie auch nicht auf Dauer blockieren. Daniel hatte sie seit dem ersten gemeinsamen Abendessen kaum gesehen. Vera vermutete, dass er ihnen absichtlich aus dem Weg ging, was sie auch verstehen konnte. Schließlich hatte sie ihn damals verlassen. Einen Anflug von schlechtem Gewissen verspürte sie immer noch, obwohl ihre Beziehung jetzt schon mehr als acht Jahre vorbei war. Aber sie liebte eben Otto, von dem sie nicht wusste, ob er noch lebte.

Einfach nur schlafen und alles für ein paar Stunden vergessen, dann würde sich alles finden, wünschte sich Vera, während Henry müde neben ihr hertrottete.

Kapitel 20 – Tag 7

Henry sah aus dem Wagenfenster und betrachtete die Landschaft, durch die sie kamen. Sie hatten Cusco in westliche Richtung verlassen und fuhren über eine weite Hochfläche nach Norden. Maria saß am Steuer ihres Suzuki Jimny Geländewagens. Neben ihr saß Vera, Henry hatte sich neben dem Gepäck auf einen der Rücksitze gezwängt, da die Ladefläche mit Zeug von Maria vollgeräumt war. Sie fuhren über Nebenstraßen auf denen wenig Verkehr war. Hier gab es keine LKW Kolonnen des Militärs und der Weltjugendtag war kein Thema mehr.

*

Daniel hatte gedrängt, dass sie die Wohnung möglichst rasch wieder verlassen sollten. Es war ihm anzumerken gewesen, dass es ihm weniger darum gegangen war, dass Vera von der Polizei gesucht wurde, sondern vielmehr darum, weil sie ihn damals verlassen hatte. Die Kränkung saß tiefer, als er sich selbst eingestehen wollte.

Vera hatte keinen Platz mehr in seinem Leben, er wollte sie so rasch wie möglich loswerden, samt ihrem Sohn, der auch der seine hätte sein können, wie er wohl wusste, da er das damals nachgerechnet hatte. Doch da Otto Henry als seinen Sohn ansah, musste es Otto wohl besser wissen, dachte Daniel. Dass es nie einen Vaterschaftstest gegeben hatte, wusste er nicht.

Maria wollte Vera aber wirklich helfen. Daher waren sie am Morgen der dritten Nacht, in der Vera und Henry am Wohnzimmersofa geschlafen hatten, aufgebrochen, um zu Don Pedro zu fahren.

Maria hatte vorher mit Don Pedro gesprochen und er hatte sofort zugesagt. Er habe Platz in seinem Häuschen und für Maria habe er so geklungen, wie wenn er erwartet hätte, dass zwei Fremde aus Europa kommen, die seine Hilfe brauchen.

*

Henry war von der Landschaft fasziniert. Sie fuhren über eine sanft gewellte hügelige Hochfläche auf der sich abgeerntete graubraune Felder und vertrocknete hellgelbe Graslandschaften abwechselten. Henrys Nase klebte am Fenster. In der Ferne sah er die schneebedeckten Spitzen hoher Berge. Mehr als Fünftausend Meter hoch seien diese Vulkankegel, erfuhr er von Maria.

„Dort hinten geht es zu den alten Salzbecken", rief Henry plötzlich aus.

„Wie kommst du darauf? Hier heroben gibt es doch keine Salzbecken, die sind doch nur am Meer, wo es Salzwasser gibt", erklärte Vera.

„Nein, dort drüben beginnt das Tal, wo es hinunter zu den Becken geht", behauptete Henry steif und fest. „Der ganze Berghang ist voller Salzbecken, glaub es mir", rief Henry aus.

Da schaltete sich Maria ein: „Seltsam, aber Henry hat recht, dort unten sind hunderte alte Salzbecken aus der Inka Zeit, manche sind immer noch in Betrieb. Da haben bereits die Inka Salz abgebaut. Diese Becken sind wirklich sehenswert. Eine salzhaltige Quelle versorgt die Becken mit Wasser und das seit Urzeiten. Henry scheint das zweite Gesicht zu haben."

Vera dachte mehr an ein früheres Leben von Henry, wollte aber jetzt keine Diskussion darüber beginnen, da sie nicht wusste, wie Maria über Wiedergeburt dachte. So sagte sie stattdessen: „Erstaunlich, weißt du, wieso du da draufgekommen bist?"

„Nein, keine Ahnung, es war einfach da", meinte Henry, dem das jetzt selbst etwas unheimlich war.

Doch schon ließen sie die Hochebene hinter sich und die Straße schlängelte sich über viele Serpentinen in ein tiefes Tal hinab.

„Das heilige Tal", erklärte Maria, „hier stehen viele alte Inka Tempel und wer das Tal entlangfährt oder wandert, der kommt nach Machu Picchu, der alten Inkastadt, hoch oben auf einem Bergrücken. Diese Stadt wurde erst 1911 entdeckt, vorher war sie völlig vom Dschungel verborgen gewesen. Im heiligen Tal gibt es an den steilen Berghängen tausende Terrassen für die Landwirtschaft und für die darauf gebauten Dörfer. Diese waren hochwasserfest, während die Spanier ihre Siedlungen im Talgrund bauten. Damit wurden sie immer wieder vom Urubamba überflutet, dieser kann zur Regenzeit sehr mächtig werden, seine Wassermassen füllen dann den ganzen Talgrund."

„An dir ist eine Fremdenführerin verlorengegangen", bemerkte Vera.

„Ach, ich weiß nicht viel, wenn du mehr wissen willst, kannst du Don Pedro fragen, der war einmal Fremdenführer. Wir sind bald da."

„Erzähl mir ein bisschen von Don Pedro, es klingt alles so geheimnisvoll, wenn du über ihn sprichst", bohrte Vera nach.

*

„Was das Geheimnis von Don Pedro ist, musst du selbst erfahren, er wird es dir sagen, da bin ich mir sicher. Du machst auf mich den Eindruck, wie jemand, der mit solchen Dingen vertraut ist. Sagt mir mein sechster Sinn", lächelte Maria verschmitzt.

„Don Pedro stammt aus einfachsten Verhältnissen. Er ist als sechstes von acht Kindern eines armen Bauern in einem Bergdorf aufgewachsen. Dort gab es damals weder Stromanschluss noch eine Wasserleitung."

„Damals hieß Don Pedro noch Garcia Martinez. Sein Grundschullehrer hat erkannt, dass der kleine Garcia ein Sprachgenie ist, und hat ihm geholfen, auf eine höhere Schule zu kommen. Diese hat er geschafft, aber zum Studium reichte es dann nicht. Garcia wurde Fremdenführer und zog nach Cusco. Bald sprach er Spanisch, Englisch und Französisch fließend, so wie seine Muttersprache Quechua. Das ist die Sprache der echten Einheimischen, der Indios, den Nachfahren der alten Inkas, die einmal hier gelebt haben. Ich selbst bin ja nur eine spanischstämmige Zuwanderin", erklärte Maria. „Auch wenn meine Familie schon seit zehn Generationen im Land ist, unterscheiden wir uns noch immer von den Indios. Denn eine richtige Vermischung hat kaum stattgefunden. Die Spanier waren die Herren und die Indios die Bauern. Bis heute ist das so, auch wenn es langsam doch zu einer Vermischung kommt."

„Dann war Garcia als Fremdenführer so erfolgreich, dass er sich mit einer eigenen Agentur selbständig gemacht hat. Er zeigte den Touristen Plätze der anderen Art, die es in Peru zu Hauf gibt. Plätze an denen du die Kraft von Pacha Mama, der Mutter Erde, richtiggehend spüren kannst, und wo es oft alte Inkaheiligtümer gibt, die genau an diesen Plätzen errichtet worden sind."

„Ich weiß ja nicht, ob du an solche Dinge glaubst", entschuldigte sich Maria, „aber ich habe selbst unglaubliche Dinge erlebt. Das kann man schwer beschreiben, das musst du einfach erlebt haben, dann weißt du es, auch wenn du es mit deinem Verstand nicht begreifen kannst."

„Du machst mich neugierig, erzähl weiter", drängte Vera, musste dann aber dazufügen," ein bisschen weiß ich was du meinst, manchmal passieren einem Dinge, die sind so unglaublich, da kommt der rationale Verstand nicht mit, das habe ich selbst auch schon erlebt. Aber jetzt habe ich dich unterbrochen."

„Seine Agentur nahm bald ein jähes Ende, da eines dieser riesigen Bergbauunternehmen ihm verbieten wollte, in ihrem Gebiet seine Touren zu unternehmen. Dort standen die Ruinen einiger uralter Tempel, die noch aus der Präinkazeit stammten. Einige waren nur mehr als Steinhaufen zu erkennen und die Tourismusbehörde hatte kein Interesse daran, die Tempel zu erhalten oder zu renovieren. Doch Garcia ging es mehr um das Spüren der Kraftplätze, auf denen diese Tempel standen. Und so legte er sich mit der Bergbaufirma an, die niemandem auf ihrem Gebiet dulden wollte."

„Natürlich verlor Garcia den Kampf Davids gegen Goliath, er klagte und verlor und verlor dabei sein gesamtes bescheidenes Vermögen und seine Agentur. Der Richter war von der Bergbaufirma gekauft und urteilte nach deren Wünschen. Das Geld für die Anwälte war weg."

„Als er dann als Antwort auf seine Prozessniederlage eine illegale Landbesetzung bei den Tempeln organisierte, kam er mit knapper Not mit dem Leben davon. Die anstürmenden Securities der Minengesellschaft kamen mit Schlagstöcken und Schusswaffen, um die Leute von ihrem Land zu vertreiben. Es gab viele Verletzte und einen Toten. Die Securities gingen bei der Räumung äußerst brutal vor."

„Das alles hat sich vor mehr als zehn Jahren in der Gegend um den Titicacasee zugetragen. Daraufhin brach Garcia seine Zelte in Puno ab und siedelte sich im heiligen Tal an. Aber du wirst ihn ja bald kennenlernen", schloss Maria ihren Kurzbericht.

*

Inzwischen waren sie am Grund des Heiligen Tales angekommen und kamen auf der gut ausgebauten Straße rasch voran. Als der Straßenbelag von modernem Asphalt zu mittelalterlichem Kopfsteinpflaster wechselte, das Maria nur im Schritttempo befahren konnte, waren sie am Ziel und vor ihnen lag die Ortseinfahrt von Ollantaytambo.

Hier bog die Fernstraße aus dem Heiligen Tal ab. Wer von hier weiter durch das Heilige Tal nach Machu Picchu wollte, konnte die Eisenbahn nehmen, deren Ausgangsbahnhof Ollantaytambo war, oder zu Fuß über den Inka Trail eine Woche lang nach Machu Picchu wandern, und in Aquas Calientes Quartier nehmen. Das war der Ort, der unterhalb von Machu Picchu als Touristenherberge entstanden war.

Maria lenkte ihren Suzuki Jimny durch die engen Gassen von Ollantaytambo, an den Tempelanlagen des berühmten Sonnentempels vorbei. Auf der anderen Seite verließen sie den Ort gleich wieder und fuhren in ein kleines Seitental hinein. Nach nur wenigen hundert Metern sahen sie eine kleine Siedlung aus flachen ebenerdigen Häuschen, die an den steilen Berghang geklebt schienen.

Jetzt verstand Vera, warum Maria einen Geländewagen brauchte, denn die Zufahrt zu solchen Siedlungen, von denen sie auf der Fahrt etliche gesehen hatten, war ein unbefestigter Karrenweg, der steil bergauf führte.

Maria hielt vor dem letzten Haus der Siedlung und meinte: „Wir sind da, hier wohnt Don Pedro."

Sie stiegen aus und die Haustür öffnete sich, da Don Pedro ihre Ankunft schon bemerkt hatte.

Kapitel 21

Zur selben Zeit einige tausend Kilometer weiter nördlich, saß Deputy Assistant Director Frank Wohlfahrt an seinem Schreibtisch in der CIA Central in Langley, Virginia, USA und blies Trübsal.

Draußen war ein wunderbarer Herbstnachmittag, die Blätter der Ahornbäume leuchteten in allen Farben. Doch hier, tief im Inneren des Gebäudes, wo Frank Wohlfahrt seinen Schreibtisch hatte, vier Etagen tief unter der Erde, im

Department for special operations, kam nie die Sonne hin um die Laune der dort Arbeitenden zu verbessern.

Frank Wohlfahrt brütete in seinem geräumigen und komfortablen Büro, das leider keine Fenster hatte, über den Akten, die er auf seinem Bildschirm aufgerufen hatte und ärgerte sich mächtig. Frank Wohlfahrt war ein Endfünfziger mit viel zu viel Körperumfang und fortgeschrittener Glatze. Er war einmal hübsch und ansehnlich gewesen, doch was die Jahre aus ihm gemacht hatten, war ihm deutlich ins Gesicht geschrieben.

„Was zum Teufel war in Tiflis schiefgegangen. Ein toter Agent und die Zielpersonen alle lebend entkommen. Nicht ganz, wenn die Aufzeichnungen der Direktübertragung vom Einsatz stimmten und daran gab es keinen Zweifel, dann war zumindest diese Sylvia Rabenstein tot. Die einzige Person, die eigentlich nichts angestellt hatte und die den Agenten zu den Zielpersonen geführt hatte. Ausgerechnet sie wird von Agent Moritz erschossen, nur weil der sich nicht zu helfen weiß, als diese Wahnsinnige die Story veröffentlichen will. Agent Moritz hätte ein Verfahren am Hals gehabt, wenn er denn noch lebte. Es hätte gereicht, dieser Rabenstein, welch schrecklicher Name, Tage später klarzumachen, dass ihr Leben auf dem Spiel stand, wenn sie je daran denken sollte, die Story zu veröffentlichen. Da muss man doch nicht gleich schießen", sinnierte er vor sich hin.

Die Akte von Agent Moritz hatte keinen Eintrag wegen erhöhter Gewaltbereitschaft, sowas war ihm noch nicht untergekommen, dass ein Agent einfach auf wehrlose Personen losballerte, die keine Zielpersonen waren. Frank

Wohlfahrt verstand die Welt nicht, was war in Agent Moritz gefahren.

*

Dann kam Teamleiter John Andersen ohne Anklopfen bei der Tür herein und wollte eine Unterschrift von ihm. Dabei gab es doch diesen elektronischen Workflow, der festlegte, wie solche Aktivitäten am Bildschirm zu erledigen waren.

John Andersen war gerade einmal fünfunddreißig und sah so adrett und agil aus, wie Frank Wohlfahrt auch in jungen Jahren nie ausgesehen hatte. Doch es war nicht das Aussehen, was er dem jungen Mitarbeiter neidete.

Frank Wohlfahrt wollte ihn schon anschreien und aus dem Büro werfen, als ihm einfiel, er solle sich gegenüber John nicht zu viel herausnehmen, denn erstens waren sie befreundet, und zweitens hatte er ihm aus Kostengründen untersagt, ein ganzes Einsatzteam nach Tiflis zu schicken. So war nur Agent Moritz vor Ort und der hatte nur eine Assistentin, die den Rückzug auf der Straße hätte decken sollen und die für die Ausschaltung von Zielpersonen keine Freigabe hatte.

Diese Tatsache steigerte seine Wut noch um ein Stück. Als John Andersen das Bild von Agent Moritz am Schirm von Frank Wohlfahrt sah, meinte er gedrückt: „Schade um ihn, er war ein guter Mann." Schließlich war er der direkte Chef von Agent Moritz.

„Das weiß ich selbst, reibe nicht Salz in offene Wunden", blaffte ihn Frank Wohlfahrt an.

„Ist ja gut, ich sage nichts mehr, schon gar nichts über irgendwelche eingesparten Einsatzteams", beschwichtigte John Andersen.

„Was willst du dann, denn für Unterschriften gibt es den elektronischen Akt, das weißt du genau," schimpfte Frank Wohlfahrt.

„Gerüchte, es gibt dumme Gerüchte und ich wollte dich fragen, ob du mehr weißt."

„Ich weiß gar nichts, wenn du mir nicht sagst, worum es geht."

„Viel weiß ich auch nicht, es geht nur ein Gerücht um, wir seien hier nicht mehr sicher, es gäbe ein ganz massives Problem", wagte sich John Andersen ein Stück aus der Deckung.

„Wieso sollen wir hier nicht sicher sein, im vierten Tiefgeschoss der Zentrale, hier kann uns nicht einmal eine Atombombe etwas anhaben. Denen oben im Flachbau schon, aber die Hochsicherheitsabteilungen, so wie unsere, da kann nichts passieren", wollte Frank Wohlfahrt abwiegeln.

„Was würde uns das nützen, wenn draußen alles zerstört ist und unsere Familien draußen tot sind", warf John Andersen ein, der an seine Frau und an seine beiden kleinen Töchter dachte.

„Du hast recht, ich habe keine Familie mehr", seufzte Frank Wohlfahrt bitter, „ich vergesse nur immer, dass es noch andere Leute gibt, denen es nicht so geht, wie mir."

John Andersen erwiderte: „Entschuldige, ich wollte nicht persönlich werden." Denn er wusste, dass Franks Frau mit ihrem einzigen Sohn bei Nine Eleven in einem der Flugzeuge gesessen hatte. Sie war in der Maschine gewesen, die ins Pentagon gerast war.

Seither hatte sich Frank nur mehr in seine Arbeit hier tief unter der Erde verkrochen und ließ alle Terroristen dieser Welt jagen und ausschalten, deren Spur er nur irgendwo auf diesem Planeten finden konnte.

„Dann erzähl mir mehr, was das für Gerüchte sind", bohrte Frank nach.

„Es gibt Leute, die finden es merkwürdig, was der Präsident macht", begann John eine neue Erklärung.

„Das ist kein Gerücht, das ist eine Tatsache, aber das hat uns nicht zu kümmern, wir machen unseren Job und aus", erklärte Frank.

„Das meine ich nicht, ich meine den Flug nach Denver in Colorado zum NORAD, was macht er dort? Der Flug war nicht geplant und ist heute ganz kurzfristig erfolgt."

„Du kennst ihn doch, seine Spontanität geht oft mit ihm durch, wahrscheinlich will er wissen, ob die Raketen noch alle da sind, die er mit seinem großen roten Knopf abfeuern könnte", meinte Frank und lächelte beinahe.

„Das ist noch nicht alles, seine gesamte Familie ist mit getrennten Maschinen ebenfalls nach Colorado geflogen. Jetzt ist dort doch keine Skisaison, was machen die dort in der Einöde. Wieso erfolgt das so kurzfristig? Und das hat die Gerüchteküche in der Firma in Gang gesetzt", beendete John seine Ausführungen.

„Das ist wirklich seltsam, und in den Medien ist kein Wort darüber gemeldet worden", meinte nun Frank, der sich einige Nachrichtenseiten auf den Schirm gerufen hatte.

„Normalerweise twittert er alles, diesmal nichts, was ist da los? Ich will jetzt nicht sagen, dass das nach Flucht aussieht, aber merkwürdig ist das schon, wie wenn sie irgendetwas zu verbergen hätten", dachte Frank laut nach.

Da rief John aus: „Vielleicht hat alles eine ganz einfache Erklärung", und deutete dabei auf eines der Bildschirmfenster auf Franks megagroßem Bildschirm.

„Der Weather Channel meldet eben, dass Hurricane Clode auf Stufe Fünf hinaufgestuft worden ist und voraussichtlich soweit nördlich vordringen wird, wie noch kein Hurricane vor ihm. Er könnte Virginia erreichen, und dann wäre er direkt über Langley und über Washington. Das erklärt vielleicht die Panik des Präsidenten und seiner Familie. Die kennen keine Hurricanes und sie geraten leicht in Panik", seufzte John erleichtert.

„Dann wollen wir hoffen, dass die Ursache geklärt ist", meinte Frank trocken, „ein Hurricane kann uns hier nicht viel anhaben, der fällt soweit nördlich in sich zusammen."

Kapitel 22

Seit zwei Tagen saßen sie jetzt in dieser kleinen Wohnung in Tiflis fest und warteten auf eine Gelegenheit, aus der Stadt wegzukommen.

Otto war auf der Couch eingeschlafen, draußen war es wieder Nacht geworden und im Zimmer brannte kein Licht.

Plötzlich erwachte er und sah Sylvia im Türrahmen zum Schlafzimmer stehen. Sie sah wunderhübsch aus und trug ein langes weißes Nachthemd. Sie lächelte ihn an und Otto spürte es erotisch knistern. Er stand von seiner Couch auf und näherte sich Sylvia. Er hatte das bestimmte Gefühl, sie würden sich jetzt gleich intensiv küssen. Er spürte Leidenschaft in sich aufsteigen. „Pfeif auf den Altersunterschied", dachte er, „diese Nacht gönnen wir uns einfach."

Dann musste er an den Verband von Sylvias Wunde denken. Doch unter dem dünnen Nachthemd schimmerte die blanke Haut, hier war kein Verband zu sehen, nur ihre Brüste zeichneten sich unter dem Nachthemd ab. Otto war verwirrt. Sylvia lächelte immer noch und ging langsam auf ihn zu.

„Scheiße, NEIN", brüllte es in Otto plötzlich auf, und im nächsten Moment war er hellwach und schnellte von der Couch hoch. „Lebt sie noch, oder ist sie schon wieder drüben in der anderen Welt unterwegs", entsetzte sich Otto. Inzwischen kannte er solche Träume und wusste, dass das keine Träume waren.

*

Er riss die Tür zum Schlafzimmer auf und sah Sylvia friedlich im Bett liegen. Sie atmete und schien dabei zu lächeln.

Plötzlich schlug sie die Augen auf und sagte leise: „Was machst du für einen Lärm mitten in der Nacht. Müssen wir schon wieder weiter fliehen."

„Nein, ich habe geträumt, du wärest tot und stündest als Engel vor mir."

„Gar nicht wahr, mir geht es von Stunde zu Stunde besser", erklärte sie und setzte sich im Bett auf, ohne daran zu denken, dass sie nur ihren BH, den Verband und die Kampfhose anhatte.

Erst als sie den Blick von Otto bemerkte, sah sie an sich hinunter und bemerkte ihre nicht vorhandene Garderobe. Doch statt ihre Blößen zu bedecken erklärte sie spöttisch, indem sie auf sich hinabsah: „So sieht eine Kämpferin aus, die die Schlacht ihres Lebens verloren hat, alt und hässlich."

Otto musste ihr widersprechen und fand sie hübsch und attraktiv.

„Das sagst du nur so, um mich zu trösten", meinte sie traurig.

Das hatte Otto auch vorgehabt, doch nun sah er plötzlich eine attraktive Frau vor sich, die voll in ihren Vierzigern stand, aber immer noch begehrenswert war.

Eine Sekunde lang dachte Otto an Vera, die er liebte, und der er verdankte, ein besserer Mensch geworden zu sein. Doch nun hatte ihn die dunkle Vergangenheit seiner Familie eingeholt, und da durfte er sich wohl ohne schlechtes Gewissen eine kurze Auszeit vom „besseren Menschen" gönnen. Vera würde es nie erfahren.

Sylvia war aufgestanden und Otto spürte, dass sie wusste, woran er dachte. Sie kam langsam auf ihn zu und Otto wich nicht zurück. Ihre Hände berührten sich und Otto begann sie zu umarmen. Sylvia schmiegte sich an ihn und ihr Lippen kamen sich näher.

Als es draußen im Wohnzimmer Schritte gab und Dmytro im Türrahmen stand.

*

„Ich störe wohl gerade", meinte er mit einem unverschämten Grinsen von einem Ohr bis zum Anderen.

Otto ließ Sylvia los und hatte sich wieder in der Gewalt: „Was gibt es denn, mitten in der Nacht, warum schleichst du dich heimlich herein."

„Weil ich einen Schlüssel habe und weil es bereits sechs Uhr morgens ist, ihr habt wohl die Zeit vergessen."

„Wir müssen eure Flucht planen und ich habe meine Kontakte spielen lassen, hört mir zu", fuhr Dmytro unerbittlich fort.

„Gleich, darf ich mich zuerst anziehen", giftete Sylvia, die gerne noch länger die Nähe von Otto genossen hätte.

Zehn Minuten später saßen sie zu dritt im Wohnzimmer und Dmytro erklärte die neuesten Pläne: „Ihr könnt nicht zum Flughafen, da warten die CIA Leute auf euch. Aber ihr könnt über Poti raus, das liegt am Schwarzen Meer und hat einen Hafen.

An Bord eines Fischtrawlers kommt ihr ungesehen außer Landes, denn die Trawler werden nie kontrolliert, da sie ja nirgendwo anlegen, sondern mit ihrem Fang wieder nach Poti zurückkehren."

„Und was nützt uns das, dann sind wir ja immer noch auf georgischem Boden, nur eben an Bord eines Schiffes", verstand Sylvia den Vorschlag nicht.

„Aber nein, euer Trawler fährt weit hinaus aufs Schwarze Meer und dort trifft er einen anderen Trawler, der aus Rumänien kommt und ihr steigt einfach um. Das sind die alten Schmugglerrouten", erklärte Dmytro.

„Gibt's da keinen EU Grenzschutz?", wollte Otto wissen, der an die Flüchtlingsrouten dachte, auf denen die Leute aus Pakistan, Afghanistan und von sonst wo nach Europa drängten.

Doch Dmytro beruhigte: „Faktisch nicht, denn die lange Route über das Schwarze Meer ist zu gefährlich für Flüchtlingsboote und die Trawler nehmen nur wenige mit, so wie euch. Die Flüchtlinge nehmen eher den Landweg über die Türkei. Das ist sicherer. Über den Kaukasus geht niemand."

„Und der Kapitän, den ich kenne, der kennt einen rumänischen Kapitän, mit dem macht er Geschäfte mit kleinen Päckchen, du weißt schon, was ich meine. Und diesmal sind halt noch zwei Leute bei den Päckchen dabei, das fällt gar nicht auf."

Otto verstand nur zu gut, ihr Schicksal lag in den Händen von Drogenschmugglern nach Europa. Wenn er heute noch unschuldig war, nach dieser Reise hatte er sicher gegen die Europäischen Gesetze verstoßen. Wenn das aufflog, landete er wegen Drogenvergehen sicher im Knast. Die Sache gefiel ihm gar nicht, aber hatte er eine andere Wahl? Was sollte er sonst machen?

Sylvia war auch nicht begeistert, aber was blieb ihnen übrig? Sie sagten zu und hofften, dass sie auf eine andere Art in Rumänien an Land gehen könnten.

„Rumänien ist doch kein Schengen Staat", warf Otto ein, „wie geht es von dort weiter?"

„Alles kann ich euch nicht abnehmen, da müsst ihr selbst sehen, wie ihr in euer Schengenland kommt", entgegnete Dmytro spöttisch.

„Aber wenn ihr hier bleibt, kriegt euch die CIA und ich falle um meinen erhöhten Stundensatz um, das werde ich nicht zulassen."

Da brachte Otto Russland ins Spiel: „Wenn du uns nicht hinbringen kannst, Viktor Urbanowitsch hat Kontakte nach Russland, dann gehen wir nach Norden, dort erwischen uns die CIA Leute auch nicht, im Schutz des Kremls."

Gleichzeitig musste Otto an die Worte von Kurt Oberleitner denken, er solle Meter machen und das ging im Kaukasus am einfachsten. Auf der russischen Seite in dreitausend Meter Seehöhe, da fände ihn die CIA nie. Nur wie sollte er dort seine Unschuld gegenüber den Gerichten in Österreich beweisen. Er musste zurück nach Wien, egal wie. Seine Anwälte würden ihn gegen Kaution freibekommen und dann konnte Sylvia für ihn aussagen und er wäre vollkommen rehabilitiert. Das große Erbe seines Vaters war ebenfalls anzutreten. Die Herkunft dieser Gelder würde das Finanzamt niemals aufklären können, da war er sich ganz sicher. Die Behörden konnten auf sein künftiges Vermögen keine Ansprüche geltend machen.

Doch noch steckten sie in Tiflis in einer alten Wohnhausanlage fest. In einer Wohnung mit vergitterten Fenstern hoch über Tiflis. Sie mussten sehen, dass sie von hier wegkamen und rasch eine Entscheidung treffen.

Sylvia hatte keine Hemmungen mehr, sie schmiegte sich eng an Otto und meinte, „wir strecken in der Scheiße, was meinst du, welche Route sollen wir nehmen?"

Otto spürte den Herzschlag von Sylvia und hatte Mühe, sich auf die Flucht zu konzentrieren. Eine weitere Nacht mit ihr würde er hier gerne aushalten. Doch was kam danach?

Kapitel 23

Das also ist Don Pedro. Er war aus seinem Haus getreten und begrüßte die Gruppe. Er war einen halben Kopf kleiner als Vera, von stämmiger Gestalt, mit einem wuscheligen dunkelbraunen Haarschopf, dessen Strähnen ihm ein wenig ins Gesicht hingen. Sein wettergegerbtes Gesicht verriet nichts über sein Alter, und seine Kleidung, die aus einer gewöhnlichen grauen Stoffhose und einem Blouson bestand, nichts über seine Herkunft.

Don Pedro wäre Vera niemals als besonders aufgefallen, da er aussah, wie tausende andere Peruaner auch. Und doch war alles ganz anders. Vera spürte von der ersten Sekunde des Kennenlernens die Kraft, die von Don Pedro ausging. Hinter seinem unscheinbaren Äußeren steckte eine gewaltige Energie, mit der er die ganze Gruppe liebevoll umfing.

Don Pedro lächelte und hieß sie auf Quechua willkommen. Vera verstand die Worte nicht, spürte aber, was er sagte mit jeder Faser ihres Körpers. Er freue sich, sie hier zu haben, denn er spüre, es gäbe Arbeit für sie.

Vera, die sonst nie die Aura eines Menschen sehen konnte, vermeinte, einen goldenen Schimmer um den Kopf von Don Pedro zu sehen. Ihr Verstand wollte sich zwischenschalten, das gäbe es doch gar nicht, doch eine innere Stimme entschied kraftvoll: „Hör zu, was er zu sagen hat."

Vera verstand jedes Wort, was er sagte, denn plötzlich sprach er Deutsch und Vera hatte den Übergang von Quechua auf Deutsch gar nicht bemerkt, als ihr einfiel, Maria habe vom Sprachtalent des Don Pedro ja erzählt.

„Mein Deutsch ist nicht so gut", meinte er verschmitzt lächelnd, „aber für unsere Arbeit wird es reichen."

Und dann saßen sie drinnen im einfach eingerichteten Wohnzimmer bei einer Kanne Tee und Don Pedro ließ sich von Vera die Geschichte ihrer Flucht erzählen.

Maria musste dann bald aufbrechen, ihre Kinder brauchten sie und sie wollte auch Daniel berichten, dass alles im Lot sei und er sich keine Sorgen machen müsse. Vera und Henry seien gut untergebracht.

Vera war von Don Pedros Stimme fasziniert. Er sprach in einer ruhigen und sicheren Art, die erkennen ließ, er würde immer wissen, was Sache war.

Vera ahnte, hier waren sie sicher, denn Don Pedro würde jede Gefahr bereits im Vorhinein erkennen. Es kam ihr so vor, wie wenn er alles wüsste, was wichtig war. Das hatte sie noch bei keinem Menschen je geglaubt.

Sie fragte ihn direkt heraus, wie das mit seinem sechsten Sinn sei, von dem sie schon gehört hatte.

Don Pedro antwortete ihr indirekt, indem er sagte: „Du bist eine Frau, die schon viel erlebt hat, für ihr junges Alter, du hast dem Tod schon ins Gesicht gesehen, und bist wieder zurückgekommen, du weißt Bescheid und hast Erfahrung mit den Dingen, die nicht aus Materie sind, ist es nicht so?"

„Du weißt es von Maria?", war Vera verblüfft, bis ihr einfiel, Maria wusste gar nicht, dass sie schon einmal ein Nahtoderlebnis gehabt hatte. Don Pedro konnte es von niemandem wissen, da es in ganz Südamerika niemanden gab, dem Vera von ihrem Nahtoderlebnis auf der Wiener Höhenstraße erzählt hatte.

„Nein, Maria hat mir nichts erzählt", erwiderte Don Pedro lächelnd, „auch du hast die Kraft und die Erkenntnis wird dir von Monat zu Monat mehr bewusst werden. Du musst es nur zulassen."

Henry sah von einem zum anderen und dachte sich: „Was reden die denn für einen Unsinn, gibt es nichts Wichtigeres zu besprechen? Da sind uralte Steine da draußen und die unterhalten sich über den Tod."

„Geduld, mein Junge, du wirst die Steine bald sehen, aber heute nicht mehr, denn jetzt ist Mittag und die Ausgrabungen sind von Touristen völlig überlaufen."

Mittag war das Stichwort. „Ich habe Hunger", erklärte Henry nun, „wann gibt es was zu essen."

Don Pedro erklärte, für das Abendessen müsse er erst einkaufen gehen, jetzt könnten sie am Marktplatz von Ollantaytambo eine Kleinigkeit essen.

*

So kam es, dass sie den Weg zurück in die Ortschaft zu Fuß zurücklegten und Henry die Terrassen des Sonnentempels von der Ferne sehen konnte. Don Pedro hatte die Wahrheit gesprochen. Hunderte Touristen bevölkerten das Gelände und wirkten wie Ameisen neben den riesigen Steinen des Sonnentempels.

„Du bist schon einmal hier gewesen", meinte Don Pedro zu Henry. „Ja, aber die glauben mir das alle nicht, ich weiß auch nicht, wie das möglich sein soll, aber mir kommt alles hier so vertraut vor, aber ich war noch nie in meinem Leben in Peru."

„In diesem Leben wohl nicht, aber was ist schon ein Leben", erklärte Don Pedro. „Warte nur, morgen gehen wir ganz zeitig zum Sonnentempel, da sind noch keine Touristen und dann wirst du sehen, was du sehen wirst. Ich denke, das wird eine Menge sein", gab sich Don Pedro geheimnisvoll.

„Wie alt bist du eigentlich", wollte Henry dann wissen.

„Na, was glaubst du," war die Antwort.

„Keine Ahnung, Fünfundziebzig?"

„Nein, so alt bin ich nicht, nur ein bisschen über Sechzig, genauer Dreiundsechzig, wenn meine Mutter damals nicht mit dem Alter ein wenig geschummelt hat, um mich älter zu machen", schmunzelte Don Pedro.

*

Der Hauptplatz von Ollantaytambo war von einstöckigen Gebäuden im spanischen Kolonialstil eingerahmt. In einem davon fand sich eine Pizzeria, wo Henry ein großes Stück „Sonne Und Mond Pizza" verdrückte. „Hier wird alles nach dem Sonnentempel ausgerichtet, auch die Pizzeria", wie Don Pedro erklärte.

Henry war glücklich und schien alles vergessen zu haben, was in den letzten Tagen passiert war. Vera erkundigte sich inzwischen bei Don Pedro nach den Möglichkeiten eines Internetzuganges, denn sie wollte ja demnächst beim POF live auftreten und zu den Anschuldigungen gegen sie persönlich Stellung nehmen. Aber ohne Internet ging das nicht, und bei Don Pedros Haus war gar kein Netz gewesen. Der Empfangsbalken war konstant auf Null geblieben.

Don Pedro erklärte ihr, nur direkt im Ort gäbe es Empfang. Vera erklärte ihm, dass sie mit ihrem Notebook ins Internet müsse, um daheim in Österreich ein paar Dinge zu klären. Sie müsse darum kämpfen, ihre Unschuld beweisen zu können. Schließlich könnten sie nicht den Rest ihres Lebens auf der Flucht sein.

Als sie dies sagte, drängte sich ihr der Gedanke auf, der Rest ihres Lebens könnte sehr kurz sein, wenn die Leute, die ihr die Bombe gebracht hatten, sie fänden. Dann wäre es rasch aus mit ihr. Da war der internationale Haftbefehl noch das geringere Problem.

Die Pizzeria hat Internetzugang, hier am Hauptplatz gibt es eine WLAN Antenne für alle, erklärte Don Pedro. Wichtig für die Touristen, ist aber nicht billig, die Stunde ist teuer. Ein bis zwei Stunden werde sie sich wohl leisten können, meinte Vera. Sie bräuchte nur drinnen im Lokal eine neutrale Rückwand, damit in Österreich niemand erkennen könne, wo sie sich gerade befindet. Denn der Hauptplatz von Ollantaytambo sei etwas zu bekannt.

Henry hatte jetzt endlich Internetzugang und recherchierte eifrig, was er über den Sonnentempel von Ollantaytambo im Netz finden konnte.

*

Vera und Don Pedro plauderten unterdessen und begannen zu philosophieren.

„Die Menschen haben sich vom Planeten Erde entfremdet, sie glauben, die Erde sei ein totes Stück Fels mit ein wenig Wasser und vielen Bodenschätzen um einen heißen Kern herum und alle könnten alles ausbeuten, was sie nur erwischen könnten", erklärte Don Pedro.

Er habe in großen Städten genauso gelebt, wie in den entlegenen Dörfern des Altiplano auf über viertausend Meter Seehöhe. Doch er habe die Hoffnung nie aufgegeben, dass sich etwas ändern werde. Immer mehr Menschen sähen bereits die Veränderung kommen und dass die Dinge alle miteinander zusammenhingen.

„Wer einen Wald fällt, braucht sich nicht wundern, wenn die Temperatur steigt. Die Großstädte dieser Erde wuchern wie die Krebsgeschwüre in ihr Umland hinaus. Jeder der dort leben muss, verliert irgendwann den Bezug zur Mutter Erde, zu Pacha Mama. Er sieht nur mehr Staub und Häuser. Das Grün verschwindet aus seinem Sinn, Hektik und Stress halten Einzug und verdunkeln sein Bewusstsein. Doch ziehen immer mehr Menschen in diese Städte, weil sie glauben, dass es ihnen dort besser gehen wird."

„Ja es gibt sogar Umweltschützer, die wollen, dass alle in die Städte ziehen, denn dort sei der Energieverbrauch pro Einwohner niedriger als wenn die Menschen am Land lebten. So ein Unsinn, eine dörfliche Gemeinschaft sei hundertmal besser, als ein Slum in irgendeiner Großstadt", erklärte Don Pedro.

Vera hatte Vertrauen zu Don Pedro, sie hatte ihm einiges über ihre Nahtoderfahrungen berichtet und Don Pedro hatte sofort gewusst, was sie meinte. Auch in Bezug auf die Städte musste sie ihm Recht geben, obwohl die Städte in Europa viel besser ausgestattet waren, als in Südamerika oder Südostasien.

Aber auch in Europa wohnten die Leute in endlosen Reihen von Wohnblocks aus Beton, wie Hühner in Käfighaltung, wusste Don Pedro, der sich in der Welt erstaunlich gut auskannte. Wenn alle Leute im Grünen leben könnten, dann wäre immer noch genügend Platz für alle, und die endlosen Stadtwüsten würden langsam verschwinden und wieder wunderschönen Wäldern Platz machen, die den Planeten kühlen und den Menschen die Freude an der Natur und an Mutter Erde zurückbrächten.

Vera musste schmunzeln, wenn sie sich diese Gedanken in der Realität vorstellte. Der Stephansdom inmitten eines Wäldchens und mittendrin ein paar alte Häuser, die man stehen gelassen hatte. Ein Wald, der sich bis dorthin erstreckte, wo jetzt der Wienerwald war und überall darin kleine Dörfer und Siedlungen, wo die Menschen wohnten. Aber eigentlich gefiel ihr der Gedanke ganz gut. Alle würden im Grünen leben und die Wüsten der dichtverbauten Gründerzeitviertel wären in Wien bald verschwunden.

Stattdessen ein bewohnter Wald, unter dem sogar die U-Bahn durchführen würde, falls die dann noch gebraucht würde. Das wäre eine sinnvolle Anwendung von Technik, statt immer neue Hochhäuser hochzuziehen.

Don Pedro meinte, die Menschheit sei bereits in großer Gefahr, denn es wären Regelkreise angestoßen worden, die um vieles größer seien, als alles was die Menschen bisher unter Regelkreisen verstanden hätten. Es wäre höchst an der Zeit, das Bewusstsein der Menschheit vom gegenwärtigen Dämmerschlaf zu befreien, in dem sich die meisten Menschen befanden.

Vera hätte dazu gerne mehr von Don Pedro erfahren, doch sie merkten, dass die Sonne hinter den hohen Bergen, die das Heilige Tal begrenzten, gerade unterging und der Nachmittag schon weit fortgeschritten war.

So mussten sie ihre anregende Diskussion beenden, denn Don Pedro wollte am Markt noch Gemüse und Kartoffeln für das Abendessen kaufen.

Kapitel 24 – Tag 6

Jetzt war es endlich soweit, Henry rannte voraus. Es war noch früh am Morgen und die Anlage hatte gerade für Touristen aufgesperrt. Ollantaytambo lag vor ihnen. Henry stürmte die hunderten Steinstufen nach oben, bis er am Eingang zum Sonnentempel ganz außer Atem war und auf Vera und Don Pedro hinuntersah, die den Aufstieg gemächlicher angingen.

Der Sonnentempel lag auf einer Felsnase hoch über dem Tal und sie waren die ersten Besucher des heutigen Tages. Sie genossen den Ausblick, doch Henry wollte rasch weiter und so gingen sie entlang der unteren Begrenzungsmauer die aus feinst aneinandergefügten riesigen Blöcken bestand, die nach einem komplizierten Muster so passgenau miteinander verzahnt zusammengefügt waren, dass keine Messerklinge dazwischen passte.

Wie haben die Inkas, die kein Eisen kannten, diese Blöcke so bearbeiten können und wie haben sie die viele Tonnen schweren Steine so aufeinander fügen können? Eine ingenieurmäßige Meisterleistung fand Vera.

Don Pedro lächelte verschmitzt und meinte nur: „Welche Inkas, und wozu Eisen?"

Vom eigentlichen Sonnentempel war seltsamerweise nicht viel übrig. Einige Riesenblöcke lagen verstreut herum, ihre Kantenlänge betrug mindestens sechs Meter, eine Wand war erhalten, doch gerade diese Wand war in manchen Bereichen nur grob behauen und ganz knapp daneben glatt und völlig ebenmäßig.

Vera fiel auf, dass immer wieder aus den glatt und nach außen leicht bombierten Blöcken kleine, zirka zehn Zentimeter große Buckel herausstanden, deren Funktion sie sich nicht erklären konnte. Diese Buckel waren aber Teil der Blöcke, so-dass die ganze Oberfläche des Blockes abgearbeitet hatte werden müssen, damit nur der kleine Buckel stehenblieb. Das musste eine wahnsinnig aufwändige und anstrengende Arbeit gewesen sein, dachte Vera.

Don Pedro erklärte es ihr lächelnd. Er war ja einmal Fremdenführer gewesen. Die Archäologen sagten, dass diese Buckel für den Transport der Steine nötig gewesen seien. Nur komisch, dass nur zirka zehn Prozent der Steine solche Buckel hatten und noch dazu in völlig zufälliger Verteilung. Der Rest der Blöcke war ohne Buckel und völlig ebenmäßig bombiert.

Sie gingen um die Anlage herum, bis sie am Berghang gegenüber der Felsnase auf einer der vielen Terrassen ein Plätzchen auf einem Mäuerchen fanden, wo sie sich hinsetzen konnten.

„Und was sagst du, stimmt das, was die Archäologen sagen?", wollte Henry wissen, der die ganze Zeit an Don Pedros Lippen gehangen war.

„An solchen Buckel kann niemand ein Seil befestigen", begann Don Pedro. „Aber beginnen wir beim Anfang, dort wo wir gestern unterbrochen worden sind." Dabei sah er Vera an, die nicht verstand, was ihr gestriges Gespräch mit den alten Steinen der Inka zu tun haben sollte.

„Zivilisationen kommen und Zivilisationen gehen", begann Don Pedro.

„Diese großen Blöcke sind uralt, die sind niemals von den Inkas in ihrer kurzen Herrschaftszeit von knapp dreihundert Jahren hierher geschleppt und bearbeitet worden. Das war eine ganz andere Zivilisation, viele tausend Jahre älter. Diese hat die Riesenblöcke behauen und transportiert. Überall auf der Erde findet man diese Riesensteine, es war immer die gleiche Zivilisation, denn die Steine ähneln einander. Doch diese Zivilisation ist längst ins Reich der Sage abgedriftet, da es keine schriftlichen Zeugnisse von ihr gibt. Manche meinen, es sei Atlantis gewesen, doch so genau weiß das niemand, sie kann auch ganz anders geheißen haben.

Aber das Bewusstsein an eine alte untergegangene Zivilisation ist im kollektiven Unterbewusstsein der Menschheit gespeichert, sonst käme das Thema nicht immer wieder in die Medien und würde dort so kontrovers diskutiert."

Vera warf ein: „Da gibt es doch immer wieder Leute, die meinen, das ist alles von den Außerirdischen erbaut worden, die haben die nötige Technik gebracht und dann wieder mitgenommen. Könnte da nicht etwas dran sein?"

Don Pedro lächelte, „wenn du meinst, wir alle sind schon einmal auf einem anderen Planeten geboren worden, dann könnte ich dir recht geben, aber die ganze Geschichte von den Göttersöhnen, die sich mit den Menschentöchtern paarten und Nachkommen zeugten, wie es in der Genesis der Bibel steht, zeigt doch, dass es anders gewesen sein muss. Echte Außerirdische mit grobstofflichem materiellen Körper hätten sich nie mit Steinzeitmädels gepaart. Und wenn, dann hätten sie keine Nachkommen haben können, da die DNA nie zusammengepasst hätte."

„Aber wie war es dann", unterbrach Henry, „wer waren diese Götter?"

„Ganz einfach, Menschen, wie du und ich, aus einer hochstehenden Zivilisation kommend. Denn überleg einmal, unsere eigene Geschichte reicht fünftausend Jahre in die Vergangenheit zurück, dann enden die ältesten Erkenntnisse über die ersten Ägyptischen Dynastien. Davor war nur noch Steinzeit, und in Europa vor fünftausend Jahren, alles Steinzeit, dann Bronzezeit und irgendwann begann die Eisenverarbeitung und die ersten Städte entstanden in Mesopotamien. Ur, Babylon und so weiter. In China geht es etwas weiter zurück, aber spätestens vor siebentausend Jahren haben wir nur mehr Jäger und Sammler, die mit Steinwerkzeugen als Nomaden umherziehen, sagt die offizielle Geschichtsschreibung."

„Und wie lange haben wir vom frühen Mittelalter, so um das Jahr Siebenhundert, wo es noch nicht einmal die gotischen Kathedralen gegeben hat, bis zur Mondlandung und zur Kernkraft gebraucht. Gerade einmal tausenddreihundert Jahre. Das ist extrem kurz und Außerirdische haben uns dabei nicht geholfen, das war schon der Mensch, der das gemacht hat."

Vera war verblüfft über das Wissen von Don Pedro, sie hatte ihn nur für einen Energetiker und Naturheiler gehalten. Dass er sich auch in orientalischer Geschichte und Zivilisationsforschung auskannte, erstaunte sie.

Doch er fuhr fort: „Und solche tausenddreihundert Jahre kann es auf der Erde schon mal gegeben haben. Denn inzwischen finden sich Artefakte und Tempelanlagen in der Türkei, die sage und schreibe wissenschaftlich nachgewiesen elftausendfünfhundert Jahre alt sind, weit älter als die Pyramiden. Und keiner hat eine Idee, wie die steinzeitlichen Jäger und Sammler das hinbekommen haben könnten. Göbekli Tepe liegt in der Türkei und ist ein einziges Rätsel. Es sind riesige steinerne Stelen mit kunstvollen Tierreliefs geschmückt, die von irgendwelchen

Leuten viel später völlig vergraben worden sind um jede Erinnerung daran auszulöschen."

„Wenn es, sagen wir, fünfzehntausend Jahre vor heute einen solchen Technologieschub wie zwischen sechshundert nach Christi und dem zwanzigsten Jahrhundert gegeben hat, dann brauchen wir weder Außerirdische zur Erklärung, noch ist es länger ein Rätsel. Denn die damalige Technologie muss ja nicht den gesamten Planeten umspannt haben, da genügten wenige Völker, und für die restliche Menschheit, allesamt Nomaden, waren das dann die Götter, von denen in der Bibel die Rede ist. Denn unsere Zivilisation stammt von den damaligen Nomaden ab, die Zivilisation der „Götter" ist ausgestorben."

„Und in den Indischen Veden wird von Himmelsschlachten der Götter berichtet, wo sich deren Luftstreitkräfte fürchterliche Schlachten geliefert haben. Und in Pakistan liegen die Ruinen von Mohenjo Daro, einer prähistorischen Millionenstadt, in der russische Archäologen ähnliche Verglasungen festgestellt haben wie beim Atombombenabwurf von Hiroschima."

„Was, die hatten damals schon Atomwaffen?", staunte Vera.

„Vermutlich, ganz sicher ist es nicht, aber sie hatten noch mehr, als wir heute kennen. Sie konnten die riesigen Steine, die wir da drüben liegen sehen, ganz leicht bewegen und das heißt, sie konnten vermutlich die Massenträgheit und die Schwerkraft manipulieren."

„Ob es die alten Ruinen auf Malta sind, die alle wie Bunkeranlagen aussehen, oder die tonnenschweren

Monumente in Baalbek und in Ägypten, überall auf der Welt gibt es Spuren einer alten High Tech Zivilisation."

„Man hat Schädel gefunden, an denen Gehirnoperationen vorgenommen worden sind und wo die Schädeldecke wieder zugewachsen war. Die Leute haben nach der Operation weitergelebt. Hier in Peru wurden dutzende solcher Schädel gefunden."

„Und warum sind sie dann untergegangen, wenn sie so weit entwickelt waren?" wollte Vera wissen.

„Es ist sprunghaft wärmer geworden als die letzte Eiszeit vor zwölftausend Jahren zu Ende ging. Und da ist der Meeresspiegel um mehr als sechzig Meter angestiegen. Und wenn man davon ausgeht, dass diese damalige Zivilisation ihre Zentren auch an den damaligen Küsten hatte, so wie wir heute, dann wurde alles überflutet und vom Meer verschlungen, wie die Sage von Atlantis ja berichtet."

„Und wenn jetzt die Gletscher der Antarktis und von Grönland schmelzen", schauderte Vera, die die Prognosen der Wissenschaftler kannte, „dann steigt der Meeresspiegel wieder um sechzig Meter."

„Richtig erkannt", meinte Don Pedro, „dann ist wieder ein Zyklus zu Ende gegangen und die Menschheit hat ihre Hausaufgaben wieder einmal nicht erledigt. Dann werden unsere Nachfahren wieder von Steinzeitmenschen abstammen, die in zehn bis fünfzehntausend Jahren rätseln werden, wofür diese seltsamen Turmskelette, von denen einige dann immer noch teilweise aus dem Wasser ragen, eigentlich gut gewesen sind. Denn unter Bürohochhäusern kann sich beim besten Willen dann niemand mehr etwas vorstellen."

Vera lief ein kalter Schauer über den Rücken, obwohl sie in der hellen Sonne saßen. „So schlimm ist es schon," stöhnte sie auf.

„Nein, ist es nicht", erklärte Don Pedro, „die Gletscher schmelzen nicht von alleine so rasch, da muss es ein äußeres Ereignis geben, und das ist das was mich mehr beunruhigt."

„Leider habe ich den sechsten Sinn, das kann ich nicht ändern, und der sagt mir, es ist nicht schlimm, es ist noch viel schlimmer, was auf uns zukommt. Wenn die Menschheit nicht sehr aufpasst, könnte es leicht sein, dass sich die Erde bald in einen einzigen riesigen Friedhof verwandelt hat. Und wir alle können nichts dagegen tun, da sich die Menschen auf der Erde nicht einig sind."

„Erschrecke Henry nicht so", warf Vera ein, die sah, wie Henry mit schreckgeweiteten Augen Don Pedro ansah.

„Keine Panik", entgegnete dieser, „denke an das gestrige Thema, die ewigen Kreisläufe. Deshalb will jetzt niemand etwas von Atlantis wissen, da es ja mitsamt seiner tollen Technik untergegangen ist."

„Und die Menschen Angst davor haben, in der Vergangenheit vielleicht ihre eigene Zukunft zu finden", ergänzte Vera, „Atlantis hat vielleicht eine ähnliche Krise gehabt, wie die heutige Menschheit. Kriege, Umweltkatastrophen oder Seuchen und keine Lösung für ihre Probleme."

„Doch wenn die Sage stimmt, muss es ein oder mehrere einschneidende Einzelereignisse gegeben haben", fuhr Don

Pedro fort, „wir wissen aber nicht, was das für Ereignisse waren."

„Seht euch die Technik dieser Steinmauern dort drüben einmal genauer an", wechselte Don Pedro plötzlich das Thema.

„Seht her, dort drüben kann man es sehr schön sehen. Unten liegen die riesigen Blöcke mit mehreren Metern Kantenlänge, darüber kommen die kleinen Blöcke, ganz fein zusammengefügt und mit bombierter Oberfläche. Und ganz oben drauf die recht primitiven Mauern, der eigentlichen Inkas, die nur auf das aufgebaut haben, was sie vorgefunden haben."

„Und damit der oberste Inka nicht von fremden Göttern gestört würde, sind die Reliefs, die diese Götter darstellten, auf den riesengroßen Blöcken abgeschlagen worden. Und deshalb gibt es den Unterschied in der Bearbeitung. Reste der Reliefs, die grob weggemeißelt worden sind, sind noch erkennbar, und die glatte Hintergrundfläche ist unversehrt geblieben. Das ist die Erklärung dafür."

Vera verstand, und als sie eines der Fotos ansah, die sie mit ihrem Smartphone gemacht hatte, war ihr, wie wenn ihr ISIS, die Ägyptische Göttin der Geburt, der Wiedergeburt und der Magie, entgegenblickte. Denn eines der schlampig entfernten Reliefs schien genau die gleichen Proportionen zu haben, die Vera meinte schon in Luxor gesehen zu haben.

Als sie dies Don Pedro erzählte, entgegnete dieser, „na da siehst du, wie nah die Dinge damals beieinander gelegen sind, und wie leicht sie zu erkennen sind, wenn man nur genau genug hinschaut."

Vera musste an Kurt Oberleitner denken. Warum hatte er sie nach Peru geschickt. Was meinte Don Pedro mit dem riesigen Friedhof. Vera musste an einen Atomkrieg denken. „Kurt war beim Geheimdienst. Vielleicht drehen der amerikanische Präsident oder der Typ in Nordkorea endgültig durch und es gab eine nukleare Kettenreaktion global über den ganzen Erdball. USA auf Nordkorea, China reagiert darauf nuklear auf die USA, die schießen zurück, die Russen fühlen sich betroffen und feuern ihrerseits. Alle Zentren der Zivilisation liegen in Schutt und Asche, nur die Ränder leben noch. Ist es das, was Don Pedro sieht, aber natürlich nicht aufhalten kann?", dachte Vera. Sie hatte Angst, ihn nochmal zu fragen, denn sie wollte nicht erfahren müssen, dass sie alle bald sterben werden.

*

Henry wollte stattdessen mehr über die alten Steine wissen. Und Don Pedro erzählte weiter.

Und dann erklärte Henry Don Pedro wie ihm vieles hier so bekannt vorgekommen ist, er aber zum ersten Mal hier sei.

Don Pedro sah Henry lange schweigend an. Sein Blick schien durch Henry hindurchzugehen.

Als er zu reden anfing, schien es, wie wenn er eben aus einer weit entfernten Welt zurückgekehrt wäre, so seltsam fern und anders klang seine Stimme.

„Du erinnerst dich, das ist gut. Dein Schleier des Vergessens ist ganz dünn und zart und kann noch leicht durchbrochen werden. Daher kannst du dich an Ereignisse aus früheren Leben erinnern. Doch die waren nicht immer schön, ich sehe viel Blut und Grausamkeit in deiner Vergangenheit."

Vera wollte Don Pedro unterbrechen, denn Henry war schließlich ihr geliebter Sohn und sie wusste, was für schreckliche Panikattacken er als kleines Kind gehabt hatte.

„Erschreck nicht Henry dauernd so entsetzlich", wollte sie Don Pedro ins Wort fallen, doch dieser sah sie kurz an und bevor sie etwas sagen konnte, meinte er: „Der Junge hält das aus, er muss es wissen, wenn er im Leben weiterkommen will."

Und zu Henry gewandt erklärte er: „Keine Angst, das alles ist längst vergangen und dir wurde vergeben, sonst wärst du nicht hier, sondern ganz woanders. Du bist einen weiten Umweg gegangen, seit du das letzte Mal hier in Peru warst. Du hast in den Leben danach einen Abstieg in die Tiefen der Grausamkeit und des Krieges hinter dir. Aber nun hast du eine neue Möglichkeit, wieder Licht und Liebe zu erfahren und ganz wesentlich zur künftigen Entwicklung des Planeten beizutragen."

„Was soll ich tun, was soll ich lernen, wie soll das gehen", wollte Henry sofort wissen.

„Frage nicht, was du jetzt tun sollst, du wirst es erkennen, wenn es soweit ist, verlasse dich auf deine Intuition und sorge dafür, dass dein Schleier des Vergessens dünn bleibt, dann wirst du immer daran erinnert, dass du mehr bist, als ein Haufen Zellen, mehr als ein Klumpen Materie, der zufällig Bewusstsein entwickelt hat, wie die meisten der materialistisch eingestellten Mediziner meinen."

„Das versteht er doch nicht", unterbrach Vera, „er ist doch erst acht Jahre alt."

„Nein, seine Seele ist genauso alt, wie die deine, bereits seit einigen tausend Jahren in vielen verschiedenen Körpern auf der Erde inkarniert und hier zu Hause. Dass sein jetziger Körper erst acht Jahre alt ist, spielt für diese Dinge nicht die geringste Rolle. Wenn er hinter den Schleier des Vergessens blickt, gibt es keine Zeit und kein Alter, dann steht ihm die Weisheit des Universums zur Verfügung und ich sage dir, Henry, fürchte dich nicht, dir kann nichts geschehen, und sollte die Welt morgen untergehen, du bist eine unsterbliche Seele, vergiss das nie."

*

Henry sah zu den Steinen des Tempels hinüber und da war der große Hangrutsch, der die Anlage irgendwann in ferner Vergangenheit in zwei Hälften geteilt hatte, plötzlich nicht mehr zu sehen. Henry sah Steine, die eben noch nicht dagewesen waren. Die Mauern waren nun viel höher und wunderschön. Eine gewaltige Anlage, viel größer als die Reste des Sonnentempels, den die Touristen zu sehen bekamen, lag vor ihm. An der Spitze der Anlage stand ein stattlicher Tempel, über dem die Luft flimmerte und ein leises Sirren lag in der Luft. Henry konnte es ganz deutlich vernehmen. Er wusste, die Anlage arbeitete wie sie sollte und alles war im grünen Bereich. Er war schließlich für den reibungslosen Betrieb hier verantwortlich. Nur wo hatte er seine Steuerungskonsole verlegt. Warum hatte er die nicht, er begann nervös zu werden. Wie sollte er ohne seine Konsole die Anlage steuern, da konnte doch so viel schief gehen.

Ein Ruck ging durch Henry, die Katastrophe war schon passiert. Wie sah die Anlage plötzlich aus? Alles nur mehr Ruinen und die Mauern waren fast alle weg oder waren eingestürzt.

*

Vera stieß ihn in die Seite, „Und wo bist du jetzt gewesen?" „Du hast drei Minuten völlig konzentriert ins Leere geschaut, keinen Ton gesagt und auf unsere Fragen nicht reagiert."

Don Pedro lächelte: „Der Schleier des Vergessens ist ein wenig zur Seite gerutscht, stimmt´s?"

„Unglaublich, ich habe den Tempel gesehen, wie er früher ausgesehen hat, die Energie war noch da, alles war intakt und ich war der Meister, der für den Betrieb zuständig war", rief Henry ganz fasziniert aus.

„Das muss vor über elftausend Jahren gewesen sein", erklärte Don Pedro: „damals stand die ursprüngliche Anlage noch", erklärte Don Pedro.

„Woher weißt du das?", wollte Henry wissen.

„Glaubst du, nur du kannst den Schleier des Vergessens durchdringen?", war die Antwort Don Pedros.

Vera sah in Henry noch immer ihren erst achtjährigen Sohn, während Don Pedro bei allen Menschen bis auf den Grund der Seele sehen konnte. Aber das würde Vera auch noch lernen. Das nahm sie sich jetzt fest vor, denn wenn Don Pedro das konnte, dann würde sie das auch irgendwann einmal schaffen.

Kapitel 25

Es half alles nichts, Sightseeing war gut und schön, aber Vera musste mit dem Sender, mit der Power of Family in Kontakt treten und dort live auftreten. Sie konnte Rüdiger nicht länger hinhalten. Sie war die Chefredakteurin und ihre Seher mussten endlich die Wahrheit erfahren.

Sie durfte sich nicht länger in Peru verstecken, sie musste sich der Öffentlichkeit stellen und die Wahrheit erzählen. Egal, ob sie international gesucht wurde, oder ob alle Geheimdienste der Welt hinter ihr her waren.

Don Pedro hatte ihr gezeigt, was richtig war. Als unsterbliche Seele durfte und konnte sie den Tod nicht fürchten. Sie musste auftreten, egal, wie schrecklich die Konsequenzen waren.

Wenn Don Pedro recht haben sollte, dann war die Zeit der menschlichen Zivilisation möglicherweise nur mehr sehr kurz und danach gab es kein Internet mehr.

Vera wollte an dieses Danach nicht so genau denken, vielleicht irrte Don Pedro sich ja. Nur schien es Vera, Don Pedro habe sich noch nicht sehr oft geirrt. Was er sagte, stimmte in der Regel.

Trotzdem hoffte Vera, Don Pedro habe sich geirrt und nur die ungefilterten Ängste der Menschen aufgefangen, die sich in ihrer Zukunftsangst in den sozialen Foren gegenseitig zu immer neuen Panikattacken aufschaukelten.

Noch zwölf Jahre, hieß es, habe die Menschheit, um den Klimawandel zu stoppen, dann sei der Klimawandel unumkehrbar. Was das bedeuten würde, darüber war sich die Wissenschaft nicht einig. Aber eines war klar, bis dahin würde es gewaltsamer Maßnahmen bedürfen um das Klima zu retten. War das der Plan einiger Mächtiger, einen Teil der Menschheit durch einen nuklearen Winter auszulöschen, damit der andere Teil überleben könne? Dieser Plan war unmenschlich, wenn es ihn gab. Niemand würde die Verantwortung dafür übernehmen. Aber nach einem Atomkrieg würde niemand mehr fragen können, wer den Krieg angefangen hat. Die Überlebenden hätten andere Sorgen und ein nuklearer Winter würde den Planeten jedenfalls abkühlen.

Vera wusste nicht, wo die Wahrheit lag. Sie machte sich Sorgen, weil Kurt Oberleitner offensichtlich mehr wusste als er ihr gesagt hatte. Doch Vera konnte ihn nicht fragen, ohne sich für die Geheimdienste sichtbar zu machen.

Aber jetzt musste sie Maria anrufen, denn sie brauchte Hilfe beim Internet. Sie wollte nicht preisgeben, wo sie sich befand und da gab es Wege und Möglichkeiten. Das wusste Vera zwar, aber sie konnte diese Technik nicht bedienen, sie brauchte dafür Hilfe, und Maria konnte helfen.

*

Drei Stunden später stand Alfredo Navarro vor Don Pedros Haus und nahm sich das Notebook von Vera vor. Alfredo Navarro hatte über sein Smartphone Internetzugang, den Vera mit ihrem Smartphone nicht hatte.

„Mein Smartphone ist auch aus Armeebeständen", entschuldigte sich Alfredo Navarro. Er sei gerade Anfang zwanzig und bestens in der Szene vernetzt und habe Kontakte zum Militär, wie er sagte. In Wahrheit konnte er sich in die Peruanischen Militärserver hacken, da die Security der Peruaner mehr als zu wünschen übrig ließ. Für einen Profi wie Alfredo Navarro waren die Zugangsports der Armee offen wie ein Scheunentor.

„Und wenn sie da einmal draufkommen, was passiert dann?", wollte Vera wissen.

„Dann muss ich schnell sein, sonst", meinte er und machte mit der Hand die Geste des „Kehle Durchschneidens" an seinem Hals. „Die verstehen keinen Spaß, aber mich kriegen sie nicht, da bin ich mir sicher. Ich bin besser als sie."

„Hoffentlich", dachte Vera, die das Selbstvertrauen dieses Jünglings nicht ankratzen wollte, da sie ihn dringend brauchte. Sie war verdammt froh, dass er ihr half. Maria hatte das eingefädelt und Daniel hatte von alldem sicher keine Ahnung.

Während er ihrem Notebook etliche Darknet Tools hinzufügte, plauderte er so vor sich hin, was er durch seine Hacks in den Militärservern alles so mitbekäme.

„Seit etlichen Tagen spinnen alle komplett. Die Generäle schicken Befehle raus, wie wenn demnächst der Krieg ausbräche. Es ist aber kein Gegner zu sehen. Und unter jeden Befehl schreiben sie:, „Das ist keine Übung!". Aber was ist es dann, wenn alle Transportkapazitäten der Armee im Dauereinsatz sind und Unmengen Zeug in Richtung Altiplano und der Hochtäler bringen? Wozu soll das gut sein?"

„Keine Zeitung und kein Sender in Peru berichten darüber und jeder, den ich gefragt habe, hat keine Ahnung, wovon ich spreche, oder darf keine Ahnung haben."

Vera hatte ja selbst einige LKW-Kolonnen auf dem Weg hierher gesehen. „Vorräte bunkern für den Atomkrieg?", kam ihr in den Sinn, „Würde auch Lima zerstört werden? Peru war doch kein Gegner irgendeiner Großmacht, was sollte das alles bedeuten?"

Gegenüber Alfredo Navarro behielt sie ihre Befürchtungen besser für sich. Sie wollte nicht neue Gerüchte in die Welt setzen.

Dann stand die Leitung. Sie konnte ganz normal über Skype ihren Chef anklicken und sah sein Gesicht am Bildschirm.

*

„Vera, du bist es", rief Rüdiger Baumgartner überrascht aus, als Vera sich zu erkennen gab. „Ich sehe zwar dein Bild, aber sonst nichts. Keine Absenderadresse und keinen Namen, von wo in drei Teufels Namen rufst du an? Steckst du noch immer in Spanien fest? und wieso sehe ich deine Daten nicht?"

„Das sind viele Fragen auf einmal, auf die ich dir keine Antwort geben darf um das Leben unschuldiger Menschen nicht zu gefährden", eröffnete Vera das Gespräch.

„Freunde haben mir geholfen und ich möchte unseren Usern die Wahrheit sagen, aber dazu muss ich über POF online gehen, wie du mir ja versprochen hast. Ich bin im Augenblick in Sicherheit und die Leitung, über die wir reden, wurde speziell umgeleitet."

„Über das Darknet kommunizieren normalerweise nur die Unterwelt und Terroristen. Weit bist du gekommen, Vera, was soll ich nur mit dir machen?", war Rüdiger Baumgartners erste Reaktion.

„Das tun, was ich dir vorgeschlagen habe. Verständige Kay Uwe Andersen, unseren Chief Information Officer, der soll die Leitungen freigeben lassen, dann gehe ich online.

„Wie stellst du dir das vor? Hier ist inzwischen die Hölle los! Alle stehen Kopf und das Internet schwirrt vor Gerüchten, dass irgendetwas Schreckliches passieren wird, aber keiner weiß, was. Wie wenn Satan die Hölle verlassen hätte und plötzlich die Erde als sein neues Zuhause auserkoren hätte."

„So schlimm geht es euch schon", musste Vera schmunzeln, da sie ihren Chef als überzeugten Atheisten kannte. Dass der sich vor dem Teufel fürchtete, nahm sie ihm nicht ab.

„Die Ungarn haben die Armee in erhöhte Alarmbereitschaft gesetzt und behaupten, der Feind stünde vor ihren Grenzen. So schaut es aus, wenn ganze Regierungen plötzlich irrational werden. Unser Verteidigungsminister hat daraufhin vorsorglich fünfhundert Mann an die ungarische Grenze geschickt, man kann ja nie wissen, was dahinter steckt. Und fünfhundert Mann sind ja keine Bedrohung für die Ungarn, das ist nur zur Beruhigung der Burgenländer."

„Und was die Verschwörungstheorien angeht, wird gerade von unbekannter Quelle auf Facebook verbreitet, dass dein Mann in einen Atombombendeal mit dem Iran verwickelt ist und ihnen hochangereichertes Uran von Nordkorea verschaffen wollte. Das soll der wahre Grund sein, warum Heinrich Rauhenstein in die Luft gesprengt worden ist und Otto unauffindbar ist. Die Staatsanwaltschaft hat bekanntgegeben, dass sie auch in diese Richtung Ermittlungen aufgenommen hat. Keiner weiß mehr, was er glauben soll."

Auf Veras Notebook lief parallel auch ein Nachrichtenkanal der Amerikaner mit, der plötzlich ihre Aufmerksamkeit fesselte.

„Und das ist auch von Satan, diese CNN Meldung von eben?", fragte sie provozierend ihren Chef.

„Erdbeben der Stärke 9 in der Antarktis. Rieseneisplatte mit mehr als vierhunderttausend Quadratkilometer hat sich in der Weddel See vom Festland gelöst. Die Rieseneisplatte ist erstmals kein Schelfeis, sondern Festlandeis, das mit zunehmender Geschwindigkeit über eine unsichtbare unbekannte Gleitschicht wie bei einem Schiffsstapellauf ins Meer gleitet. Satellitendaten zeigen eine sechzig Meter hohe Bugwelle, die die Eisplatte, die viele hundert Meter dick ist, vor sich herschiebt. Die dadurch ausgelöste Flutwelle wird in Südafrika und Argentinien erwartet, mit der sofortigen Evakuierung der Küstenstädte ist begonnen worden, für viele Menschen wird eine Evakuierung nicht mehr möglich sein."

Die Panik war der CNN Reporterin ins Gesicht geschrieben als sie ihren Text vom Teleprompter ablas.

„Die Hölle öffnet ihre Pforten", war dessen Antwort. „Wir haben´s vergeigt, der Teufel holt uns jetzt alle", begann ihr Chef plötzlich zu jammern.

„Du glaubst doch gar nicht an den Teufel, du bist Atheist, hast du das schon vergessen?", wollte ihn Vera beruhigen, doch das brachte ihn noch mehr in Panik.

„Eben, und wenn es den Teufel nun doch gibt, dann holt er sich solche Atheisten wie mich bestimmt mit Genuss."

„Bitte Rüdiger, verbinde mich mit Kay Uwe Andersen, sonst muss ich den Sender hacken lassen und mich direkt ohne eure Techniker ans Publikum wenden. Willst du das?"

„Das wagst du niemals!", rief Rüdiger entsetzt.

„Warum nicht? Wo uns doch jetzt alle der Teufel holt, kann das doch kein großes Problem mehr sein", konterte Vera.

„Gut, meinetwegen, es kann nicht mehr schlimmer werden", seufzte Rüdiger und stellte Vera zu Kay Uwe Andersen durch.

*

Dieser, ein junger dynamischer Enddreißiger, war irgendwie gar nicht überrascht, als ihm Vera ihr Anliegen erklärte.

„Sowas Ähnliches hätte ich Ihnen auch vorgeschlagen, wenn ich gewusst hätte, wie ich Sie erreichen kann", war seine erste Antwort.

„Sie sind unschuldig, das steht fest, auch wenn viele inzwischen das Gegenteil glauben, eine Klarstellung mittels online Interview wäre da mehr als hilfreich. Ich werde das entsprechend vorbereiten und die Marketingleute werden die Trommel laut schlagen, damit wir genügend Zuseher für den Livestream haben", erklärte Andersen ganz sachlich und ruhig.

„Und glauben Sie bitte nicht, was derzeit bei uns in den Medien steht, es sind alle kurz vor dem Überschnappen. Ich habe verlässliche Quellen, von denen unser lieber Chef nichts weiß. Irgendwelche neuen russischen Trollfabriken sollen hinter der ganzen Chose stecken. Also, wir haben alles im Griff und Sie melden sich am besten morgen wieder bei mir zur selben Uhrzeit, da weiß ich schon mehr, wann Sie ihren Livestream kriegen. Denn die Marketingleute brauchen ja auch noch ein paar Stunden, bis sie die Infos ans Volk gebracht haben. Die Zeit müssen wir ihnen geben, denn sonst sieht den Stream ja niemand."

Vera war begeistert, auf den CIO war Verlass, der erzählte nichts von Teufeln und anderem Unsinn, sondern kannte die Quelle der Fake News. Sie hätte damals doch darauf bestehen sollen, den Sender selbst zu leiten, aber die Partei hatte darauf bestanden, einen CEO mit Leitungserfahrung einzustellen, und die hatte Vera damals noch nicht gehabt.

Doch wer weiß, wenn Rüdiger anderen Leuten auch von seinen Satansphantasien erzählte, dann bekäme sie vielleicht eine zweite Chance beim Sender. Wenn sie sich bis dahin reingewaschen hatte. Mit internationalem Haftbefehl konnte sie einen Job beim Sender schwerlich antreten. Aber nach der Rehabilitierung, würden ihr alle Möglichkeiten offen stehen, war Vera überzeugt.

Sie hätte Andersen am liebsten umarmt, aber das gab die digitale Konferenztechnik noch nicht her. So blieb ihnen nur eine herzliche Verabschiedung bis der Schirm dunkel wurde und Alfredo Navarro, der die ganze Zeit außerhalb des Kamerabereiches von Veras Notebook konzentriert den Bildschirm seines Notebooks betrachtet hatte, erleichtert seufzte: „Alles Roger, keiner hat uns orten können, das hätte ich auf meinem Schirm gesehen. Ich habe die ganze Kommunikation mit deinem Verlag überwacht, nichts ist passiert."

Kapitel 26 – Tag 5

Frank Wohlfahrt, CIA Deputy Assistant Director im Department for special operations, fühlte sich gar nicht wohl. Er hatte John Andersen seit dem letzten Gespräch nicht mehr gesehen und saß gedankenverloren in einer der Cafeterias im oberirdischen Bereich, wie die Räumlichkeiten intern genannt wurden, die nicht unter der Erde lagen.

Die Gerüchte gingen ihm nicht aus dem Kopf, er war schließlich nicht irgendwer. Wieso wusste er nicht, was hinter den Gerüchten steckte. Das war nicht fair, warum war er nicht in dem Team derjenigen, die wussten, was Sache war und bei uninformierten Kollegen mit ihren Andeutungen angeben konnten.

Nun war er der uninformierte Kollege. Immerhin war er stellvertretender CIA Direktor und hatte ein großes Department zu leiten. Er sah sich unauffällig in der Cafeteria um und dann auf seine Armbanduhr. Dreizehn Uhr Ortszeit, normalerweise war die Cafeteria um diese Zeit zum Bersten voll mit Leuten, die rasch ihren Mittagslunch hinunterschlangen, um nur ja rasch wieder vor ihren Computern sitzen zu können.

Doch heute war nichts los. Jede Menge leerer Tische schienen Frank vorwurfsvoll anzusehen, als wollten sie fragen: „Wo sind denn all die Leute hin, die sonst hier herumsitzen?"

Eine seltsame Lähmung lag in der Luft, die wenigen Leute, die da waren, schienen sich für Frank wie in Zeitlupe zu bewegen. Wie wenn sie vor etwas Unsichtbarem bereits resigniert hätten und ihnen schon alles egal wäre.

Da fiel sein Blick auf einen der Monitore an der Wand, auf denen ständig die neuesten Nachrichten aus aller Welt flimmerten. Es handelte sich nur um die üblichen Nachrichtenkanäle, wie CNN und Co, geheime Nachrichten wurden dort nicht gezeigt.

„Präsident verlängert seinen Aufenthalt in Colorado, da seine Frau einen Unfall hatte und in Denver in einer orthopädischen Spezialklinik behandelt wird", teilte CNN den Amerikanern gerade mit.

„So ein Blödsinn", ärgerte sich Frank, „wenn sie eine Spezialklinik bräuchte, dann kämen sie umgehend nach Washington zurück und würden nicht in Denver bleiben. Die Meldung kann so nicht stimmen."

Hier wurde gelogen, dass sich die Balken bogen. Frank überwand seine Abneigung gegenüber seinem Chef, CIA Direktor Gruner und rief ihn am Smartphone an, um zu fragen, was all dies denn zu bedeuten habe. Die Meldung sei doch zu offensichtlich falsch, da stecke etwas anderes dahinter.

*

Gruner hob sofort ab, da er am Display sah, dass Frank anrief. „Hallo Frank, was gibt es?", knurrte er unwirsch ins Telefon.

Das Verhältnis zwischen ihnen war nicht das Beste, denn Frank arbeitete gerne eigenständig, Gruner meinte, viel zu eigenmächtig. Franks Special Operations waren nicht immer durch die Regeln der Organisation gedeckt und von der Tiflis Operation wusste Gruner gar nichts. Die war nur auf Franks Mist gewachsen, auf Wunsch eines hochrangigen Politikers, und nachdem die Sache so gründlich danebengegangen war, wollte Frank auch niemandem darüber berichten müssen.

Als Frank ihm sein Anliegen mitgeteilt hatte, dass er gerne die echten Hintergründe für die Verlängerung des präsidialen Aufenthaltes gewusst hätte, denn vielleicht hätte das ja Einfluss auf eine Special Operation, änderte sich die Stimme von Gruner schlagartig. Frank meinte, einen mitleidigen Tonfall herauszuhören.

„Tut mir echt leid, Frank, du hast die Meldung richtig interpretiert. Es gab keinen Unfall von der Frau des Präsidenten und ich verstehe, dass du neugierig bist. Aber das ist auch schon alles, was ich dir sagen kann, denn für den Rest hast du keine Freigabestufe. Die habe nur ich, eine kleine Sondereinheit und ein paar Leute in der Regierung. Das kann ich nicht ändern."

„Dann trotzdem Danke für deine Offenheit und entschuldige die Störung", war alles, was Frank noch sagte, bevor er die Verbindung trennte.

*

Zurück in seinem Büro im Tiefbunker wusste er, was er als nächstes zu tun hatte. Er hatte einen Verdacht und loggte sich in die Reisesoftware der Organisation ein. Mit seiner Sicherheitsstufe konnte er alle Reisebewegungen der Organisation sehen, auch die von seinem Chef.

Und er sah, was er insgeheim befürchtet hatte. Gruner hatte für Übermorgen einen Denver Flug gebucht. Zusammen mit seiner Frau. Da war was im Gang, von dem die Öffentlichkeit nichts wissen durfte.

Was, wenn er auch einen Flug nach Denver buchen würde, nur so als Test, überlegte Frank und rief eines der online Buchungsportale auf.

Als er seine Reisedaten in die Tastatur hämmerte, dachte er zuerst, er habe sich geirrt, doch dann sah er es. Alle Flüge nach Denver waren komplett ausgebucht, es gab keinen einzigen freien Platz mehr in keiner einzigen Maschine. Das hatte es noch nie gegeben, wenn es so einen Ansturm gab, dann würden doch zusätzliche Maschinen eingeschoben. Doch das war nicht der Fall. Frank checkte zur Kontrolle noch einige andere Destinationen. L.A., Orlando, San Francisco, Seattle, überall gab es jede Menge freie Plätze und keinerlei Auffälligkeiten, nur für Denver war in den nächsten Tagen alles restlos ausgebucht, aber niemandem schien dies aufzufallen. In Denver war jetzt keine Ski-Saison und es gab kein Event oder Ereignis, das als Ursache herhalten hätte können.

Der rote Knopf des Präsidenten fiel ihm ein und sein Magen krampfte sich zusammen.

Kapitel 27

Vera war ungeduldig, wann würde es endlich Mittag werden, damit sie wieder mit Kay Uwe Andersen reden konnte. Denn dann war in Mitteleuropa Abend und die beste Sendezeit für einen Livestream.

Henry hatte von Don Pedro ein Buch mit Bildern über die alten Inka Ruinen bekommen und war darin völlig vertieft. Das Buch war in Englisch und Henry verwendete den Übersetzungscomputer von Vera für die Wörter, die er nicht kannte. Schließlich war sein Englisch erst auf dem Niveau der dritten Volksschulklasse. Doch das störte ihn nicht, das Buch zu studieren. Das war ein Teil seiner eigenen Vergangenheit, wie er es gestern erlebt hatte.

*

Don Pedro gesellte sich zu Vera, die im Wohnzimmer an ihrem Computer saß und die Mails checkte, die sie am Vortag über die sichere Darknet Verbindung von Alfredo Navarro heruntergeladen hatte. Es waren viele aufmunternde Worte ihrer Fans, aber auch einige böse Meldungen darunter. Die Todesdrohungen der Linksradikalen löschte sie einfach, ohne sie genau zu lesen.

Vera wollte von Don Pedro wissen, wieso sich dieser in Geschichte und in der Europäischen Kultur so gut auskenne.

Don Pedro erzählte, er sei auch einige Jahre in Europa gewesen und habe dort einige Semester Geschichte studiert. Damals war er noch sehr jung und abenteuerlustig und wollte die Welt kennenlernen. Doch dann kehrte er zurück und wurde Fremdenführer in Peru. Über seine Jahre in Europa sei hier in Peru so gut wie nichts bekannt, und das sei auch besser so, lächelte er. Er sei damals sehr weit links gestanden und habe die Revolution gefordert, wofür er sich noch heute genieren würde, denn Gewalt löst Gegengewalt aus. Niemals kann mit Gewalt eine Verbesserung herbeigeführt werden, so dachte er heute. Damals lockte ihn die Weltrevolution und er war nach Paris gegangen.

Wann habe er bemerkt, dass er den sechsten Sinn habe, wollte Vera wissen.

„Schon als Kind", erklärte Don Pedro, „habe ich Dinge gewusst, die ich nicht hätte wissen können, und die sind dann eingetroffen."

„Aber dann hat mich meine Mutter beiseite genommen und gemeint, es sei gefährlich, über den Tod eines Nachbarn zu wissen, wenn dieser noch lebte. Das wäre Zauberei und Zauberer würden nicht alt, die stürben früh eines gewaltsamen Todes."

„Und so habe ich mich in meiner Jugend zurückgehalten und niemandem davon erzählt, wenn ich wusste, was passieren wird. Doch dann hatte ich eine Vision, ich müsse zurück nach Peru und meinem Volk helfen. Das hat mir jemand im Traum erzählt, und der Traum war so intensiv, dass ich wusste, das musst du tun."

„Und so wirke ich jetzt im Verborgenen mit meinen Weisheiten und frage mich manchmal, warum ich keinen größeren Bekanntheitsgrad habe als hier in der Umgebung. Die Leute kennen mich und kommen zu mir, wenn sie einen Rat brauchen. Viele kommen aus Cusco und Umgebung, aber aus Lima kommt fast niemand."

„Dabei hätten gerade die Leute aus Lima Hilfe bitter nötig. Denn dort leben sie so gar nicht im Einklang mit der Natur und Pacha Mama. Sie leben zu Millionen in armseligen Hütten auf wüstenähnlichen Hängen, hingebaut ohne Kontakt zur Natur und ohne Kontakt zu ihrem höheren Selbst. Sie haben nur den Wohlstand der Stadt im Kopf und meinen, es geschafft zu haben, wenn ihre Hütte eine feste Tür, einen Wasseranschluss und eine Satellitenschüssel am Dach hat. Das ist das Zerrbild des Kapitalismus, der tief in den Köpfen der Menschen verankert ist."

Vera konnte nicht ganz zustimmen: „Die Leute gehen doch freiwillig in die Städte, und der Sozialismus ist doch zusammengebrochen, aus Venezuela fliehen die Leute in die umliegenden kapitalistischen Staaten."

Don Pedro konterte: „Dem Sozialismus weine ich keine Träne nach. Die Auswüchse die ein Pol Pot in Kambodscha, ein Stalin in Russland und ein Mao in China geliefert haben, wo jeweils Abermillionen Menschen ermordet wurden, sollte jeden denkenden Menschen vom gescheiterten Experiment des Sozialismus geheilt haben."

„Die Menschen müssen ihre Spiritualität wiederentdecken. Sie müssen erkennen, dass sie nicht nur aus Materie bestehen, sondern in einer geistigen feinstofflichen Form mit allem verbunden sind, was das Leben und das Universum ausmachen."

„Die kosmischen Gesetzmäßigkeiten sollten wiedererkannt und gelehrt werden. Es sollte auf Universitäten im Fach Wirtschaft nicht gelehrt werden, wie mache ich den meisten Profit auf Kosten der anderen und auf Kosten der Umwelt, sondern wie betreibe ich ein Wirtschaftssystem, bei dem sich jeder nach seinen Fähigkeiten entsprechend einbringen kann. Welches weder die Umwelt, noch die Mitmenschen schädigt, sondern zum Gedeihen und Blühen der Menschheit und des Planeten Erde beiträgt."

„Kennst du das Prinzip Pacha Mamas? Nein natürlich nicht, du kommst aus Europa und kannst es nicht kennen. Das Prinzip Pacha Mama ist das Prinzip der Mutter Erde. Wir alle sind Teil von Mutter Erde. Jeder Mensch ist Teil der Natur, sonst könnte er hier auf der Erde, im Schoß von Pacha Mama nicht existieren. Und Mutter Erde ist Teil vom Kosmos und hat genauso ihren feinstofflichen Anteil, wie wir Menschen. Warum tun wir uns mit der Gravitation so schwer? Weil wir sie zwar messen können, aber nicht verstehen, was sie ist, da sie eine Wirkung des Feinstofflichen ist, die unser Sonnensystem zusammenhält, und dafür sorgt, dass wir auf der Erde sicher stehen, und nicht herunterfallen."

„Wie kommt es, dass viele Menschen auf der Welt glauben, ohne Pacha Mama existieren zu können. Sie sind in riesige Städte gepfercht, von Beton und Elektronik umgeben, ohne Grün und ohne ausreichend Luft und gesundes Essen und haben längst vergessen, wo sie sich befinden. Nämlich auf der Erde, als Teil von Pacha Mama und als Teil von Allem, was existiert. Wenn uns Pacha Mama nicht mehr schützen kann, dann wäre dies das Ende der Menschheit."

„Ich will dir ja keine Angst machen, aber in den letzten Jahrhunderten haben wir als gesamte Menschheit viel zu sehr auf unser eigenes Wohlergehen geachtet und die Natur oder Pacha Mama vergessen. Wir haben vergessen, dass es ohne sie kein Leben auf der Erde geben kann. Wir haben vergessen, wie es sich anfühlt, im Einklang mit Pacha Mama zu leben. Wir haben vergessen, was wir tun müssen, um auch in Zukunft gut leben zu können. Und damit ist gemeint, dass alle auf diesem Planeten gut leben können. Menschen, Tiere und Pflanzen. Und dazu müssen wir realisieren, dass alles zusammenhängt und die Erde kein Selbstbedienungsladen ist."

„Die kosmischen Prinzipien gelten überall, völlig unabhängig. Welcher Religion du gerade anhängst, oder ob du Atheist bist. Jede Tat hat Auswirkungen, im Guten, wie im Bösen. Und wenn die Menschen das Gleichgewicht der Erde so sehr stören, dass Grenzwerte überschritten werden, die besser nicht überschritten werden sollten, dann hat das unumkehrbare Auswirkungen, die niemand mehr verhindern kann. Das Gleichgewicht wird wiederhergestellt, mit oder ohne Menschen, das sollte von allen begriffen werden."

„Eine Zivilisation, die auf Kosten des Planeten lebt, hat keine Zukunft. Die Zivilisation muss sich mit dem Planeten versöhnen, nur dann können wir alle in Frieden glücklich leben. Gut und Böse, Arm und Reich, spirituell und materialistisch sind Gegensatzpaare, die dadurch entstehen, dass das Gleichgewicht verändert wurde. Jede Handlung verändert das Gleichgewicht, denn dazu wird sie ja gesetzt. Das ist das Gesetz der Polarität, das wir hier auf der Erde schon bis zum Überdruss kennen."

„Doch dann kommt die Ausgleichung ins Spiel und der Aktion folgt die Reaktion. Wenn du den Wald abholzt, wird die Temperatur steigen, das wirst du nicht ändern. Du schaffst Wüste und darfst dich nicht wundern, wenn es zur Klimakatastrophe kommt. Wenn du den Wald aufforstest, schaffst du Lebensraum und Kühle für alle."

Don Pedro hatte sich in Fahrt geredet, so hatte ihn Vera noch nicht kennen gelernt.

„Und sag bloß nicht, wir können das nicht ändern, denn einer allein ist schwach, aber alle zusammen sind stark und können etwas ändern. Wenn aber jeder etwas anderes will, entsteht Chaos und es verändert sich gar nichts."

„Ein Chor, der gemeinsam singt, ist in Resonanz, jeder Sänger mit jedem Sänger und gemeinsam können sie ein überwältigend schönes Stück aufführen. Das Publikum wird begeistert sein. Wenn dieselben Leute alle zugleich durcheinanderreden, entsteht nur Lärm, sonst nichts."

„Wenn viele Menschen dasselbe wollen, dann geraten sie in Resonanz zueinander und ihre Schwingungsenergie erhöht sich. Und je mehr sich die Energie erhöht, umso größere Leistungen können erbracht werden. Wenn jeder egoistisch nur für sich denkt, werden die Leistungen gering bleiben. Alle zusammen können wir die Erde versöhnen und in Frieden mit der Natur leben. Und die Belohnung wird sein, dass keiner einen Mangel erleiden muss, sondern es wird Überfluss für alle da sein. Nur in der Resonanz miteinander können wir bewirken, dass sich alles zum Guten wendet."

„Wird das Resonanzprinzip gut angewendet, dann kann ein ganzes politisches System zusammenfallen, wie ein Kartenhaus. Das hat Papst Johannes Paul II. eindrucksvoll beim Fall des Kommunismus bewiesen, ohne Gewalt, nur mit Gebet und Meditation von Vielen im damaligen Ostblock."

„Wird das Resonanzprinzip missbraucht, dann entstehen Angst und Massenpanik. Totalitäre Systeme übernehmen die Macht, wie bei Hitler, Stalin oder Mussolini. So einfach ist es im Prinzip und doch so schwer, dem zu widerstehen."

„Fürchtet euch nicht, hat schon Jesus gesagt, doch die Antwort liegt nicht darin, die Verantwortung für sein Leben an eine fremde Organisation, wie die Kirche oder an einen fernen Gott zu delegieren, sondern offen zu sein für das Spirituelle, sodass die Liebe, die uns alle im Feinstofflichen umfängt, für jeden Einzelnen spürbar und erlebbar wird."

„Dann verschwinden auch die Ängste und Sorgen, auch wenn die Situation noch so verfahren und ausweglos scheint."

„So lasst uns denn ein Apfelbäumchen pflanzen, auch wenn am nächsten Tag die Welt untergeht, soll Martin Luther gesagt haben."

Vera war fasziniert von der Dichte der Gedanken, die aus Don Pedro nur so herausgesprudelt waren.

„Das ist toll, wie du das auf den Punkt bringst, du kannst das eigentlich viel besser als ich, wenn ich an meine

Rolle als Moderatorin bei POF denke", musste Vera zugeben.

Und dann fiel der Groschen.

*

„Ich habe einen Sender, der gerade meinen Auftritt vorbereitet, warum trittst du nicht mit mir gemeinsam auf. Dann hören alle Leute, was du zu sagen hast", erklärte Vera von ihrer plötzlichen Eingebung fasziniert.

„Und du meinst, deine Senderleute ziehen nicht den Stecker, wenn sie mich sehen und mich nicht kennen", zweifelte Don Pedro.

„Das lass meine Sorge sein, wie hast du gerade gesagt. Wenn die Situation völlig verfahren und hoffnungslos ist, dann vertraue auf deine Verbindung zum Feinstofflichen. Du wirst die Liebe erfahren und die Lösung deiner Probleme wird leicht und einfach sein. Das sind deine Worte."

„Mich haben sie mit meinem Sohn um den halben Globus gejagt, die Interpol sucht uns, ob mein Mann noch lebt, weiß ich nicht, alles schien zu Ende zu gehen. Daniel wollte nichts mit mir zu tun haben, was ich auch verstehen kann."

„Und dann kommt Maria und bringt mich zu dir und plötzlich ist alles anders. Wir sind uns nicht zufällig begegnet."

„Sicher nicht", lächelte Don Pedro, „das war das Prinzip der Synchronizität, wir haben uns einander über eine feinstoffliche Ebene angezogen, obwohl wir einander noch gar nicht kannten. So etwas kann man häufig erleben, wenn man auf die feinen Zwischentöne achtet."

„Aber sieh mal auf dein Notebook", meinte er verschmitzt lächelnd, „wer weiß, was du dort noch findest."

Vera verstand nicht, was hatte ihr Notebook mit den Problemen der Menschheit zu tun? Sie sah ihre Inbox des Mailprogramms mit den Mails, die sie gestern heruntergeladen hatte, und scrollte weiter.

Dann stieß sie einen Schrei aus: „Otto lebt!"

Kapitel 28

Diese E-Mail war zweifelsfrei von Otto, es war seine Absenderadresse und auch seine Wortwahl. Ihm ging es den Umständen entsprechend, in Tiflis habe es zwar Tote gegeben, aber er sei unverletzt und in Sicherheit. Er mache sich große Sorgen um Vera, obwohl Kurt meinte, ihr ginge es gut. Hoffentlich lese sie die Mail irgendwann, wenn sie wieder Zugriff auf ihre Mailbox habe.

Der Text war verstümmelt und mit Abkürzungen versehen, die nur Vera kannte, so dass die Echtheit zweifelsfrei feststand. Die E-Mail war schon vor vier Tagen gesendet worden, doch Vera hatte bisher keinen Zugriff auf ihre Mailbox gehabt.

Vera fiel ein Stein vom Herzen, Otto lebte und war wohlauf. Sie hatten ihn nicht so kalt erwischt, wie seinen Vater. Sie musste ihm antworten. Dazu war die Darknet Verbindung wie geschaffen, die ihr Alfredo Navarro installiert hatte. Um ihre Spur noch weiter zu verwischen, ging sie hinunter in den Ort, in die kleine Pizzeria am Hauptplatz von Ollantaytambo, wo es ein WLAN gab. Und dann ritt sie der Teufel und sie aktivierte ihr Skype und versuchte Otto via Skype zu erreichen. Falls Otto online war, würde er es mitbekommen. Doch sein Smartphone war nicht erreichbar, aber vielleicht hatte er auch WLAN in Tiflis.

*

Otto hatte kein WLAN in Tiflis, aber das Smartphone von Sylvia, mit dem er gerade seine Anwälte kontaktierte und seine Mailbox in Wien abrufen konnte.

So las er das Mail von Vera, in dem sie ihm ein Lebenszeichen gab und einen verschlüsselten Hinweis auf eine mögliche Skype Verbindung zu einer speziellen Adresse.

Es war nicht ganz einfach mit dem Smartphone von Sylvia die Skype Verbindung aufzubauen, die dann über das Darknet zu einer unbekannten anderen Adresse umgeleitet wurde, doch Otto schaffte es. Im Hinterkopf von Otto klingelte es, dass damit Sylvias Smartphone von der CIA geortet werden könnte.

Doch die Wiedersehensfreude war stärker als auf dieses Risiko zu achten. Endlich sah er Vera wieder und sie sah ihn wieder über die Kamera von Sylvias Smartphone.

Sie hatten sich viel zu erzählen und Sylvia war so taktvoll, nicht im Wohnzimmer zu sein als die Verbindung stand. Denn sie konnte sich lebhaft vorstellen, wie Vera reagieren würde, wenn sie plötzlich Sylvia Rabenstein zu sehen bekäme, ihre ex Chefin, gegen die sie vor Gericht gekämpft hatte. Zwischen den beiden Frauen würde es ewige Feindschaft geben, das wusste Sylvia Rabenstein.

Daher wollte sie keinesfalls ins Bild oder von Otto gegenüber Vera erwähnt werden.

Es wurden intensive Minuten, als sie sich austauschten und jeder den anderen auf den Letztstand der Ereignisse brachte. Beide waren so froh, dass der jeweils andere noch lebte, und dass es auch Henry gut ging, wie Otto immer wieder betonte.

Vera war vorsichtig genug, nicht über die Leitung zu erzählen, wo sie sich befand. Otto verstand, warum Vera nur sagte, alle meinten sie sei in Spanien, aber das sei nicht ganz zutreffend. Er wiederum erklärte über die Leitung, dass er sich in Georgien, aber nicht mehr in Tiflis befand. Sicher ist sicher, und wer hier noch mithörte, wussten sie schließlich nicht.

Vera konnte Otto jetzt endlich die Ereignisse beim Anschlag auf seinen Vater so schildern, wie sie sich zugetragen hatten und mit den Erlebnissen von Otto in Tiflis kombiniert, war beiden rasch klar, dass hier die alte Geschichte mit der Star Wars Spionage mit dem Tod aller Beteiligten beendet werden sollte. Doch sie beide waren an der Geschichte nie beteiligt gewesen, aber sie kannten jetzt die Fakten, das war für diese Leute von der CIA genug Begründung, sie zu töten.

Ihnen wurde klar, dass sie eine neue Identität brauchen würden, wenn die Leute, die die CIA Aktion angeordnet hatten, noch länger an der Macht blieben. Die würden nicht lockerlassen und das nächste Mal besser treffen. Aber Otto hatte gute Kontakte und sie würden gemeinsam ein neues Leben mit dem Erbe seines Vaters antreten. An einem Ort, den die CIA nie finden würde. Das versprach Otto. Sein Vater hatte sie da hineingeritten und das sei er seiner Familie, Vera und Henry, schuldig, dass er das wieder in Ordnung brachte.

Dann sprachen sie über Kurt Oberleitner, der sie beide gerettet hatte, und Otto fragte Vera, was die Höhenmeter zu bedeuten hätten, da er nur wusste, dass „Mach Meter" Höhenmeter bedeuteten.

Otto konnte es nicht verstehen, da er nicht wusste, wo Vera war, doch in Vera begann sich ein immer klarer werdendes Bild abzuzeichnen. Sie erschauerte, als ihr klar wurde, dass sie diese Höhenmeter schon gemacht hatte und zu ahnen begann, was das bedeuten könnte.

„Otto, ich weiß nicht genau, was es bedeutet, aber wenn Kurt das gesagt hat, dann solltest du das tun, unbedingt. Es geht um Leben oder Tod, geh in die Berge, aber rasch."

„Vera, was hast du, deine Stimme zittert ja", bemerkte Otto erstaunt.

„Tu es einfach, mir zuliebe, Schatz ich liebe dich," flüsterte Vera und dann, „ich muss auflegen, ich werde gerade gestört."

*

Zwei Typen in Lederjacken und mit Sonnenbrillen hatten eben die Pizzeria betreten und sahen sich um. Vera war der einzige Gast, der ein Notebook aufgeklappt hatte. Sonst waren nur wenige Touristen im Lokal, da noch nicht Mittag war. Sie kappte die Verbindung und klappte ihr Notebook zu und bemühte sich, nicht in die Richtung der beiden Sonnenbrillenträger zu schauen, deren Lederjacken genau dort ausgebeult waren, wo ihre Schulterhalfter saßen.

Es schien Vera, die die beiden aus dem Augenwinkel heraus beobachtete, dass sie kurz zu ihr herübergesehen hätten und dann rasch den Kopf gewendet hätten. Dann drehten die beiden um und verließen ohne ein Wort das Lokal.

Vera zahlte ihre WLAN Gebühr und die Cola und verließ das Lokal durch den Hinterausgang, der in eine schmale Seitengasse führte. Sie musste unauffällig zurück zum Haus von Don Pedro. Sie mied den Hauptplatz, doch Ollantaytambo ist nicht sehr groß, sodass nicht viele Gassen zur Auswahl standen. Sie hielt sich immer am Gassenrand, um sich bei Bedarf in eine Nische drücken zu können und sah sich immer wieder unauffällig um, um zu sehen, ob ihr wer folgte.

So schlich sie vorsichtig ein Gässchen entlang, das parallel zu der Straße verlief, die in das Seitental führte, wo der Weg zu Don Pedros Haus abzweigte.

Nichts geschah, sie sah die beiden Lederjackentypen nicht mehr und auch sonst war nichts Auffälliges zu bemerken. Hatten ihr ihre Nerven einen Streich gespielt? Waren die beiden bloß spanische Touristen gewesen, denen die Pizzeria nicht gefallen hatte und daher am Eingang umgedreht hatten.

*

Zurück bei Don Pedro erzählte sie ihm von dem Vorfall und dieser meinte, das waren nur Drogenfahnder, die laufen hier immer herum, das ist die normale Polizei, nicht weiter gefährlich.

Vera war erleichtert und Don Pedro freute sich, dass Otto wohlauf war und noch lebte.

Henry musste begeistert von dem Buch erzählen, die Bilder hatte er schon alle durch, den Text noch nicht. In Peru gab es noch viel mehr Ruinen als sie bisher gesehen hatten. Das ganze Land war voll davon.

„Das ist fantastisch, die müssen wir uns alle noch ansehen", jubilierte Henry.

Vera seufzte, als sie an die Zukunft dachte, sie hätte gerne Ruinen besichtigt, aber hinter jeder konnte ein CIA Agent lauern, der ihnen das Lebenslicht ausblasen würde.

Dann läutete das Telefon. Alfredo Navarro würde morgen Früh kommen und in aller Ruhe eine sichere Verbindung zum Sender nach Wien aufbauen. Zu Mittag würden sie dann live online gehen, dann war es in Österreich bereits Abend und die beste Streaming Zeit, die sich Vera nur wünschen konnte.

Kapitel 29 – Tag 4

Die Leitung wurde von Alfredo Navarro diesmal noch etwas komplizierter geführt. „Verwende niemals zweimal hintereinander die gleichen Kanäle", war sein Sicherheitscredo.

„Jetzt gehen wir über die Westküste der USA, dann nach Spanien und dann erst nach Wien" erklärte er selbstbewusst.

*

Vera war erleichtert, als sie das Gesicht von Holger Martens, ihres stellvertretenden Chefredakteurs, am Skype Schirm zu Gesicht bekam. Holger machte jetzt ihren Job, da mit ihr in Wien nicht zu rechnen war.

Sie tauschten sich kurz über die letzten Neuigkeiten aus. In Wien war die Lage unverändert und auch Vera gab nicht viel an Neuigkeiten zum Besten. Das würde sie sich für den Livestream aufheben. Sie versicherte sich nur bei Holger, dass Rüdiger Baumgartner, der Senderchef sie noch nicht gefeuert hatte, und zu seinem Wort gestanden hatte, ihr den Auftritt zu ermöglichen, der nun gleich starten würde.

Alle Daten liefen über das Smartphone von Alfredo Navarro, der nebenbei auch sein Notebook laufen hatte, auf dem er einige mysteriöse Programme laufen ließ. „Alles nur zur Sicherheit", wie er erklärte.

Vera saß so, dass hinter ihr nur eine kahle Steinmauer zu sehen war, die Rückwand von Don Pedros Wohnzimmer. Sie hatten sogar daran gedacht, die wenigen Bilder abzunehmen, die dort normalerweise hingen, damit es keine Spuren gab, an Hand derer ihr Aufenthaltsort verraten worden wäre.

*

Und dann war Vera live und erzählte in bewegenden Worten, wie versucht worden war, ihre Familie auszulöschen. Wie sie den Leuten geglaubt hatte, die ihr den Koffer mit den angeblichen Akten übergeben hatten, der in Wahrheit die Bombe enthielt.

Sie erzählte, wie verdächtig ihr diese Leute gewesen waren, aber sie wollte Licht in die Sache bringen und die Akten selbst sehen. Dass die ganze Aktion mit versteckter Kamera gefilmt worden war, bewies für sie nur, dass es Leute gab, die sie verdächtig machen wollten, um sie dann gemeinsam mit dem Schwiegervater auszulöschen. Und diese Leute konnten nur von einer Regierung geschickt worden sein. Welche Regierung das war, würde sie im passenden Moment schon sagen.

Denn wenn ihr Schwiegervater sie nicht so vehement weggeschickt hätte, dann wäre sie jetzt auch tot, wenn sie den Koffer gemeinsam mit ihm geöffnet hätte.

Dass Otto noch am Leben war und sie dies wusste, verschwieg sie den Zusehern, das würde nur die Sicherheit von Otto gefährden.

Danach wechselten sie in den Interviewmodus, indem ihr Holger Martens Fragen stellte, die sie mit viel Emotion beantwortete.

Sie wünsche sich, dass ihre Familie wieder zusammenfinden könne. Damit meinte sie sich und Otto und Henry.

Dann kam auch Henry kurz ins Bild und sagte, er wünsche sich so sehr, seinen Vater wiedersehen zu können. Niemand wisse, wo er jetzt sei. Dabei vergoss er jede Menge Tränen.

Vera bemühte sich danach wieder, sachlich zu wirken und verlangte volle Aufklärung der ganzen Angelegenheit, denn sie hoffe, ihre Unschuld jetzt hinreichend argumentiert zu haben, und vertraue der Polizei und der

Staatsanwaltschaft, die wahren Täter zu finden. Da ihre Sicherheit und die Sicherheit von Henry aber nicht gegeben sei, müsse sie an dem geheimen Ort bleiben, an dem sie sich befinde.

Dann schwenkte Vera ihr Thema zu der Überraschung, die sie vorbereitet habe und die alle sehen sollten. Sie habe da jemanden, der etwas zu sagen habe und dies auch über ihren Kanal tun wolle. Sie vermied, den Namen zu nennen, doch sie beschrieb ihn als einen Menschen, der Erfahrung hat, und der weiß, was auf dem Planeten falsch läuft. Ein Mensch, einer unter sieben Milliarden, der mehr sehen kann als so manch anderer, und der uns nun etwas sagen möchte.

Holger Martens war völlig überrumpelt, er hatte nicht damit gerechnet, dass Vera noch jemanden dritten ins Spiel brächte. Noch dazu jemanden, den niemand kannte. Er wollte schon die Liveschaltung abbrechen lassen, aber das traute er sich nach der Ankündigung von Vera nicht mehr, das wäre jetzt Zensur gewesen.

Dann sah er die Quote, wie viele Leute diesen Stream verfolgten, und er konnte sehen, dass es von Minute zu Minute mehr wurden, das durfte er nicht mehr stoppen.

Was hatte Vera vor? Dies war nicht abgesprochen. Aber eine leise Ahnung sagte ihm, er dürfe sie jetzt nicht aufhalten und den Stream nicht unterbrechen. Er hatte plötzlich das Gefühl, dass sich hier Großes anbahne. Er wusste auch, seine Gefühle trogen ihn selten. So ließ er Vera gewähren und drückte nicht die große rote Stopp Taste.

Und Don Pedro kam plötzlich neben Vera ins Bild und wurde weltweit gesehen, als er mit seinen Worten begann.

Kapitel 30

„Das ist jetzt nicht wahr, wofür bezahlen wir euch überhaupt. Ihr könnt nicht einmal die einfachsten Dinge erledigen, ihr seid völlige Versager, ihr gehört alle gefeuert, habt ihr mich verstanden", tobte Jo Gruner, oberster Boss der CIA, auf der Webkonferenz, die er spontan einberufen hatte, über seine Untergebenen.

„Von meinem Stab muss ich erfahren, dass hier ein Videostream aus Wien läuft, der uns verarscht. Die Zielperson, die verhaftet und unauffällig hätte sterben sollen, ist quietschlebendig und gibt von einem unbekannten Ort aus Livestream Interviews und niemand tut etwas dagegen. Es fehlte gerade noch, dass sie gesagt hätte, die CIA steckt hinter dem Anschlag. Doch dieses Miststück weiß genau, was sie sagt, und sie weiß, dass wir es waren. Wieso lebt sie noch und wieso findet ihr sie nicht und erledigt sie, so wie ihren Schwiegervater, diesen verdammten Verräter des Westens. Ihr seid ein unfähiger Haufen von Versagern", tobte Jo Gruner.

Vor sich sah er auf seinem Großbildschirm die Gesichter seiner Direktoren eingeblendet, von denen sich jeder bemühte, möglichst betreten dreinzusehen, obwohl eigentlich nur einer betroffen war, Frank Wohlfahrt. Doch das war Jo Gruner in seiner Wut egal gewesen, er hatte kurzerhand alle zur Konferenz vergattert.

Nun sollten sie eine Lösung finden, wie sie der Person habhaft werden konnten, die da gerade von Österreich aus einen großen Livestream hinlegte, und von der es als sicher galt, dass sie nicht in Österreich war. Doch das Gerücht, sie sei in Spanien, hatte sich ebenfalls als falsch herausgestellt, wie die Agenten in Madrid bestätigt hatten.

Das alles konnte eine riesige Blamage der CIA werden, wenn herauskam, dass die CIA hinter der Bombe in Wien steckte und Vera Rauhenstein trotz intensivstem Einsatz entkommen war.

Nachdem Frank Wohlfahrt sehr zu seinem Missfallen die Faktenlage hatte erörtern müssen, wollte Jo Gruner von allen Teilnehmern eine Lagebeurteilung und einen Lösungsvorschlag hören.

Doch es kam nicht viel dabei heraus, da ihnen bekannt war, dass auch die Leute in der Redaktion der POF nicht wussten, wo sich Vera Rauhenstein befand. Die einzige Chance bot die Technik. Sie mussten die Datenübertragung soweit rückverfolgen, bis sie über die Datenleitung an den Aufenthaltsort von Vera Rauhenstein gelangt waren. Doch im Augenblick verlor sich diese Datenleitung auf einem amerikanischen Universitätsserver an der Westküste der USA.

Dort war sie mit Sicherheit nicht zu finden. Wie hätte sie die Einreise in die USA bewerkstelligen sollen. Doch die Techniker gaben nicht auf und jagten ein Entschlüsselungsprogramm nach dem anderen über die Daten, um die Spur weiter zurückverfolgen zu können.

Kapitel 31

Don Pedro hatte sich in Fahrt geredet, und Vera blieb Zeit, auf dem Parallelmonitor, den Alfredo Navarro installiert hatte, die Quoten zu sehen. Es war für Vera unglaublich, aber Alfredo Navarro hatte es geschafft, auch den Sender der POF zu hacken und die Daten, die Holger Martens am Schirm hatte, umzuleiten und ebenfalls lesen zu können. Es waren Daten über die Downstream Quoten der Liveschaltung und sie konnten sehen, wie die Quote durch die Decke schoss. Immer mehr Österreicher stiegen mittendrin ein und der Anteil der deutschen Zuseher hatte ab einem gewissen Punkt die Österreicher überholt und stieg sprunghaft an. Wie das möglich war, konnte sich Vera nicht vorstellen, aber es war möglich.

Bereits mehrere Millionen Leute verfolgten die Rede von Don Pedro live im Internet mit. Tendenz stark steigend.

Don Pedro wirkte, wie wenn er im Leben noch nie etwas anderes gemacht hätte als Reden im Internet zu halten.

Er sprach mit seinem langsamen Deutsch so eindrucksvoll und mitreißend, dass auch Vera an seinen Lippen hing, obwohl sie wusste, was kommen würde.

Er sprach über den Umweltschutz und darüber, dass die Erde nicht schrankenlos ausgebeutet werden könne. Er sprach darüber, dass jede Tat ihre Konsequenzen habe und dies als Naturgesetz zu sehen sei. „Wie man in den Wald hineinruft so schallt es zurück", sei schließlich ein Deutsches Sprichwort, das viel wahrer sei als die meisten dachten.

Dann sprach er über den Wald, den Regenwald, den Wald in Sibirien und die Wälder in Europa und Asien. Der Wald war ihm ganz wichtig, denn ohne Wald gäbe es kein Leben, so wie wir es kennen. Wie der Ozean sei der Wald eine Quelle des Lebens und für das Klima des Planeten von besonderer Bedeutung. Der Wald speichere Wasser, kühle die Temperatur auf ein erträgliches Maß ab und gebe allen Bewohnern des Planeten Lebensraum, Rohstoffe und Energie, um auf diesem Planeten überleben zu können. „Wer den Wald tötet, tötet den Menschen", rief er seinen Zuhörern zu. Aufforstung und Bewaldung sei das Gebot der Stunde.

Denn die Gefahr, in der die Menschheit schwebe sei groß. Es habe schon andere Zivilisationen gegeben, die es heute nicht mehr gäbe und deren Ruinen vom Urwald überwuchert oder am Meeresgrund versunken seien.

Wenn die Menschheit nicht lerne, den Planeten als Verbündeten zu betrachten, der den Lebensraum allen Bewohnern schenkt, dann könnte es bald zu spät sein und Kettenreaktionen in Gang gesetzt werden, an deren Ende von der heutigen Zivilisation nichts mehr übrig sei.

Einige entlegene Stämme in Südamerika oder Afrika würden dann wieder damit beginnen, eine neue Zivilisation aufzubauen, deren Bewohner sich in einigen tausend Jahren fragen würden, wer denn die Erbauer dieser seltsamen Ruinen gewesen seien, die überall auf dem Planeten herumstünden. „Türme aus Stein ohne Sinn und Zweck", würden sie sagen, da sie sich unter Bürotürmen beim besten Willen nichts vorstellen können. „Ganz so, wie wir heute nicht mehr sagen können, wozu die Pyramiden wirklich gedient haben, die wir heute vorfinden und die unsere Wissenschaft vor unlösbare Rätsel stellen."

Kapitel 32

Jetzt war es an Frank Wohlfahrt, zu jubilieren, als er sich zu Wort meldete: „Mea culpa, ich weiß, mein Team hat's verbockt, aber jetzt können wir es wiedergutmachen. Wir haben ja doch die beste Software der Welt und die hat jetzt eben angeschlagen. Ich habe eine Info von meinem Team, die haben einen Treffer bei der Gesichtserkennung von fünfundneunzig Prozent. Wir wissen jetzt, wer der Typ ist, der neben dieser Rauhenstein aufgetaucht ist. Es ist mit fünfundneunzig Prozent ein gewisser Don Pedro, der in Peru lebt und schon öfters unangenehm aufgefallen ist. Hatte früher Kontakte zum Sendero Luminoso, der Terrororganisation Leuchtender Pfad. Wir haben eine Akte über ihn. Daher haben wir ihn so rasch identifizieren können."

„Und wo ist dieser Pedro jetzt", wollte Jo Gruner wissen.

„Wissen wir bereits", rief Frank Wohlfahrt ganz euphorisch, „denn wir haben seine Smartphone Daten lokalisiert. Der Typ hockt ganz gemütlich in Ollantaytambo in Peru. Das ist ein Touristennest im sogenannten Heiligen Tal. Und da diese Vera Rauhenstein live neben ihm gestanden ist, wissen wir auch, wo sie ist. Sie hat es doch tatsächlich bis Peru geschafft, das hätte ich ihr gar nicht zu getraut", meinte Frank Wohlfahrt beinahe anerkennend.

„Und was gedenkst du jetzt zu tun", wollte Jo Gruner wissen.

„Wir schicken ein Team hin und die Kleine ist Geschichte", erklärte er, froh darüber, seine Scharte so rasch auswetzen zu können.

„Das werdet ihr nicht tun", polterte Jo Gruner weiter, „das dauert viel zu lange und unsere Teams sind von den Peruanern nicht gerne gesehen. Kommt nicht in Frage, was fällt dir sonst noch ein?", stellte ihm Jo Gruner eine Frage, auf die es keine offizielle Antwort geben konnte.

Frank Wohlfahrt roch die Falle und erwiderte: „Das würde aber dann meine Kompetenz überschreiten, wenn ich dich richtig interpretiere, stimmts?"

„Du bist ja gar nicht so auf den Kopf gefallen, wie ich vorhin gesagt habe. Aber ich weiß von nichts, die Verantwortung liegt bei dir, wenn es schief geht, das ist klar.

Damit hatte Wohlfahrt rechnen müssen und es gab dagegen auch keinen Einwand.

„Ok, alles klar", erwiderte er, denn die anderen Konferenzteilnehmer sollten ihm nicht in die Karten schauen. Daher führte er die Details seines Auftrages auch nicht aus, was Jo auch nicht erwartet hatte, denn sie verstanden sich auch so. Schließlich kannten sie sich schon seit ihrer Studienzeit und Frank nahm Jos Ausfälle nicht krumm, denn er wusste, welchem extremen Stress er ausgesetzt war, falls er der Regierung Rede und Antwort stehen musste, wenn seine Truppe wieder einmal irgendwo Scheiße gebaut hatte.

„Die Konferenz ist beendet, jetzt wird gehandelt", erklärte ein zufriedener Jo Gruner, bevor die Konferenzbildschirme dunkel wurden.

*

Frank Wohlfahrt lehnte sich zurück und seufzte tief. Das war knapp gewesen, wenn dieser Don Pedro nicht aufgetaucht wäre, hätten sie keine Ahnung, wo diese verdammte Rauhenstein sich versteckt hält. Sie musste Hilfe gehabt haben, denn so schnell aus dem Stand spurlos nach Peru zu verschwinden, das war ohne professionelle Hilfe undenkbar. Der österreichische Geheimdienst kam ihm in den Sinn. Man sollte diese Dienste der Kleinstaaten nicht unterschätzen, die hatten überall ihre Finger drin, und keinem fiel es auf, da sie doch so klein und unbedeutend waren.

„Aber genug philosophiert", dachte er und griff zum Smartphone, um seine geheimen Kontakte zu Leuten in der Peruanischen Armee zu aktivieren, von denen sein Chef keine Ahnung hatte, dass es diese überhaupt gab.

Bald hatte er den richtigen Oberst der Armee in der Leitung, einen auf den der sich wirklich verlassen konnte. Diesem erklärte er, was rasch zu tun sei, und der Oberst versprach sofortiges Handeln.

Kapitel 33

Vera lehnte sich erschöpft zurück und sah Don Pedro an. Ihm war keinerlei Erschöpfung anzumerken, er sprühte förmlich vor Energie. Eben hatten sie den Livestream beendet und die Verbindung nach Wien gekappt. Die Quote war fantastisch. Zum Schluss hatten mehr als drei Millionen Menschen den Livestream gesehen. Das war extrem viel, wie Vera nur zu gut wusste. Das war weit mehr als sie selbst jemals gehabt hatte, wie sie ihre Sendungen moderiert hatte. Das war natürlich dem Umstand zu verdanken, dass der Kriminalfall alle interessierte und jeder gehofft hatte, Neuigkeiten zu erfahren.

Das Verblüffende aber war, dass die Streamingkurve nochmals nach oben gegangen war, als Don Pedro gesprochen hatte.

Nun checkten sie über einen anderen Internetkanal die Reaktionen in den sozialen Medien. Diese waren überwiegend positiv, obwohl immer noch viele unsinnige Spekulationen über Veras Aufenthaltsort dabei waren. Es dürften sich viele Grünwähler in den letzten Minuten von Don Pedros Auftritt zugeschaltet haben, und der Stream wurde immer noch eifrig heruntergeladen und angeklickt, obwohl es nichts neues mehr gab. Don Pedros Rede verbreitete sich in Windeseile über die sozialen Medien, wurde x-fach geteilt und Tausende gaben ihre Kommentare ab.

*

Dann kam der Augenblick, als bei Vera die Euphorie schlagartig verflogen war. Ein Gedanke war ihr in den Sinn gekommen. Sie sprach Don Pedro darauf an.

„Was ist, wenn dich jemand erkannt hat, wir haben dich nicht extra vorgestellt, aber könnte es nicht sein, dass meine Verfolger dich erkennen und dann wissen, wo du bist."

„Das ist leicht möglich", erklärte Don Pedro gelassen, „die CIA könnte mein Bild kennen, aber das interessiert mich nicht. Hier finden sie uns sicher nicht. Auf den Bildern von mir, die sie haben, sehe ich noch ganz anders aus, viel jünger."

„Wir sollten uns vielmehr um die Menschheit Sorgen machen, nicht um uns", wechselte Don Pedro unvermittelt das Thema.

„Das was ich im Livestream gesagt habe, war ernst gemeint, leider kann ich keine Einzelheiten dazu sagen, aber du weißt, mein sechster Sinn trügt mich nie, und diesmal sagt er mir, dass es eine echte Gefahr gibt, riesengroß und sehr real."

Vera musste an die Worte von Kurt Oberleitner an sie und an Otto denken, „Mach Meter", hatte er zu Otto gesagt und Höhenmeter gemeint. Sie hatte nach Peru fliehen müssen, warum hat es kein näherer Fluchtort getan? Was wusste Kurt, was er ihr nicht sagen konnte? Atombomben kamen ihr in den Sinn. War ein Atomkrieg geplant und Kurt wusste davon? Dann wäre es doch seine Pflicht, alle zu warnen und die Öffentlichkeit zu informieren.

*

Don Pedro wirkte plötzlich irgendwie geistig abwesend, und reagierte nicht, als Vera ihn nach der Gefahr fragen wollte. Es schien, wie wenn er in anderen geistigen Sphären wäre. Er sah durch Vera hindurch, wie wenn sie gar nicht anwesend sei.

Dann ging ein kurzer Ruck durch ihn und er sah Vera direkt in die Augen, und erklärte: „Ich glaube du hast recht, wir sollten einen kleinen Ausflug machen, kennst du den Titicacasee, nein natürlich nicht, woher solltest du ihn kennen."

„Aber du und Henry sollten ihn unbedingt kennenlernen, wir fahren hin und wir starten noch heute Abend. Dann sind wir morgen dort und ich kann euch den See zeigen. Wir können bei Freunden wohnen, das ist kein Problem."

„Und damit entgehen wir beiden Gefahren", erklärte Don Pedro kryptisch. „Dann weiß niemand, wo ich bin und die andere Gefahr wird uns dort nicht betreffen. Vielleicht sehe ich dort oben auch klarer, denn dort gibt es Plätze, wo du dich direkt mit Pacha Mama verbinden kannst. Du hast dort Zugang zu Dingen, die einfach unglaublich sind. Wir werden uns so einen Platz ansehen, dann spürst du auch, was möglich ist."

„Und mich braucht ihr dann ja nicht mehr, ich fahre jetzt wieder", ließ sich Alfredo Navarro vernehmen, der die ganze Zeit schweigend neben ihnen gestanden hatte.

„Nein, das geht nicht", rief Vera aus, die andere Gefahr verdrängend, „es muss eine Fortsetzung geben, wir müssen noch einen Livestream machen, der Erfolg des Ersten war so groß, das muss fortgesetzt werden, unbedingt."

„Wann gibt´s die Fortsetzung?", hatte Holger Martens gemeint, kurz bevor sie die Verbindung abgedreht hatten. „Sogar Rüdiger Baumgartner, der Senderchef war wegen der Quote begeistert gewesen, seine Bedenken waren wie weggeblasen", hatte Holger berichtet.

„Na gut, wenn ihr mich noch braucht, ich bin dabei", ließ sich Alfredo Navarro leicht überzeugen. Denn in Wahrheit hatte er unbedingt weiter dabei sein wollen. Das war für ihn das große Abenteuer, da musste er einfach wissen, wie es weiterging.

Dann erkannten sie, dass sie ohnehin den Wagen von Alfredo Navarro brauchten, da weder Don Pedro noch Vera ein Auto hatten.

So kam es, dass Alfredo Navarro von Vera hochoffiziell und gegen Bezahlung als Chauffeur und erster Nachrichtentechniker ihrer Peruanischen Niederlassung, die sie nun eben im Stehgreif gegründet hatte, angestellt wurde.

*

Danach begannen sie mit dem Packen. Das dauerte nicht lange, da es nicht viel gab, was sie mitnehmen konnten. Doch dann bestand Don Pedro darauf, erst mit Einbruch der Dunkelheit loszufahren, denn das sei besser und die Nachbarn bekämen nichts mit. Falls die Polizei nach ihnen fragen sollte, würden sie nicht wissen, dass sie alle mit Alfredos Auto weggefahren waren.

Alfredos Auto war zwar nur ein alter unauffälliger roter Toyota Corolla Verso, dessen Farbe schon verblasst war, mit mehr als zweihundertfünfzigtausend Kilometer am Tacho, aber es war eine Spur für die Polizei, der sie leicht folgen konnte.

Veras Nervosität stieg, sie wollte so schnell wie möglich weg. Sie überlegte, wie lange es dauern konnte, bis die Polizei hier war, wenn Don Pedro in dem Video von den richtigen Leuten erkannt worden war. Sie kam zu keinem brauchbaren Ergebnis. Daher saß sie wie auf Nadeln im Wohnzimmer von Don Pedro, da sie jeden Moment mit einem Blaulichteinsatz rechnete.

Don Pedro war die Seelenruhe selbst, als er für sich ein paar Sachen zusammensuchte und zuletzt ein kleines Köfferchen aus einem Geheimfach unter den Dielenbrettern hervorzog.

„Meine kleine Survival Ausrüstung für alle Fälle", versicherte er Vera, die sich fragte, was in diesem kleinen unscheinbaren braunen Lederkoffer wohl Wichtiges enthalten sein konnte. Viel konnte es nicht sein, denn der Koffer war wirklich sehr klein.

Alfredo war inzwischen in den Ort gegangen, um noch ein paar Sachen zu besorgen, denn er hatte nicht mit einer Fortsetzung der Flucht von Vera gerechnet und gar kein Gepäck bei sich, nur seine zwei Notebooks und die Videokamera. Nun besorgte er sich Toilettesachen und zwei T-Shirts zum Wechseln.

Wenn er gewusst hätte, wie lange die Flucht dauern würde, hätte er sich mehr besorgt. Aber er rechnete nur mit maximal einer Woche. Dann wäre er längstens wieder in Cusco, dachte er.

Dann telefonierte er mit Maria Estancia, denn er brauche ein paar Tage Urlaub. Er erklärte am Telefon ein wenig die näheren Umstände, erwähnte aber den Titicacasee mit keinem Wort, sondern meinte, sie würden kurz in Cusco bei ihr vorbeischauen, da könnten sie sich austauschen. Maria war klar, dass er am Telefon nicht alles gesagt hatte und seltsamerweise dachte auch sie sofort ans Kofferpacken.

Der Einzige, dem die Fortsetzung der Flucht völlig egal war, war Henry, der sich mit den Büchern über alte Inka

Bauten in die Schlafkammer zurückgezogen hatte und diese eifrig studierte.

Doch jeder Nachmittag geht einmal zu Ende und endlich war es dunkel genug um starten zu können. Alfredo räumte das Gepäck von allen in seinen Toyota. Dazu hatte er den Wagen knapp vor der Haustür von Don Pedros Haus geparkt. Dann stiegen rasch und unauffällig Vera, Henry und Don Pedro zu und Alfredo startete los.

*

Als sie über den Hauptplatz von Ollantaytambo fuhren, beschlich Vera das Gefühl, dass sie nie mehr zu diesem netten Häuschen von Don Pedro zurückkehren würden.

Als sie auf der Straße nach Cusco schon eine halbe Stunde unterwegs waren, sahen sie die Silhouetten von zwei großen Militärhelikoptern mit ausgeschalteten Positionslichtern im Restlicht der Dämmerung, wie diese aus Richtung Cusco kommend, das Tal entlangflogen.

Alfredo murmelte leise, damit die anderen es nicht hörten: „War wohl verdammt knapp diesmal, dass wir entkommen sind."

Kapitel 34 - Tag 3

Die Sonne ging auf und tauchte das ganze Gebiet des Altiplano in morgendliche Schönheit. In der Ferne am Horizont waren die schneebedeckten Berge der Anden zu sehen und die Straße führte über die weite Hochebene des Altiplano durch endlose vertrocknete Graslandschaften und

Ebenen, die mehr als viertausend Meter über dem Meer lagen.

Sie waren die ganze Nacht durchgefahren und eigentlich hätten sie schon längst in Puno sein müssen, da es nach Cusco nur achtzig Kilometer und dann bis Puno weitere dreihundertachtzig Kilometer waren. Aber die Straßen von und nach Cusco waren völlig verstopft von LKWs und Lieferwagen, sodass es kein Weiterkommen gab. Alfredo verstand nicht, was hier los war.

*

Da fiel es Vera wie Schuppen von den Augen. Das alles war kein Zufall. Das Weltjugendtreffen, das überfallsartig hierher verlegt worden war. Papst Silvester der Fünfte war in Cusco und würde morgen zu den Jugendlichen sprechen, hatten sie im Autoradio gehört. Es waren so viele Jugendliche da, wie noch nie in der Geschichte der Weltjungendtreffen. Die peruanische Armee hatte in aller Eile eine ganze Reihe von Zeltstätten errichtet und die LKWs karrten die Verpflegung heran, wurde gesagt, daher käme es zu mehr Staus und Verkehrsbehinderungen als üblich.

Vera war Journalistin und konnte kritisch denken. Diese Mengen, die hier transportiert wurden, reichten für fünf Weltjugendtreffen, hier fuhr jeder LKW, der fahren konnte. Sie waren stundenlang in Staus gestanden und hinter LKWs nachgezockelt, die gerade einmal zwanzig Kilometer in der Stunde schafften.

Das bestätigte ihre Befürchtungen, hier ging es um weit mehr als um ein Weltjugendtreffen. Jetzt gab auch die seltsame Anweisung von Kurt Oberleitner Sinn, denn nur in den Bergen, fernab der großen Zivilisationszentren waren sie sicher, wenn die Atombomben gezündet wurden.

Vera musste an Otto denken, würde er in Tiflis sicher sein, oder würde auch Tiflis eingeäschert werden? Ihr Magen krampfte sich zusammen. Würde sie Otto je wiedersehen?

*

Kurz hatten sie in Cusco bei der Wohnung von Maria und Daniel gehalten und diese mitten in der Nacht aufgeweckt. Daniel war mehr als ungehalten gewesen, dass er und Maria irgendwie in die Sache mit hineingezogen werden könnten. Er machte Maria heftige Vorwürfe, weshalb sie Alfredo zur Hilfestellung empfohlen hatte. Doch Daniel blieb mit seiner Meinung allein. Maria hielt zu Vera und wünschte ihnen viel Glück für die weitere Flucht. Alfredo solle bei den Freunden in Puno den zweiten Videostream mit der POF organisieren, er sei da einfach klasse in solchen Dingen. Und wenn es gegen die Regierung ging, war das etwas, was Maria verstand, aber Daniel nicht. Sie erklärte ihm, in Peru sei das anders, da wurde anders gekämpft als im lahmen Europa. Wenn Peruaner Widerstand leisten, dann sei das wirklich Widerstand. Vera sei unschuldig, das sei klar, also müsse ihr geholfen werden.

„Don Pedro ist einfach großartig, daher werden Don Pedro, Vera, Henry und Alfredo jetzt weiter nach Puno fahren und dort bei Freunden untertauchen. Das sei alles kein Problem, und dann werden sie sehen, wie es weitergeht. Daniel mach dir keine Sorgen, das ist alles ganz normal hier in Peru", erklärte Maria Estancia derartig bestimmt, dass es keinen Widerspruch geben konnte.

So schwieg Daniel, obwohl er nicht überzeugt war. Aber was hätte er tun sollen. Sein Groll auf Vera stieg dabei in ungeahnte Höhen. Diese Frau konnte einem in den Wahnsinn treiben. Wird von Interpol verfolgt, trifft sich mit einem peruanischen Guru und tritt gemeinsam mit diesem in einem Livestream im Internet auf, der von ihrem Sender POF in Österreich in die ganze Welt übertragen wird. Dann wundert sie sich, wenn sie wieder flüchten muss, da den Guru jemand erkannt haben könnte, obwohl sie genau weiß, dass finstere Gestalten hinter ihr her sind. „Sie zieht das Unheil an, wie das Licht die Motten", dachte Daniel verbittert.

Zu allem Überfluss zieht sie dann Maria und ihn in die ganze Sache mit hinein, denn Alfredo ist ein Mitarbeiter von Marias Team, was der Polizei sicher nicht lange verborgen bleiben wird.

„Wäre er doch nur in Europa geblieben", seufzte Daniel. Diese Frauen, Maria und Vera, brachten ihn womöglich noch in ein peruanisches Gefängnis oder vor ein Killerkommando, das sie sofort erschoss.

Maria aber war da ganz anders, sie hatte überhaupt keine Angst vor der Behörde und so hatte sie beschlossen, die Fluchtkoffer nur vorzubereiten, vorerst aber in Cusco zu bleiben.

Vera hatte ihr auch nichts von den Atomkriegsbefürchtungen erzählt, denn einerseits kam es ihr selbst völlig verrückt vor, dass einige Politiker beschlossen haben sollten, die Zivilisation in Schutt und Asche zu legen, und andererseits waren Maria und Daniel mit ihren Kindern in Cusco ohnehin sicher. Denn wenn das Weltjugendtreffen hier stattfand, war das eine sichere Region. Warum sollte sie die beiden noch mit ihren Befürchtungen verunsichern.

*

So waren sie bald aus Cusco wieder aufgebrochen und hatten sich wieder in die endlosen LKW-Kolonnen eingeordnet, die es hier scheinbar auf jeder Straße gab.

Doch dann endlich, als sie den Altiplano, die große Hochebene, auf der der Titicacasee lag, erreicht hatten, wurde der Verkehr weniger und sie kamen zügig voran.

Im Autoradio kamen die Nachrichten. Vera verstand zu wenig Spanisch, doch Alfredo übersetzte. Heute Nacht habe es in der Nähe von Ollantaytambo einen Antiterroreinsatz der Armee gegeben. Ein Nest von gefährlichen Terroristen konnte ausgeräuchert werden. Diese hätten den Sendero Luminoso wieder aktivieren wollen, doch ein heldenhafter Armeeeinsatz habe dies verhindert. Die Gegenwehr der Terroristen sei so stark gewesen, dass die Armee keine Gefangenen machen konnte, alle Terroristen seien tot.

„Das waren die beiden Helikopter, die wir gesehen haben", rief Henry ganz aufgeregt dazwischen.

„Wen haben die bitteschön erschossen, wir waren doch gar nicht da", entfuhr es Vera.

„Entweder niemanden, da sie niemanden angetroffen haben und nicht zugeben wollen, dass die Aktion ein Flop war, oder alle Nachbarn, die sie getroffen haben, das ist bei unserer Armee nicht so sicher", erklärte Alfredo.

„Hoffen wir, dass es keine unschuldigen Opfer gegeben hat", erklärte Don Pedro besorgt, „aber ich gebe zu, wir sind ein wenig zu spät weggefahren, es war verdammt knapp, schön dass wir noch leben. Und jetzt stehe ich wieder einmal auf den Fahndungslisten ganz oben, denn sie wissen ja, dass sie mich nicht gekriegt haben. Aber was kümmert mich das schon, es ist nicht das erste Mal, dass sie mich auslöschen wollen und sie haben es bisher nicht geschafft. Ich bin zuversichtlich, dass es ihnen in Zukunft auch nicht gelingen wird."

Kapitel 35

Frank Wohlfahrt konnte seinen Augen nicht trauen, als er den Bericht der peruanischen Einsatzgruppe vor sich am Bildschirm hatte. Der Einsatz war ein völliger Flop gewesen, keine der Zielpersonen war in dem Haus gewesen, kein Nachbar hatte etwas gesehen und der Kommandant der Truppe hatte dann das Haus von diesem Don Pedro völlig unnötigerweise sofort einäschern lassen. Damit erübrigte es sich, ein Team zur Spurensuche hinzuschicken, um vielleicht Spuren zu finden, die verraten hätten, wo diese Terroristen hingefahren sind.

Frank verließ seinen Schreibtisch und beschloss, die Cafeteria aufzusuchen. Es war zwar noch Vormittag, aber er brauchte jetzt etwas hochprozentig Stärkendes.

*

Am Weg zum Aufzug kam er an der Tür eines Besprechungszimmers vorbei, die offen stand, was seltsam war. Was er drinnen sah, war noch viel seltsamer.

Etliche Agents lümmelten am Besprechungstisch herum, auf dem jede Menge Flaschen besten Whiskys standen, wie Frank am Etikett sehen konnte.

Frank verstand die Welt nicht mehr. Was ging hier ab, mitten in der Dienstzeit. Die Agents sahen alle nicht mehr sehr nüchtern aus.

„Hallo Frank, komm herein, kriegst auch einen Whisky", rief ihm Bob Walters zu, den Frank recht gut kannte, obwohl er nicht zu seinem Bereich gehörte.

„Was zum Teufel feiert ihr hier so hochprozentig mitten am Vormittag?", entfuhr es Frank, als er den Besprechungsraum betrat.

„Abschied, aber zum Feiern ist uns eigentlich nicht", erklärte Bob mit ernster Miene.

Frank sah in die Runde und bemerkte erst jetzt, dass hier rund zehn Leute in diesem fensterlosen Kellerraum um den Tisch saßen, die allesamt verzweifelt aussahen. Hier feierte niemand, was war hier los?

„Er weiß es nicht, aber ich denke, wir können es ihm jetzt sagen, es ist schon egal", ließ sich ein anderer vernehmen, der schon einige Whiskys zu viel hatte.

„Was wollt ihr mir sagen, was wird demnächst passieren, warum ist der Präsident samt Familie so lange in Denver, geht es genau darum?", entfuhr es Frank, der im Geiste all die seltsamen Vorkommnisse der letzten Tage rekapitulierte.

Bob erwiderte: „Genau darum geht es. Es ist aus, wir haben's vermasselt. Komm' setz dich, und trink einen, du wirst ihn brauchen."

„Was ist aus, die Bomben sind doch noch nicht gefallen, das kann doch noch gestoppt werden. Keiner muss einen Atomkrieg führen, das können wir doch noch aufhalten!", rief Frank aufgebracht.

Bob sah ihn mitleidig an und meinte: „Ein Atomkrieg wäre harmlos. Aber jetzt ist es wirklich aus, und zwar mit Allem."

Frank hatte sich gesetzt und rief: „Was zum Teufel ist los?"

„Wir kriegen Besuch von draußen, ein Asteroid wird in knapp drei Tagen südlich von Grönland in den Nordatlantik einschlagen. Das war's dann mit unserer Zivilisation", stieß Bob Walters hervor, wobei ihm die Tränen in den Augen standen.

„Und wieso evakuiert dann niemand die Küstenstädte", rief Frank entsetzt aus, „wir können doch nicht einfach alle umkommen lassen. Da hätte doch längst etwas geschehen müssen, das darf doch nicht wahr sein. Die Menschen müssen doch gerettet werden."

„Das habe ich auch gesagt, als ich es das erste Mal gehört habe", seufzte Bob.

„Du weißt noch nicht alles, Frank. Das Ding, das da hereinkommt, hat acht Kilometer im Durchmesser, das ist fast die Größe des Dinokillers, der vor fünfundsechzig Millionen Jahren fast alles Leben auf diesem Planeten ausgelöscht hat. Damals sind die Dinosaurier ausgestorben, jetzt sind wir die Dinosaurier, jetzt sterben wir aus."

„Jetzt gib mir einen Schluck", stammelte Frank, „das ist nicht wahr, was du sagst, das kann nicht sein." Dann kippte er den Dreifachen, den Bob ihm eingeschenkt hatte, in einem Zug hinunter.

„Einen so großen Brocken hätten die Astronomen doch schon vor Jahren entdecken müssen, ich kenne das Projekt der NEO Abwehr, wie man die Near Earth Objects katalogisiert hat und Entwarnung gegeben hat. Die nächsten tausend Jahre kann nichts Größeres hereinkommen, da nichts in Sicht ist. In den nächsten hundert Jahren sind maximal Einschläge von Objekten mit einigen dutzend Metern Durchmesser möglich. Und diese Objekte wolle man mit gezielten Projektilen vorher ablenken, wenn sie der Erde zu nahekommen.", erklärte Frank, dessen Verstand sich weigerte, das Gehörte zu glauben.

„Wir haben Zeit, denn alle hier im Raum haben keine Flugtickets irgendwohin, wir sind alle zu alt, um zu einer der Rettungsinseln in den Bergen geflogen zu werden. Ich erzähle dir, was geschehen ist."

*

So begann Bob die Geschichte zu erzählen, an deren Ende es die menschliche Zivilisation nicht mehr geben würde, falls es dann überhaupt noch Menschen auf diesem Planeten gäbe.

„Samuel Schneider vom Caltech, dem California Institute of Technology, ist schon seit einigen Jahren Projektleiter des Projekts Nine Search. Darin geht es um die

Suche nach einem neunten Planeten im Sonnensystem. Der Astronom George Michaelson, ebenfalls mit dem Projekt befasst, hat einige ferne Objekte im Sonnensystem entdeckt, die weit jenseits der Plutobahn im sogenannten Kuipergürtel die Sonne umrunden. Und diese Objekte hatten Bahnen, die fast senkrecht zu den Bahnen der übrigen Planeten standen. Das war mehr als seltsam und nicht erklärbar.

Der Kuipergürtel enthält tausende kleine und kleinste Objekte, die alle auf irgendwelchen seltsamen stark exzentrischen Bahnen die Sonne umkreisen. Man könnte sagen, dort ist der ganze Planetoiden und Gesteinsmüll, den die Schwerkraft der großen Planeten an den Rand des Sonnensystems geschleudert hat. Das Zeug ist damals bei der Entstehung der Planeten übriggeblieben und hat sich nicht zu einem Planeten zusammengeballt.

Und die Schwerkraft der Sonne hat verhindert, dass das Zeug für immer in den Tiefen des Alls verschwindet, sondern stattdessen draußen seine Runden um die Sonne zieht, wo es die inneren Planeten nicht stört.

Soweit so gut, wenn unser Sonnensystem nicht ein Rätsel hätte, das bisher niemand erklären konnte. Die Ekliptik, die Ebene, in der die bekannten acht Planeten um die Sonne kreisen, ist um zirka sechs Grad gegen den Sonnenäquator geneigt. Da die Planeten in der gleichen rotierenden Staubscheibe wie die Sonne entstanden sind, muss es noch eine Kraft geben, die das bewirkt hat. Und da haben die Berechnungen ergeben, dass alles auf einen neunten Planeten hindeutet, der ganz weit draußen seine Bahn zieht und mindestens dreißig Grad gegen die Ekliptik geneigt ist. Und jetzt kommt es, dieser Planet würde in die

Kategorie der Supererden fallen, die bis zu zwanzigmal so viel Masse haben, wie unsere Erde.

Und im Projekt Nine Search wird versucht, diesen Planeten zu finden. Deshalb arbeitete George Michaelson am Subaru Teleskop in Hawaii an der Durchmusterung der entsprechenden Himmelsregionen im Sternbild Orion. Die errechnete Wahrscheinlichkeit ist für diese Region am größten, dass sich Planet Neun gerade dort befindet. Das ist weit außerhalb der Ekliptik der Planetenscheibe unseres Sonnensystems.

Und dann fanden sie vor gut einem Monat Objekt X99 in einer Region, wo es keine NEOs, erdnahe Objekte oder Objekte des Planetoidengürtels gibt. Sie wollten eben damit an die Presse gehen, als sie vorher noch die Bahndaten genauer checkten.

Und dann nochmals, und dann nochmals, bis schließlich klar war, Objekt X99 befindet sich auf einer Bahn, die fast senkrecht zur Erdbahn verläuft und an einem Punkt, der von jetzt an drei Tage in der Zukunft liegt, wird Objekt X99 die Erdbahn kreuzen. Und die Erde wird zu diesem Zeitpunkt genau an der Stelle sein, wo Objekt X99 die Erdbahn kreuzt.

Sie informierten die Regierung, die sich wiederum mit den Russen, Europäern und Chinesen austauschte. Alles unter Top Geheimhaltung, denn die gewaltige Größe des Objektes war bereits bekannt, zirka acht Kilometer im Durchmesser.

Die Chinesen waren die einzigen, die eine Rakete fast fertig startbereit hatten. Diese sollte, mit einer Atombombe bestückt, einen Punkt ansteuern, den der Asteroid vierundzwanzig Stunden vor Impakt passieren würde. Da wäre der Asteroid noch mehr als sechs Millionen Kilometer von der Erde entfernt. Damit wollten sie die Bahn des Asteroiden ein wenig verändern, sodass er an der Erde vorbeifliegen würde. Doch die Rakete explodierte beim Start und alles war vergebens. Anscheinend hatten sie in der Panik schlampig gearbeitet, oder das Schicksal will es, dass wir alle aussterben. Unsere Zeit ist in drei Tagen abgelaufen."

„Und warum werden die Küsten nicht evakuiert?", unterbrach Frank die Ausführungen von Bob. „Dann überleben doch zumindest viele."

„Wegen der Folgen des Impakts", erklärte Bob und setzte seine Ausführungen fort.

„Chicxulub heißt der Krater, der beim Einschlag des Asteroiden entstanden ist, der die Dinosaurier ausgelöscht hat. Daher weiß die Wissenschaft, was bei einem solchen Impakt passiert, da die Spuren bis heute weltweit in den geologischen Untergrund im wahrsten Sinne des Wortes eingebrannt worden sind."

„Wenn X99 so weit entfernt sein wird, wie der Mond, ist er mit freiem Auge noch immer nicht zu sehen, aber achtzig Minuten später ist alles vorbei. Die Erdatmosphäre durchquert er in drei Sekunden und schlägt einen vierzig Kilometer tiefen Krater in den Meeresboden."

„Dadurch wird die Energie von Millionen von Atombomben freigesetzt und der ganze Planet ist betroffen. Die ozeanische Kruste wird durchschlagen und zähes Mantelmaterial dringt nach oben und wird zehntausende

Kilometer weit in die Stratosphäre geschleudert, während durch die Wucht des Aufpralls fast der ganze Asteroid verdampft und in Summe Millionen Kubikkilometer glutflüssigen Gesteins über den ganzen Planeten verteilt werden und als feuriger tödlicher Steinschlag wieder herunterregnen."

„Vorher fegt eine gewaltige Druckwelle durch die unteren Atmosphärenschichten und legt alle Wälder des Planeten flach. Auch intakte Häuser werden dann der Vergangenheit angehören."

„Durch den Einschlag gibt es Erdbeben, die über die Stärke zwölf hinausgehen und weltweit an den Küsten Tsunamis mit mehr als vierhundert Meter hohen Wellen auslösen. Diese dringen tausende Kilometer ins Landesinnere vor und ertränken jedes Leben. Die Küsten werden überflutet und die höher gelegenen Städte durch Erdbeben zerstört."

„Diese Riesenwellen schwappen mehrmals an alle Küsten des Planeten. Auch China, Indien und Afrika werden überflutet."

„Gleichzeitig schmilzt das Eis in Grönland explosionsartig, da der Einschlag knapp südlich vor Grönland stattfinden wird. Wenn der Wasserdampf wieder herunterregnet, steigt der Meeresspiegel um fast zehn Meter an."

Doch mittlerweile kommen die glühenden Kometentrümmer und die Trümmer des Auswurfmaterials auf dem ganzen Planeten wieder herunter und verbrennen die flachgelegten Wälder und fast die gesamte Biosphäre.",

„Das wird zu einer letztmaligen gewaltigen Erwärmung auf fünfzig Grad führen, die dann unmittelbar danach in einen Nuklearen Winter übergeht. Denn die Sonne wird über Jahrzehnte hinweg durch dichte Asche und Rauchwolken nicht zu sehen sein."

„Damit gibt es keine Landwirtschaft mehr und diejenigen, die das alles bisher noch irgendwie überlebt haben, verhungern und sterben langsam und qualvoll. Oder sie erfrieren vorher, da der Nukleare Winter die Oberfläche der Erde selbst in den Tropen bis an den Gefrierpunkt abkühlen lässt."

„Fauna und Flora sind zu diesem Zeitpunkt zu neunzig Prozent vernichtet und ausgelöscht. Die letzten Menschen haben sich in Höhlensysteme geflüchtet und merken, wie ihre Lebensmittelvorräte zu Ende gehen."

„Falls es eine Gruppe schaffen sollte, den Tag zu erleben, an dem die Sonne wieder scheint, werden sie einen veränderten und faktisch unbewohnbaren Planeten vorfinden. Denn durch die Unmengen an Verbrennungsrückständen kommt es zu einem Treibhauseffekt, der die Temperatur um mehr als zwanzig Grad gegenüber dem jetzigen Mittel hinauftreibt, sodass auch dann keine Landwirtschaft auf den verwüsteten Flächen möglich sein wird."

„In den Ozeanen ist die Chance zum Überleben noch am besten, Meeresbewohner könnten es schaffen, falls sie die Druckwelle des Impakts überlebt haben. Falls es dann aber noch Menschen gibt, werden sie keine Boote haben, um

Fischfang zu betreiben, da die Küstenlinie der Kontinente eine andere sein wird."

„Es gibt keine Städte, keine Infrastruktur und keine Industrie und keine Landwirtschaft mehr. Die Leute leben dann bestenfalls in einer Art von Steinzeit, da alles andere zerstört sein wird."

„Die einzig gute Nachricht an der Sache ist, das Leben an sich wird in winzigen Nischen überleben und eine neue Evolution starten. Doch der Mensch wird darin keine Rolle mehr spielen", schloss Bob resignierend seine Ausführungen.

„Darum trinken wir hier den Whisky aus und tun uns die Folgewirkungen gar nicht an", erklärte einer aus der Runde.

„Verstehst du nun, warum Evakuierungen sinnlos sind, die Leute würden nur im Kannibalismus enden, da es viel zu wenig hochgenug gelegene Orte auf dem Planeten gibt, wo die ganze Bevölkerung der Küstenregionen hinkönnte, ohne nachher verhungern zu müssen."

„So wurde verzweifelt versucht, etliche hunderttausend junge Menschen an diese hochgelegenen Orte zu bringen, in der Hoffnung, dass von denen zumindest ein Teil durchkommen wird."

„Und diese jungen Leute, sie wissen nicht, was sie erwartet, für sie ist alles noch ein großes Abenteuer. Ein riesiges Feriencamp. Das Weltjugendtreffen von Papst Silvester, Exkursionslager in den Rocky Mountains, ganz kurzfristig vor Beginn der Universitätsvorlesungen einberufen. Die Chinesen evakuieren nach Tibet, was das

Zeug hergibt, aber niemand erfährt Genaueres, es ist alles geheime Kommandosache."

„Die Geheimhaltung ist dabei absolut nötig, sonst hätten wir sofort eine Massenpanik in den Städten und niemand würde überleben, da die Leute nicht rechtzeitig in die hochgelegenen Gebiete kämen. Und wenn zu viele dort oben sitzen, verhungern sie wenige Wochen nach dem Impakt."

„Wir hier sind zu alt, über Washington wird in drei Tagen eine vierhundert Meter hohe Flutwelle rollen und den Rest besorgen dann die Erdbeben."

„Warum schießen wir nicht noch schnell ein paar Atomraketen hoch", wollte Frank wissen.

„Die Wissenschaft hat das durchgerechnet, unsere Raketen sind zu langsam, der Asteroid ist zu schnell. Bis der Asteroid in unsere Atomraketenreichweite kommt, ist er auch schon hier."

„Selbst wenn wir ihn innerhalb der Mondbahn mit einer Atomexplosion aus der Bahn werfen würden, ergäbe das eine so geringe Bahnabweichung, dass der Punkt des Impakts nur wenige hundert Kilometer verschoben würde, da die Ablenkung zu nahe bei der Erde erfolgen würde, um wirken zu können."

„Das Biest ist so schnell, dass es vierundzwanzig Stunden vor Impakt noch sechs Millionen Kilometer von der Erde entfernt ist. In dieser Distanz wäre eine Ablenkung noch möglich, aber wir kommen mit keiner Rakete mehr dort hin, wir haben X99 einfach zu spät entdeckt."

„Selbst wenn wir den Asteroiden innerhalb der Mondbahn auseinandersprengen könnten, würden die

Trümmer einzeln nebeneinander einschlagen. Die Trefferenergie wäre fast genau so groß, wie wenn nur ein Treffer erfolgt."

„Wir haben das beim Kometen Shoemaker Levy live gesehen, dessen Trümmer 1994 in den Jupiter einschlugen und dabei die Energie von fünfzig Millionen Hiroshima Bomben freigesetzt haben. Und Shoemaker Levy war nur vier Kilometer groß"; erklärte einer in der Runde.

„Sagt, dass das ein böser Traum ist", stöhnte Frank auf.

„Es ist ein böser Traum", ergänzte Bob, „nur einer aus dem es kein Erwachen gibt. Zumindest nicht im Diesseits. Gott meint es nicht gut mit uns, falls es ihn überhaupt gibt, was bei dieser Faktenlage bezweifelt werden kann."

„Und wenn sich unsere Astronomen verrechnet haben und X99 knapp an der Erde vorbeigeht?", gab Frank Wohlfahrt die Hoffnung noch immer nicht auf.

„Die Berechnungen wurden von mehreren Teams wiederholt und geprüft. Etliche Observatorien waren eingebunden. Leider immer mit demselben Ergebnis."

„George Michelson und Samuel Schneider tun nichts anderes als X99 vom Caltech aus mit dem Hawaii Teleskop zu beobachten und jede noch so geringe Bahnabweichung in die Computer einzuspeisen."

„Wir alle haben bis vor Kurzem noch auf ein Wunder gewartet, aber das Wunder ist ausgeblieben. Die Chancen für ein Wunder sind mittlerweile auf Wahrscheinlichkeit Null gesunken."

In Frank Wohlfahrt war ein Entschluss herangereift. Nein, er würde nicht hier im Bunker bleiben und warten, wie das Wasser durch die Lüftungsschächte eindrang und höher und höher stieg. Wenn die ganze Küstenregion hunderte Meter unter Wasser stand und sie hier herunten in einer immer kleiner werdenden Luftblase eingeschlossen waren und schließlich ersäuft oder zerquetscht würden.

„Was mich anbelangt, dann gehe ich jetzt nach oben, ich will die letzten Tage der Menschheit im Sonnenlicht verbringen und bevor die Welle kommt, jage ich mir mit meinem 38er Colt eine Kugel in den Kopf", erklärte er pathetisch der betrunkenen Runde und verließ das Sitzungszimmer.

Kapitel 36

Es war inzwischen nachmittags geworden und sie fuhren immer noch über die Hochebene des Altiplano. Henry war erschöpft eingeschlafen, auch Vera, die auf der Rückbank neben ihm saß, döste vor sich hin. Alfredo und Don Pedro unterhielten sich leise um Henry nicht zu wecken.

Endlose dürre Grasflächen erstreckten sich bis zum Horizont. Die Gegend lag viertausend Meter über dem Meeresspiegel, war aber völlig eben.

„Da rein, da sind wir richtig", murmelte Don Pedro. Vera wurde durchgerüttelt, als der Wagen plötzlich die schön asphaltierte Straße nach Puno verließ, da Alfredo scharf rechts in eine holprige Seitenstraße einbog. Als Vera fragte, was das solle, erklärte Don Pedro geheimnisvoll, es werde ihr gefallen und es liege ganz in der Nähe.

So war es auch, ein kleiner Ort tat sich vor ihnen auf, dahinter gab es einige Parkplätze für Touristenbusse und etliche der unvermeidlichen Verkaufsstände, die alles anboten, was Touristen unbedingt haben sollten.

Alfredo parkte den Wagen ein und Don Pedro ließ alle aussteigen.

„Es war mir ein Bedürfnis, hierher zu fahren", erklärte Don Pedro einer verdutzt dreinschauenden Vera. Henry rieb sich verschlafen die Augen.

„Wir müssen nicht weit gehen, nicht einmal einen Kilometer, aber in dieser Höhe ist auch das anstrengend, wenn man es nicht gewohnt ist, also geht langsam, sonst geht euch die Luft aus", warnte Don Pedro.

„Wo sind wir?", wollte Vera wissen.

„In Sillustani", erklärte Don Pedro.

„Und was tun wir hier", wollte Henry wissen, der plötzlich hellwach war.

„Lasst euch überraschen", erklärte Don Pedro geheimnisvoll, „Ihr werdet es gleich sehen."

Mit diesen Worten schritt er auf dem breiten Weg aus, der einen Hügel hinaufführte, auf dessen Kuppe ein seltsamer Turm zu sehen war.

*

Oben angelangt erklärte er der Gruppe, dass dies die berühmten Grabtürme von Sillustani seien. In diesen Türmen wurden die Herrscher der Colla beigesetzt. Im Hintergrund waren noch zahlreiche weitere Türme zu sehen, die mehr oder weniger verfallen waren. Den vordersten

Turm auf der Hügelkuppe hatte man liebevoll restauriert, aber auch er stand nur mehr zur Hälfte, die Rückseite fehlte.

„Diese Türme wurden vom Volk der Colla erbaut, das hier lebte als es noch gar keine Inkas in der Gegend gab und das Inkareich noch nicht gegründet war", erklärte Don Pedro.

Sie gingen weiter über eine grasbewachsene Hochfläche, bis sie den See sehen konnten. Unter ihnen breitete sich ein riesiger See aus, in dessen Mitte sich eine Insel befand.

„Dies ist der Umayo-See, und auf der Insel soll einmal eine Festung der Colla gestanden haben", erklärte Don Pedro.

Dann setzte sich Don Pedro auf den Boden und meinte zu den anderen: „Setzt euch und genießt die Aussicht."

Sie taten wie geheißen und Vera war es, wie wenn sie in die Landschaft hineingesaugt würde. Bilder längst vergangener Epochen kamen ihr in den Sinn. Sie spürte eine seltsame Kraft, die von diesem Ort ausging. Wie wenn ihr die Geister der Könige, die hier einst ihre letzte Ruhestätte fanden, etwas zuraunen wollten. Doch sie verstand den Sinn nicht. Sie spürte eine tiefe Verbundenheit mit allem, was sie umgab und tiefer Friede stieg in ihr auf.

Sie sah zu Don Pedro hinüber, der völlig regungslos im Gras saß und in tiefer Meditation versunken war. Henry saß neben Don Pedro und tat es ihm gleich. So von der Seite betrachtet sahen sie aus wie Großvater und Enkel, die friedlich nebeneinander saßen und die Landschaft betrachteten.

Vera aber spürte, dass hier Energien flossen, die weit mächtiger waren als alles, was sie bisher erlebt oder gespürt hatte. Sie genoss den Moment und wünschte, die Zeit würde kurz stehenbleiben.

Alfredo rauchte eine Zigarette hinter einem der Türme. Für ihn gab es hier nur alte Steine zu sehen und sonst nichts.

*

Dann sprach Don Pedro ganz leise, wie zu sich selbst, aber Vera und Henry konnten ihn verstehen, da sie nahe genug waren.

„Pacha Mama ist besorgt, ich spüre Schwingungen der Angst und der Sorge. Mutter Erde trauert um ihre Kinder, die hier nicht mehr lange sein werden, wenn sie nicht endlich aktiv und erwachsen werden. Ich verstehe ihre Sorge, denn es ist nicht mehr viel Zeit."

„Was wird passieren", unterbrach Henry, der Don Pero ängstlich ansah.

„Die Zivilisation der Menschen verschwindet von diesem Planeten, das wird passieren", sprach Don Pedro mit leiser Stimme.

„Möglich ist es, dass Pacha Mama um Hilfe gerufen hat, möglich ist auch, dass alles nur eine Verkettung unglücklicher Umstände ist. Ich kann es nicht sagen, aber was ich sagen kann ist, dass unsere Zeit sich hier dem Ende zuneigt."

„Werden wir alle sterben", rief Henry entsetzt aus.

„Vielleicht, aber der Tod hat keinen Schrecken. Aber es ist schade um all die vielen Menschen und das viele Gute und Schöne, was hier auf Erden existiert. Das soll jetzt alles untergehen. Das gefällt mir gar nicht. Jetzt wo die Menschheit gerade beginnt, geistig zu erwachen und zu begreifen, welche Macht sie hat, könnte es damit schon bald wieder vorbei sein."

„Die Seelen der Menschen werden sich neu formieren müssen, wenn der Planet nicht mehr bewohnbar sein wird. Eine große Veränderung kommt auf uns alle zu."

„Schreck den Kleinen nicht so, was hast du gesehen", wollte Vera wissen, deren Verstand nicht glauben wollte, dass alles zu Ende sein sollte, auch wenn die Indizien, die sie bisher gesammelt hatte, alle darauf hindeuteten.

„Alles hängt mit allem zusammen und so kann es sein, dass die Menschheit das bekommt, was sie sich gewünscht hat."

„Alle haben zu lange geglaubt, so kann es nicht weitergehen, es müsse etwas geschehen. Die Welt müsse sozial gerechter werden, die Reichen müssten mehr Steuern zahlen, alles müsste besser, schöner und anders werden. Niemand war mit dem zufrieden, was ist und niemand schaffte es, die für eine sinnvolle Veränderung nötige Energie aufzubringen. Umweltschutz sollte gemacht werden und gleichzeitig wurde der Planet weiter ausgeplündert."

„Und nun geschieht etwas, die Welt verändert sich auf eine Art und Weise, die vielen nicht gefallen wird. Wer die Veränderung aufgerufen hat, kann ich dir nicht sagen, ob es Pacha Mama war, die du Gaia nennst, oder ob es die Unzufriedenen selbst waren, die unbedingt eine große Veränderung wollten. Ich weiß es nicht."

„Ich weiß nur, dass die Veränderung jetzt kommen wird, und etwas sehr Großes demnächst auf der Erde einschlagen wird. Und das bedeutet das Ende der Zivilisation, so wie wir sie kennen. Das habe ich hier in der Meditation erfahren."

„Und wann wird das passieren?", wollte Vera wissen, die kurz davor war, in Panik zu verfallen. Zuerst ihre Befürchtungen wegen des Atomkriegs. Dann die endlosen Zeltlager rund um Cusco, von Leuten organisiert, die mehr wissen mussten und jetzt erklärte ihr Don Pedro, dass irgendein Impakt alle Zivilisation auf dem Planeten auslöschen würde. Dabei war er ganz locker drauf, da er eben das zweite Gesicht gehabt hatte und Pacha Mama ihm das mitgeteilt hätte. Es war zum Schreien und Davonlaufen, aber wohin sollte sie bloß laufen?

„Es dauert nur mehr wenige Tage", beantwortete Don Pedro ihre Frage.

„Aber keine Panik, die Seele der Menschen ist unsterblich, uns kann nichts geschehen, wir werden uns nur einen neuen Planeten suchen müssen."

„Auf diesem können wir dann wiedergeboren werden, wenn wir wieder in die Materie eintauchen wollen. Als gesamte Menschheit sollte uns das möglich sein."

„Und ich kann dich trösten, solche Dinge passieren nicht zum ersten Mal, es sind schon mehr Zivilisationen in der Milchstraße vernichtet worden, als du dir vorstellen kannst."

„Glaubst du ernsthaft, dass deine Seele immer schon hier war, auch wir sind einst vor unendlicher Zeit hier eingewandert, und nun sieht es so aus, als ob wir wieder gehen müssten."

„In manchen Kreisen wird das Wissen daran noch kultiviert, da heißt es dann, das ist eine Seele vom Orion, die hier auf Erden wiedergeboren ist. Oder jemand glaubt, vor ganz langer Zeit auf einem Planeten in den Plejaden gelebt zu haben, oder vom Sirius zu stammen."

„Ob das alles stimmt, kann ich dir nicht sagen, wir wissen im Augenblick nicht, woher wir stammen. Aber mach dir keine Sorgen, das Leben hat noch einige Überraschungen für uns auf Lager, da bin ich mir ganz sicher."

Vera war sich da alles andere als sicher, ihren unmittelbaren Tod vor Augen. „Was wird dann aus Henry", war ihr erster Gedanke, und Otto in Tiflis hatte noch gar keine Ahnung von der Gefahr, in der sie schwebten. Sie musste ihn warnen, er musste in die Berge gehen, der Kaukasus war doch dort ganz nahe.

Don Pedro aber blieb gelassen und meinte, sie sollten wieder zurück zum Wagen gehen, hier habe er alles erfahren, was er wissen wollte. Nun sei Zeit zum Aufbruch, sonst kämen sie noch zu spät zum Weltuntergang.

„Wie kann man zum Weltuntergang zu spät kommen" wollte Henry wissen.

„Ganz einfach, indem du ihn verschläfst, dann bekommst du nicht mit, dass die Welt schon untergegangen ist", erklärte Don Pedro und rang sich dabei ein Lächeln ab.

„Und warum sollten wir jetzt noch irgendwohin zu spät kommen können, wenn die Welt jetzt untergeht", wollte Vera wissen.

„Weil ich vorher noch die angekündigte Rede im Livestream im Internet halten möchte", erklärte Don Pedro.

„Und was soll die noch bewirken können, wenn der Komet einschlägt?", war Vera skeptisch.

„Keine Ahnung, aber ich habe da so ein Gefühl, warte es einfach ab, mehr weiß ich auch nicht."

„Und sagt bloß nichts zu Alfredo, es könnte ihn verstören und er könnte irrational reagieren", warnte Don Pedro, als Alfredo fertig geraucht hatte und langsam auf sie zu ging.

*

Es waren um diese Tageszeit nur wenige Touristen bei den Türmen von Sillustani, die Gegend schien wie ausgestorben. Sie gingen den gleichen Weg wieder zurück. Vom Parkplatz kamen ihnen drei Touristen langsam entgegen. Schnell konnte hier kein Tourist gehen, dazu war die Luft zu dünn. Vera schenkte ihnen keine Beachtung.

Vera sah ein Ehepaar mit einem jungen Mädchen, vermutlich der Tochter der beiden, langsam auf sie zukommen. Etwas an dem Mann irritierte sie. Sie sah den Mann genauer an, der im khakifarbenen Expeditionsoutfit langsam auf sie zukam und merklich schwer atmete, da er die Höhe nicht gewohnt war.

Dann fiel bei Vera der Groschen und sie rief: „Kurt, was machst du denn hier?"

Vor ihnen stand Kurt Oberleitner, Freund der Familie Rauhenstein, der Vera aus Wien zur Flucht verholfen hatte und Otto am Telefon kryptisch gewarnt hatte. Seine Frau und seine Tochter sahen Vera groß an.

„Urlaub, was sonst", antwortete Kurt etwas verdattert dreinschauend, da er Vera hier nicht vermutet hatte. Denn seiner Meinung nach sollte sie in Cusco bei Daniel sein.

„Ich glaube dir kein Wort, jetzt kannst du mit der Wahrheit herausrücken, Kurt", schrie es aus Vera heraus, „warum habt ihr nur euch und uns gerettet und nicht alle anderen."

Hilde, Kurts Frau und Sabrina, seine achtzehnjährige Tochter sahen Vera verständnislos an und Hilde meinte, „Kurt kennst du die Frau, die ist verrückt."

Kurt sah seine Frau an und meinte: „Kennst du Vera Rauhenstein nicht mehr, ihr habt euch lange nicht gesehen, aber so verändert hat sie sich auch wieder nicht."

„Was, DIESE Rauhenstein, die von Interpol gesucht wird, nein, die kenne ich nicht", erwiderte seine Frau angewidert.

Kurt sah von einem zum anderen und resignierte: „Meine Familie weiß von nichts, und was wisst ihr schon", fragte er Vera. „Du bist schließlich Journalistin, das Weltjungendtreffen hat dich auf die Spur gebracht, stimmts?"

„Ich habe die ganze Zeit auf Atomkrieg getippt", erklärte Vera, „aber darf ich vorstellen, Don Pedro, er hat das zweite Gesicht und er hat es eben erkannt, hier bei den Türmen von Sillustani. Und du wirst mir jetzt sagen, was du weißt und was du uns bisher nicht gesagt hast, die Zeit ist jetzt reif dafür."

Alle Farbe war aus dem Gesicht von Kurt Oberleitner gewichen.

„Wir dürften ja gar nicht hier sein", begann er merklich verlegen. Wenn ich nicht die Datenleitung der Amerikaner gehackt hätte, würden wir alle noch in Wien sitzen. Meine Aktion war völlig illegal, wenn sie mir da draufkommen, bin ich gefeuert. Obwohl das jetzt eigentlich egal ist."

„In Österreich weiß nur eine Handvoll Leute, was auf sie zukommt, und ich gehöre nicht zu dieser Handvoll. Deshalb konnte ich mich nicht so klar am Telefon ausdrücken. Wenn die Amis mitbekommen hätten, dass ich sie gehackt habe, dann würde ich jetzt nicht mehr leben. Die kennen da keinen Spaß."

Da ergriff Don Pedro das Wort: „Mann, jetzt sagen Sie schon endlich, wann findet der Impakt statt, ich weiß, dass Sie das wissen."

„In drei Tagen", stammelte Kurt, „wir haben vor einer Woche gerade noch Tickets bekommen, und auch das nur mit Manipulation des Systems. Alle, die Bescheid wissen, sind aus Europa schon draußen, andere haben nur zufällig gerade für diese Tage gebucht und könnten rein zufällig gerettet werden."

„Es war echt unheimlich in der Maschine, ganz viele Geheimnisträger mit Familie, die alle ganz plötzlich den Altiplano als Urlaubsort entdeckt hatten, und alle saßen ganz ruhig da, und hofften, dass niemand die Wahrheit herausbekam."

„Was redest du da", schrie Hilde auf, „du hast gesagt, das sei ein einmaliges Sonderangebot und du hättest immer schon nach Peru gewollt."

„Das stimmt alles, aber in drei Tagen wird es keinen internationalen Flugverkehr mehr geben, dann ist unsere Zivilisation im Arsch", entfuhr es Kurt, „sei froh, dass du hier bist, vielleicht überleben wir hier die ganze Sache, nach Europa können wir nie mehr zurück, da es in drei Tagen kein Europa mehr geben wird, wenn der acht Kilometerbrocken im Nordatlantik einschlägt."

„Nein, du bist wahnsinnig, das kann nicht sein, nein, nein", kreischte seine Frau völlig unkontrolliert los.

Seine Tochter heulte und schrie ihn an: „Dann sind alle meine Freundinnen tot, warum hast du sie nicht gewarnt, du Scheusal."

„Und wie hätte ich das machen sollen, wenn ich es selbst nicht wissen durfte", schrie Kurt zurück, dessen Nerven nun auch langsam nachgaben. „Wenn ich uns nicht rausgeholt hätte, wären wir alle sicher tot, so haben wir noch eine winzig kleine Chance", versuchte er zu beruhigen.

„Ich will auch nicht mehr leben, wenn alle anderen tot sind", kreischte seine Tochter weiter.

„Du hast ja keine Ahnung, wie es mir geht," schrie Kurt seine Tochter an, „glaubst du, es ist lustig, wenn du entscheiden musst, wem gibst du einen Hinweis, und wem nicht. Ich habe etliche Hinweise verteilt, konnte aber nie die Wahrheit sagen, da alle Leitungen abgehört wurden, und wie hätte ich verhindern sollen, dass jemand so ausflippt, wie du eben, wenn er die Wahrheit erfährt und schreiend durch die

Straßen von Wien rennt und brüllt, 'die Welt geht unter,. Erklär' mir das!"

Alfredo war bisher schweigend danebengestanden, er konnte nicht Deutsch, nur Englisch, Don Pedro hatte ihm notgedrungen das Wichtigste auf Spanisch übersetzt, da die emotionalen Ausbrüche der Familie Oberleitner einer Erklärung bedurften.

Als er verstanden hatte, was auf die Menschheit zukam, erklärte er in Englisch: „Peru liegt in den Anden, wir sind hier weit weg vom Meer, wir sind genügsam und zäh, wir werden das überleben, macht euch keine Sorgen, Pacha Mama wird für uns sorgen. Wir werden hungern, aber wir werden nicht verhungern, wir sind ein zähes Bergvolk. Und wenn ihr euch uns anschließen wollt, da ihr schon einmal hier seid, dann tut es, so könnt ihr überleben. Einfach, ohne Strom und ohne Komfort, aber dafür sicher."

Vera sah Alfredo dankbar an, so eine Rede hätte sie ihm gar nicht zugetraut. Die Oberleitners beruhigten sich wieder, es war ihnen etwas peinlich, da die anderen so ruhig geblieben waren, als sie vom Weltuntergang erfahren hatten.

Die mussten etwas haben, was die Familie Oberleitner nicht hatte, sonst könnten sie nicht so gelassen bleiben, schlussfolgerte Kurt messerscharf. Im selben Augenblick, als er dies dachte, erkannte er, was es war, was diese Peruaner und Vera ihnen voraushatten, den Glauben und das Wissen um die unsterbliche Seele des Menschen. Sie fürchteten den Tod nicht im Geringsten.

Kapitel 37

Sie waren weitergefahren und die Oberleitners hatten sich ihnen angeschlossen. Denn die Oberleitners kannten hier niemanden und wären bald verloren, wenn nach dem Impakt das Chaos ausbrechen würde. Vera fand, das sei wohl das mindeste, was sie für die Familie tun konnten, da Kurt sie aus der Todeszone Europa gerettet hatte. Don Pedro hatte keine Einwände gehabt, und so waren die beiden Wagen in Kolonne weitergefahren.

Nun waren sie in Juliaca, wo es einen Flughafen und ein gut funktionierendes Mobilfunknetz gab.

*

Vera telefonierte vom Auto aus und hatte nun keine Hemmungen mehr, Maria Estancia über den wahren Sachverhalt zu informieren. Maria blieb gelassen, anscheinend konnte sie sich die Tragweite der Ereignisse nicht vorstellen, die bald über den Planeten hereinbrechen würden. Sie beschloss mit Daniel und den Kindern auch nach Puno zu kommen, da das Jugendlager in Cusco nach dem Impakt vermutlich im Chaos versinken würde. In Puno wären sie wahrscheinlich besser aufgehoben, denn im Titicacasee gäbe es Fische zu fangen, das wäre eine Option zum Überleben.

*

Doch das wichtigste und risikoreichste Telefonat stand noch aus. Vera musste Otto informieren. Kurt hatte Vera klargemacht, dass es sinnlos war, jetzt noch jemanden in Wien warnen zu wollen. Wien würde von der Flutwelle nicht direkt betroffen sein, da es geographisch günstig lag, doch die glühende Impaktmasse würde über ganz Europa niederregnen und alles in Brand setzen. Da gab es keinen sicheren Ort.

Die Flüge nach Übersee wären längst alle ausgebucht für die Leute, die irgendwie doch etwas erfahren hätten, oder die gerade zufällig einen ganz normalen Urlaub in Australien oder Neuseeland gebucht hätten.

*

Otto hob sofort ab, als Vera anrief. Vera hatte keine Ahnung, dass sie in Wahrheit die Nummer von Sylvia Rabenstein, ihrer ehemaligen Chefin, anrief, als sie die Nummer eintippte, die sie seit ihrem letzten Skype Gespräch mit Otto als seine neue Nummer hatte.

Vera wusste nicht, dass Sylvia Veras Nummer eingespeichert hatte und das Smartphone, als sie sah, wer anrief, einfach an Otto weitergereicht hatte.

Das war auch kein Problem gewesen, da sie beide eng umschlungen im Schlafzimmer ihres Versteckes in Tiflis gelegen hatten. Die Flucht über das Schwarze Meer sollte in wenigen Stunden starten. In Tiflis war es früher Morgen und am Abend davor hatte es zwischen Sylvia und Otto kein Halten mehr gegeben. Sie waren hemmungslos übereinander hergefallen und hatten es getrieben, wie wenn es kein Morgen gäbe.

Doch nun packte Otto das schlechte Gewissen, da er Sylvia so hemmungslos begehrt und genommen hatte, als Vera in der Leitung war, und er noch neben der ebenfalls nackten Sylvia im Bett lag.

Doch Vera hielt sich nicht lange mit Vorreden auf und kam gleich auf den Impakt zu sprechen. Ihr waren jetzt alle Sicherheitsvorkehrungen egal, sie wollte Otto warnen, sonst war es zu spät, falls Otto noch in Tiflis war.

Otto begriff rasch und bald begriffen beide, Vera und Otto, dass sie sich mit Sicherheit niemals wieder sehen würden. Denn nach dem Impakt würde es keinen Flugverkehr mehr geben, und auch die Mobilfunkstrecken würden zerstört sein. Sie waren durch den halben Planeten voneinander getrennt und nach dem Impakt würde es keine Möglichkeit mehr geben, diese Distanz jemals zu überwinden.

Vera wurde es schwarz vor den Augen, und auch Otto kämpfte plötzlich mit den Tränen. Sie würden sich nie wiedersehen und die Welt würde bald in Trümmern liegen. War es nicht besser, dem Leben gleich ein Ende zu setzen, meinte Otto verzweifelt.

Doch Vera beschwor ihn, durchzuhalten, denn vielleicht käme alles ganz anders und es gäbe noch eine Zukunft. In einigen Jahren könnten sie auf einem Segelschiff wieder nach Europa zurückkehren, Europa würde neu aufgebaut und alles würde gut werden. Sie glaubte selbst nicht so recht an das, was sie sagte.

Doch Otto versprach ihr, nach Norden in den Kaukasus in eines der Bergdörfer an der russischen Grenze zu fahren. Nach dem Impakt kämen sie leicht auf die russische Seite der Grenze und dann müssten sie sich durchschlagen, da sie nicht wüssten, wie weit die Flutwellen kommen würden.

„Mit wem bist du unterwegs", wollte Vera wissen, da Otto in der Mehrzahl gesprochen hatte.

Otto erklärte geistesgegenwärtig, dass er einen georgischen Leibwächter habe, den er sich von Viktor Urbanowitsch organisieren habe lassen. Dieser kenne alle Straßen und werde ihn sicher in die Berge bringen.

Dann beschworen Otto und Vera ihre ewige Liebe und wünschten sich, dass sie sich in diesem Leben noch einmal zu Gesicht bekämen. Dann trennten sie die Verbindung, bevor jeder hemmungslos losschluchzte.

*

Erst da begriff Otto, dass er sich von seinem Sohn gar nicht verabschiedet hatte. Doch er schaffte es nicht, Vera zurückzurufen. Die Nachricht vom Impakt hatte ihn mehr erschüttert, als er sagen konnte und er vor Sylvia zugeben wollte.

Kapitel 38

Sylvia sah Otto groß an, nachdem dieser das Gespräch mit Vera beendet hatte. Otto versuchte, wieder einen klaren Gedanken zu fassen, doch es gelang ihm nicht so recht, er war völlig fertig.

Sylvia hatte als Erste die Schockstarre überwunden: „Du siehst deine Frau wahrscheinlich nie wieder, und Ironie des Schicksals, jetzt sind wir beide, die ehemaligen Todfeinde, aneinandergekettet, bis der Tod uns vermutlich bald aus dieser Situation erlösen wird."

„Du liebst Vera, das habe ich gespürt. Jetzt musst du es mit mir aushalten. Wobei ich zugeben muss, die Nacht mit dir war gar nicht so übel, auch wenn wir so gar nicht zusammenpassen."

„Was soll das heißen, gar nicht so übel?", empörte sich Otto, der nun seine Sprache wiedergefunden hatte, „es war echt phantastisch mit dir im Bett. Gar nicht so übel ist eine Beleidigung."

„Hast recht", erwiderte Sylvia, wir haben nicht mehr viel Zeit, komm her zu mir."

Mit diesen Worten umfasste sie Otto und zog ihn zu sich hinüber.

„Jetzt ist alles egal und alles erlaubt, jetzt will ich es noch einmal von dir gezeigt bekommen, bevor wir alle in die Hölle fahren, an die ich eh nicht glaube. Nachher ist nichts mehr, darum will ich jetzt noch etwas erleben."

Mit diesen Worten warf sie sich auf Otto und dieser kam bald in Fahrt und sie liebten sich, wie wenn es das letzte wäre, was sie ihn ihrem Leben noch vorhatten.

Danach lagen sie erschöpft auf dem durchwühlten Laken und überlegten, was zu tun sei.

„Dmytro wird uns bald abholen, dann geht es an die Küste zu diesem Fischkutter", fasste Otto den Plan zusammen.

„Wir sollten den Plan ändern und über den Kaukasus nach Russland gehen, so wie Vera empfohlen hat, da haben wir die besseren Karten", überlegte Otto.

„Und wenn das alles gar nicht wahr ist?", meine Sylvia sinnierend. „Was ist, wenn dieser Kurt uns alle beschissen hat und sein eigenes Süppchen kocht? Dann sitzen wir in Russland fest, kein Asteroid kommt, du kommst nicht an dein Vermögen heran, da du ja durch die Flucht nach Russland deine Schuld quasi eingestanden hast. Die Amis beschlagnahmen das Erbe und das war es dann. Kurt bekommt seinen Anteil dafür, dass er euch aus dem Weg geschafft hat, damit die Anwälte der Amis in Wien freie Bahn haben. Hast du das schon einmal überlegt?"

„Nein, ich vertraue Kurt, wir kennen uns seit Jugendtagen, der bescheißt mich nicht, niemals. Dafür kenne ich ihn zu lange."

„Dann lass uns ans Schwarze Meer fahren", erklärte Sylvia, deren Augen mit einem Mal einen seltsamen Glanz bekamen.

„Hat Kurt gelogen, dann wissen wir das in drei Tagen, dann ist gar nichts passiert. Hat er die Wahrheit gesagt, dann nützt uns dein Erbe auch nicht mehr, da Europa nicht mehr steht. Und warum sollten wir beide dann im Kaukasus dahinvegetieren und von der Gnade der russischen Soldaten abhängig sein. Verstehst du, was ich sagen will?"

Sie sahen sich beide groß an, als Otto dämmerte, was Sylvia meinte.

„Wir beide sind den Luxus gewohnt, den gibt es dann nicht mehr. Was dann kommen wird, kannst du dir in deinen schlimmsten Alpträumen nicht vorstellen. Ich schon, ich war in der Sahelzone für eine Reportage über Boko Haram, diese bestialischen Wahnsinnigen."

„Aber die sind harmlos, gegen das, was uns nach dem Impakt erwartet. Kannibalismus ist noch das geringste Übel. Es kommt weit schlimmer. Das Ende der Menschheit wird bestialisch, das tue ich mir sicher nicht an", erklärte Sylvia mit bestimmender Gestik.

Otto zögerte noch, da er an Vera dachte. Doch die Chance, Vera wiederzusehen war gleich Null, wenn das eintraf, was sie ihm gerade erklärt hatte.

Dann stimmte er Sylvia zu: „Ich glaube, du hast recht. Wir sollten uns das nicht antun. Wenn die Verpflegung zu Ende ist, werden die Soldaten zu Tieren, dann wird geschlachtet, wer gerade da ist. Das müssen wir nicht mitmachen und zum Schlachtvieh eigne ich mich nicht. Lass uns ans Meer fahren und die Flutwelle abwarten."

*

In dem Moment trommelte es an der Eingangstür. Die Klingel war kaputt und sie hatten sicherheitshalber die Sperrkette vorgelegt, damit sie nicht unvermutet gestört werden konnten.

Dann stand ein völlig aufgeregter Dmytro im Raum. Er schrie: „Wir müssen unsere Pläne ändern, das geht alles nicht so, wie geplant. Dreht den Fernseher auf, dann wisst ihr was ich meine."

Otto und Sylvia hatten sich nur rasch jeder einen Bademantel übergeworfen, um vor Dmytro ihre Blößen zu verdecken und sahen Dmytro verdutzt an.

Dmytro warf indessen den alten Fernsehapparat an, der im Wohnzimmer stand und begann den Sprecher zu übersetzen, als das Bild aufflammte.

Sylvia und Otto sahen einen aufgeregten Fernsehmoderator im Studio vor einer Videowall, auf der Bilder von endlosen Kolonnen von Militär LKWs zu sehen waren. Dann wechselte das Bild und landende Großraumflugzeuge waren zu sehen.

Dmytro übersetzte den Sprecher, so gut er konnte, da der Sprecher sehr schnell sprach und äußerst aufgeregt wirkte. Hinter ihm war die georgische Nationalflagge, das Georgskreuz zu sehen.

„Seit heute Mitternacht haben russische Truppen die Grenze zur Republik Georgien überschritten. Die Georgische Luftwaffe, die zur Verteidigung eingesetzt werden sollte, musste auf Grund eines großangelegten Cyberüberfalls am Boden bleiben, denn sämtliche Radarstationen und Luftleitzentralen des Landes waren Punkt Mitternacht ausgefallen."

„Seit ein Uhr dreißig landen am Airport in Tiflis im Minutentakt russische Maschinen. Das Überraschende dabei ist, dass nur die ersten Maschinen Militärpersonal an Bord hatten. Dieses übernahm die Kontrolle über den Flughafen und versicherte den aufgebrachten Georgischen Fluglotsen, dass sie in friedlicher Absicht kämen. Danach kamen nur zivile Maschinen verschiedenster russischer Fluglinien und es stiegen ausschließlich Zivilisten aus diesen Maschinen."

„Der Georgische Präsident protestierte auf das schärfste gegen diese Aktionen, doch sein Kommunikationssystem ist seit Mitternacht ebenfalls zusammengebrochen. Das Georgische Fernsehen ist nur mehr mit Notbetrieb im Einsatz, da die meisten Sendeanlagen ausgefallen sind.

Doch wurde für den Krisenfall entsprechend vorgesorgt und derzeit senden wir über Notstationen, die extra für solche Fälle errichtet worden sind. Ein Hilferuf an die NATO blieb bisher unbeantwortet. Auch die EU reagierte bisher nicht."

Im Hintergrund sah man Bilder von nobel gekleideten Zivilisten, die am Flugfeld von Tiflis aus den russischen Maschinen stiegen und zu Fuß in Richtung Abfertigungsgebäude gingen, da keine Busse bereit standen. Das waren keine Touristen, das waren Angehörige der russischen Oberschicht. Im Hintergrund waren auch viele Privatjets zu sehen, die man einfach kreuz und quer neben die Rollbahn gestellt hatte. Eine Invasion sah anders.

„Was hat das alles zu bedeuten?", rief Dmytro aufgebracht, „Die Russen überfallen uns und alle ignorieren uns. Sind wir denn niemand?"

Otto und Sylvia sahen sich bedeutungsvoll an. „Sollen wir es ihm sagen?", meinte Sylvia leise zu Otto, „Ich glaube er hat ein Recht, es zu erfahren."

„Er wird es nicht für sich behalten, das kann gefährlich werden", erwiderte dieser.

„Aber egal, es ist längst zu spät, sagen wir es ihm."

Dmytro hatte die beiden aufmerksam betrachtet und meinte brutal herablassend: „Was ist los, was wollt ihr mir sagen, was stimmt nicht?"

Otto erklärte: „Diese Russen machen keine Invasion, sie fliehen nur. In drei Tagen wird es kein Russland mehr geben."

Dmytro unterbrach Otto: „Nuklearkrieg, jetzt geht es los, der Endkampf hat begonnen, das Buch der Apokalypse wird wahr, ein Drittel der Menschen wird getötet, die Prophezeiung des Johannes trifft ein. Die Wiederkunft Jesu Christi steht bevor. Russland ist tot. Georgien wird siegen."

„Lass mich ausreden", fuhr Otto dazwischen, „hier wird niemand siegen, ein acht Kilometer großer Asteroid wird in drei Tagen die Zivilisation auslöschen, da bleibt nichts mehr von uns übrig. Und die, die den ersten Einschlag überleben, sterben qualvoll an Hunger in den nächsten Jahren, da nichts mehr wachsen wird. So schaut es aus, die Lebenden werden die Toten beneiden, wenn du von mir ein Bibelzitat haben willst", fuhr Otto ihn an.

Dmytro sah ihn versteinert an, „Seit wann wisst ihr das? warum sagt ihr mir nichts?"

„Seit dreißig Minuten über geheime Kanäle", meldete sich Sylvia zu Wort. „Wenn du fliehen willst, geh in die Berge. Ab viertausend Meter bist du vorerst sicher, das Verhungern kommt erst später."

„Ein Georgier flieht nicht, ein Georgier kämpft", erklärte Dmytro trotzig und warf dabei den Kopf zurück.

„Wird schwierig werden, gegen eine vierhundert Meter hohe Flutwelle, die durch die Ozeane rast", entgegnete Otto sarkastisch.

„Dann bleibt nur noch eines, du bezahlst mich jetzt sofort aus, ich lass dir den Wagen da, falls du es dir anders überlegst, und ich mache hier in Tiflis noch einen drauf", erklärte Dmytro und hatte dabei seine Waffe aus dem Schulterhalfter gezogen und richtete sie auf Otto.

„Und in drei Tagen sehen wir weiter, am besten du gibst mir alles, was du an Barem bei dir hast!, bekräftige er seine Ansage.

Otto sah den wirren Blick von Dmytro und gab ihm seine Geldbörse. „Nimm, was du findest, mehr ist nicht da", rief er ihm zu. Dmytro sah das dicke Bündel Scheine, die in der Börse steckten und grinste. „Da hast du die Schlüssel zum Wagen, denn wenn die Russen hier alles besetzen, ist der Wagen für mich nutzlos, da überall Kontrollen sind."

„Wir sehen uns nicht mehr, ich muss meine Freunde warnen", schrie er lauthals und rannte aus der Wohnung, wobei er die Tür sperrangelweit offen stehen ließ.

Kapitel 39 – Tag 2

Vera genoss es, wieder Internetzugang zu haben. Sie waren gestern spät abends in Puno an der Küste des Titicacasees angekommen und bei guten Freunden von Alfredo untergekommen. Diese betrieben ein Geschäft für Elektro- und Elektronikgeräte und hatten in ihrem Laden ein kleines WLAN installiert. Hinter dem Laden gab es einige Lagerräume, in denen Vera, Henry, Don Pedro und Alfredo provisorisch untergebracht waren. Die Nacht hatten sie auf rasch aufgetriebenen alten Matratzen verbracht und Vera dachte an die Zeit nach dem Impakt. Sie würden sich alle an mangelnden Komfort gewöhnen müssen.

Doch vorerst checkte sie die Webseiten aus Europa und fand keinen Hinweis auf einen bevorstehenden Weltuntergang.

Es gab anscheinend einen neuen Konflikt der Russen mit Georgien, da russische Truppen in Georgien einmarschiert sein sollen, doch Näheres war in Europa nicht bekannt.

In Paris gab es gewalttätige Ausschreitungen, die Vorstädte, die Banlieues, brannten wieder einmal. Hunderttausende waren auf die Straße gegangen, um zu protestieren. Autos und Häuser brannten, die Feuerwehr wurde von gewalttätigen Demonstranten mit Molotowcocktails beworfen.

Sonst konnte sie nichts Auffälliges finden, bis ihre Aufmerksamkeit auf einer Österreichischen Tageszeitungsseite hängenblieb. Der Redakteur mokierte sich über eine Regierungsklausur, die ganz kurzfristig beschlossen worden war, und die im Forum Alpbach für eine ganze Woche angesetzt war. Was gäbe es dort so Wichtiges zu besprechen, dass die gesamte Regierung dorthin müsse. Vertraulichen Quellen nach seien auch die Familien der Regierungsmitglieder nach Alpbach gefahren. Sollte dies auf Steuerzahlers Kosten geschehen sein, wäre das der nächste Skandal, den diese Regierung zu verantworten hätte, schimpfte der Redakteur.

„Es wissen doch schon mehr Leute auf der Welt Bescheid, was auf uns zukommen wird", dachte Vera. Der Redakteur gehörte offensichtlich nicht dazu.

Dann recherchierte Vera nach Reisen von Staatsoberhäuptern und Regierungschefs und war nicht sonderlich überrascht, dass fast alle gerade irgendwo im Ausland unterwegs waren und bei den meisten nicht erkennbar war, wo sie sich gerade aufhielten. Nur der amerikanische Präsident weilte mit seiner Familie schon seit einigen Tagen in Denver in Colorado. Das war allgemein bekannt. Auch der österreichische Bundespräsident inspizierte gerade eine militärische Anlage des Bundesheeres. Es war der Bunker der Kommandozentrale in St. Johann in Salzburg, dem er plötzlich eine Visite abstatten musste. Dieser Bunker stammte noch aus den Zeiten des kalten Krieges und sollte im Ernstfall die Landesverteidigungszentrale enthalten. „Was machte der Präsident dort?", dachte Vera und meinte, es zu wissen.

Das hieß, viele Leute begaben sich möglichst unauffällig ins Gebirge und zu sicheren Plätzen und keiner sagte, warum er dies tat. Vielleicht hatten einige auch nur vage Hinweise erhalten, so wie sie selbst von Kurt Oberleitner, und wussten gar nicht, was auf den Planeten zukommen würde. Sie handelten einfach nach Vorgabe. Nicht jeder Minister musste wissen, was los war. Die Minister fuhren einfach nach Alpbach, ohne den Grund zu kennen, schlussfolgerte Vera, denn der Kreis derer, die wirklich Bescheid wussten, musste möglichst klein gehalten werden, um Panik in den Städten möglichst bis zum Impakt zu vermeiden.

Nach dem Impakt würde das Schicksal unabwendbar seinen Lauf nehmen.

*

Was machte es da noch für einen Sinn, jetzt in der POF mit einer weiteren Session aufzutreten, brütete Vera. Die Wahrheit konnte sie unmöglich sagen, und alle ihre Fans derartig anzulügen, dazu war sie nicht imstande. Sie saß im vermutlich sicheren Peru und Wien würde womöglich überflutet werden. Sollte die Flutwelle Wien nicht erreichen, dann würden die Erdbeben und die einschlagenden glühenden Impaktbrocken von der stolzen Wienerstadt nicht mehr viel übriglassen. Die Stadt würde danach aussehen, wie nach einem Atomschlag. Vera rannen die Tränen übers Gesicht. Was konnte sie denn noch tun. Rein gar nichts mehr.

Würde sie die Leute über ihre POF Sendung warnen, würde ihr keiner glauben, sie hatte ja keine Beweise, die sie vorlegen konnte. Würde man glauben, was sie sagte, dann bräche in Europa Panik aus, die Leute würden sich zu Tode trampeln, um aus der Stadt herauszukommen. Doch wo sollten sie hin? Die umliegenden Wälder würden verbrennen, die Häuser würden einstürzen, es gab keinen sicheren Ort in Reichweite. Der Flughafen würde gestürmt werden, so dass gar keine Maschinen mehr starten konnten. Es kämen auch die nicht mehr raus, die ein Ticket hatten und sich noch rasch in Sicherheit bringen wollten.

„War es eigentlich fair gegenüber denen, die in den Städten bleiben mussten, dass einige Wissende oder Privilegierte flüchten konnten, und der Rest der Menschheit dem sicheren Tod geweiht war. Doch wären alle evakuiert worden, würden sie später verhungern, da es nicht genug Lebensmittelvorräte gab und die Landwirtschaft in den nächsten Jahren nichts produzieren konnte. Es war eine schreckliche und teuflische Auslese, die da gerade stattfand. Durfte sie zu den Überlebenden gehören, oder wäre es nicht besser, auch gleich zu sterben, statt dann langsam hier am

Altiplano in eisiger Kälte zu verhungern oder zu erfrieren", grübelte Vera.

Sie begann zu verzweifeln, die Lage war absolut hoffnungslos.

Doch dann kamen ihr diese seltsamen Zufälle in den Sinn: „Hätte Heinrich Rauhenstein sie nicht so vehement weggeschickt, hätte die Bombe auch sie zerrissen."

„Hätte Kurt sie nicht gewarnt, wäre sie in Wien geblieben und bald sicher tot."

„Wäre nicht das Marriott Taxi vor dem Flughafen von Lima gestanden, wären sie zulange am Flughafen geblieben, bis die Überwachungskameras sie gefunden hätten und sie verhaftet worden wäre."

„Wäre Maria nicht die Frau von Daniel, Vera würde als gesuchte Terroristin längst in einer peruanischen Gefängniszelle verkommen."

„Wäre Alfredo nicht gewesen, hätte sie keine sichere Internetverbindung zur Power of Family bekommen."

„Und wäre nicht Don Pedro", dachte sie weiter, „was wäre dann? Dann hätten sie nicht nach Puno fliehen müssen, da niemand Don Pedro erkannt hätte."

„Aber das gab alles keinen Sinn. Es sah zwar so aus, wie wenn alles irgendwie zusammenhing und das Schicksal oder das Universum sie direkt zu Don Pedro geführt hätte, aber wenn das Universum oder das Schicksal oder der Zufall jetzt die ganze Menschheit vernichten wollte, was ergab es noch für einen Sinn, dass sie jetzt Don Pedro kennengelernt hatte?"

„Ergab es einen Sinn, dass die Zivilisation jetzt untergehen würde? Gab es doch die Rache der Natur, die sich jetzt an den Menschen rächte, da die Menschen in ihrem Gewinnstreben die Natur so schamlos ausgebeutet und verwüstet hatten?"

„Aber bei so einem Impakt wurden doch auch die Natur und die Umwelt völlig zerstört. War hier blinder Zufall am Werk, der einfach eintrat, weil sich die Bahnen des Asteroiden und der Erde zufällig kreuzten?"

„Die Dinosaurier waren nicht schuld, dass der Asteroid damals vor fünfundsechzig Millionen Jahren einschlug und sie auslöschte. Oder stand gar ein göttlicher Plan dahinter, der die Dinosaurier auslöschte, da sie lange genug den Planeten beherrscht hatten und jeder Weiterentwicklung im Wege standen? Ohne das Aussterben der Dinosaurier hätte sich die heutige Menschheit nie entwickeln können."

„Und jetzt war die Menschheit in der Rolle der Dinosaurier und würde aussterben, um irgendeiner anderen Rasse in ferner Zukunft Platz zu machen. War das ihr Schicksal?"

*

„Hör auf, Trübsal zu blasen, wir haben zu tun", hörte sie hinter sich die Stimme Don Pedros.

Vera sah ihn groß an: „Was gibt es jetzt noch zu tun, wenn die Welt untergeht?"

„Mein Auftritt, hast du vergessen, was wir versprochen haben? Der muss noch stattfinden, bevor die Welt untergeht, und wer weiß, vielleicht haben sich die Astronomen ein wenig verrechnet und wir leben weiter", erklärte Don Pedro und lächelte dabei.

„Liegt dir wirklich so viel daran, den Leuten zu erzählen, wie sie leben sollten, wenn ihr Leben bald vorbei ist?", wollte Vera ungläubig wissen. „Du willst sie doch nicht etwa warnen und vom Impakt erzählen."

„Nein, das würde keinen Sinn machen, das gäbe nur viele zusätzliche Tote, wenn sich auf der Flucht in Panik alle gegenseitig niedertrampeln."

„Mir liegt gar nichts daran, aber den Menschen, die mich das erste Mal gesehen haben, denen liegt etwas daran. Und vielleicht müssen sich die Seelen der Menschen bald einen neuen Planeten suchen, da ist es von Vorteil, wenn sie friedlich und gefasst ihre irdische Existenz aufgeben, statt angsterfüllt und panisch."

„Du hast Nerven, wo sollen wir denn einen neuen Planeten finden?", war Vera fassungslos.

„Dazu braucht es eine kraftvolle und entschlossene Seelengruppe, die groß genug ist, auf einem neuen Planeten zu inkarnieren", erklärte Don Pedro ganz sachlich und ernst.

„Einer solchen Seelengruppe stehen ganz andere Wege offen, als sich unsere sogenannten Raumfahrer bei der NASA träumen lassen. Aber ich glaube, dass es gar nicht notwendig sein wird, ihr seht das alles viel zu schwarz. Du wirst sehen, ich bin da recht zuversichtlich, die Menschheit überlebt das."

War das jetzt der Wahnsinn eines alten Mannes, oder wusste Don Pedro etwas, das Vera nicht wusste.

„Wenn du meinst, dann machen wir den Auftritt, aber bitte mach du ihn allein, ich kann es nicht, ich würde mittendrin losheulen und erzählen, was los ist. Ich müsste immer dran denken, dass am anderen Ende der Leitung bald alle tot sein werden. So optimistisch kann ich nicht sein", seufzte Vera.

*

Doch Don Pedro war so optimistisch und scheuchte alle an die Arbeit.

Alfredo klemmte sich an die Tasten seines Notebooks und die anderen halfen mit, im Verkaufsraum eine Stelle freizubekommen, von der aus man senden konnte, ohne die alten Geräte zu sehen, die sich überall in den Regalen an der Wand stapelten.

Don Pedro hatte sich währenddessen zu einer kleinen Meditation in den hintersten Lagerraum zurückgezogen und wollte nicht gestört werden.

Kapitel 40

In Wien war es ungewöhnlich heiß für die Jahreszeit. Der Herbst hatte bisher keinerlei Abkühlung gebracht. Doch die Büros der POF sind klimatisiert, sodass es keine große Rolle spielte, wenn es draußen weit über dreißig Grad hatte.

Vor dem Büro brauste der Vormittagsverkehr vorbei und nichts in Wien deutete darauf hin, dass in wenigen Tagen alles anders sein würde. Alles nahm seinen gewohnten Gang.

Während draußen die Vormittagshitze brütete, saß Rüdiger Baumgartner in seinem Büro und hatte eben die Freigabe für den Online Stream für heute Abend erteilt. Er war neugierig, was dieser Don Pedro heute sagen würde.

*

Der letzte Videostream mit seinem Auftritt hatte alle Quoten des Senders gebrochen, so viele Zugriffe hatten sie noch nie gehabt. Seither waren die Zugriffe auf die Videothek nochmals explodiert. Es hatte keiner Werbung bedurft, aber alle wollten diesen Don Pedro sehen, von dem man nur wusste, dass er irgendwo in Peru lebte und besondere Fähigkeiten haben sollte. Warum Vera wegen dieses Gurus ihre Deckung gegenüber Interpol aufgegeben hatte, verstand er überhaupt nicht.

Denn Rüdiger Baumgartner glaubte nicht an Fähigkeiten von Gurus, er war durch und durch Materialist und hielt nichts von übernatürlichen Kräften. Doch wenn das Publikum es verlangte, dann würde er liefern. Ein Guru aus Südamerika, der den Menschen ins Gewissen redete und alle waren begeistert, was gab es Schöneres.

„Von dem Guru brauchen wir mehr Material", hatte er als Devise an alle ausgegeben.

„Das liegt jetzt voll im Trend, jetzt ist es egal, ob Vera international gesucht wird. Schlimmstenfalls wird sie verhaftet oder von der Polizei erschossen, Hauptsache, dem Guru passiert nichts", erklärte er im engsten Führungskreis des Senders.

Die anderen würden seine Meinung eher nicht teilen, da sie viel zu sehr Fans von Vera waren, aber das war einem

Rüdiger Baumgartner egal. Manchmal mussten eben auch gute Mitarbeiterinnen geopfert werden, wenn es die Quote wert war. Diesmal war sie es wert. Wenn man die Downstreams aus der Videothek und die online Klickrate zusammenrechnete, hatten sie mehr als acht Millionen Aufrufe gehabt. Das war absoluter Rekord, den sie nur Don Pedro verdankten. Gut, Vera hatte ihm Don Pedro geliefert, ohne Vera gäbe es keinen Don Pedro, musste er sich eingestehen. Er würde sich für Vera einsetzen, falls sie in Peru ins Gefängnis käme, nahm er sich vor. Er konnte dann zumindest mit dem österreichischen Botschafter in Peru sprechen. Viel mehr würde er von Wien aus nicht tun können.

*

Doch dann kam dieser Skype-Anruf herein. Rüdiger Baumgartner war überrascht, denn es war Vera, die über ihr eigenes Notebook mit ihrer eigenen Skype Adresse anrief. Wollte sie jetzt geortet werden, oder weshalb ließ sie jetzt jede Tarnung fallen, wunderte sich Rüdiger.

„Hallo Vera, nett dich wieder einmal live zu sehen", log Rüdiger freundlich lächelnd in die Kamera, „was gibt es, womit kann ich dir diesmal aus der Patsche helfen?"

„Aus meiner Patsche kannst du mir gar nicht helfen, aber die kümmert mich nicht mehr, Interpol kann mir gestohlen bleiben", erklärte eine selbstbewusste Vera am anderen Ende der Leitung. Vor Rüdiger würde sie sicher keine Schwäche zeigen, hatte sie sich vorgenommen. Wie es in ihrem Inneren aussah, ging ihn nichts an. Trotzdem tat er ihr leid, wenn sie daran dachte, dass Wien in wenigen Tagen nicht mehr stehen würde und er dann tot sei.

Rüdigers Mimik und Verhalten waren wie gewöhnlich. Das sagte Vera, dass er von den bevorstehenden Ereignissen echt keine Ahnung hatte. Rüdiger war ein schlechter Schauspieler und Vera wusste bei ihm immer, woran sie war.

So kam sie rasch zur Sache: „Ich weiß, die Zeit ist knapp, aber wir haben etwas vergessen, Don Pedro muss simultan gedolmetscht werden, er spricht zwar gut Deutsch, wird aber diesmal auf Spanisch sprechen, da die Zielgruppe wesentlich größer ist."

„Wozu denn das?", warf Rüdiger ein, „er soll auf Deutsch reden, so wie beim letzten Mal, wir bekommen sicher noch bessere Klickraten als beim ersten Auftritt. Wo soll ich jetzt so schnell einen Simultandolmetsch für Spanisch/Deutsch hernehmen?"

„Du verstehst nicht", erklärte Vera geduldig, wie man zu Kindern spricht, „Don Pedro tritt nur in Spanisch auf, das ist die Bedingung, und du bist bitte so freundlich und setzt ALLE Hebel in Bewegung, um die Dolmetscher bis heute Abend aufzutreiben. Denn wir brauchen neben Deutsch auch Englisch, Französisch, Italienisch und Russisch Dolmetscher."

„Seid ihr wahnsinnig geworden in Peru da unten? das wäre ja dann eine globale Übertragung", rief Rüdiger verdattert.

„Davon kannst du ausgehen, Chinesisch müssen wir weglassen, da die dort keinen freien Internetzugang haben und sowieso nichts empfangen können", erklärte Vera sachlich kühl.

„Was in drei Teufels Namen habt ihr vor? Das will ich wissen, bevor wir uns hier tödlich blamieren", rief Rüdiger aufgebracht.

„Don Pedro wird sprechen, du sollst nur die Simultandolmetscher bereitstellen, sonst nichts, den Rest besorgt die Internetcommunity, die bereits voll aktiv ist."

Dann nannte sie ihm einige Websites auf denen bereits Don Pedros neue Rede für heute Abend angekündigt wurde. Auf Facebook, Twitter und WhatsApp glühten ebenfalls bereits die Kanäle.

Rüder begann die Sache unheimlich zu werden, was hatte Vera da losgetreten: „Du machst mich fertig, die POF ist erledigt, wenn das ein Flop wird, falls Don Pedro Blödsinn sagt und danach im Shitstorm im Internet in der Luft zerrissen wird. Dann können wir den Sender dichtmachen."

„Ich will wissen, was er sagen wird, das musst du doch verstehen", rechtfertigte sich Rüdiger.

„Kann ich verstehen, dass du besorgt bist, aber nur Don Pedro weiß, was er sagen wird, du musst ihm einfach vertrauen, ich tue es ja auch", versuchte Vera die Kurve zu kriegen.

In Wahrheit war sie sich gar nicht sicher, ob Don Pedro selbst wusste, was er heute Abend sagen sollte.

So gingen die Argumente noch eine Weile hin und her, doch Vera blieb hart: „Entweder die Dolmetscher oder keine Rede von Don Pedro."

Sie setzte alles auf eine Karte und blieb stur, denn sie wusste, absagen konnte Rüdiger die Rede nicht, da das niemand verstanden hätte und alle gebannt auf die Fortsetzung warteten.

So kam es auch, Rüdiger versprach, alle Hebel in Bewegung zu setzen, um die Simultandolmetscher bis Abend zur Verfügung zu haben. Danach war die Skype-Konferenz rasch zu Ende.

*

Vera besprach sich mit Alfredo, der eben seine Ausrüstung in Betrieb setzte. Er wollte nicht auf die Umleitungen der Datenströme verzichten, obwohl ihm Vera klarmachte, dass die CIA jetzt wohl andere Sorgen hätte, als sie zu verfolgen.

„Kann schon sein, aber der Antiterroreinsatz bei Don Pedros Haus war schon echt. Bei der CIA weiß die Linke oft nicht, was die Rechte tut. Die Gruppe, die uns jagt, hat womöglich gar keine Informationen über den Impakt, die jagen uns vielleicht noch immer. Wir müssen vorsichtig sein", war sein Credo.

*

Dann war Don Pedro von seiner Meditation zurück. Er wirkte fröhlich und strahlte Zuversicht aus. Vera war rätselhaft, wo er seine Zuversicht hernahm. „Dachte er womöglich nur bis zu seinem Auftritt und verschwendete keinen Gedanken an die Tage danach?", wunderte sich Vera.

Die nächsten Stunden würden es zeigen, die Uhr schritt rasch voran und die Sendung war für zwanzig Uhr

Mitteleuropäischer Zeit geplant. In Peru war es da gerade dreizehn Uhr mittags.

Kapitel 41

Nun war Don Pedro auf Sendung. Alfredo Navarro und seine Freunde, denen das Elektrogeschäft gehörte, hatten ganze Arbeit geleistet. Don Pedro saß vor einem kleinen Tischchen mit einem Mikrophon und hatte hinter sich eine weiße Wand. Er blickte in die Videokamera, die Alfredo Navarro aufgebaut hatte und bediente.

Er sprach schon eine ganze Weile, hatte sich und sein Anliegen vorgestellt und sich bereits warm geredet. Das fiel ihm auf Spanisch bedeutend leichter. Rüdiger hatte es geschafft, die Simultandolmetscher aufzutreiben. Rüdiger beruhigte sich damit, dass die Tonkanäle auf den anderen Sprachen eben leer mitlaufen würden, da es doch nur deutschsprechende Zuseher geben würde. Jeder Internetuser konnte auf seinem Schirm anklicken, in welcher Sprache er Don Pedro hören wollte.

Vera beobachtete den Schirm ihres Notebooks, auf dem die Parameter der Übertragungssoftware angezeigt wurden. Der Balken, der die Reichweite anzeigte schoss immer weiter nach oben und hatte schon drei Mal die Skala gewechselt. Vera deutete fünf Finger zu Don Pedro und meinte damit fünf Millionen User, die seine Rede im Internet via Videostream live verfolgten. Der Balken stieg von Sekunde zu Sekunde weiter nach oben. Der spanische und der englische Balken explodierten nahezu. Aber auch der französische und der italienische Balken kamen langsam in den sichtbaren Bereich. Nur der russische Balken war noch unten.

*

„Seid ihr bereit, Verantwortung zu übernehmen? Verantwortung für diesen Planeten, für unsere Erde? Pacha Mama, wie wir sie hier nennen, Schwester Mutter Erde, wie der Heilige Franz von Assisi sie nennt. Gaia, wie andere sie nennen, aber wir reden immer vom Selben, dem Planeten, der unser Zuhause ist, und der wie eine blau schimmernde Perle im Weltraum schwebt."

Hinter Don Pedro wurde ein Video an die Wand projiziert, das die Erde im Großformat vom Weltraum aus zeigte. Das hatte Vera von der NASA besorgt. Dann zoomte sie das Bild zurück und die Erde wurde immer kleiner, bis der Mond am Rand des Bildes als winzige gelbe Kugel auftauchte, welche der winzigen blauen Kugel der Erde am anderen Ende des Bildes gegenüberstand.

„Verantwortung zu übernehmen heißt, auf den ganzen Planeten zu achten, und auf alles, was ihn umgibt. Wir wissen, dass alles zusammenhängt. Die Strahlen von der Sonne, die das Leben auf der Erde hier erst erlauben. Ohne sie wäre hier alles zu Eis erstarrt. Strahlt die Sonne zu stark, ändert sich das Klima und die Polkappen schmelzen, der Meeresspiegel steigt. Dasselbe passiert, wenn alle Wälder abgeholzt werden, und die kühle Luft des Waldes nicht mehr existiert, sondern sich stattdessen heiße Savanne ausbreitet, oder endlose Agrarwüsten in der Sonne verdorren."

„Erkennt, dass der Mensch auf diesem Planten keine Feinde hat, die er fürchten muss. Mit einer einzigen Ausnahme, sich selbst. Denn wir selbst können uns gegenseitig vernichten und dann bleiben hier auf dem Planeten nur ein paar Ruinen, die von den Pflanzen bald überwuchert sein werden."

„Das wollen wir nicht, das wollt ihr nicht, das will ich nicht, das will niemand, und trotzdem wird es passieren, wenn wir uns davor fürchten."

„Alle reden ständig vom Untergang, bis der Untergang unausweichlich geworden ist, denn ihr habt die Kraft euer Schicksal selbst zu bestimmen. Und wenn ihr den Untergang wählt, werdet ihr den Untergang bekommen, denn die Angst vor dem Untergang zieht den Untergang an."

„Jeder Mensch ist ein machtvolles Wesen, dessen feine Schwingungen weit über den sichtbaren materiellen Körper des einzelnen Menschen hinausreichen, und die Wirkung auf seine Umwelt haben."

„Wie das geht, werde ich euch jetzt zeigen, denn wir wollen den Planeten und damit uns retten und die Verantwortung für den Planeten übernehmen. Nur die Menschen gemeinsam können das. Ich will euch den Weg zeigen."

*

Vera deutete mehrfach mit allen zehn Fingern, der Balken zeigte ihr schon fünfundzwanzig Millionen User an, und noch war kein Ende in Sicht, da TV Stationen auf der ganzen Erde begonnen hatten, ihre Internetkanäle auf die Übertragung der winzigen Sendezentrale der Power of

Family in Wien zu richten. Auch einzelne Fernsehkanäle schalteten sich plötzlich zu, indem sie ihr Programm unterbrachen und eine Sondersendung von Don Pedros Rede ausstrahlten.

Die Leitungen waren an der Lastgrenze und ständig wurden weitere Netze angedockt. Die Information über Don Pedros Rede verbreitete sich im Internet rasend schnell und immer mehr Menschen schalteten sich zu, sodass weitere Serverfarmen die Übertragung übernahmen und weitergaben. Das alles passiert, ohne dass jemand wusste, wo auf diesem Planeten Don Pedro genau saß. Die Signale schienen direkt aus dem CERN in Genf zu kommen, dort konnte aber keiner sagen, woher die Signale kamen. Auch dort saßen mittlerweile alle vor den Monitoren und hörten, was Don Pedro zu sagen hatte.

Es war, wie wenn die Verantwortlichen in allen Medien simultan erkannt hätten, dass diese Rede unbedingt gesendet werden musste. So etwas hatte es auf diesem Planeten noch nie gegeben.

*

In der CIA Zentrale in Langley war die Rede denen, die sie hören konnten, gar nicht recht. Sie ärgerten sich, dass sie die Rede nicht abschalten konnten. Aber es war sowieso egal. Dieser Don Pedro konnte den drohenden Impakt auch nicht aufhalten. Das Internet konnte auch von der CIA nicht global abgeschaltet werden. Also ließen sie die Rede weiterlaufen und das Stromnetz der USA ohne Abschaltung. Da die US Bürger so dumm nicht waren und die Rede später über andere Kanäle bekämen, falls es in den USA plötzlich einen totalen Stromausfall gäbe. Die CIA musste klein beigeben, aber nur vorerst, denn sie würden diesen Don Pedro schon finden und ausschalten, da war sich Jo Gruner, sicher.

*

„Ich zeige euch jetzt geistig ein paar Bilder", begann Don Pedro. „Konzentriert euch auf eine Blumenwiese, schließt die Augen und stellt sie euch ganz intensiv vor. Stellt euch den Duft und die Schönheit der Wiese vor, die Insekten, die darin leben und alles Getier, das darin lebt. Lieben wir diese Wiese und spüren wir, dass sie Teil des Planeten ist und jedes Jahr aufs Neue erblühen wird."

„Stellt euch einen Wald vor, wie in der schattigen Kühle der Bäume die Tiere Schutz und Geborgenheit finden, und wie ihr als Wanderer zu einer kühlen Quelle kommt und euren Durst daran stillen könnt."

So brachte Don Pedro ein Bild nach dem anderen. Es ging in die Savanne, den tropischen Urwald, auf die schneebedeckten Berge und auf ferne Gletscherlandschaften.

Er zeigte Ozeane und Seen, Wüstengebiete und fruchtbare Ebenen, wo die Bauern die Lebensgrundlagen der Menschen erarbeiteten.

Dann ging es in die großen Städte, wo Millionen und Abermillionen Menschen leben und arbeiten. Auch diese sind Teil des Planeten und liebenswert und wert, geschützt zu werden.

Don Pedro hatte die Augen beinahe ganz geschlossen und Vera sah seine Aura golden leuchten. Die Energie im Raum war gewaltig angestiegen, denn die Aufmerksamkeit von Millionen von Menschen war auf ihn gerichtet. Vera spürte ein Kraftfeld, das so mächtig war, wie sie es noch nie gespürt hatte.

Es war die Kraft der Gedanken, die immer stärker wurde und noch weiter anstieg, je länger die Rede von Don Pedro dauerte.

*

Vera dachte, das Haus müsse glühen, so intensiv vernahm sie die Kraft der Gedanken, die sich immer mehr zu synchronisieren begannen und immer mehr zu einem einzigen Gedanken zu verschmelzen schienen.

Ihr war, wie wenn sie durch Don Pedros leuchtendes Gesicht hindurch bis zur Wand hinter ihm sehen konnte. Die Videopräsentation war längst vorbei, nur mehr die Kraft seiner Worte wirkte und gegenüber der weißen Wand hinter ihm zeichnete sich seine Aura so deutlich ab, dass Vera sie auch am Kontrollmonitor bereits sehen konnte. Das bedeutete, dass Millionen Menschen sie ebenfalls auf ihren Bildschirmen sehen konnten. So etwas hatte es noch nie gegeben. Das war erstmalig in der Geschichte des Fernsehens und des Internets.

Als Vera wieder auf den Balken der Useranzahl blickte, dachte sie, das Gerät sei abgestürzt, es war nur mehr eine gelbe Fläche zu sehen, die Balken füllten das ganze Diagramm aus, und darunter stand die Zahl fünfundsiebzig Millionen und der Zähler raste immer noch ständig nach oben. Auch der russische Balken begann jetzt nach oben zu rasen.

Vera war es ein Rätsel, wie die paar wenigen Techniker das hinbekommen hatten, dass bereits mehr als fünfundsiebzig Millionen Leute weltweit gleichzeitig im Netz der Rede von Don Pedro zuhören konnten.

*

Die Leute hörten nicht nur zu, sie waren hoch konzentriert bei der Sache und visualisierten die Bilder Don Pedros. Dieser war in seiner Rede schon weitergekommen.

„Wir fühlen uns eins miteinander, jeder und jede die vor den Geräten sitzen und alle gemeinsam. Ich kann spüren, wie ihr wollt, dass es dem Planeten gutgeht und dass es dann auch euch gut gehen wird. Auch die Mutter Erde, Pacha Mama, liebt euch, ihr seid geliebte Kinder des Universums, die sich ihrer Kraft nun bewusstwerden, und die jetzt die Kraft haben, den Planeten und somit sich selbst zu retten."

„Verbindet euch alle im Zeichen der Liebe und der Vergebung. Vergesst, was immer Böses in der Vergangenheit passiert ist, wer wem was angetan hat. Das alles ist unwichtig, verzeiht einander, dann ist allen verziehen, denn nur ihr könnt einander verzeihen, sonst niemand."

*

Vera war es, wie wenn Don Pedro bereits schwerelos über seinem Sessel schwebte. Sie meinte, von der Seite sehen zu können, wie er die Sitzfläche des Sessels gar nicht mehr berührte.

Die Zuseher konnten das nicht sehen, da der Tisch dazwischen war. Die Zuseher sahen nur die hellglänzende weißgoldene Aura und würden glauben, das sei ein technischer Trick der Redaktion, um die Wirkung von Don Pedro zu erhöhen.

Nur Vera, Alfredo Navarro und Henry, der auch danebenstand, wussten, dass dem nicht so war, da sie es in Echt erleben durften. Der ganze Raum leuchtete für Vera in den schönsten Farben, die sie hier im Diesseits noch nie gesehen hatte und die weit mehr waren als das schmale Spektrum des Regenbogens.

*

„Wir umarmen Gaya, die Mutter Erde, Pacha Mama, und wenn ich die Arme hebe, dann senden wir ihr einen gemeinsamen Impuls der Liebe, denn ich liebe euch und ihr liebt einander und wir alle bilden gemeinsam einen gewaltigen Schutzmantel um uns und um die ganze Erde", sprach Don Pedro mit leiser Stimme, aber mit solch kraftvoller Schwingung, dass bis in den entferntesten Winkel der Erde jeder Zuseher intuitiv verstand, dass hier Großes geschah.

*

Die Rede Don Pedros hatte ihren Weg auch ins Weltjugendlager nach Cusco gefunden und die Verantwortlichen hatten die Tragweite der Rede rasch erkannt, und Don Pedro auf die Großleinwände geschalten, die für die Papstansprache am nächsten Tag schon vorbereitet waren. Hunderttausende Jugendliche waren somit live im Bild und mit Don Pedro vereint.

In den USA war noch Arbeitszeit und es standen ganze Belegschaften der Großraumbüros vor den Bildschirmen derjenigen Mitarbeiter, die Don Pedros Rede illegal während der Arbeitszeit aufgerufen hatten und sahen gebannt zu.

Alle machten mit, und Vera sah auf ihrem Bildschirm mit den Balken nicht, dass sich vor vielen Endgeräten bereits ganze Trauben von Menschen versammelt hatten und in Wahrheit bereits mehr als hundertfünfzig Millionen Menschen die Rede hörten und gerade begannen Eins zu werden.

*

Don Pedro hob die Arme und Vera spürte, wie eine Welle der Liebe durch das Haus und durch sie alle hindurch raste. Es fühlte sich an wie ein Erdbeben, aber die Erde bebte nicht, es bebten die Seelen.

Vera sah auf ihre Armbanduhr, es war exakt 14:38 Ortszeit Peru.

*

Bald würden sie es alle wissen, ob Don Pedro der Menschheit hiermit den Abschlusssegen gegeben hatte, und sie alle vom Asteroiden von der Oberfläche des Planeten gefegt würden, oder ob die Kraft der Menschen gereicht hatte, den Planeten zu retten. Noch war Vera ganz euphorisch von der Kraft der Energie, die sie eben verspürt hatte. Der Raum glühte immer noch, aber ihr analytischer Verstand sagte ihr, das sei wohl der letzte Kraftakt der Menschheit gewesen und Don Pedro habe alle bereits auf das Jenseits vorbereitet, der Menschheit die Absolution erteilt, und morgen käme der Untergang mit dem Impakt.

*

Ganz anders hatten Rüdiger Baumgartner und Kay Uwe Andersen, der Cheftechniker des Senders die Sendung empfunden. Kay Uwe Andersen war noch während der Rede von Don Pedro in das Büro von Rüdiger Baumgartner gestürmt und hatte gerufen: „Wir schreiben Geschichte, das hat es noch nie gegeben. Die Power of Family, unser kleiner Privatkanal, erreicht mit einem Auftritt mehr als siebzig Millionen Menschen, sagt die Auswertung, und wenn bei einem Gerät mehrere beisammenstehen, waren es sicher noch mehr."

„Dieser Don Pedro ist unbezahlbar", jubilierte Rüdiger Baumgartner, „hast du schon Auswertungen über die Kommentare im Internet."

„Teilweise", musste Kay Uwe zugeben, „die Flut an Likes war so groß, dass unser kleiner Server zusammengebrochen ist. Für diesen Don Pedro hätten wir die Kapazitäten vom YouTube-Rechenzentrum gebraucht."

„Wieso hat dann die Übertragung so gut geklappt? Da war nicht mal ein Ruckeln zu sehen, wenn ich auf andere Kanäle geswitcht bin und auch dort Don Pedro gesehen habe", wollte Rüdiger wissen.

„Weil einige tausend Techniker von unzähligen Stationen ohne Auftrag aus dem Stehgreif einfach das Richtige getan haben, sie haben das Copyright ignoriert, sie haben ihre Kompetenzen überschritten und sie haben ihn überallhin durchgeschalten, die meisten ohne Auftrag ihrer Chefs. So eine spontane Zusammenarbeit hat es bisher noch nie gegeben. Und die Chefs dürfen die Zeche bezahlen, denn die Rechte an der Rede von Don Pedro liegen doch wohl bei

uns. Und was zahlen wir diesem Don Pedro eigentlich?",
wollte Kay Uwe wissen.

Da musste Rüdiger plötzlich schlucken und an das
denken, was Vera mit ihm ausgemacht hatte: „Nichts, er
wollte nur die Sendezeit, sonst gar nichts."

„Und hoffentlich war Vera so intelligent und hat einen
Vertrag mit ihm gemacht", dachte sich Rüdiger, wollte
diesen Punkt aber nicht mit Kay Uwe besprechen. Das hätte
er mit Vera vorher klären müssen, hatte es aber vergessen.
Er hatte sich umsonst vor einem Flop gefürchtet und den
Erfolgsfall nicht durchgedacht. Dafür könnte er sich jetzt
ohrfeigen. Das wollte er aber Kay Uwe nicht auf die Nase
binden.

„Und jetzt könnten wir ihn nicht mehr bezahlen, denn
nach diesem Auftritt könnte er überall auf der Welt mehr
bekommen, als unser ganzer Sender wert ist. Wir werden
uns Don Pedro nicht leisten können, wenn er Geld verlangen
sollte", resignierte Rüdiger, der immer in Geld und Zahlen
denken musste, und der nicht mitbekommen hatte, was Don
Pedro eigentlich gesagt hatte.

„Aber Vera hat ihn umsonst bekommen, vergiss das
nicht", warf Kay Uwe ein. „Mich würde interessieren, wie
sie das geschafft hat. Und vergiss nicht, das ist alles Veras
Verdienst."

„Ich weiß", seufzte Rüdiger, „damit hat sie mich jetzt
voll in der Hand, morgen Früh wird dieser Auftritt in allen
Medien des Landes für Schlagzeilen sorgen", meinte
Rüdiger. Doch wieder einmal irrte er sich gewaltig.

Kapitel 42

George Michaelson und Samuel Schneider saßen an ihren Computern im Caltech und verfolgten seit Tagen die Bahn des Asteroiden X 99, die sie über das Subaru Teleskop in Hawaii gut verfolgen konnten. Im Caltech wusste niemand von ihrem Tun Bescheid. Sie waren der Regierung verpflichtet, die das Überleben der Vereinigten Staaten sicherstellen wollte. Eine Evakuierung der Menschen war schlichtweg nicht möglich, da es nicht genug Platz und Lebensmittel für alle für die nächsten zehn Jahre geben würde. George und Samuel hatten Tickets für sich und ihre Familien zum letzten möglichen Zeitpunkt vor dem Impakt nach Denver in der Tasche. Sie würden im letzten Flieger sitzen, der Los Angeles verlassen würde, soviel stand für sie fest. Bis dahin wollten sie an ihrem Arbeitsplatz ausharren und die Daten der Asteroidenbahn an die Regierung durchgeben.

Nichts hatte sich seit Tagen verändert. Sie berechneten den Kreuzungspunkt der Bahnen immer wieder aufs Neue. Die Genauigkeit der Bahnberechnungen nahm ständig zu. Das änderte aber nichts an der Tatsache, dass der Asteroid in gut sechsunddreißig Stunden hundert Kilometer vor der Südspitze Grönlands in den Atlantik krachen würde.

George Michaelson und Samuel Schneider waren ernstzunehmende Wissenschaftler, die immer kühl und sachlich blieben, aber dieses Ereignis, welches das Ende der Zivilisation, in der sie seit ihrer Geburt lebten, einleitete, machte ihnen zu schaffen. Beide glaubten nicht an Gott, und wenn sie es getan hätten, dann würden sie ihn wohl jetzt verfluchen, da er solches Unheil über die Menschen brachte.

Durch einen dieser seltsamen Zufälle war Samuel Schneider im Internet auf die Rede Don Pedros gestoßen. Diese hatte ihn fasziniert, auch wenn er damit nicht viel anfangen konnte. Irgendwie hatte er den Eindruck, als wüsste dieser Don Pedro genau, was auf die Menschen zukäme.

Er war erst in der Mitte der Rede eingestiegen und dann stand George Michaelson aufgeregt neben ihm und beide lauschten fasziniert den Worten Don Pedros.

Als Don Pedro die Arme hob, sah Samuel Schneider auf die Bildschirmuhr und las 12:38 Westküstenortszeit.

„Sollte man sich fast merken", sagte sein Wissenschaftlerinstinkt, „Wird zwar nichts ändern, war aber ein netter Versuch, die Erde zu retten."

*

Auf der anderen Seite des Kontinents in Langley hatten nur mehr wenige einen Kopf für die Vorgänge um Vera Rauhenstein, denn Langley wurde evakuiert. Nur dem Direktor Jo Gruner ging die Rede nicht aus dem Kopf. Woher wusste dieser Don Pedro so viel. Ihm schien, dass Don Pedro Bescheid wusste, aber nichts Genaues sagte. Der Mann war für die Zukunft gefährlich, doch im Moment hatten sie hier andere Sorgen. Sie mussten binnen Stunden evakuieren.

Denn sollten die Vereinigten Staaten überleben, so würden sie die CIA in Zukunft mehr denn je brauchen. Daher war in letzter Minute entschieden worden, einige

Hercules Transporter zu schicken und die wichtigsten Akten und Festplatten nach Denver zu evakuieren. Die Mitarbeiter der Zentrale wurden einfach verladen und abtransportiert. Sie wussten nichts Genaueres über die Hintergründe, die meisten dachten, ein Atomkrieg stünde unmittelbar bevor und fügten sich in ihr Schicksal, Befehlen einfach zu gehorchen, ohne lange nachzufragen.

Die Wissenden hatten ihre Kids bereits in Jugendcamps in die Rockies geschickt. Die Kids hatten keine Ahnung, warum es mitten im Schuljahr plötzlich diese Camps gab. Ihnen wurde gesagt, dies seien Spontancamps, in denen Unerwartetes geschehen werde, mit dem Ziel, die Besten auszuwählen, die dann besondere Möglichkeiten in ihrer Ausbildung bekämen.

Keines der Kids dachte, dass sie ihre Eltern, die an der Ostküste blieben, nie wiedersehen würden. Denn die wenigsten Eltern waren bei der CIA und wussten Bescheid. Die meisten glaubten das Märchen der Spontancamps und freuten sich, dass ihre Kinder so eine Chance bekämen.

Kapitel 43 – Tag 1

Der Auftritt von Don Pedro wurde von den anderen österreichischen Medien in den Morgennachrichten nicht so bewertet, wie bei der POF, da die Klickraten des Videostreams den anderen Medien nicht bekannt waren.

So gab es bloß Meldungen auf den Kulturseiten, oder im Feuilleton und den Kommentarseiten, wo sich einige Meinungsmacher darüber ausließen, dass bei der POF jetzt schon südamerikanische Prediger zum Einsatz kämen, die wohl dazu gedacht wären, Vera Rauhensteins Unschuld zu beweisen. Sie solle sich endlich der Polizei stellen und mit ihrem peruanischen Versteckspiel aufhören, meinte die Mehrheit der Kommentatoren. Nur wenige gingen auf den Inhalt der Rede von Don Pedro ein, und schrieben von einem neuen Umweltapostel aus Südamerika.

Das gewaltige Echo würde wohl erst dann kommen, wenn die Kommentare aus dem Europäischen Ausland zu Don Pedro erscheinen würden. Dann würden sich die meisten österreichischen Journalisten sehr wundern, wieso im Ausland jeder Bescheid darüber wusste, was Don Pedro gesagt hatte, während sie es ignoriert hatten aus dem einfachen Grund, weil sie die Webplattform Power of Family nicht leiden konnten.

*

Doch dann kam alles ganz anders und die Meldungen überschlugen sich. Von wo die erste Meldung hergekommen war, konnte keiner sagen, doch sie verbreitete sich wie von selbst in Windeseile. Plötzlich wussten es alle Redaktionen und die Privatradios sendeten die Meldung als erste, ohne zu wissen, ob sie nicht doch Fake News aufsaßen:

„Schlägt morgen ein Asteroid in den Atlantik ein?"

Plötzlich gab es Sondersendungen und alle Zeitungen mussten in ihren online Ausgaben ebenfalls berichten.

Hintergrundrecherchen der Journalisten ergaben sehr schnell, dass die gesamte Bundesregierung in Alpbach zu Arbeitsgesprächen weilte, die deutsche Bundeskanzlerin einen Kurzbesuch beim amerikanischen Präsidenten eingeschoben hatte, der sich zufälligerweise in Denver auf einem Atomwaffenstützpunkt aufhielt.

Weitere Recherchen ergaben, dass auch der französische Präsident in den französischen Alpen weilte und eigentlich alle Regierungschefs, deren Büros sie kontaktieren wollten, irgendwo auf Dienstreise waren. In Brüssel herrschte im EU-Viertel gähnende Leere. Dutzende höchste Beamte hatten sich für ein paar Tage Urlaub genommen und waren nicht erreichbar.

Als Rüdiger Baumgartner die Meldungen der Austria Presseagentur um elf Uhr vormittags überflog, wurde er von Meldung zu Meldung blasser.

Faktisch alle europäischen Medien berichteten über diesen angeblichen Asteroiden, der bald im Nordatlantik einschlagen sollte, es gäbe aber keine Beweise. Es war aber mehr als seltsam, dass sämtliche Regierungschefs irgendwo anders waren. Schließlich war September und die Urlaubszeit war vorbei. Investigative Journalisten hatten in kürzester Zeit herausgefunden, dass auch die Familien der Politiker nicht dort waren, wo sie sein sollten. Die Kinder fehlten unentschuldigt in der Schule, oder manche hatte sich frei geben lassen.

In den Sozialen Medien begann die Wut hoch zu kochen. „Politiker können es sich richten, die sind in Sicherheit, wenn der Komet kommt", hieß es. Die Rate der Beschimpfungen, Todesdrohungen und Verwünschungen erreichte neue Rekorde.

Das Staatsfernsehen versuchte zu kalmieren, es fehle an Beweisen, und am Himmel sei nichts zu sehen. Falls es wirklich zu einem Einschlag im Atlantik käme, dann sei mit Tsunamis an den Küsten zu rechnen, die europäischen und amerikanischen Küstenbewohner sollten sich für diesen Fall einige Kilometer ins Landesinnere begeben. Doch die Wahrscheinlichkeit, dass dies überhaupt eintrete, sei sehr gering, nur eins zu Hundertsechzigmillionen, wie ein Wissenschaftler dem Fernsehpublikum in der Mittagsnachrichtensendung erklärte.

Dann ließ ein Unbekannter aus Georgien, der bis vor kurzem noch Leibwächter gewesen war, die wahre Bombe platzen:

„Der Asteroid, der morgen vor Grönland einschlagen wird, ist acht Kilometer groß. So einer hat die Dinosaurier ausgelöscht."

Diese Meldung kam gar nicht mehr bis in die Zeitungen, sie verbreitete sich über die sozialen Medien binnen Minuten über den ganzen Globus.

*

An der Ostküste der USA war es sieben Uhr morgens und die Panik brach aus. Hunderttausende hämmerten noch ihre Angst in ihre Smartphones, während sie bereits ihre wichtigsten Habseligkeiten zusammenrafften, um ihre Autos zu starten. Jeder wusste, er musste unter den ersten sein, die von der Küste wegkämen, denn die nächsten würden alle Straßen hoffnungslos verstopfen und dann käme niemand mehr weg.

Wer jetzt einen Flug buchen wollte, musste entsetzt feststellen, dass alle Flüge ausgebucht waren und gar niemand mehr buchen konnte.

Auf die Highways kamen nur mehr die, die auf alles Gepäck verzichtet hatten, die anderen standen Stunden später in hoffnungslos verstopften Straßen, über denen Militärhubschrauber kreisten.

*

In Europa hatte man die erste Meldung über den Impakt nicht so recht geglaubt. Es tobte zwar ein Shitstorm durch die Medien, die Telefone glühten, aber an Flucht dachte kaum jemand. „Europa sei sicher, was soll schon passieren, die europäischen Küsten sind nicht so flach, wie die amerikanische Ostküste", dachten die Menschen.

Doch nach der zweiten Meldung war alles anders, nun begann sich auch hier Panik zu verbreiten.

Die Dänen und die Norddeutschen wussten, wie flach ihre Gegend ist. Ist doch der höchste Berg Dänemarks bloß hundertsiebzig Meter hoch. Ganz Südschweden und Norddeutschland sind so flach wie Tortenteller. Ein gewaltiger Tsunami mit einer hundert Meter hohen Flutwelle könnte dort hunderte Kilometer tief ins Landesinnere vordringen. Ein acht Kilometer Brocken würde mehr als einen Tsunami auslösen, das begriffen viele. Der würde den ganzen Ozean über Europa schütten.

So packten viele ihre Koffer und begannen nach Süden zu fliehen, was bald zu Verkehrsinfarkten in Kopenhagen, Hamburg, Malmö und allen anderen Städten der Region führte. Der Verkehr stand still, nichts ging mehr. Die Leute wurden panisch. Intelligentere hatten sich noch rasch ein Ticket für den ICE nach München gesichert, denn der fuhr noch fahrplanmäßig.

Am Bahnstein wurde den Reisenden dann erklärt, nur wer sein Gepäck zurücklasse, dürfe mit, denn es würden mehr Leute im Zug sein als üblich. Die Leute drängten in die Wagen, bis der letzte Stehplatz in den Gängen gefüllt war. Am Bahnsteig patrouillierte schwer bewaffnete Polizei, um für einen Rest an Ordnung zu sorgen.

Vor dem Hamburger Hauptbahnhof war die Ordnung längst zusammengebrochen, die Leute prügelten sich und drängten sich gewaltsam nach vorne, um ins Innere zu kommen. Rabiate Südländer versuchten sich mit Einsatz ihrer Messer den Weg freizustechen. Die Polizei gab erste scharfe Warnschüsse ab, doch bald würde der Mob den Bahnhof stürmen und dann könnte auch kein Zug mehr abfahren.

Von einer geordneten Evakuierung der Stadt war weit und breit nichts zu bemerken. Die Warnungen und Anweisungen der Oberbürgermeisterin, die in Endlosschleife im Radio, im Fernsehen und im Internet wiederholt wurden, ignorierten die Leute völlig. Jeder wollte nur mehr weg, und das so schnell wie möglich.

*

In Wien war noch vor Bekanntwerden der zweiten Meldung plötzlich überall auf den Straßen Polizei zu sehen. Keine Verkehrspolizisten, sondern Einheiten der Alarmabteilung mit schwerer Ausrüstung und scharfen Waffen wurden in Mannschaftstransportern zu den neuralgischen Verkehrsknotenpunkten gebracht und gingen dort in Position. Es sollte Unruhen vorgebeugt werden, bevor diese überhaupt begonnen hatten. Im Innenministerium mussten sie mehr wissen, als sie zugaben.

Als die Größe des Asteroiden bekannt wurde, gab es auch in Österreich kein Halten mehr. Die Leute verließen ihre Arbeitsplätze und wollten nach Hause zu ihren Kindern, um mit ihnen in die Berge zu fliehen.

Plötzlich gab der Staatssender Empfehlungen ab. Eine Sondersendung jagte die nächste, Experten kamen zu Wort, Lokalpolitiker mahnten zu Ruhe und Besonnenheit: „Es solle bitte schön keiner in Panik verfallen, die Flutwelle könne Österreich nicht erreichen, das stünde fest."

Doch ein kontinentaler Stromausfall sei zu erwarten, warnten die Experten. Jeder solle sich mit haltbaren Lebensmitteln und Trinkwasser eindecken.

Warum nicht früher gewarnt worden war, wollten viele wissen. Es kam zu Spontandemos auf der Ringstraße. Die Regierung sei schuld, dass keiner etwas gewusst hat, schrie eine immer wütender werdende Menge, bis der Mob draufkam, dass er nichts zu essen haben würde, wenn er jetzt nicht schnell Vorräte anlegte. Doch es war zu spät, die Supermärkte wurden bereits hoffnungslos geplündert. Die Leute nahmen alles, was sie in die Finger bekamen, auch Tiefkühlprodukte wurden kistenweise von türkischen und serbischen Einwanderern weggeschleppt. Sie hatten nicht mitbekommen, dass es bald keinen Strom mehr für ihre Kühlgeräte geben würde.

*

In der Redaktion der POF standen alle, die noch nicht geflohen waren, in Gruppen zusammen und diskutierten die

Ereignisse. Es waren die Singles, die keine Familie hatten, die noch hier waren.

„Der Impakt zerstört das Stromnetz, dann ist unsere Technik Geschichte und unser Job unmöglich", erklärte ein junger Techniker.

„Wir werden alle verhungern, aber bevor es soweit ist, hänge ich mich auf", kreischte eine junge Sekretärin auf, als sie gerade die Nerven wegschmiss.

„Wenn es nichts mehr zu essen gibt, werden die Flüchtlinge, die wir aus Afrika hereingelassen haben, zu Kannibalen, wir müssen uns rasch bewaffnen", brüllte ein älterer Redakteur.

„Alles zu spät, lasst uns in Würde sterben", erklärte Rüdiger Baumgartner, als er gelassen den Raum betrat.

„Einen acht Kilometer Brocken überlebt die Menschheit nicht, uns wird es gehen, wie den Dinosauriern, die Menschheit wird aussterben."

„Da schau mal," rief eine junge Angestellte und deutete auf ihren Flachbildschirm. Dort lief eben die Internetausgabe des Staatsfernsehens. Es war der Bundeskanzler zu sehen, wie er eben eine Rede aus Alpbach hielt.

*

Zuerst trat der den Gerüchten entgegen, die Regierung habe schon früher über die Katastrophe Bescheid gewusst, dann versuchte er die Bevölkerung zu beruhigen und sprach von einer ernsten, aber bewältigbaren Situation. Dann bat er die Menschen, Ruhe zu bewahren, Panik könne mehr Schaden anrichten als besonnenes Handeln. Wer die

Situation für Plünderungen und Straftaten ausnützte, würde streng bestraft werden. Denn sollte der Asteroid morgen tatsächlich einschlagen, gelten die Notstandsgesetzte und das Kriegsrecht. Anders könne die Ordnung im Lande nicht aufrechterhalten werden.

Zu dieser Zeit brannten bereits die ersten Geschäfte und Autos in Wien. Zehntausende zogen plündernd von Supermarkt zu Supermarkt, um noch zu bekommen, was sie tragen konnten. Die Sondereinheiten mussten von der Schusswaffe Gebrauch machen, da sie von Plünderern attackiert wurden. Serbische und tschetschenische Banden wollten der Polizei die Waffen gewaltsam wegnehmen, um im Chaos der nächsten Tage im Vorteil zu sein und sich mit Waffengewalt alles Nötige sichern zu können.

Die Sondereinheiten, zahlenmäßig unterlegen, mussten sich daher gegen die Plünderer mit scharfer Waffe zur Wehr setzen. Damit hatten diese nicht gerechnet und bald lagen dutzende Tote in den Straßen Wiens.

Gleichzeitig flohen hunderttausende Wiener hinaus aufs offene Land und in höher gelegene Gebiete ins Waldviertel, das stellenweise über tausend Meter hoch liegt.

Im Staatsfernsehen hatten sie einen Krisen-Newsroom eingerichtet und wollten in den nächsten Tagen rund um die Uhr senden, solange, bis die Tanks der Notstromaggregate leer waren. Wenn es dann keinen Dieselnachschub mehr gab, wäre auch der Staatssender am Ende seiner Lebensdauer angekommen.

Kapitel 44

Die Fahrt war halsbrecherisch und Otto musste höllisch aufpassen, keinen Frontalzusammenstoß zu riskieren.

Sie fuhren in Dmytros komfortablem Geländewagen die internationale Fernstraße E 60 von Tiflis nach Poti, die über weite Strecken entlang des Flusslaufes der Zirula führte. Luftlinie waren es nur zweihundertsiebzig Kilometer, aber die Straße folgte dem geschlungenen Flusslauf und so waren mehr als dreihundertzwanzig Kilometer zu fahren, die normalerweise in knapp fünf Stunden zu bewältigen wären.

Doch nun waren überall russische Kontrollen und daher waren sie bereits den zweiten Tag unterwegs. An den Kontrollen gab es jedes Mal Stau und Soldaten, die Papiere sehen wollten. Sie zeigten unbekümmert ihre Originaldokumente und niemandem fiel es auf, dass Otto international gesucht wurde. Bei den ersten Kontrollen waren sie noch nervös gewesen, dann aber hatten sie bemerkt, dass die Soldaten gar nicht richtig die Papiere ansahen, sie wirkten allesamt seltsam apathisch.

Die Nacht hatten sie in Zestaponi, einem kleinen Nest auf der Strecke von Tiflis nach Poti, verbringen müssen.

Doch dann, zirka fünfzig Kilometer vor Poti waren sie plötzlich allein auf der Straße. Keine Autos kamen ihnen entgegen und vor und hinter ihnen fuhr auch niemand.

Der Grund war, sie hatten die Hauptstrecke, die nördlich nach Russland führte, verlassen und befanden sich auf der Stichstraße, die direkt nach Poti führte. Die Gegend schien bereits verlassen zu sein.

Bei einer kurzen Pinkelpause verfasste Otto sein Testament, in dem er alles an Vermögen zu gleichen Teilen Vera und Henry vermachte. Er tippte das Testament in das Smartphone von Sylvia und sendete es an seinen Anwalt in Wien. Ob der Anwalt etwas mit der beigefügten Erklärung anfangen konnte, war mehr als fraglich. Denn Otto erwähnte den Impakt mit keinem Wort. Ob ein solcherart verfasstes Testament überhaupt gültig sein könne, war mehr als zweifelhaft.

Doch viel zweifelhafter war, ob es je zur Anwendung kommen würde. In der Welt nach dem Impakt war sein Vermögen und seine Bankguthaben wertlos, da es keine Banken mehr geben würde, die irgendjemandem noch etwas auszahlen konnten. Keine Kreditkarte der Welt würde noch funktionieren, fast alle IT-Systeme würden stromlos sein, die besten Notstromaggregate würden nach wenigen Tagen ihren Dienst aufgeben, und die Kraftwerke und Hochspannungsleitungen wären auf Jahre hinaus zerstört. Dann würde niemand mehr leben, der sie je reparieren könnte.

Die Menschheit würde im besten Fall ins Mittelalter zurückgeworfen, im schlechtesten Fall in die Steinzeit, oder ganz aussterben. Otto wollte nicht daran denken, und so fuhren sie weiter. Bald waren sie in der Ebene vor Poti und sahen verlassene Felder und Gehöfte. Die Türen standen überall sperrangelweit offen und es war kein einziges Auto zu sehen, die Leute mussten hier Hals über Kopf geflohen sein.

Sie fuhren durch die ausgestorbenen Straßen von Poti und dann lag das Schwarze Meer vor ihnen. Ganz sanfte, vom Wind gekräuselte Wellen liefen an dem kleinen Sandstrand aus, an dem Otto den Geländewagen abgestellt hatte.

Im Westen neigte sich die Sonne mit einem kräftigen Abendrot dem Horizont zu. Sie hatten sich die Schuhe ausgezogen und standen bis zu den Waden im Wasser. Es sah aus wie eine Urlaubsidylle, keine Wolke trübte den blauen Himmel.

Doch war alles so völlig anders, so unwirklich. Sie konnten sich nicht vorstellen, dass es morgen schon hier ganz anders aussehen würde. Dann stünde die Küste vermutlich unter Wasser. Von einem Asteroiden war weit und breit nichts zu sehen.

Stattdessen bemerkten sie, dass sie nicht allein am Strand waren. Etliche ältere Ehepaare standen am Wasser und sahen dem Sonnenuntergang zu. Keiner sprach ein Wort und alle wussten, dass die anderen auch wussten, dass die letzten Stunden der Menschheit gekommen waren.

Die Alten wollten den Jungen die wenigen Lebensmittel nicht wegnehmen und warteten so wie Otto und Sylvia auf das Ende.

Kapitel 45

In der Chefetage der NASA in Houston verfolgten die leitenden Direktoren auf großen Monitoren gebannt die Bahndaten des Asteroiden, die vom Caltech ständig übertragen wurden.

Die Stimmung war im Keller, etliche hatten bereits Schusswaffen einstecken, um sich nach dem Impakt sofort zu erschießen. Andere dachten, sie könnten in Colorado oder in den Rocky Mountains durchkommen und hatten Flüge gebucht, die in wenigen Stunden von Houston aus starten sollten.

Doch das war mehr als fraglich, da die Nachricht über den Impakt natürlich auch Houston erreicht hatte, und aufgebrachte Bürger eben den Flughafen stürmten, um Plätze in den letzten noch am Rollfeld stehenden Maschinen zu kapern und die Piloten mit Waffengewalt zum Start in die Berge zu zwingen.

Es gab wilde Feuergefechte vor der Abfertigungshalle, da die Nationalgarde den Flughafen bewachte, und aufgebrachte Texaner sich mit Waffen aller Art den Weg freizuschießen versuchten. Inzwischen gab es keine ganze Glasscheibe mehr in der Halle und dutzende Texaner und Nationalgardisten lagen tot am Boden.

Doch an den Sicherheitsschleusen hatten sich weitere Gardisten verschanzt, die den anstürmenden wütenden Bürgern ein Rückzugsgefecht lieferten, damit die Leute, die regulär eingecheckt hatten und schon hinter dem Security Check waren, auch sicher in ihre Maschinen kamen.

Denn, wer jetzt noch nicht am Flughafen war, hatte keine Chance mehr, eine Maschine zu erreichen, auch wenn er ein gültiges Ticket hatte.

Denn die aufgebrachten Texaner hatten mit ihren halbautomatischen Gewehren gerade eben alle Security

Terminals in Trümmer gelegt und drangen bereits in den Abflugbereich vor.

Die Flughafenleitung ordnete Alarmstarts aller noch verbliebenen Maschinen an, wobei viele Flughafenangestellte sich noch rasch die freien Plätze derer krallten, die es nicht bis zum Gate geschafft hatten. So kam es, dass noch direkt vor den Gates scharf geschossen wurde und die Stewardessen plötzlich alle bewaffnet waren und ihre Gates verteidigten, denn sie wollten selbst auch noch an Bord kommen und sich retten.

Viele Passagiere mit gültigen Tickets verbluteten inzwischen in den zerschossenen Gängen der Terminals.

Solche und ähnliche Szenen spielten sich auf vielen der küstennahen Flughäfen an der Ostküste und im Golf von Mexiko ab.

*

Einer der Direktoren in der NASA Zentrale zog eine Whiskyflasche hervor und meinte: „Die leere ich jetzt noch, dann fahre ich an die Küste und schau mir die Welle an, wenn sie hereinkommt."

Plötzlich verschwanden die Bahnkurven von allen Monitoren im Besprechungsraum und das Gesicht von Samuel Schneider erschien.

Sofort waren die Augen aller Anwesenden auf ihn gerichtet, als er auch schon zu sprechen anfing.

„Ich hoffe, alle können mich sehen", begann er seine Rede, wobei er versuchte, einen gelassenen Eindruck zu erwecken, was ihm aber nur schlecht gelang, denn er strahlte plötzlich Zuversicht aus, was jedem im Raum sofort auffiel. Was war geschehen?

Samuel Schneider genoss die Aufmerksamkeit und erklärte: „Wie die meisten von Ihnen ja wissen, war unsere Aufgabe im Projekt die Suche nach dem neunten Planeten, der weit draußen im Kuiper Gürtel seine sehr exzentrische Bahn ziehen soll. Gefunden haben wir den Planeten nicht, stattdessen haben wir X99 gefunden, den acht Kilometer großen Brocken, der derzeit noch rund vierhundertsechzigtausend Kilometer entfernt ist und in rund achtzehn Stunden einschlagen wird."

„Hätten wir in unserem Projekt das Teleskop nach der Suche nach Planet 9 nicht so weit abseits aller anderen Planetenbahnen gerichtet, dann wäre X99 gar nicht entdeckt worden, da es sich eben bei X99 um keinen NEO, Near Earth Object, handelt, sondern unser Objekt direkt aus dem Kuipergürtel ins innere Sonnensystem geschleudert worden ist."

„Das erklärt auch die wahnwitzige Bahngeschwindigkeit von fast zweihundertneunzigtausend Kilometer pro Stunde, während die Erde mit bloß annähnähernd zehntausend Kilometer pro Stunde die Sonne umkreist. Kein NEO hat je eine solche Geschwindigkeit erreicht, und das erklärt, warum das Objekt so lange für uns völlig unsichtbar war, da es vor einem Monat noch zweihundertacht Millionen Kilometer entfernt war. Es überhaupt entdeckt zu haben, grenzt an ein Wunder."

„Was soll der Quatsch, das wissen wir doch längst", begannen der oberste Chef der Behörde zu murren, „Will er sich zum Schluss noch wichtigmachen?"

„Aber jetzt will ich Sie nicht länger auf die Folter spannen, doch wir mussten sichergehen, dass unsere neuen Messergebnisse und Berechnungen auch stimmen. Und das tun sie."

Samuel Schneider machte eine schöpferische Kunstpause, während der alle Anwesenden den Atem anhielten. Dann verkündete er feierlich: „Der Asteroid wird nicht in den Nordatlantik einschlagen."

Doch noch bevor die Direktoren vor Jubel aus ihren Sesseln springen konnten, sprach er weiter: „Die Bahn hat sich geringfügig verändert, es scheint zu sein, dass der Asteroid sich um seine Achse gedreht hat und sich sein Schwerpunkt dadurch verlagert hat."

Der oberste NASA Boss stammelte: „Und was heißt das für uns?"

Samuel Schneider fuhr fort: „Amerika ist weitgehend gerettet, der Asteroid wird um einige Sekunden früher als in der ursprünglichen Berechnung ins Mittelmehr krachen, knapp nördlich der Sinaihalbinsel zirka in der Mitte zwischen Jerusalem und Alexandria."

„Amerika ist gerettet, Gott schützt Amerika", schrien etliche auf und warfen die Arme in die Luft.

Samuel Schneider, der die Leute im Konferenzraum über die Kameras auch sehen konnte, winkte mit der Hand ab: „Ja unsere Städte werden intakt bleiben, dafür wird die Flutwelle andere Städte treffen, und die langfristigen

Folgen, wie nuklearer Winter und globale Hungersnot betreffen uns genauso. Und wir werden mehr Leute vor dem Verhungern retten müssen als andere Länder, da dort nach dem Einschlag kaum noch wer leben wird."

„Denn es wird zehn Jahre lang keine nennenswerte Landwirtschaft geben, die Sonne wird verdunkelt und die Wälder werden verbrannt sein. Es ist wie die Explosion von Milliarden von Atombomben, die ihre Energie mit einem Schlag freisetzen, wenn der Achtkilometerbrocken die Erdkruste durchschlägt und verdampft. Von gerettet kann da keine Rede sein."

„Und warum schauen Sie dann so hoffnungsvoll drein?", wollte der oberste Chef wissen.

„Das liegt am Einschlagwinkel", begann Samuel Schneider seine Erklärung. „Vor Grönland hätten wir einen sehr steilen Einschlagwinkel gehabt, wodurch die Erde die volle Einschlagenergie des Asteroiden abbekommen hätte. Im Mittelmeer ist der Einschlagwinkel viel flacher, unsere Berechnungen ergaben einen fast schleifenden Schnitt der Flugbahn des Asteroiden mit der Flugbahn der Erde um die Sonne."

„Und was heißt das für die Erde?", wollte der oberste Chef wissen.

„Das unsere Berechnungen nicht hundert Prozent exakt sein können", erklärte Samuel Schneider, „irgendwo in den hinteren Kommastellen beginnt die Ungenauigkeit."

„Und diese Ungenauigkeit bedeutet, er könnte auf seiner Bahn auch schon in der Türkei einschlagen, oder erst weiter südlich auf der arabischen Halbinsel am Festland."

„Gut, geben wir weltweit bekannt, dass der Einschlag im Mittelmeer sein wird,", entschied der oberste Chef der Behörde spontan aus dem Bauch heraus, „dann geht bei uns wenigstens die Panik zurück und die Leute hören auf, sich gegenseitig auf den Flughäfen zu erschießen." Der Boss wusste Bescheid was vorging, denn einige Nachrichtensender hatten trotz Verbotes und ausgerufenen Notstands von den Unruhen berichtet.

„Wollt ihr denn gar nicht wissen, wann die Bahnänderung erfolgt ist?", rief Samuel Schneider über den Monitor.

„Interessiert mich jetzt nicht, wir müssen Amerika vor dem Chaos retten, dass die falsche Berechnung hier bereits angerichtet hat. Und die falsche Berechnung liegt ja wohl in der Verantwortung des Caltech", schnauzte der oberste Boss den Projektleiter an, obwohl er genau wusste, dass das nicht stimmte. Denn die Bahndaten waren von vielen Astronomen auf der Erde im Geheimen x-fach überprüft und bestätigt worden. Alle Astronomen waren zum Ergebnis gekommen, dass der Einschlag südlich von Grönland erfolgen würde.

*

Nun aber wurde die neue Berechnung von der NASA weltweit in den Medien verbreitet: „Neueste Berechnungen ergeben, Impakt findet im östlichen Mittelmeer zwischen Alexandria und Jerusalem statt."

Jetzt musste jeder sehen, wo er blieb, die weltweite Panik war sowieso nicht mehr zu stoppen, dachte der oberste Chef der Behörde. Hauptsache Amerika kam noch einmal davon, das war für ihn das Wichtigste.

Die Völker in Nordeuropa atmeten auf, da die Flutwelle ausbleiben würde. Jetzt war dafür Italien, Griechenland, Zypern und der ganze Nahe Osten dran. Diese Länder lagen alle in der direkten Reichweite des Auswurfs des glutflüssigen Erdkrustengesteins vom Impaktkrater. Hunderttausende Kubikkilometer an glühendem und flüssigen Gestein würden sich über abertausende Quadratkilometer verteilen und alles Leben auslöschen.

Die italienische Regierung rief alle auf, sich in Höhlen, Bunkeranlagen aus dem zweiten Weltkrieg oder Atombunker, soweit vorhanden, so rasch, wie möglichst zu begeben. Plötzlich war es egal, auf wieviel Höhenmeter man sich befand, jetzt war es wichtig, möglichst weit weg vom Impakt zu sein. Wenn das nicht möglich war, dann sollte man möglichst tief unter der Erde sein.

*

In Georgien erfasste die geflohenen Russen große Angst und Wut. Sie waren aus dem Norden, der angeblich überflutet werden würde, in den Süden geflohen, hatten am Schwarzmarkt teure Tickets erstanden und sich in Georgien in Sicherheit gewähnt.

Nun wurde bekannt, dass sie der Katastrophe entgegengeflogen waren und um tausende Kilometer näher am Einschlagsort waren, als wenn sie in Moskau oder Sankt Petersburg geblieben wären.

In Tiflis würden sie die glühenden Auswürfe des Impakts live miterleben. Es würde zwar keine Flutwelle geben, aber dafür würde ein Hölleninferno vom Himmel herabstürzen.

Alle wollten zurück nach Russland, als bekannt wurde, dass es am Flughafen in Tiflis nicht genug Sprit für alle gab. Die ersten Maschinen waren noch gestartet, doch die anderen standen mit leeren Tanks am Boden. Von den kleinen Jets der Oligarchen war keiner mehr zu sehen, die hatten ihren Sprit noch bekommen.

*

In den arabischen Ländern war die Empörung groß. Der Westen wolle sie auslöschen, schrien die Kommentatoren in den Medien. Die Bahndaten waren absichtlich falsch berechnet worden, damit alle glauben sollten, der Komet träfe Amerika, und jetzt trifft er die arabischen Staaten.

In Israel begannen die Sirenen zu heulen und verstummten nicht mehr. Für die Juden war es die Strafe Gottes. Das Volk brach in Panik aus. Von Israel würde nichts übrigbleiben. Die einzige Genugtuung war, dass auch Palästina von der Landkarte verschwinden würde.

Das Land war viel zu nahe am Impakt, als dass hier irgendjemand überleben könnte.

Genauso war es in Ägypten, der Großraum Kairo mit seinen zwanzig Millionen Einwohnern würde komplett ausgelöscht werden.

Doch hier gab es keine Panik, die Leute warfen sich auf den Straßen zum Gebet nieder und vertrauten ihr Leben Allah an. „Allah hat das Leben gegeben, Allah wird es uns nun nehmen, wir werden alle ins Paradies eingehen. Wascht euch und tut Buße", riefen die Muezzins aus den Minarettlautsprechern. Dann folgten Koranverse in Endlosschleife. Denn hier gab es keine Fluchtmöglichkeit.

Die vierhundert Meter hohe Flutwelle und der glutflüssige Impakt würde alle treffen.

Der einzig sichere Ort wäre im Inneren der Pyramiden und dorthin hatten sich auch einige Leute zurückgezogen, die auf diese Idee gekommen waren. Es war eine Reisegruppe aus Deutschland, die sich ins Innere der Cheops Pyramide zurückgezogen hatte. Die Teilnehmer hofften, dass die Flutwelle nicht den Eingang der Pyramide erreichen würde. Sie wollten in der großen Galerie ausharren, bis die Einschläge vorbei waren.

Ein Teilnehmer dachte, ob das womöglich der wahre Zweck des Baues der Pyramiden sei, im Falle eines Impakts das Überleben der Herrschenden zu sichern.

Kapitel 46

Noch fünfzehn Stunden bis zum Impakt. In Wien machte sich Fatalismus breit. Die Kirchen füllten sich, wie schon seit Jahren nicht. Vor den Beichtstühlen bildeten sich lange Schlangen von plötzlich bußfertigen Menschen. Es waren Menschen, die eine Kirche schon seit langer Zeit nicht mehr von innen gesehen hatten.

Die Moscheen waren bereits völlig überfüllt, und immer noch drängten weitere Gläubige herbei und flehten Allah an, sie zu retten.

Priester, Imame, Vorbeter und Pastoren hoben die Hände zum Gebet, ihre Gemeinden beteten den Rosenkranz, das Vaterunser oder rezitierten den Koran. Ein beispielloses

Durcheinander von Gedanken, Bitten und Segnungen erfüllte die Atmosphäre in den Kirchen und Gebetsräumen.

Draußen tobten die Plünderungen weiter. Jeder versuchte zu erwischen, was er schleppen konnte. Bis nach Hause schafften es viele gar nicht mehr, da sie von anderen überfallen wurden, die ihnen das geplünderte Gut wieder abnahmen. Viele liefen jetzt mit offenen Messern herum. Inländer und Ausländer hatten sich mit allen Arten von Messern bewaffnet, die sie finden konnten.

Es sah aus, wie wenn der jüngste Tag gekommen wäre. Jeder kämpfte gegen jeden und der Untergang stand vor der Tür.

Die Polizisten im Einsatz dachten an ihre Familien und hofften, diese lebend wiederzusehen.

In den Büros wurden noch extra Daten gesichert und in Kellerräume verbracht. Prall gefüllte Aktenordner, die niemand mehr je brauchen würde, wurden in den Ministerien in die Keller gekarrt.

In den Apotheken waren die Schmerzmittel und alle anderen Medikamente, mit denen man sich eine tödliche Überdosis geben konnte, längst ausverkauft oder geplündert.

Die Sprecher des Staatsfernsehens saßen unrasiert und übernächtig vor den Kameras im Studio und berichteten über die neueste Lage. Es fanden sich immer noch Experten, die im Studio den Menschen die Lage erklärten und gute Ratschläge gaben.

Auf den Autobahnen der Stadt wurde erstaunlich ruhig. Viele hatten die Stadt verlassen. Doch viele wussten nicht, wo sie hinsollten und sind daher geblieben, in der Hoffnung, dass die Stadt schon für sie sorgen würde, wenn es ernst wird.

Die Verbliebenen parkten ihre Autos in Tiefgaragen, um sie zu schützen, da sie den glutflüssigen Steinregen fürchteten.

Dann stellte die U-Bahn den Betrieb ein und in den Tunnels wurden von der Gemeinde Wien Notschlafplätze errichtet. Diese waren für die Leute gedacht, deren Häuser durch den flammenden Impakt zerstört würden.

Dann wurden auch die Tiefgaragen als Notunterkünfte freigegeben, Autos wurden zu Ersatzwohnungen umfunktioniert. Autos, bei denen der Besitzer nicht drinnen saß, wurden von der Feuerwehr aus den Garagen entfernt, um mehr Leute unterbringen zu können.

Feuerwehren besetzten vorab strategische Punkte, um nach dem Impakt rasch vor Ort sein zu können. Radio Wien sendete Durchhalteparolen und manche Moderatoren waren noch immer zum Scherzen aufgelegt. Jenseitswitze hatten plötzlich Konjunktur.

Am Abend wurde für die letzte Zeit im Bild Zwei vor dem Impakt eine hochkarätige Diskussionsrunde angekündigt.

Der Kardinal von Wien, der Präsident der Caritas, ein bedeutender Astronom, der Chef der Grünen und ein Zukunftsforscher diskutieren die Frage, „War alles nur Zufall, oder will Gott die Menschheit für ihre Umweltverbrechen bestrafen."

Keiner hatte auch nur die geringste Ahnung, was wirklich auf die Menschheit zukommen wird.

Kapitel 47 – Tag 0

Über Kairo würde bald die Sonne aufgehen. Ein kräftiger Nordwind wehte vom Mittelmeer herein und hatte den Dunst, der sonst beständig über der Stadt hing, hinaus in die Wüste geblasen.

Ein tiefblauer Morgenhimmel wölbte sich über der Stadt und im Norden, ein gutes Stück über dem Horizont, konnte jeder der gute Augen hatte, einen neuen Stern sehen, der sich rasch vorwärts bewegte. Es handelte sich um X99, den Asteroiden, der noch sechshunderttausend Kilometer von der Erde entfernt war und dessen Leuchtkraft jetzt schon ein Vierhundertstel der Venus erreicht hatte.

Die meisten Menschen hatten sich in ihren Häusern verkrochen und hofften, dass es nicht so schlimm kommen würde, und der Westen wieder einmal gelogen hätte. Nur die Wenigsten sahen den neuen Stern am nördlichen Himmel.

*

„In knapp zwei Stunden wird der Impakt erwartet, sind die letzten Berechnungen der NASA", wurde im Radio gesendet. Dann stellten die Sender den Betrieb ein und das Personal suchte die Luftschutzbunker auf, die noch vom letzten Nahostkrieg von vor fünfzig Jahren übrig waren.

Doch standen hunderttausende Menschen in Kairo auf der Straße und beobachteten den Himmel. Sie hatten jetzt keine Angst mehr. „Allah wird schon wissen, was er tut", dachten sie. „Das Paradies ist uns sicher, falls wir heute sterben sollten."

Andere, meist Jugendliche, konnten sich nicht mit dem Untergang abfinden, sie ließen ihrer Wut freien Lauf und randalierten, zündeten Autos an und plünderten Lebensmittelgeschäfte, um für die Zeit danach Essen zu haben. Sie wussten nicht, was Kairo erwartet, niemand hat es ihnen gesagt.

*

Der Großmufti von Ägypten, der Scheich der al-Azhar Moschee, Groß-Imam Abdullah Ibrahim hatte sich auf ein Minarett eben dieser Moschee begeben und blickte über Kairo. Er wollte die Stadt noch ein letztes Mal unzerstört sehen. Neben ihm standen einige geistliche Würdenträger seines Stabes und warteten mit ihm auf das Ende der Welt.

Abdullah Ibrahim hatte sein fünfundsechzigstes Lebensjahr bereits überschritten. Als tiefgläubiger Muslim hatte er all die Konflikte und Kriege im arabischen Raum miterlebt und immer versucht, zwischen den Kriegsparteien im Hintergrund zu vermitteln. Vieles war ihm gelungen und im Westen war kaum bekannt, wie oft er Konfliktparteien zurück an den Verhandlungstisch gebracht hatte. Er wollte immer eine Einheit aller Muslims erreichen und litt sehr unter der Spaltung in Sunniten und Schiiten. Dabei war ihm ein Erfolg versagt geblieben, denn zwischen Sunniten und Schiiten herrschte noch immer Hass und Zwietracht. Jede Partei wollte die Führungsrolle und kämpfte um mehr Macht und Einfluss in der Region.

Dann waren da noch der Westen und Russland, die sich ebenfalls um Einfluss in der ölreichen Region stritten. Nun war auch China auf den Plan getreten und wollte mit dem

Seidenstraßenprojekt, das mitten durch die Region führen sollte, seinen Einfluss geltend machen. Wieder eine neue Form des Kolonialismus, wie Abdullah Ibrahim fand.

Wie kleinlich waren doch all diese politischen Ränkespiele und Geplänkel. Es wurden Kriege geführt, wegen ein paar Millionen Tonnen Erdöl, oder wegen der „einzig wahren Auslegung" des Korans.

„Nun würden all diese Kriege ein Ende finden, die meisten Menschen allerdings auch", sinnierte der Scheich in Gedanken und in Meditation versunken. Kairo würde wohl zu existieren aufhören. Die Druckwelle des nahen Einschlags und der feurige Auswurf der Erdkruste würden von der Stadt nichts übriglassen. Schon die Druckwelle würde die meisten Bewohner töten und alle Gebäude einstürzen lassen. Das Impaktmaterial würde sich wie ein feuriges Leichentuch mehrere Meter dick über die Ruinen legen. Dann würde niemand mehr erkennen können, dass es hier einmal eine urbane Großregion mit fast zwanzig Millionen Einwohnern gegeben hatte.

Abdullah Ibrahim musste an Pompeij denken, dem vor zweitausend Jahren ein ähnliches Schicksal beschieden war.

Er begann an der weisen Voraussicht von Allah zu zweifeln. Welche Kräfte waren hier am Werk, warum wurde die Menschheit hier so schlimm bestraft, und warum erwischte es so genau das Zentrum des Islam. Der Westen würde vielleicht mit vielen Schrammen davonkommen, hier im arabischen Raum würde niemand davonkommen, das Gebiet würde endgültig und für immer zur lebensfeindlichen Wüste werden.

Gab es Kräfte die stärker waren als Allah, dem er bis jetzt immer vertraut hatte? Abdullah Ibrahim wusste es nicht.

*

Währenddessen raste der Asteroid immer näher an die Erde heran. Er war jetzt deutlich lichtstärker geworden, aber am Morgenhimmel wegen der inzwischen aufgegangenen Sonne nicht mehr zu sehen. Für die Menschen unsichtbar raste er unaufhaltsam auf den Kreuzungspunkt mit der Erdbahn zu, die er genau dann passieren würde, wenn sich auch die Erde an diesem Punkt befand. Dann wäre die Bahn des Asteroiden schlagartig zu Ende, die menschliche Zivilisation allerdings auch.

Kapitel 48

In Peru war es ein Uhr nachts. Sie hatten sich alle in dem kleinen Elektrogeschäft von Alfredo Navarros Freunden zusammengefunden. Vera mit Henry, Don Pedro, Alfredo Navarro mit seinen Freunden und dann, welche Überraschung, war noch die Familie Oberleitner gekommen. Alfredo hatte sie abweisen wollen, doch Vera hatte energisch bestimmt, dass sie die letzten Stunden des unzerstörten Planeten genauso gut gemeinsam verbringen konnten.

Sie hatten sich um den PC mit Internetanschluss versammelt und versuchten, die aktuellsten Neuigkeiten aus dem Web zu erfahren. Das war nicht mehr ganz so einfach, da das Netz völlig überlastet war und es ständig zu Unterbrechungen und Aussetzern kam.

*

Vera telefonierte mit Maria Estancia, die mit Daniel und den Kindern in Cusco geblieben war. Sie würden sich so schnell nicht mehr sehen können, denn niemand wusste, was nach dem Impakt an Infrastruktur noch funktionsfähig sein würde. Strom und Benzin würden sicherlich streng rationiert werden, auch hier in Peru, fernab vom Impakt. Reisen wäre daher kaum mehr möglich. Telefonieren vielleicht noch.

Dann wollte Vera Otto erreichen, doch nach Georgien gab es keine Verbindung mehr.

*

Die Leitungen nach Europa und in Europa waren völlig überlastet, auch nach Wien gab es keine freie Leitung mehr. Jeder wollte noch rasch ein paar Worte mit seinen Freunden und Verwandten tauschen, denn bald würden die Funkstrecken endgültig unter der Wucht des Impakts zusammenbrechen, und dann würde es auch kein Mobiltelefon und kein Internet mehr geben.

Nur Besitzer von Satellitentelefonen würden noch eine Zeit lang telefonieren können, aber nur mehr mit anderen Satellitentelefonbesitzern, falls diese noch leben sollten.

Sie hatten vom geänderten Einschlagpunkt erfahren und Hoffnung geschöpft, da der weltweite Tsunami nun ausbleiben würde, da das Mittelmeer überall von Festland umschlossen war.

*

Veras Sorge war aber gestiegen, da Otto jetzt viel näher am Einschlagspunkt als ursprünglich angenommen war. Nun begann sie ernsthaft zu zweifeln, ihn je wieder zu sehen.

Sie würde Henry allein ohne Vater großziehen müssen. Der internationale Haftbefehl, mit dem sie gesucht wurde, kam ihr inzwischen so völlig unbedeutend und nebensächlich vor. Sie hatte schon länger keine Gedanken mehr daran verschwendet.

*

Hilde und Sabrina Oberleitner heulten leise vor sich hin. Sie wollten nicht für lange Zeit hier in Peru festsitzen müssen. Sie waren Kurt so gar nicht dankbar, dass er sie aus Europa herausgeholt hatte. Sie mussten ständig daran denken, dass sie den Komfort und den Luxus, den sie in Österreich bis gestern gehabt hatten, hier in Peru nach dem Impakt niemals mehr haben würden. Kein Strom, kein Internet, kein Badezimmer, keine Kosmetik, keine Kaffeehäuser, wo man sich zum Tratsch treffen konnte, keine Städteflüge mehr, einfach nichts, was ihr Leben bis gestern ausgemacht hatte.

Hilde ahnte, was ihnen bevorstand. Harte Feldarbeit mit kargen Rationen, keine medizinische Versorgung. Das Essen würde zum Leben zu wenig, und zum Sterben vielleicht zu viel sein. Sicher war das nicht, da viel zu viele Leute hierher geflohen waren, die nun alle durchgefüttert werden mussten. Viele von ihnen würden nicht überleben. Vor Hildes geistigem Auge entstand das Bild eines riesigen Flüchtlingslagers, der Zeltstadt des Weltjungendtreffs, wo vor den Zelten die ausgemergelten Körper verhungernder

Jugendlicher im Dreck lagen. Hilde schauerte. Sie mussten womöglich alle hier auf dem Altiplano, dieser öden Hochebene, verhungern, da Lebensmittel mangels Treibstoff nicht mehr verteilt werden konnten. Hilde begann die Leute in Arabien zu beneiden, die würden sofort nach dem Impakt tot sein und mussten nicht so lange leiden.

*

Dann kam der Moment, wo das Internet in Puno endgültig zusammenbrach. Auch mit dem Mobilfunk ging nichts mehr, die Smartphones waren tot.

Don Pedro beruhigte die kleine Gruppe und erklärte, die Menschheit sei schon öfters in grauer Vorzeit knapp der Auslöschung entgangen. Davon würden beispielsweise die Sagen von Atlantis und Lemuria berichten.

„Ich weiß, ihr ängstigt euch, weil der gewohnte Komfort bald Geschichte sein wird, und weil sogar unser Leben vielleicht bald vorbei sein wird. Aber habt keine Sorge, jeder Mensch hat eine unsterbliche Seele und der Planet kann wieder neu aufgebaut werden, wenn das hier alles vorbei ist", versuchte Don Pedro zu beruhigen.

„Auch nach der Katastrophe von Atlantis, die ja auch als biblische Sintflut-Katastrophe bekannt ist, wurde die Erde neu besiedelt. Pflanzen wachsen nach solchen Ereignissen besser, als davor und die Menschheit inkarniert sich neu auf der Erde."

„Es wäre nur wichtig, dass das Wissen um die Katastrophe in den Jahrhunderten danach nicht vollständig verloren geht und es nicht wieder eine völlig schriftlose Zeit gibt, wie es damals passiert ist. Nur mündliche

Überlieferungen sind aus Atlantis erhalten. Diese wurden zu Sagen, denen heute niemand mehr Glauben schenken mag."

„Werden wir alle sterben?", wollte Henry jetzt wissen. Dabei wirkte er völlig gefasst, obwohl er erst acht Jahre alt war.

„Es kann sein", erwiderte Don Pedro freundlich, aber mit brutaler Offenheit. „Wir wissen es nicht, aber hier in Peru haben wir ganz gute Karten, was das Überleben betrifft, wir müssen nur sehr genügsam sein."

Vera fand die Erzählungen von Don Pedro nicht wirklich tröstlich, obwohl sie wusste, dass Don Pedro Recht hatte. Sie selbst konnte sich auch ein wenig an ihr Vorleben erinnern.

Denn der Weg war mühsam, wenn wieder alles neu gelernt werden musste, was im letzten Leben schon gekonnt war. wenn die Zivilisation zusammenbrach und es keinen Strom mehr gab, dann gab es niemanden mehr, der den Jugendlichen das Wissen der Zivilisation weitergeben konnte. Die Technik war dann unwiederbringlich verloren.

Dann würden solche Dinge, wie Smartphones und Computer bald auch im Reich der Sage landen. In hundert Jahren würde keiner mehr wissen und verstehen, was man mit einem Smartphone machen konnte, falls jemand zufälligerweise ein solch flaches schwarzes Ding finden würde. Es wäre dann ein Artefakt einer verlorenen Zeit mit einer verlorenen Technik.

Kapitel 49

Otto stand mit Sylvia am Strand in Poti und beide blickten auf da Schwarze Meer hinaus. Hinter ihnen im Osten war die Sonne bereits höhergestiegen.

Vor ihnen im Nordwesten war ein neuer Stern aufgegangen und wurde von Minute zu Minute rasch heller.

Sie wussten, es war X99, der jetzt in wenigen Minuten ins Mittelmeer einschlagen würde.

Sylvia hatte Otto fest umschlungen und lehnte sich an seine Schulter.

Otto hatte inzwischen erkannt, dass es im Schwarzen Meer keine Flutwelle geben würde, dazu waren die Dardanellen, die Verbindung zum Mittelmeer, viel zu schmal und langgestreckt. Höchstens ein „Wellchen" würde hier am Ostende des Schwarzen Meeres ankommen.

Viel schlimmer würde die Druckwelle werden, der sie ungeschützt ausgesetzt waren.

Die anderen Paare, die auch auf das Ende der Zivilisation warteten, waren ganz still geworden, keiner sagte ein Wort. Mit seinen Gedanken war jetzt jeder allein.

Das leichte Plätschern der kleinen Wellen, die an den Strand rollten, war das einzige Geräusch, was zu hören war. Es gab keinen Verkehrslärm mehr von der Uferstraße. Der Verkehr hatte einfach aufgehört, es wollte niemand mehr irgendwo ihn. Es machte auch jetzt keinen Sinn mehr.

Selbst der Wind war eingeschlafen und es sangen auch keine Vögel mehr. Wie wenn sie ahnen würden, was ihnen bevorsteht.

Der Stern war bedrohlich größer geworden und wurde von der Sonne angestrahlt und leuchtet hell. Eine unheimliche Stimmung machte sich breit, jetzt, da das Unheil so offen zu sehen war.

Otto nahm Sylvia in die Arme und sah ihr in die Augen. Er spürte ein letztes Mal intensiv ihren Körper und sie küssten sich, wie wenn es das letzte Mal wäre. In diesem Fall stimmte das auch.

Sylvia zog Otto an sich und wollte ihn nicht mehr loslassen. So vereint würden sie die Druckwelle abwarten, die bald über sie hereinbrechen würde.

Der Stern indessen war scheinbar immer schneller geworden und verschwand am südwestlichen Horizont des Schwarzen Meeres aus ihrem Blickfeld.

Kapitel 50

Jetzt ging alles sehr schnell. Schneller als man einen Gedanken fassen kann, schneller, als die Worte, die hier stehen, gelesen werden können.

Der Asteroid begann ganz flach in die obersten Schichten der Atmosphäre, die Exosphäre, die bis zehntausend Kilometer in den Weltraum hinein reicht, einzudringen. Dort sind nur einzelne Gasmoleküle. Doch schon hier begann der Prozess der Aufheizung des Gesteinsbrockens. Der acht Kilometer große unförmige Brocken, der wie eine verunstaltete Kartoffel aussah, kam mit knapp zweihundertneunzigtausend Stundenkilometern hereingerast.

Er brauchte zum Durchqueren der Exosphäre weniger als drei Minuten. In diesen Minuten hatte sich die äußere Gesteinsschicht durch Reibung bereits bis über den Schmelzpunkt hinaus aufgeheizt, sodass der Brocken nun einen flammenden Schweif wie ein Komet hinter sich herzog.

Dann war bereits die wesentlich dichtere Thermosphäre erreicht. Diese beginnt unter fünfhundert Kilometer Höhe. In dieser dreht die internationale Raumstation ISS in dreihundertfünfzig Kilometer Höhe ihre Runden. Deren Astronauten verfolgten an den Fenstern der Station gebannt das grausame Schauspiel. Dieses war grandios anzusehen, doch die Astronauten wussten, dass es Tod und Verderben über die Erde bringen würde.

Die Vorderseite des Asteroiden begann immer heller und greller in einem tödlichen Weiß zu glühen, während der feurige Schweif immer länger wurde.

Die Menschen auf den Straßen von Kairo, die auf den Tod warteten, blickten zum Himmel und erstarrten. Denn der Stern war inzwischen auf das Neunfache des Vollmonddurchmessers angewachsen und raste mit seinem feurigen Schweif direkt auf sie zu. Er war nun heller als die Sonne, da er nun so richtig aufglühte und zu verdampfen begann.

Ein Aufschrei aus hunderttausenden Kehlen ging durch die Stadt. Die Menschen warfen sich geblendet zu Boden und erwarteten ihr Ende.

Der Asteroid hatte sich bis auf fünfundachtzig Kilometer der Erdoberfläche genähert und noch immer nichts von seiner Geschwindigkeit eingebüßt.

Kairo wurde in eine gleißende Helligkeit getaucht, die noch nie jemand erlebt hatte. Die Menschen schlossen die Augen, da sie diese Helligkeit nicht ertrugen.

Dann wurde es plötzlich finster. Die Menschen hielten den Atem an, das musste der Einschlag sein.

Die Sekunden verstrichen und nichts geschah. Die Leute hielten den Atem an und warteten. Noch immer geschah nichts.

Die ersten öffneten die Augen und blickten in den Himmel. Die Sonne schien wie immer, wie wenn nichts gewesen wäre. Der Stern war verschwunden.

*

Dann kam wie aus dem Nichts die Druckwelle. Millionen Fensterscheiben zerbarsten, Mauern und Minarette stürzten ein, Menschen fielen im Schock zu Boden. Viele hielten sich die Ohren zu, da das Trommelfell bis aufs Äußerste beansprucht wurde.

Dann war alles vorbei.

Die Menschen standen wieder auf und merkten, sie lebten noch. Sie standen auf den Straßen und sahen in den Himmel, wo der Auswurf des Impakts gleich kommen musste. Doch nichts dergleichen geschah. Die Menschen warteten und wurden unruhig, doch noch immer geschah nichts.

*

Der erste, der die Situation überblicken konnte, war James Ascot, Kommandant der ISS. Von der ISS aus hatte man den ganzen Vorgang minutiös verfolgen können.

Die Besatzung hatte den Atem angehalten, als X99 schräg vom Norden her direkt auf das Mittelmeer zuschoss. Dann hatte der Asteroid zu glühen begonnen und die Crew hatte für die armen Opfer unten auf der Erde zu beten begonnen. Dann war der Asteroid so richtig aufgeglüht.

Die Besatzung dachte, sie seien in wenigen Sekunden die letzten Menschen, die noch existieren und unten würde das niemand überleben.

In dem Moment, als sie meinten, jetzt schlüge er ein, hatte er sich schon wieder von der Erde entfernt und war in einer feurigen Spur hinaus ins Weltall geschleudert worden.

Sie sahen ihm mit angehaltenem Atem nach und nur wenige Augenblicke später war der riesenhafte Asteroid zu einem winzigen hell leuchtenden Pünktchen am Sternenhimmel zusammengeschrumpft.

Die Erde war gerettet.

Dann riss James Ascot das Funkmikro aus seiner Halterung und schrie seinen Bericht mit überschlagender Stimme nach Houston durch: „Die Erde ist gerettet, er hat uns nur gestreift!"

In Houston fielen sich alle um den Hals und führten spontan Freudentänze in der Kommandozentrale auf.

Die Nachricht wurde sofort in die ganze Welt verbreitet, konnte aber nicht überall gleich empfangen werden, da die Kommunikationsleitungen hoffnungslos überlastet waren.

Dann schaltete sich Samuel Schneider dazu und schrie vor Freude in die Kamera: „Drei Sekunden, es waren drei Sekunden. Drei Sekunden, bevor die Erde die Asteroidenbahn gekreuzt hatte, war X99 vor der Erdbahn in einem Abstand von nur fünfundachtzig Kilometer vorbeigezogen."

Drei Sekunden hatten über den Fortbestand der Zivilisation entschieden.

Die Druckwelle war beim Vorbeiflug des Asteroiden in den oberen Atmosphärenschichten entstanden. Sie war aber hundert Millionen Mal schwächer als die Druckwelle, die es bei einem Einschlag gegeben hätte. Diese hätte eine Millionenstadt wie Kairo an den Grundmauern abrasiert.

So war der Schaden gering, die Fensterscheiben konnten ersetzt werden und die Türme der eingestürzten Minarette konnten schöner als vorher neu errichtet werden.

*

Abdullah Ibrahim, der Scheich der al-Azhar Moschee stand im Hof der al-Azhar und betrachtete versonnen die Reste der eingestürzten Minarette. Vor einer Viertelstunde noch war er auf einem der Minarette oben gestanden und hatte auf den Impakt gewartet. Wäre er oben geblieben, wäre er der einzige Tote im Komplex der al-Azhar gewesen. Doch eine innere Stimme hatte ihn gewarnt: „Was tust du hier heroben, geh zu deinen Gläubigen, dort ist dein Platz."

Beinahe hätte er die innere Stimme ignoriert, doch diese war zu heftig gewesen und war nicht verstummt. Jetzt dankte er Allah für diese Warnung.

Allah hatte die Menschen vor dem sicheren Tod gerettet, jetzt war es an der Zeit, dass der Frieden unter den Menschen ausgerufen würde. Er dankte Allah, dass er ihn für diese Aufgabe auserwählt hatte und begann im Geiste seine Freitagspredigt zu formulieren. Jetzt würde jeder erkennen müssen, wie unwichtig die menschlichen Streitigkeiten und Konflikte in kosmischen Dimensionen waren. Ein Steinbrocken von acht Kilometern und leicht konnte die Menschheit Geschichte sein. Es sollte allen Menschen eine Warnung sein. Der Großmufti sah eine große Aufgabe vor sich, denn er hatte den Asteroiden mit eigenen Augen auf sich zukommen sehen und er hatte sich nicht zu Boden geworfen, sondern war stehen geblieben. Jetzt wollte er der Menschheit den Frieden bringen. Eine gewaltige Aufgabe, wie er sehr wohl wusste.

Kapitel 51

Gewaltiger Jubel brandete über den Planeten. Die Erde war gerettet, alle Fernsehsender dieser Erde und alle Internetkanäle hatten nur ein Programm, die Rettung der Erde.

Erde, Menschheit und Zivilisation wurden nun in einem Atemzug genannt, wie wenn alles dasselbe wäre.

In den Straßen aller Großstädte fanden spontane Freudenfeste statt. Die, die eben noch geplündert hatten, mischten sich unters Volk und feierten kräftig mit. Einander wildfremde Menschen fielen sich um den Hals und umarmten einander. Die ausgebrannten Autowracks und zerstörte Geschäfte wurden geflissentlich ignoriert. Das war jetzt nur mehr peinlich und keiner wollte mehr daran erinnert werden. Jetzt waren alle in Feierlaune und tanzten spontan voller Glückseligkeit auf den Straßen, froh darüber, dass es noch ein Morgen geben wird und sie dieses Morgen erleben dürfen.

Die Menschen waren glücklich, dass sie leben und morgen auch noch leben dürfen.

Die Polizisten atmeten tief durch und machten gerne noch eine Sonderschicht, denn sie wussten, sie werden ihre Familien gesund wiedersehen.

*

Die Bilder, die von der ISS aus aufgenommen worden sind, wurden von allen Fernsehstationen weltweit ständig wiederholt. Sie zeigten in sechs packenden Minuten, wie der Asteroid sichtbar wird, rasch an Größe zunahm und aus Nordwesten über Grönland hereinkam und sich der Erde rasend schnell näherte. Über Europa begannt er aufzuglühen, über dem Mittelmeer hatte er seine maximale Helligkeit erreicht, sein Schweif betrug bereits mehr als eintausend Kilometer.

Über Alexandria hatte er den erdnächsten Punkt erreicht und verschwand dann wieder in den Tiefen des Alls. Als die Bilder gesendet wurden, war X99 schon mehr als eine Millon Kilometer von der Erde entfernt und stellte für die nächsten Jahrhunderte sicher keine Gefahr für den Planeten mehr dar.

James Ascot, der ISS Kommandant gab Interviews, in denen er mit Freudentränen in den Augen die packenden

Minuten schilderte, als das Ende der Menschheit unvermeidlich schien.

„Ich dachte schon, bald sind wir hier auf der ISS die letzten Menschen, die noch leben, und unten werden alle gestorben sein", erzählt er immer wieder mit bewegter Stimme.

Die Geschichte mit den drei Sekunden verbreitete sich rasend schnell über alle Medien: „Der Asteroid hat die Erde um einen Atemzug verfehlt. Drei Sekunden bevor die Erde den Bahnkreuzungspunkt passierte, flog er in fünfundachtzig Kilometer Entfernung an der Erde vorbei."

Der Jubel darüber war grenzenlos. Drei Sekunden hatten über das Schicksal der Menschheit entschieden. Und niemand wusste, wie es dazu gekommen war.

Kapitel 52

Endlich konnte Vera mit Otto telefonieren. Die Verbindung war überraschenderweise so gut, dass sie glaubte, Otto wäre im Nebenzimmer. In Peru war es bereits Abend geworden und in Georgien herrschte tiefste Nacht.

*

Sylvia und Otto waren lange eng umschlungen am Strand in Poti gestanden und hatten auf die Druckwelle gewartet. Sie wollten sich noch einmal intensiv spüren.

Doch nach einer Weile ließen ihre Gefühle nach und sie ließen einander los. Otto bemerkte, wie einer der Umstehenden versuchte, zu telefonieren.

Zuerst schaffte er keine Verbindung, dann ein Schrei und der Mann warf seine Arme in die Luft und führte einen Freudentanz auf und schrie dabei wie besessen auf Grusinisch: „Alles ist gut, alles ist gut."

Kurz danach hatten am Strand alle begriffen, dass der Asteroid vorübergeflogen war, und die Menschheit gerettet war.

*

Nun sprach Otto mit Vera und hatte plötzlich ein verdammt schlechtes Gewissen wegen Sylvia. Diese stand neben ihm und sah ihn mitleidig an.

Otto musste nun Vera erzählen, dass es da eine Entlastungszeugin gäbe, die bereit sei, auszusagen und dann wäre die ganze Geschichte mit der Bombe in Wien vorüber. Den Namen der Entlastungszeugin verschwieg er Vera vorsorglich noch. Den wollte er ihr erst sagen, wenn er wieder persönlich mit ihr beisammen war. Das konnte nicht mehr lange dauern. Seine Anwälte würden in Wien alles vorbereiten und für freies Geleit sorgen, damit er gefahrlos in Schwechat landen konnte, ohne gleich verhaftet zu werden.

Vera war froh, dass Otto wohlauf war, sie hatte nicht damit gerechnet, dass er den Impakt in Georgien überleben würde.

Dann konnte endlich auch Henry mit seinem Vater sprechen. Henry hatte die Abenteuer der letzten Tage scheinbar cool weggesteckt und war munter und guter Dinge. Er erzählte seinem Vater begeistert von den alten Tempeln, die er in Peru gesehen hat.

Otto freute sich, dass sein Sohn den Weltuntergang so locker weggesteckt hatte, und versprach ihm, dass sie sich in wenigen Tagen in Wien wieder sehen würden.

*

Als Otto das Gespräch mit Peru beendet hatte, sah Sylvia Otto lange an, keiner der beiden sagte ein Wort.

Bis Sylvia die Initiative ergriff „Das waren wohl unsere Nerven und unsere Hormone. Meine Aussage bekommst du, das habe ich dir versprochen. Aber dann trennen sich unsere Wege. Denn ehrlich gesagt, ich mache mir nichts aus jüngeren Männern, die noch dazu verheiratet sind."

„Ist wohl besser so", meinte Otto. „Wir passen nicht zusammen und wir sollten es der Ausnahmesituation zuschreiben."

„Schön war´s schon", musste Sylvia zugeben. „Ein echtes Abenteuer mit Liebe und echten Schusswaffen. Welche Societytussi in Wien hat das je erlebt? Ein echter James Bond Plot. Leider waren die Kugeln auch echt und die habe ich abbekommen."

„Wer ist dieser Don Pedro, den Vera da so am Rande erwähnt hat?", fragte Otto. Er hatte in Georgien von Don Pedros Megashows im Internet und im Fernsehen nichts mitbekommen.

Sylvia hatte auch noch nie von einem Don Pedro aus Südamerika gehört.

„Ist doch egal, der ist nicht so wichtig", meinte sie herablassend. Sie hatten beide im Moment echt keine Ahnung, was in der Welt gerade vorging.

„Wir werden uns in Frieden trennen, denn wir haben uns hart bekämpft, und du hast letztlich Recht behalten", wechselte Sylvia das Thema.

„Aber das gilt nicht für deine Vera, die hat mich damals so bloßgestellt und betrogen, das kann ich ihr nicht verzeihen. Ohne ihr wäre ich heute noch Chefredakteurin von den Wiener Wochennachrichten. Sie hat mir meine Karriere zerstört."

„Die hast du dir schon selbst zerstört, hättest du sie nicht zur Falschaussage angestiftet, wäre dir gar nichts passiert", konterte Otto trocken.

„Und ich habe dich nicht besiegt, du hast nur die Wahrheit erfahren, wie meine Familie zu ihrem Vermögen gekommen ist und dass mein Vater damit dem Weltfrieden gedient hat. Das war alles."

„Die Geschichte ist lange her, lass uns schauen, ob es hier in diesem verlassenen Poti etwas zu trinken gibt, das haben wir uns jetzt mehr als verdient", wich Sylvia ihrer ruhmlosen Vergangenheit aus.

„Gut, feiern wir unsere Rettung vom Asteroiden, und dann schauen wir, wie wir am schnellsten Weg nach Österreich kommen", meinte Otto.

Sie mussten nicht weit gehen, denn einige hundert Meter weiter stieg gerade eine improvisierte Strandparty mit allen Leuten, die hier auf den Tod gewartet hatten. Die geplünderten Wodkavorräte eines nahen Supermarktes mussten dafür herhalten. Alle wollten auf ihre Rettung kräftig anstoßen. An einem solchen Tag war alles legal und erlaubt.

Bald waren Otto und Sylvia in sehr beschwingten Zustand, doch das war nach den Erlebnissen des heutigen Tages wohl mehr als verständlich.

Kapitel 53 – Tag 1

Auch am Caltech in Pasadena war der Jubel groß gewesen. Trotzdem saß jetzt George Michaelson, der Entdecker des Asteroiden nachdenklich an seinem Schreibtisch und grübelte. Wo war der Fehler? Wieso hatten ihre x-fach geprüften Bahndaten nicht gestimmt, und wieso war einen Tag vor dem Impakt planetenweit die Panik ausgebrochen?

Die Frage nach der Panik konnte er sich leicht beantworten, irgendjemand der Mitwissenden hatte die Nerven weggeschmissen und geplaudert. Das war bei der Menge an Leuten, die kurz vor dem Impakt informiert worden waren, fast unvermeidlich gewesen. Zum Glück hatte die Phase der Panik nur einen Tag gedauert, sodass die Zerstörungen relativ gering waren.

Samuel Schneider, der Projektleiter betrat das Büro von George Michaelson: „Hier hast du dich verkrochen, was ist los? alle feiern die Rettung der Menschheit und du grübelst hier einsam in deinem Büro."

„Los, komm mit, auf der Plaza steigt gerade eine riesengroße Party, mit Freigetränken für alle, die obersten Bosse haben eingeladen, alles auf Kosten des Hauses. Denn irgendwie sind wir ja die Retter des Planeten. Du hast den Asteroiden als erster entdeckt, wir haben alle Regierungen gewarnt, und dann war die Berechnung um drei Sekunden ungenau. Wir sind Helden, komm mit, alle warten schon auf dich, den Entdecker."

George Michaelson sah seinen Chef ernst an und meinte: „Was wäre passiert, wenn ich den Asteroiden nicht entdeckt hätte?"

„Genau dasselbe, er hätte die Erde um drei Sekunden verfehlt", erwiderte sein Chef gut gelaunt.

„Eben, wir haben die Erde nicht gerettet, das ist nur unser Marketingteam, das es so darstellt, wir haben eigentlich nur die Massenpanik verursacht", erklärte George Michaelson.

„So kann man das nicht sehen", widersprach der Projektleiter, „wir sind die Helden und das bedeutet künftig Forschungsgelder ohne Ende. Amerika hat die Welt gerettet, das ist ja nicht das erste Mal. Gut so, dass es alle glauben, auch wenn du eigentlich recht hast. Aber das interessiert jetzt niemanden."

„Nein", widersprach George Michaelson, „du vergisst die seltsame Bahnänderung des Asteroiden. Er hat sich um seine Achse gedreht und den Schwerpunkt verlagert, das haben wir auf unseren Aufzeichnungen entdeckt. Ohne diese Bahnänderung wäre er vor Grönland ins Meer geknallt. Ich habe das nochmals nachrechnen lassen. Dann hätte es keine drei Sekunden gegeben, welche die Erde gerettet haben."

„Und, was ändert das? Zufällig hat er sich gedreht und wir sind gerettet. Was soll deine Grübelei, wir haben durch Zufall überlebt, Glück muss der Mensch haben. Und jetzt komm, klapp den Computer zu und geh zum Fest, alle warten auf dich", wollte Samuel Schneider den Astronomen endlich in Richtung Fest bewegen.

Doch der war hartnäckig: „Ich glaube nicht an solche Zufälle."

Samuel Schneider wurde langsam ungeduldig: „Ob du an Zufälle glaubst oder nicht, ist egal, das war jedenfalls ein Zufall, was soll es denn sonst gewesen sein. Der Heilige Geist vielleicht, an den glaubt doch kein Wissenschaftler mehr, mach dich nicht lächerlich."

„Ich kann dir auch nicht sagen, was es war, aber Zufall war es nicht, da bin ich mir relativ sicher. Und kein Asteroid dreht sich ohne Krafteinwirkung von irgendetwas um seine eigene Achse. Es muss eine Krafteinwirkung gegeben haben. Wir müssen sie nur finden."

„Ich habe den Zeitpunkt der Bahnänderung genau recherchiert und bin fündig geworden. Sieh dir das einmal an, was ich im Web entdeckt habe", erklärte George Michaelson.

„Na gut, was hast du gefunden, zeig her, hoffentlich dauert es nicht lang", brummte sein Chef.

George Michaelson klickte ein paar Mal mit der Maus und dann lief das Video von Don Pedros zweiter Rede über den Bildschirm.

Samuel Schneider sah eine Minute zu und meinte dann: „Was soll das denn sein, ein Sektenprediger bei der Arbeit? Einer dieser grünen Gurus, die die Welt retten wollen und nur für die eigene Tasche arbeiten?"

„Warte, nicht so vorschnell, ich gehe zu der entscheidenden Stelle", rief George Michaelson nun ganz aufgeregt. Er wusste auswendig, zu welcher Minute des Videos er gehen musste, er hatte es bereits mehrfach gemacht.

Sie kamen zu der Stelle, wo Don Pedro sprach: „Wir umarmen Gaya, die Mutter Erde, Pacha Mama, und wenn ich die Arme hebe, dann senden wir ihr einen gemeinsamen Impuls der Liebe, denn ich liebe euch und ihr liebet einander und wir bilden alle gemeinsam einen gewaltigen Schutzmantel um uns und um die ganze Erde." Dann hob Don Pedro die Arme.

George Michaelson stoppte das Video und deutete auf die Zeit, es war 12:38 nach der Pacific Daylight Time, der in Kalifornien gültigen Zeitzone.

Dann drehte er langsam seinen Bürostuhl und deutete auf einen anderen Monitor. Dieser zeigte die Bahndaten des Asteroiden, die er eben aus allen verfügbaren Messwerten neu berechnet hatte. Neben jedem Messpunkt stand die exakte Uhrzeit, wann der Asteroid den Punkt passiert hatte.

Die Bahn wies an einer Stelle einen leichten, kaum merkbaren Knick auf, hier musste der Asteroid sich gedreht haben. Samuel Schneider musste näher an den Bildschirm gehen, um die Zahlen lesen zu können. Neben dem Knick stand ganz klein 12:38.

„Alles Zufall, oder was?", sah George Michaelson seinen Chef triumphierend an.

„Und, was willst du mir damit sagen, wo bleibt die wissenschaftliche Erklärung, ist das alles, was du mir zeigen kannst? Einer hebt die Arme und der Asteroid dreht ab, das ist doch lächerlich."

„Eine wissenschaftliche Erklärung habe ich nicht", gestand George Michaelson freimütig ein, „aber eine andere Zahl habe ich, die wir noch überprüfen müssen. Es gibt Blogs, da steht drin, dass diese Rede von mehr als hundertfünfzig Millionen Menschen auf der ganzen Welt gleichzeitig empfangen worden war. Hundertfünfzig Millionen sind seiner Meditation gefolgt, schreiben etliche Blogger. Nur ist das im darauffolgenden Chaos des Impakts völlig untergegangen."

„Dann sollten wir das besser untergegangen sein lassen, als daran zu rühren. Wir sind die Retter, nicht dieser selbsternannte Guru, den wir nicht kennen", zeigte sich Samuel Schneider unnachgiebig.

„Ob wir das wirklich vertuschen sollten?", zweifelte George Michaelson, „wenn das bekannt wird, steht die Welt Kopf."

„Eben, deswegen darf es nicht bekannt werden", rief Samuel Schneider sichtlich erregt, „denk an unsere Fördergelder."

George Michaelson sagte: „Gut, du hast entschieden, du bist der Boss, ich wollte es dir nur gezeigt haben, lass uns feiern gehen."

Insgeheim dachte er: „Es wird bekannt werden, dafür werde ich schon sorgen, und wenn es das letzte ist, was ich als Wissenschaftler tue."

*

Zur selben Zeit standen Vera mit Henry und Don Pedro, sowie Alfredo mit seinen Freunden und deren Familien als auch die Familie Oberleitner auf der Plaza del Arms in Puno vor der alten Kathedrale und feierten dichtgedrängt mit tausenden Einheimischen die Errettung des Planeten.

In Puno verstand man zu feiern, hier fanden mehrmals im Jahr Fiestas und Folklore Festivals mit fantastischen Kostümen und Tänzen der Einheimischen statt. Puno war faktisch die Festspielstadt Perus.

Jetzt hatten die Tänzer und Tänzerinnen ihre Kostüme eiligst ausgepackt und es fand ein Spontanfestival zu Ehren Pacha Mamas statt. Der Hauptplatz war bis auf den letzten Platz gefüllt und in den Seitengassen tanzten die Menschen und jubelten einander zu.

Vera musste Don Pedro ins Ohr schreien, wenn sie ihm etwas sagen wollte, denn die traditionelle Musik des Altiplano mit ihren Zimbeln, Pauken und schrillen Flöten spielte in einer Lautstärke, die jede Unterhaltung übertönte.

Vera brüllte ihm ins Ohr: „Hast du eine Ahnung, ob deine Massenmeditation geholfen hat, oder war es Zufall, dass die Bahnen drei Sekunden Abstand hatten."

„Ich glaube nicht an Zufälle", schrie Don Pedro zurück, „aber ob es die Meditation war, oder Pacha Mama persönlich, da habe ich keine Ahnung. Da musst du Pacha Mama selbst fragen."

Henry war von den farbenprächtigen Kostümen hellauf begeistert und hätte sich am Liebsten unter die Tänzer gemischt, doch Vera ließ ihn nicht davonlaufen, denn in dem Getümmel konnte er leicht verloren gehen.

Don Pedro sehnte sich nach ein bisschen Ruhe und Abgeschiedenheit, die Aufregung der letzten Tage war schließlich nicht wenig gewesen. Vera hatte ihm versichert, dass die Fahndung nach ihrer Familie von Österreich aus bald eingestellt würde, da ihre Unschuld nun bewiesen sei. Ihr Mann habe eine Entlastungszeugin auftreiben können.

Vera würde sich persönlich darum kümmern, dass Don Pedro ein neues Haus bekäme. Das Alte war schließlich dem Militäreinsatz zum Opfer gefallen.

Don Pedro hätte gerne sein altes Leben wiedergehabt, doch eine Ahnung sagte ihm, daraus würde nichts. Es käme noch immer Großes auf die Erde zu und er könne nicht mitten darin aussteigen. Das würde Pacha Mama nicht zulassen.

Er seufzte tief, als ihm diese Erkenntnisse mitten im Trubel des Festes durch den Kopf gingen.

Während die Nacht längst hereingebrochen war und das Fest langsam auf seinen Höhepunkt zustrebte, geschahen an anderen Orten Dinge, die Don Pedros Leben für immer verändern sollten.

Kapitel 54

George Michaelson hatte noch in der Nacht ganze Arbeit geleistet. Vom Caltech Fest war er unauffällig verschwunden. Aus seinem Büro hatte er nur den Laptop und einige Festplatten mitgenommen. Er warf einen letzten Rundblick in sein Zimmer, das fünf Jahre lang sein Arbeitsplatz gewesen war, und wo er ganze Nächte verbracht hatte. Dann schloss er die Tür von außen. Er war sich nicht sicher, ob er dieses Büro jemals wiedersehen würde, aber er verspürte kein Wehmut, sondern eine wilde

Entschlossenheit, das zu tun, was er sich vorgenommen hatte.

George Michaelson war ein Junggeselle, der die Vierzig schon hinter sich hatte. Für Ehe und Familie hatte er nie Zeit gefunden, der Job war ihm immer wichtiger gewesen. Umso mehr wunderte er sich über sich selbst und über seine Entschlossenheit, das erste Mal in seinem Leben etwas Verbotenes zu tun. Er glaubte an die Wissenschaft und hatte mit Esoterik gar nichts im Sinn, doch die Synchronizität der Ereignisse ließ ihm keine Ruhe. Sein Sinn für Gerechtigkeit ließ es einfach nicht zu, dass sich das Caltech mit fremden Federn schmückte.

Er lenkte seinen schnittigen BMW Cabrio über den Ventura Freeway nach Westen. Links und rechts vom Freeway erstreckte sich die unendlich scheinende Stadtlandschaft des Großraums Los Angeles, für die George Michaelson keinen Blick übrighatte. Nördlich von ihm lagen die Hollywood Filmstudios. In Woodland Hills verließ er den Freeway und war in wenigen Minuten in seinem Bungalow in ruhiger Gartenlage, den er als Junggeselle allein bewohnte.

Er klemmte sich sofort hinter seinen Computer und begann mit der Arbeit. Er hatte auch von Zuhause aus Zugriff auf alle wichtigen Dateien und Datenbanken. Noch wusste niemand, was er vorhatte. Bald würde das anders sein, dann wäre sein Caltech Account gesperrt und womöglich würde das FBI ihn jagen wie einen Verbrecher. Er musste mit allem rechnen, das war ihm klar. Doch er konnte nicht gegen seine Überzeugung handeln. Die Welt hatte ein Recht darauf, von der Synchronizität der Ereignisse zu erfahren. Die Wahrheit würde sich durchsetzen. Wenn dieser Don Pedro die Welt gerettet hatte, dann musste das Konsequenzen haben. Dann hätte er die bekannten Gesetze der Physik erweitert. Denn wissenschaftlich war das nicht erklärbar. Das würde schließlich heißen, dass hier unbekannte Kräfte im Spiel waren.

George Michaelson war immer noch Wissenschaftler. Er wollte diese unbekannten Kräfte unbedingt erforschen, denn das war die Gelegenheit, um Geschichte zu schreiben. Wenn er beweisen konnte, dass hundertfünfzig Millionen meditierende Menschen einen ganzen Asteroiden bewegen konnten, dann wäre ihm der Nobelpreis sicher. Wenn nicht, würde er das Gespött der Wissenschaftsgemeinde abgeben. Falls ihn das FBI nicht vorher aus dem Verkehr ziehen würde.

Einen Gerichtstermin würde es in seinem Fall kaum geben, denn dieser Fall hatte viel zu weitreichende Konsequenzen als dass ein Gericht darüber befinden könnte. Er würde einen Unfall haben, den er nicht überleben würde. Dieses Risiko war ihm bewusst, aber er musste es eingehen, das war er seinem Gewissen und Don Pedro schuldig.

Kapitel 55 – Tag 2

Rüdiger Baumgartner war nicht wirklich überrascht, als sich sein Gesprächspartner am Telefon als George Michaelson vorstellte. Baumgartner wusste, dass dies der Astronom war, der den Asteroiden entdeckt hatte.

Doch als ihm Michaelson die Fakten der Synchronizität des Don Pedro Auftritts mit der Bahnänderung des Asteroiden nahebrachte, blieb Baumgartner der Mund offen.

Als er ihn Sekunden später wieder schließen konnte, ratterte sein Gehirn auf Hochtouren. Wenn er nur wüsste, wo Vera und dieser Don Pedro genau steckten. Er wusste nur den ungefähren Aufenthaltsort, irgendwo in Peru. Das war mehr als dürftig.

Er brauchte Beweise, dass an der Sache etwas dran war. Hier hatte George Michaelson ganze Arbeit geleistet, wie Baumgartner anerkennend zugeben musste, als er den Link zum Video anklickte, welches George Michaelson vor wenigen Minuten auf YouTube gestellt hatte.

Es war ein Zusammenschnitt einer sich entwickelnden Bahnkurve des Asteroiden mit der laufenden Rede von Don Pedro und neu generierten Balken der Zuschauerzahlen. Der Sekundenzähler lief unten am Schirm mit. Parallel dazu wurde immer wieder George Michaelson vom Caltech eingeblendet, wie er erklärte, was im Video zu sehen war.

„Entweder die genialste Fälschung, die ich seit langem gesehen habe, oder es ist wahr", rief Rüdiger Baumgartner am Telefon aus.

In Wien war es auf Grund der neunstündigen Zeitverschiebung zu Los Angeles gerade drei Uhr Nachmittag.

Rüdiger überlegte nicht lange, sondern drückte den Roten Knopf für besondere Fälle, den er am Schreibtisch hatte, und welcher Großalarm in der Redaktion auslöste.

Drei Minuten später waren alle Leiter im Konferenzzimmer versammelt und George Michaelson im Großformat am Videoprojektor des Konferenzraums zu sehen, wie er zu Hause in Kalifornien an seinem Schreibtisch saß.

Baumgartner und Michaelson erklärten den Anwesenden worum es ging.

Michaelson sprach auch von seinem persönlichen Risiko, dieses Video zu publizieren: „Hier beim Caltech sonnen sich alle darin, dass ich den Asteroiden entdeckt habe, aber schon die Bahnänderung alleine ist wissenschaftlich nicht erklärbar. Da braucht es schon ein Hinbiegen aller bekannter Faktoren. Und selbst dann sieht es immer noch so aus, wie wenn es einen Faktor gäbe, den wir alle nicht kennen."

„Und jetzt gibt es diese Gleichzeitigkeit der Ereignisse, und meine Meinung ist, dieser Don Pedro mit seinen hundertfünfzig Millionen meditierenden Zusehern könnte dieser Faktor sein. Ich habe aber keinen harten wissenschaftlichen Beweis dafür, bis auf dieses Video. Natürlich kann die Gleichzeitigkeit reiner Zufall sein. Doch hier höre ich auf Wissenschaftler zu sein, und sage, das ist kein Zufall."

„Ob ich morgen noch einen Job beim Caltech habe, ist mehr als fraglich, wenn Sie dieses Video jetzt promoten. Noch kennt es keiner, aber in wenigen Stunden wird es die Welt kennen."

„Ich bewundere Ihren Mut", merkte Rüdiger Baumgartner anerkennend an. „Sie handeln genauso, wie es die Lage erfordert."

Dann musste er fast gegen seinen Willen hinzufügen: „Vera Rauhenstein, unsere Chefredakteurin, hat genau so gehandelt, fast hätte ich sie hinausgeworfen, doch sie hat mich überredet, die Sendung mit diesem Don Pedro zu machen. Sie ist die wahre Heldin."

Donnernder Applaus und Jubelschreie aller Anwesenden unterbrachen seine Rede: „Vera ist die Größte, hoch lebe Vera, sie hat Don Pedro organisiert, sie ist die Beste. Vivat."

Rüdiger Baumgartner wusste, hätte er das nicht gesagt, dann hätte es Kay Uwe Andersen gesagt, der vorlaute Cheftechniker, der die Verantwortung für Don Pedros Liveschaltung hatte.

Als sich die Runde wieder beruhigt hatte, wurden die Details zwischen George Michaelson und Rüdiger Baumgartner geklärt. Man war sich bald handelseins sodass die Sache ihren Lauf nehmen konnte.

*

Die Medienleute auf der ganzen Welt waren von den Ereignissen der letzten Tage immer noch emotional aufgewühlt. Jeder hatte sich schon mit dem Untergang abgefunden, und die Rettung in letzter Sekunde war mehr gewesen als viele verkraften konnten.

Als nun die Meldung von der Power of Family aus Österreich sich rasant verbreitete, dass die Rettung der Welt einem Don Pedro aus Peru zu verdanken sei, wurde nicht lange gezögert und bald war diese Meldung auf Platz eins weltweit.

Über das Video mit der Gegenüberstellung vom Caltech wurde in allen Nachrichtensendungen weltweit berichtet, von London über New York, bis Moskau, Sydney, Tokio und sogar Peking übernahm die Neuigkeit.

Das Video war auf YouTube zum Download frei und wurde in den ersten Minuten millionenfach angeklickt, dass sogar die die YouTube Server an den Rand ihrer Kapazitäten kamen.

In den sozialen Medien überschlugen sich die Stellungnahmen, und plötzlich wollte jeder bei den Hundertfünfzigmillionen gewesen sein, die die Liveschaltung von Don Pedro gesehen und mit ihm meditiert hatten.

Eine Welle der Euphorie umfasste den ganzen Planeten und kein Volk konnte sich dem verschließen. Auch in den islamischen Ländern kochten die Emotionen hoch. Das Video aus dem Caltech wurde binnen weniger Stunden in mehr als fünfzig Sprachen übersetzt, wenn auch manchmal nur mit Untertitel.

Überall auf der Welt gab es Sondersendungen, die amerikanischen Networks glühten förmlich. In eiligst einberufenen Diskussionsrunden wurde nach Don Pedro gefragt. Wo ist er, warum meldet er sich nicht, wir wollen ihn sehen. Doch keiner hatte eine Antwort auf diese Fragen. Irgendwo in Peru, das war alles, was bekannt war.

*

In Wien hatte der Staatsfunk das Nachsehen, da der kleine Privatsender POF schneller gewesen war. Trotzdem diskutierten einige Experten zu nächtlicher Stunde, dass das alles nicht möglich sein könne, da es eindeutig der Wissenschaft widerspräche. Kein Prediger kann einen Asteroiden ablenken. „Das kann es nicht geben", sagte ein Universitätsprofessor. „Und das darf es auch nicht geben", fügte er in Gedanken hinzu, „wo käme denn dann die Wissenschaft hin, wenn es vor unserer Nase Kräfte geben sollte, die wir nicht wissenschaftlich erklären können. Die dunkle Energie können wir zwar auch nicht erklären, aber die ist weit weg und niemand kann damit etwas anfangen."

Ein Wissenschaftsjournalist eines bekannten Magazins pflichtete ihm bei: „Zufall, nichts als Zufall, aber jetzt entsteht eine Massenhysterie, alle glauben, Don Pedro habe die Welt gerettet, das ist sehr gefährlich."

„Dieser Don Pedro ist eine Gefahr für die Menschheit", legte eine anwesende Politikerin der Linkspartei noch eine drauf. „Dieser Prediger wiegelt die Massen auf, das kann leicht zu Unruhen und Aufständen führen", warnte sie, während sie dachte, „wenn das wahr sein sollte, dann können wir uns unsere sozialistische Revolution endgültig einmotten."

Doch das waren Minderheitenmeinungen, die spät nachts vor kleinem Publikum diskutiert wurden, denn die breite Mehrheit glaubte längst dem Video vom Caltech, wie eiligst durchgeführte Umfragen unabhängiger Institute bestätigten. Mehr als achtzig Prozent der Befragten glaubten, dass es einen menschlichen Einfluss auf den Asteroiden gegeben hatte.

Kapitel 56

Jo Gruner blickte ernst in die Runde der versammelten Direktoren. Er hatte die Krisensitzung der obersten CIA Leitung kurzfristig einberufen. Frank Wohlfahrt war als letzter in den Besprechungsraum gekommen und hatte an dem überdimensionalen Mahagonitisch Platz genommen, an dem die anderen dreißig Führungskräfte schon längst mit unbeweglichen Mienen darauf warteten, was Jo Gruner, der Big Boss, ihnen zu sagen hätte.

Jo Gruner saß am oberen Ende des Tisches, hinter sich die mächtigen Flaggen der Vereinigten Staaten und des Geheimdienstes würdevoll drapiert. Er repräsentierte die Macht des Staates.

Statt seine vorbereitete Eröffnungsrede zu beginnen, sah Jo Gruner direkt zu Frank Wohlfahrt hin, und als dieser Platz genommen hatte, eröffnete er bissig: „Sieh an, Frank hat auch noch den Weg zu unserer kleinen Besprechung gefunden. Ist ja auch keine Wunder, ohne Frank hätten wir diese Besprechung nicht einberufen müssen, wenn sein Team seinen Job ordentlich gemacht hätte. Dann gäbe es keinen Don Pedro, keine Vera Rauhenstein und all die anderen Verräter nicht mehr. Aber nein, unser Frank hat sie entkommen lassen, und jetzt haben wir das Problem."

„Wie soll Amerika der Welt erklären, dass unser Präsident mit seiner Familie und fast der gesamten Regierung der USA sicher im Bunker in Colorado saßen und nichts unternommen haben, statt alle anderen US Bürger vor dem Absaufen in den Impaktfluten zu retten."

„Und dann kommt so ein Caltech Mensch und erklärt, die Welt sei von diesem Don Pedro gerettet worden. Dabei war das alles garantiert nur Zufall und auch ohne Don Pedro hätten wir überlebt."

Alle Augen hatte sich auf Frank Wohlfahrt gerichtet und alle sahen ihn durchdringend an. Die wenigsten der Anwesenden wusste, worum es ging, und wobei Frank versagt haben sollte. Doch wenn der Big Boss ein Bauernopfer haben wollte, würde sich niemand für Frank in die Bresche werfen. Das wäre glatter Selbstmord. Frank war so gut wie tot, zumindest beruflich, wenn auch nicht physisch. Aber darüber wollte keiner genauer nachdenken.

Völlige Stille trat ein, als der Boss seine Einleitung beendete. Frank, der in den letzten beiden Tagen mit seinem Leben schon abgeschlossen hatte, sah in die Runde von einem zum anderen und lächelte plötzlich.

„Ach ja, einer muss ja schuld sein, also bin ich es. Einverstanden, denn wenn Don Pedro tot wäre, wären wir jetzt hier alle tot. Der Asteroid hätte uns mit seiner Flutwelle einfach ausgelöscht. So einfach ist das. Ich glaube nicht daran, dass es Zufall war. Mittels dieser Meditation haben die Menschen den Asteroiden aus der Bahn geschubst. Das Video von George Michaelson ist für mich Beweis genug. Ich verstehe schon, das ist ein bisschen unheimlich, welche Macht von hundertfünfzig Millionen Menschen ausgehen kann. Das gefällt wohl manchen nicht."

Frank sah in die Runde, eisiges Schweigen folgte seinen Ausführungen.

Frank, der sich plötzlich völlig losgelöst und überlegen fühlte, lächelte und fragte in die Runde, „Wer das auch glaubt, soll bitte die Hand heben."

Keiner wagte, die Hand zu heben. Frank sah sich um und erklärte gelassen: „Das habe ich erwartet, keiner von euch hat Mumm in den Knochen. Ich nehme an, jetzt werde ich suspendiert."

Mit diesen Worten grinste er Jo Gruner unverfroren an.

Dieser explodierte und schrie: „Haltet mich, oder ich erschieße den Kerl sofort auf der Stelle."

Doch Frank Wohlfahrt war aufgestanden und meinte: „Ich gehe jetzt wohl besser, bevor da noch einer ausrastet."

Mit diesen Worten ging er zur Tür und schloss diese von außen.

Alle waren starr, Frank Wohlfahrt hatte dem Direktor des CIA die Stirn geboten, und er lebte noch.

*

Doch Jo Gruner ließ seinen Leuten keine Zeit zum Nachdenken sondern begann das Problem zu erklären: „Wenn draußen die Leute glauben, Don Pedro habe die Welt gerettet, dann hätte Don Pedro viel zu viel Macht über die Menschen. Wer weiß, was ihm als nächstes einfällt. Dann zwingt er uns womöglich, alle Atomwaffen zu verschrotten und alle US-Bürger sind auf seiner Seite, und Amerika ist wehrlos. Das darf nicht sein. Wir müssen das verhindern, das ist unser Job."

Jo Gruner blickte in die Runde.

„Das heißt, wir machen eine Fake News Kampagne gegen diesen Don Pedro und er wird total unglaubwürdig, wir hängen ihm alle möglichen Dinge an", erklärte Susan Daniely, die einzige Frau in der Führungsmannschaft und jüngstes Mitglied im Team. Sie war gerade fünfunddreißig geworden, stets eifrig und dienstbeflissen und war für die Bereiche Außenkommunikation und Medien zuständig. Falschinformationen und Medienmanipulation aller Art fielen auch in ihren Bereich.

„Ich lasse mein Team alles über diesen Don Pedro zusammentragen, was wir finden können, dem glaubt niemand mehr auch nur irgendwas, wenn wir mit ihm fertig sind", rief sie euphorisch.

„Schluss jetzt, das bringt doch zum jetzigen Zeitpunkt nichts", erklärte Jo Gruner mit einer wegwerfenden Handbewegung.

„Das ist der zweite Teil der Arbeit, mit dem können wir erst beginnen, wenn der erste Teil der Arbeit erledigt ist. Dieser Don Pedro darf keine Gelegenheit mehr für einen Auftritt vor Millionen Menschen bekommen, ist das klar."

Susan Daniely sah Jo Gruner mit großen Augen an und meinte ungläubig: „Aber alle werden ihn sehen wollen, Don Pedro ist berühmt."

„Wir sind hier nicht bei der Heilsarmee", brüllte Jo Gruner unvermittelt los, „wie deutlich muss ich noch werden, ohne Don Pedro keine Auftritte von Don Pedro. Und wer das nicht verstehen kann, ist hier falsch am Platz."

Bob Walters, einer der dienstältesten Direktoren beschwichtigte: „Keine Sorge Jo, wir erledigen das völlig diskret. Die bolivianische Mafia in La Paz wird eine offene Rechnung mit Don Pedro haben, der er leider zum Opfer fallen wird. Unglücklicherweise kommen dabei auch seine Begleiter ums Leben. Da können wir nichts dagegen tun, Südamerika ist ein gefährlicher Kontinent, da kann sowas schon vorkommen. Wie schrecklich bedauerlich."

„Und dann kann Susan bekanntmachen, dass Don Pedro zur Mafia beste Kontakte und Beziehungen gepflegt hatte. Hat er nicht von Drogengeschäften gelebt? So wird es wohl gewesen sein."

„Beinahe wäre die Welt auf einen Schwindler, Betrüger und Verbrecher hereingefallen, aber die Gerechtigkeit hat gesiegt und es gibt keinen Don Pedro mehr, der etwas anderes sagen könnte", schloss Bob Walters seine Ausführungen und blickte zufrieden in die Runde.

Jo Gruner sah Bob Walters zufrieden an: „Wenigstens einer, der mich versteht, die Sitzung ist beendet, los, alle an die Arbeit."

*

Im Hinausgehen flüsterte Bob Walters Susan Daniely leise zu, „Wenn du hier alt werden willst, solltest du solche Fehler nicht oft machen. Ich lade dich zum Dinner ein, da können wir besprechen, wie du das bei Jo wiedergutmachen kannst. Da zeige ich dir, wie du George Michaelson dazu bringen wirst, sein Video zu widerrufen und öffentlich zu erklären, dass er sich getäuscht hat."

Bei diesen Worten glitt Bobs Blick langsam über die wohlgeformte Figur von Susan. Diese beschloss mitzuspielen und flötete zuckersüß: „Aber gern, ich wollte schon immer mal den großen bösen Vize näher kennen lernen." Dabei lächelte sie schelmisch während sie dachte: „Du geiles altes Arschloch, dir werde ich es schon zeigen, wenn du über den nächsten Skandal in die Pension stolperst. Und der Skandal könnte ich sein."

Kapitel 57 – Tag 3

Dann kam alles anders. Journalisten auf der ganzen Welt hatten rasch herausgefunden, dass viele Regierungen über den Impakt genau informiert gewesen waren. Viele Regierungen hatten sich bereits Tage vor dem Impakt zu Regierungsklausuren in irgendwelche Bergregionen zurückgezogen und überall waren die Regierungsbunker aus der Zeit des kalten Krieges reaktiviert worden, damit die Mächtigen den Impakt überleben könnten, während deren Völker ausgelöscht würden.

Ein Aufschrei hallte über den Planeten, als bekannt wurde, dass die Regierungen die meisten Menschen umkommen lassen hätten, da nicht genug Nahrung für alle da war, für die Zeit nach dem Impakt, dem globalen Winter. Nur wenige hätten überleben dürfen.

Daher wurde alsbald heftig diskutiert, wer wann und von wem die Wahrheit erfahren hatte, und wieso sich manche an sichere Orte begeben hatten, und andere von all dem nichts gewusst hatten.

Zuerst tobten die Diskussionen in den TV-Stationen, dann gingen die Menschen auf die Straße um zu demonstrieren. Die sozialen Medien überwanden alle

Landesgrenzen spielend. Auch in China und Russland kam es zu Demonstrationen in Millionenstärke.

In London, Berlin oder Paris schien es, wie wenn alle Leute auf der Straße wären um ihren Unmut zu verkünden. Niemand wollte hinnehmen, dass seine Regierung ihn geopfert hätte, während die Minister und deren Familien in den Bunkern in Sicherheit waren.

Regierungssprecher versuchten zu kalmieren indem sie auf die Jugendlager hinwiesen, die überall rasch und provisorisch in den Bergen errichtet worden waren.

Die Zeit war zu knapp gewesen, mehr Leute hätten nicht evakuiert werden können, erklärten die Sprecher gebetsmühlenartig im Fernsehen und im Internet.

Doch es wurde rasch klar, es wäre weniger als ein Prozent der Weltbevölkerung in sicheren Gegenden gewesen. Es hätten wesentlich mehr Menschen evakuiert werden können, als tatsächlich geschehen war. Die Massen wurden von Stunde zu Stunde empörter und die Demonstrationen in den Hauptstädten immer gewalttätiger.

Die Schäden der Plünderungen vom Tag vor dem angekündigten Impakt waren noch nicht beseitigt, als schon wieder Straßenkämpfe aufflackerten und neue Plünderungen einsetzten.

Doch diesmal war alles anders, die Polizei schritt nicht ein, denn die Polizisten wussten, dass auch sie gestorben wären. Sie weigerten sich, gegen die Demonstranten vorzugehen. Viele Polizisten solidarisierten sich stattdessen mit den Demonstranten.

In den Parlamenten war es auch nicht besser, da die meisten Parlamentarier ebenfalls nichts von der Katastrophe gewusst hatten. Immer öfters wurde der Sturz der Regierung gefordert.

Die betroffenen Regierungschefs konferierten währenddessen über geheime abhörsichere Leitungen aus ihren Bunkern, denn ihnen war rasch klar geworden, dass sie nicht so einfach in ihre Hauptstädte zurückkommen konnten.

Lynchfantasien machten die Runde. Wie sollte es nur weitergehen, wenn die Elite des Planeten komplett diskreditiert war.

Mit dieser Situation hatte niemand gerechnet. Keiner der Geflohenen hatte gedacht, sich für seine Flucht und für sein Verschweigen der Katastrophe je verantworten zu müssen.

Alle hatten gerechnet, die nächsten Jahre im Bunker oder an sicheren Plätzen der Erde verbringen zu müssen, während vom Rest der Menschheit niemand überleben würde.

Nun forderten die Menschen lautstark, die Vertuscher zur Verantwortung zu ziehen. Kein Regierungschef traute sich in seine Hauptstadt zurück, aus Angst vor dem eigenen Volk.

*

So war die weltweite Freude über die Rettung der Menschheit plötzlich einem Katzenjammer gewichen, und keiner wusste, wie es weitergehen sollte. Denn die Probleme der Menschheit, wie Klimawandel, politische Rivalität zwischen den Machtblöcken, Wettrüsten und Bürgerkriege, die gab es noch immer, aber alle Mächtigen waren mit einem Schlag komplett diskreditiert, denn sie hatten die Menschheit verraten, und jeder Mensch wusste es.

Leute, die zum Tag des Impakts gerade zufällig in den Bergen auf Urlaub gewesen waren und nun zurückkamen, wurden von ihren Nachbarn aufs Gröbste angepöbelt, ob sie etwa zu den Wissenden gehört hatten und ihren Nachbarn den Impakt verschwiegen hätten.

*

In Wien aktivierte der Staatsfunk die berühmtesten Psychologen der Universitätsklinik. Diese versuchten das aufgebrachte Volk zu beruhigen. Sie sprachen von posttraumatischen Belastungssyndromen und Massenpsychosen, die es nun gelte, aufzuarbeiten und dann abklingen zu lassen.

Die Menschheit als Ganzes habe einen schweren Schock erlitten, der sich nun in jedem einzelnen Individuum niederschlagen würde. Niemand sei verantwortlich, denn schließlich hätte niemand die ganze Menschheit retten können, so sei eben versucht worden, nur so viele zu retten, wie nachher noch ernährt werden konnten.

Jeder Sprecher, der öffentlich auftrat, musste zu Beginn seiner Rede bekanntgeben, wo er sich zum Zeitpunkt des angekündigten Impakts gerade aufgehalten hatte. Das wurde rasch zum verpflichtenden Ritual. Leute, bei denen der geringste Verdacht bestand, sie könnten vorab informiert gewesen sein und hätten versucht, sich in Sicherheit zu bringen, wurden in den sozialen Medien gnadenlos fertiggemacht und konnten sich ihres Lebens nicht mehr sicher sein.

Wo sollte dieser Alptraum hinführen? Würde die Welt völlig unregierbar im Chaos versinken. Die Fernsehbilder aus den Hauptstädten der Welt ließen das Schlimmste befürchten. Überall demonstrierende Menschenmassen und plündernde Horden in den Innenstädten und keine Polizei, die diesem Treiben Einhalt geboten hätte.

Kapitel 58

Es klingelte an der Tür von George Michaelsons Bungalow in den Hügeln von Woodland Hills. Es war spät abends und das letzte Licht der Dämmerung war bereits verblasst.

George Michaelson spähte durch ein Fenster nach draußen. Würden sie schon kommen, ihn zu holen? Er hatte eine Geschichte in die Welt gesetzt, die alles verändern könnte, was bisher dagewesen war. Es würde Leute geben, denen dies gar nicht gefallen würde.

Im Vorgarten stand eine einsame Blondine im Businesskostüm mit einer Aktenmappe unter dem Arm.

„Falle oder Journalistin?", überlegte George Michaelson. In seinem Wohnzimmer lief der Großbildschirm seines TV-Systems mit höherer Lautstärke als üblich. Es wurde eben über die ausufernden Demonstrationen in Washington berichtet. „Wo ist der Präsident?", skandierte die Menge, die vom Militär gerade noch gebändigt werden konnte. „Der Präsident hat uns verraten!", schrien Leute lautstark mit Megafonen.

George Michaelson konnte schwerlich so tun, als sei er nicht zu Hause. Dazu war der Bungalow zu klein und der Lärm des TV-Gerätes zu groß.

Er öffnete die Tür und die Dame stellte sich als Clara Windcraft, freie Journalistin, vor. Sie wollte ein Exklusivinterview von ihm und unbedingt die erste sein, die mit ihm persönlich gesprochen hatte.

George Michaelson ließ sie herein, drehte den Fernseher ab und bot ihr etwas zu trinken an. Sie sah nicht gefährlich aus und war allein. Er hatte keine Ahnung, dass in Wahrheit Susan Daniely von der CIA vor ihm saß.

„Gibt es gar keinen Fotografen oder Kameramann für das Interview?", wollte George Michaelson wissen.

„Nicht nötig", erwiderte Clara Windcraft, und schlug aufreizend die Beine übereinander, sodass der Rocksaum höher rutschte, als es dem Anstand gutgetan hätte.

George Michaelson begann sich unwohl zu fühlen. Nicht dass er schwul gewesen wäre, aber er hasste es, wenn er sexuell verwirrt wurde. Die Dame sollte zur Sache kommen.

„Was wollen Sie wissen, bringen wir es hinter uns," erwiderte er etwas mehr unwirsch, als er vorgehabt hatte.

Clara Windcraft lächelte zuckersüß und erklärte: „Wie es kommen kann, dass ein erfolgreicher Wissenschaftler, wie sie einer sind, der den Asteroiden, der uns alle beinahe umgebracht hat, als erster entdeckt hat, und dem Land somit einen unschätzbaren Dienst geleistet hat, plötzlich

Verschwörungstheoretiker wird und wirres Zeug in den Medien verbreitet? Das kann seine Karriere ganz rasch beenden."

Georg Michaelson schluckte und entgegnete: „Ich dachte, Sie wollen ein Interview, haben Sie das Video denn überhaupt gesehen, wenn Sie so etwas fragen? Ich habe völlig korrekt die Ereignisse zusammengestellt, die meiner Ansicht nach gleichzeitig stattgefunden haben. Das hat doch nichts mit einer Verschwörungstheorie zu tun."

Clara Windcraft sah ihn mit eisiger Miene an: „Sie glauben ja wirklich, was Sie in dem Video gesagt haben, wir dachten, es gäbe einen Auftraggeber irgendwo da draußen in Europa oder in Peru. Dieser mysteriöse Sender POF, Power of Family, dort sind doch die Hintermänner zu Hause, geben Sie es zu. Sie sind angestiftet worden, diese Fake News zu verbreiten."

„Wer schickt Sie? Sie fragen nicht so, wie wenn Sie eine Journalistin wären, da kämen Ihre Fragen anders. Sie haben ja nicht einmal ein Aufnahmegerät für das Interview eingeschaltet."

„Woher wollen Sie das wissen? das Gespräch wird selbstverständlich aufgezeichnet, das bekommen Sie nur nicht mit", brüstete sich Clara Windcraft mit ihrem geheimen Equipment.

„Aber kommen wir langsam zu Sache, Sie glauben mir sowieso nicht, also reden wir Klartext", wurde sie plötzlich sachlich.

„Sie widerrufen dieses Video und erklären, dass Ihnen ein Fehler passiert ist, da die Ereignisse nicht gleichzeitig geschehen sind und somit nichts miteinander zu tun haben können. Es wird jeder verstehen, dass Sie in der Aufregung über den drohenden Weltuntergang und die Rettung der Erde falsch reagiert haben und Dinge gesehen haben, die gar nicht da waren."

Georg Michaelson hatte sich inzwischen wieder im Griff und meinte kühl: „Warum sollte ich das tun?"

„Weil damit Ihre Reputation als Wissenschaftler wiederhergestellt ist und Sie um eine Million Dollar reicher sein werden. Denn es gibt eine Organisation, die es sich etwas kosten lässt, wenn die Ordnung wiederhergestellt wird. Verstehen Sie?"

„Der Präsident würde Ihnen die höchste Auszeichnung des Landes verleihen."

„Welcher Präsident, doch nicht dieser, der sich in Colorado im Bunker verkrochen hat, während die Küstenbewohner dem Absaufen ausgeliefert wurden. In Washington wird seine Absetzung gefordert. Und nicht nur von den Demonstranten, nein auch schon vom Senat. Sehen Sie lieber die Nachrichten, bevor Sie mir hier falsche Versprechungen machen", konterte Georg Michaelson kühl.

„Das wird Ihnen leidtun, Sie finden nie wieder eine Stelle, dafür wird gesorgt werden", zischte Clara Windcraft wütend.

„Sie wissen anscheinend nicht, dass dieser Don Pedro mit der bolivianischen Mafia unter einer Decke steckt und in Drogengeschäfte verwickelt ist. Aber das ist auch nicht nötig, Don Pedro wird bald keine Rolle mehr spielen. Und vielleicht wird entschieden, dass Sie in diesem Land auch keine Rolle mehr spielen. Aber das ist Ihr Problem."

Mit diesen Worten war Sie aufgestanden und Richtung Tür gegangen. Dort blieb sie stehen und sah ihn eindringlich an.

„Schade um Sie, so ein fescher Mann und so stur. Letzte Möglichkeit, ändern Sie ihre Meinung, oder ich bin weg und dann ist es zu spät für Sie."

Georg Michaelson überlegte. Er wusste, dass seine Berechnungen richtig waren, er hatte alles mehrfach gecheckt. Für die Drehung des Asteroiden gab es keine wissenschaftliche Erklärung. Er wusste aber auch, dass er sich nicht zum Märtyrer eignete. Sie konnten ihn jederzeit erledigen, wer immer sie auch waren. Er würde nicht sehr alt werden. Doch er war prominent. Ihn konnten sie nicht so leicht töten, aber sie konnten seine Karriere beenden, oder er würde einen Unfall haben, musste er sich eingestehen.

Konnte er mit einer solchen Lüge leben und sich danach noch in den Spiegel schauen? Er hatte etwas entdeckt, das die Gedankenwelt der Menschen für immer verändern konnte. Das zu Leugnen wäre eine Ungeheuerlichkeit der gesamten Menschheit gegenüber.

Aber eigentlich war er ein Feigling. Er liebte seine Arbeit, seinen Komfort und wollte nicht sterben. Er wollte auch nicht zum Gespött der Kollegen werden und nie wieder eine Arbeit finden.

Er hatte nur aufzeigen wollen, was passiert war. Vielleicht würde noch eine wissenschaftliche Erklärung gefunden, wenn in die richtige Richtung geforscht würde.

Rüdiger Baumgartner und Vera Rauhenstein kamen ihm in den Sinn. Die hatten keine Angst vor Geheimdiensten und vor Repressalien. Die hatten einfach gehandelt.

„Die beiden leben richtig, sie kennen keine Angst vor dem Tod", schoss es ihm plötzlich durch den Kopf. Er musste dorthin, wo er die Sache weiter erforschen konnte, und wo könnte das besser gehen als beim Sender, bei dem Don Pedro aufgetreten war. Er musste unter allen Umständen zu diesem POF Sender. Der war irgendwo in Europa, mehr wusste er im Moment nicht.

„Ich warte", riss ihn Clara Windcraft aus seinen Gedanken. Sie hatte mitbekommen, dass er überlegte, was er tun sollte.

Georg Michaelson fühlte sich wie beim russischen Roulette. Was würde passieren, wenn er ablehnte. Würde er je wieder forschen können, oder war ihm ein früher Tod beschieden.

„Nein, ich denke nicht daran, zu widerrufen, ich weiß, was ich gesehen habe", gab er Clara Windcraft als Antwort.

Diese sah ihn mitleidig an und meinte dann spöttisch: „Viel Spaß bei der Flucht, aber weit werden Sie nicht kommen."

Dann drehte sie sich um und schmiss die Tür von außen ins Schloss. Gleich darauf hörte Georg Michaelson einen Wagen lautstark durchstarten und wegfahren.

*

Warteten draußen schon die Schergen, Georg Michaelson war verunsichert. Hatte er sich richtig entschieden, oder würde sein Leben rasch zu Ende sein.

Vorsichtig schlich er auf die Terrasse seines Bungalows, die in den Garten ging, und umrundete vorsichtig geduckt sein Haus. Wie wenn er bei sich selbst einbrechen wollte, kam ihm in den Sinn.

Nichts Auffälliges war zu bemerken. Er schlich zurück ins Haus und begann hastig ein paar Sachen zusammenzupacken. Kleidung, Wäsche zum Wechseln, Toilettenartikel, eben alles was in einen kleinen Rollkoffer passte. Das Wichtigste waren seine Datenträger und sein Laptop in der Umhängetasche. Er führte alle Unterlagen mit sich, und er musste sie möglichst rasch außer Landes bringen. Im Webspace waren sie nicht sicher genug. Da kam der Geheimdienst zu leicht ran.

*

Keine dreißig Minuten nach dem Besuch von Clara Windcraft startete er den Wagen und beobachtete sorgfältig, ob ihm ein anderer Wagen folgte.

Bald war er auf der Interstate 5, die geradewegs nach Norden führte. Zwölfhundert Meilen und neunzehn Stunden Fahrt lagen vor ihm. Sein Ziel war Vancouver in Kanada. San Diego und Mexiko wären zwar viel näher, um sich ins Ausland abzusetzen, aber damit würden die Behörden rechnen. Die Grenze zu Mexiko glich mittlerweile einer Festungsanlage. Da wurden auch alle US-Bürger streng kontrolliert. Vor diesen Check Points konnte einem gruseln. Im Norden wurde viel weniger kontrolliert, da würde es reichen, wenn er seinen Pass herzeigte und schon wäre er in Kanada.

Vancouver war aber nicht das Ziel. Er hatte kurz anonym über einen alten PC, der bei ihm zu Hause nutzlos herumstand, und der über sein altes anonymes Wertkartenhandy mit dem Internet verbunden war, gecheckt, dass am Lufthansaflug von Vancouver nach München morgen Abend um 18:25 noch genügend Plätze frei waren.

Buchen würde er daher erst in Vancouver. Bis dahin würde er untertauchen. Er hatte sein Smartphone deaktiviert und die SIM-Karte entfernt.

Er hoffte nur inständig, dass der Flughafen in Vancouver und die Lufthansamaschine intakt waren, und nicht durch die panischen Ereignisse der letzten vierundzwanzig Stunden vor dem angekündigten Impakt zerstört worden waren. Doch im Internet hatte er seltsamerweise nichts darüber herausfinden können. Es sah so aus, wie wenn in Kanada alles intakt wäre.

So dachte er, wenn er erst einmal in Vancouver wäre, dann wäre er auch bald an Bord der Lufthansamaschine nach München. Da wäre dann jeder Geheimdienst zu langsam, wenn sie ihn aufhalten wollten. So rasch konnte keine illegale Aktion gegen ihn in Kanada stattfinden. In Europa würde sich alles finden. Er würde die POF suchen und einfach bei diesem Rüdiger Baumgartner auftauchen, um Don Pedro und Vera Rauhenstein zu sprechen. Er musste mehr über diesen Don Pedro erfahren. Vielleicht konnte man mit ihm ein Forschungsprojekt machen.

Kapitel 59

Vera und Don Pedro saßen zur selben Zeit in Puno und diskutierten über das Video von Georg Michaelson. Vera war verärgert, dass sie nicht vorab von Rüdiger Baumgartner informiert worden war, bis ihr einfiel, dass dieser sie gar nicht erreichen konnte. Denn sie hatte wegen der Geheimhaltung ihres Standortes keinerlei Daten an ihn weitergegeben und er hatte keine Ahnung, wo sie sich befand und keine Mailadresse oder Telefonnummer von ihr.

Jetzt war es in Europa vier Uhr morgens, da konnte sie Rüdiger nicht anrufen. Sie musste sich gedulden.

Durch all die Feiern in Puno hatte sie vergessen, sich im Internet die neuesten Nachrichten herunterzuladen. Hier in Puno waren alle glücklich und zufrieden gewesen, dass die Welt nicht untergegangen war. Es dachte niemand an den Sturz der Regierung, denn dass die Regierung solche Sachen geheim hält, verstand in Peru jeder. Sie waren noch dazu in einem Gebiet, in dem es Überlebende gegeben hätte, sonst wäre nicht sogar Papst Silvester der Fünfte hierher geflohen. Also wurde kräftigst gefeiert, musiziert und getanzt.

Alfredo Navarro hatte das Video im Internet gefunden und sofort Vera und Don Pedro informiert.

Don Pedro wollte es erst selbst nicht glauben, doch als er das ganze Video gesehen hatte, erklärte er, er habe in dem Moment, wo der Asteroid sich gedreht habe, eine derartig starke Energie gespürt, dass er dachte, er werde jetzt sterben, da er sich gleich auflösen würde. So ein kräftiges Energiefeld hatte er in seinem Leben noch niemals gespürt.

Die Energie sei rund um ihn, in ihm und über ihm gewesen.

Vera würde diese Momente nie vergessen, sie sah Don Pedro während der entscheidenden Sekunden über der Sitzfläche seines Sessels schweben. Leider existierte von diesem Moment kein Foto aus seitlicher Perspektive, da alle von der Energie viel zu fasziniert gewesen waren, um an so etwas Banales, wie eine Handycam zu denken.

Nun sahen sie die Berichte über die Unruhen, die in vielen Ländern ausgebrochen waren, weil die Menschen den Regierungen vorwarfen, ihnen die Wahrheit über den Impakt verschwiegen zu haben, und stattdessen nur die Eliten retten wollten.

Brennende Autos und Einkaufszentren in Paris, eine tobende Meute vor dem Buckingham Palace in London, wo Strohpuppen der Queen in Brand gesetzt wurden. Schusswechsel am Time Square in New York, wo bewaffnete Demonstranten die Polizisten unter Feuer nahmen.

„Undankbare Haufen", entfuhr es Don Pedro, als er die Bilder sah. „Da werden sie eben vor dem sicheren Tod gerettet, und schon suchen sie nach Schuldigen und wollen die Regierungen am Galgen sehen. Statt dass sie sich freuen, dass sie mit dem Leben davongekommen sind."

Henry stand ganz traurig neben ihnen. Dann meinte er: „Das ist nicht gerecht, keine Regierung hat etwas gegen den Asteroiden tun können, was hätten sie denn machen sollen."

„Eben, aber so sind die Menschen nun einmal", erwiderte Don Pedro, „eine kleine Gruppe von sagen wir einmal hundertfünfzig Millionen hat die Welt gerettet, und nun sind alle anderen unzufrieden, weil sie in Lebensgefahr waren und es hat keine Versicherung dagegen gegeben. Sie wären alle gestorben, wenn wir nicht gehandelt hätten, aber das interessiert jetzt keinen mehr. Sie brauchen neue Sündenböcke, um ihr altes Leben weiterführen zu können. Sie haben sich nicht geändert."

„Nein, das ist nicht wahr", schrie der kleine Henry richtiggehend entsetzt, „so darfst du nicht reden, du nicht, du hast die Menschen gerettet. Sie werden sich noch ändern."

Don Pedro sah Henry groß an: „Meinst du? Ich wäre mir da nicht so sicher."

Jetzt musste sich Vera einschalten: „Don Pedro, jetzt bist du ungerecht! Die Leute wissen ja noch gar nicht, was passiert ist. Das Video von diesem Caltech Wissenschaftler haben auch wir gerade erst gesehen. Viele werden glauben, das Video kann nicht stimmen, das sind bloß Fake News. Es braucht mehr Zeit. Die Leute sind noch geschockt. Erst erfahren sie, dass sie alle am nächsten Tag sterben werden. Dann schrammt der Komet haarscharf an der Erde vorbei und alle jubeln. Dann soll das Leben so weitergehen, wie bisher. Das geht nicht. Das schaffen die Menschen nicht, die sind alle traumatisiert und reagieren irrational."

„Meinst du, ich bin kein Psychologe, ich bin nur dankbar, dass nicht alles zerstört worden ist, was unsere Existenz und unsere Zivilisation ausmacht", erwiderte ein ernster Don Pedro.

„Du musst zu den Leuten sprechen", rief Henry aus, „dir werden sie glauben und dann werden die Unruhen beendet sein."

„Genau, das ist es", erkannte Vera sehr schnell die gute Idee von Henry.

„Und ihr meint, ich kann das?", fragte Don Pedro, über dessen Gesicht plötzlich ein seltsames Leuchten huschte.

„JA", riefen Henry und Vera aus einem Munde, „du kannst das, NUR du kannst das!"

„Jetzt werfe ich Rüdiger aus dem Bett, das muss vorbereitet werden", rief Vera und griff nach ihrem Smartphone. „Das Versteckspiel hat ein Ende, jetzt wird wieder gehandelt, du musst der Welt erklären, was passiert ist."

„Du stellst Ansprüche", schmunzelte Don Pedro, „ist dir einmal Welt retten zu wenig?"

„Nein, aber die Welt ist nicht gerettet, wenn alles so weiterläuft, wie wir es eben im Internet gelesen haben."

*

Rüdiger hob sein Smartphone ab und brummte verschlafen: „Wer zum Teufel stört mich mitten in der Nacht?" Sein Kopf drohte zu zerplatzen, denn auch er hatte letzte Nacht gefeiert und war erst vor zwei Stunden ins Bett gekommen.

Als er Veras Stimme erkannte, war er mit einem Schlag hellwach. „Au weh, mein Kopf, aber du bist Tagesgespräch in Wien. Was gibt es Neues von Don Pedro?"

Als Vera ihm erklärte, was sie vorhatten, war Rüdiger sofort begeistert: „Diesmal legen wir so richtig los, das wird perfekt, nur kann ich diesen Caltech Wissenschaftler nicht erreichen, sein Smartphone ist nicht im Netz. Den hätte ich auch gerne live dabei. Irgendetwas stimmt dort nicht, diese Leute drehen ihre Smartphones doch nie ab."

Trotzdem begannen sie sofort mit der Planung. In drei Tagen abends zur europäischen Hauptsendezeit wäre es am besten. „Schneller sei es ohnehin nicht zu schaffen", meinte Rüdiger.

„Und vielleicht ist dieser George Michaelson dann wieder erreichbar."

Kapitel 60 – Tag 4

Otto lehnte sich erschöpft am Beifahrersitz zurück. Sylvia saß am Steuer des Geländewagens von Dmytro. Ihre Schusswunde war schon soweit stabil, dass sie Autofahren konnte, während Otto mit ihrem Smartphone telefonierte. Sein Smartphone war beim Kampf mit den CIA Agenten zu Bruch gegangen.

Dieser Kampf hatte für Otto in einem anderen Zeitalter stattgefunden. Sie waren inzwischen mehrere Tode gestorben. Nun aber lebten sie und fuhren nach Norden auf die russische Grenze zu.

Sie ignorierten dabei, dass es sich bei dieser Grenze um die Grenze Georgiens zur abtrünnigen Provinz Abchasien handelte. Abchasien war nach einem blutigen Bürgerkrieg bereits im Jahr Zweitausendneun von Russland annektiert worden und stand seither unter Russischer Herrschaft. Die Grenze zu Georgien war eine Militärgrenze in einem eingefrorenen Konflikt. Es war unklar, ob sie die Grenze überhaupt würden passieren können.

Otto hatte mit seinem Anwalt in Wien telefoniert und ihm den Sachverhalt so geschildert, wie er es für richtig hielt. Der Anwalt hatte die Behörden verständigt und diese dazu gebracht, dass Otto gegen Kaution nicht am Flughafen Wien verhaftet würde, wenn er einreiste.

Dann hatte Otto endlich mit seiner Sekretärin Ortrun Gansberger reden können. Er erklärte ihr, dass er wohlauf sei und schilderte den Sachverhalt mit wenigen Worten.

Sie berichtete ihm stattdessen, dass die Polizei schon das ganze Büro auf den Kopf gestellt und alle Festplatten und Notebooks mitgenommen hätte. Es waren für sie abenteuerliche Tage in Wien, bis alle geflohen sind, als der Impakt drohte. Heute sei sie den ersten Tag wieder im Büro und wisse nicht, wie es mit der Firma weitergehen solle. Werde Otto jetzt verhaftet?

Otto brauchte eine halbe Stunde, um sie zu beruhigen und um ihr alles zu erklären. Dann ersuchte er sie, die Flugtickets und das Visum für Russland zu besorgen, denn sie wollten auf dem kürzesten Weg nach Wien, und der führte über Sotschi. Es gab einen Flug nach Wien mit einem Umstieg in Istanbul.

Sie solle ihm alle Unterlagen auf das Smartphone senden, von dem aus er eben telefoniere, erklärte er ihr.

Ortrun Gansberger bekam fast einen Lachanfall, als er ihr diesen Auftrag gab. „Lieber Herr Rauhenstein", setzte sie ihre Rede an, „Wie soll ich ein Visum beantragen, solange es noch den internationalen Haftbefehl gibt? Die Polizei in Wien weiß Bescheid, aber die Russen nehmen sie bei der Einreise hops, und wenn die schlafen sollten, dann holen die Türken in Istanbul Sie aus dem Flugzeug, die schlafen sicher nicht. Wie stellen Sie sich das vor?"

„Verdammt, wir sind in drei Minuten an der russischen Grenze", rief Sylvia dazwischen, die alles über die Freisprecheinrichtung mitgehört hatte.

Sie bremste abrupt ab, als sie eben eine georgische Panzerstellung passierten, deren Kanonenrohre drohend nach Norden gerichtet waren.

Der Einmarsch der Russen in Georgien war der Grund gewesen, warum sie nicht nach Tiflis zurück gefahren sind. Denn am Flughafen von Tiflis lief im Moment gar nichts, dort gab es keinen Sprit und kein Flieger konnte starten, wie Otto von Dmytro telefonisch erfahren hatte. Denn er wolle ihm den Wagen in Sotschi auf den Parkplatz am Flughafen stellen und die Schlüssel zusenden, hatte Otto gemeint. Das Geld könne er behalten, denn er habe ja noch seine Kreditkarten, gab sich Otto gönnerhaft.

Doch nun drohten sie an der Russisch-Abchasischen-Georgischen Grenze zu stranden. Die Panzerbesatzungen hatten sie zwar ignoriert, aber wohl fühlten sie sich nicht, mit den Kanonenrohren in ihrem Rücken. Die Straße war völlig leer und lief schnurgerade auf den Grenzposten zu. Sie waren das einzige Fahrzeug weit und breit.

„Bleib stehen", rief Otto, „wir täuschen eine Panne vor, ich wechsle den Reifen."

Sylvia lenkte den schweren Wagen in die Brachfläche neben der Straße und sie stiegen aus. In der Ferne war der Grenzposten bereits zu sehen.

Otto fluchte vor sich hin. Wieso hatte ihm sein Anwalt das nicht gesagt. Was half ihm freies Geleit in Wien, wenn er schon hier aufgehalten wurde und ein russisches Gefängnis bald von Innen sehen würde.

*

Zur selben Zeit stand George Michaelson am Flughafen in Vancouver und hinterließ eine riesige Datenspur.

An der Grenze hatte ihn der Zollbeamte einfach durchgewunken. Er hatte nur kurz einen Blick in den Pass geworfen und das war es gewesen. Keine Datenerfassung, keine Registrierung. die Grenze war im Moment offen wie ein Scheunentor.

Doch für das Ticket nach München brauchte er seine Kreditkarte und damit begann der Wettlauf gegen die Zeit. Wurde die Dame, die ihn besucht hatte, vom Caltech geschickt, dann war er in Sicherheit, denn die Leute vom Caltech konnten ihm gar nichts mehr tun, außer ihm kündigen. War sie dagegen von der Homeland Security, dann könnten sie den Flieger noch stoppen, bevor er abgehoben hätte. Es war eine Frage der Zeit, wer schneller war und wie lange sie brauchen würden, um den Alarm auszulösen.

Der Flughafen von Vancouver war zum Glück unzerstört und George Michaelson warf einen sehnsüchtigen Blick hinüber zur Lufthansamaschine nach München, die schon am Gate stand, aber noch nicht zum Einsteigen bereit war. Die riesige Boing 747 schien ihm freundlich zuzuwinken. George Michaelson sah nervös auf seine Armbanduhr. Noch eine Stunde bis zum Boarding.

*

„Die Grenze ist geschlossen", erklärte der Soldat in gebrochenem Englisch. Otto hatte den Geländewagen mittels Wagenheber in Schieflage gebracht und erklärte, dass er ein Rad wechseln müsse.

Der Soldat sah auf den Reifen und drückte zweimal ab. Sylvia fuhr zusammen und der Soldat meinte, „Jetzt müsst ihr ein Rad wechseln. Wir kommen in einer Stunde wieder, wenn ihr dann noch hier seid, muss ich euch festnehmen."

Danach brauste der Militärkleinlaster wieder nach Georgien zurück.

Ihre Lage hatte sich definitiv verschlechtert. Die Georgier lagen mit den Russen im Clinch. Das war unübersehbar. Hier im Niemandsland mit dem Auto liegen zu bleiben, war keine gute Idee gewesen.

Sylvia war kurz davor, einen Anfall zu bekommen. Jetzt hatten sie den Weltuntergang überstanden und kamen nicht über diese dämliche Grenze.

„Letzter Ausweg", rief Otto, „wir laufen zu Fuß rüber und ich rufe Viktor Urbanowitsch an, vielleicht kann der uns helfen."

„Aber schnell", kreischte Sylvia hysterisch auf, „ich will nicht im letzten Moment noch von den Georgiern erschossen werden."

„Keine Panik,", beruhigte Otto, „die Streife hätte uns gleich hopsnehmen können, die wollen uns entkommen lassen."

„Und dazu zerschießen sie unseren Reifen, das soll ich glauben?", schrie Sylvia.

Doch Otto hatte kein Glück, denn Viktor Urbanowitschs Nummer war nur in seinem alten zerschossenen Smartphone gespeichert gewesen. Viktor Urbanowitsch war für ihn unerreichbar. Ihre Chancen, bald nach Österreich zu kommen, waren damit deutlich gesunken. Sie mussten rasch zur Grenzstation, dort konnte Otto vielleicht Kontakt zu Viktor Urbanowitsch herstellen.

„Runter von der Straße", rief Otto, „wir müssen neben der Straße laufen, da sehen sie uns nicht so genau. Auf der Straße sind wir genau im Schussfeld."

Es sah etwas merkwürdig aus, wie die beiden neben der Straße über die unkrautüberwachsene Brachfläche zur Grenze rannten. Otto trug noch immer seinen abgerissenen Businessanzug und Sylvia war im verschmutzten und blutverkrusteten Militäroverall. Im Laufschritt und völlig außer Atem stolperte sie hinter Otto her.

„Hoffentlich sind da vorne wirklich Russen und hoffentlich schießen sie nicht", dachte sich Otto, als er hinter ihnen Motorengeräusche hörte.

Als er sich umsah, erkannte er einen Pickup mit aufgepflanztem Maschinengewehr auf der Ladefläche, der eben den von ihnen verlassenen Geländewagen erreicht hatte und in einer Staubwolke anhielt.

„Schneller", schrie Otto, „die geben uns keine ganze Stunde.

Sylvia mobilisierte alle ihre Kräfte, denn bis zum Grenzbalken waren es nur mehr dreihundert Meter.

Als sie völlig aufgelöst und atemlos diese Strecke geschafft hatten, war ein Soldat aus dem Checkpoint getreten und rief „Ostanovit", was auf Russisch so viel wie Stopp bedeutete.

Otto und Sylvia hoben die Hände in die Höhe und gingen langsam auf den Soldaten zu. Otto war beruhigt, der Soldat trug eine russische Uniform und keine Georgische mit dem Georgskreuz am Revers.

*

George Michaelson genoss es, sich in den Sitz zu lehnen und dem Aufbrüllen der Triebwerke zu lauschen. Der Lufthansaflug nach München war pünktlich gestartet und er sah aus dem Kabinenfenster Vancouver unter ihnen zurückbleiben. Zehn lange Stunden lagen vor ihm, in denen er in Sicherheit war. Über seine Einreise in die EU machte er sich keine Sorgen. Wichtig war, dass er von seinen Amerikanischen „Freunden" einmal ein wenig Abstand gewonnen hatte. Wie es dann mit seiner Zukunft weiterginge war zwar noch ungewiss, aber es würde sich etwas finden, da war er sich sicher. Schließlich war er prominent.

*

Die Russischkenntnisse von Sylvia hatten gerade ausgereicht, um sich mit dem Soldaten verständigen zu können. Ihre österreichischen Pässe halfen ihnen nicht weiter, da die Grenze geschlossen war, und keine Einreise über diesen Checkpoint möglich war.

Otto ärgerte sich über sich selbst. An der Abchasisch-Russisch-Georgischen Grenze würde es immer Probleme geben. Das hatte er nicht bedacht. Hier war es völlig egal, ob er per Haftbefehl gesucht wurde, hier käme er auch ohne Haftbefehl nicht durch.

Es war ein Fehler gewesen, sie hätten zurück nach Tiflis fahren sollen, oder besser auf dem Landweg mit dem Geländewagen durch die Türkei. Der kürzeste Weg ist nicht immer der Beste, musste er sich eingestehen.

Neben der Grenzstation ragten aus dem Gebüsch die Rohre von zwei schlecht getarnten russischen Kampfpanzern heraus.

Als er zurück zu ihrem Geländewagen sah, musste er feststellen, dass die Georgier den Wagen inzwischen abgeschleppt hatten und er nun für sie unerreichbar war. Seine Laune begann rapide nach Unten zu sinken.

„Wie sollten sie hier rasch wieder wegkommen?", dachte Otto.

Die Soldaten waren zwar nett, sie brachten ihnen sogar etwas zu Trinken und ließen sie in einem kleinen Aufenthaltsraum an einem Tisch Platznehmen. Aber dann passierte nichts mehr. Es blieb ihnen nur übrig, zu Warten. Denn als Otto mit Sylvias Smartphone telefonieren wollte, wurde ihm unmissverständlich gedeutet, das gefälligst bleiben zu lassen. Als Sylvia sich mit ihrem schlechten Russisch erkundigte, wie es denn nun weitergehen sollte, da sie doch nicht ewig hierbleiben könnten, erklärte ihr ein herbeigerufener Unteroffizier, er habe auch keine Ahnung, sie hätten ihren Fall an die nächsthöhere Dienststelle in der Bezirkshauptstadt gemeldet, eine Antwort könne aber Tage oder Wochen dauern, das sei im Bereich des Möglichen. Bis dahin müssten sie wohl hier am Grenzposten bleiben.

*

Stunden waren vergangen, die Dämmerung hatte sich bereits über den Grenzposten gesenkt. Das Abendessen hatte aus russischen Soldatenrationen bestanden, deren Ablaufdatum nach dem Geschmack zu schließen schon längst überschritten war. Die Laune von Otto und Sylvia war am Tiefpunkt. Die Aussicht, hier noch Tage zubringen zu müssen, war einfach niederschmetternd.

Als plötzlich das mächtige Knattern eines Hubschrauberrotors ertönte. Aus dem Himmel herab hüllten Scheinwerfer den Platz vor der Grenzstation in gleißende Helligkeit. Die Silhouette eines riesigen MI-8 Transporthubschraubers wurde sichtbar, der mit ohrenbetäubendem Lärm zur Landung ansetzte.

„Gut, oder schlecht?", rief Sylvia, die zum Fenster gegangen war, als bereits die Heckklappe des Hubschraubers herunterschwang und Soldaten in voller Kampfausrüstung mit Sturmgewehr im Anschlag die Rampe herunterliefen.

„Schlecht, würde ich sagen", antwortete Otto, als bereits die Tür der Baracke aufgerissen wurde und Soldaten in den Raum stürmten, ihre Waffen immer noch im Anschlag haltend.

Der Unteroffizier, den Sylvia vorher um Auskunft gefragt hatte, drängte ebenfalls ins Zimmer und verwickelte den Kommandanten des Trupps in eine Auseinandersetzung, die rasch immer lauter wurde. Sylvia verstand kein Wort von dem was da gebrüllt wurde. Sie fürchtete, dass hier bald die Waffen sprechen könnten, denn die Stimmen wurden immer aggressiver.

Mit einem Schlag verstummte die Auseinandersetzung. Ein Offizier der Hubschrauberbesatzung hatte den Raum betreten und ein Satz von ihm hatte genügt, den Streit zu beenden.

Der Unteroffizier des Grenzpostens stand stramm und nickte nur mehr, als ihm der Offizier einige Sätze zuwarf.

Dann deutete der Offizier in Richtung Sylvia und Otto und rief in schlechtem Englisch: „Come with me, quickly."

Mit mulmigen Gefühlen folgten Sylvia und Otto seinen Anweisungen. Draußen wurden sie von den Soldaten in Richtung Hubschrauber eskortiert. Widerstand war zwecklos. Sie mussten die Heckrampe hinaufsteigen und sahen, dass der Hubschrauber innen komfortable Sitze wie in einem Privatflugzeug hatte und recht luxuriös eingerichtet war.

In einem der Sitze saß Viktor Urbanowitsch und lächelte sie an: „Damit habt ihr jetzt nicht gerechnet."

Otto blieb der Mund offenstehen. Dann rief er: „Viktor, du Schlitzohr, wie hast du uns gefunden?"

„Das erzähle ich euch während des Fluges, wenn wir hier weg sind", erklärte Viktor Urbanowitsch.

Kaum hatte er das gesagt, waren schon alle Soldaten zugestiegen. Die Heckklappe war noch nicht ganz geschlossen, als der schwere Transporthubschrauber bereits startete.

„Ich brauchte euch nicht zu finden, denn ich hatte euch nie verloren. Es hat mich schon ein wenig gekränkt, dass du diesem Dmytro mehr vertraut hast als mir. Nach all den Jahren der guten Zusammenarbeit wolltest du von mir plötzlich nichts mehr wissen. Nur wegen dem Patzer mit den Amerikanern.“

„Ich gebe zu, unser Zusammentreffen war nicht ganz so verlaufen, wie geplant. Einfach in die Falle der Amerikaner tappen, das wäre mir früher nie passiert. Aber deswegen gleich untertauchen, das wäre nicht nötig gewesen.“

„So ließ ich euch einfach durch meine Leute beschatten, um zu wissen, was ihr so treibt. Eure kleine Absteige war vom gegenüberliegenden Wohnhaus leicht im Auge zu behalten.“

„Im Chaos vor dem Impakt hatte ich die gleiche Idee, wie ihr, ich bin mit meinem Privatjet nach Sotschi geflogen und wollte dort das Ende abwarten und in Ruhe sterben. Denn in Tiflis hätte bald das Chaos regiert, wenn es wirklich zum Impakt gekommen wäre.“

„Den Rest erledigten dann meine Kontakte in Moskau. Die halfen euch aufzuspüren, denn ich dachte, dass ihr nach Russland kommen würdet. Nur dass ihr versuchen würdet, über diesen schon ewig geschlossenen Grenzübergang zu kommen, damit habe ich nicht gerechnet. Ich hätte euch für klüger gehalten.“

Otto warf zerknirscht ein: „Ich weiß, zurück nach Tiflis wäre klüger gewesen, oder nach Süden über die Türkei nach Europa zu gelangen. Aber ich wollte den kürzesten Heimweg nach all den Aufregungen."

„Der kürzeste Weg ist nicht immer der Beste", warf Viktor ein. „Aber jetzt sitzen wir in einem der komfortabel ausgestatteten MI-8 Transporthelikopter der russischen Armee. Diese MI-8 Variante ist normalerweise nur für höhere Generäle reserviert, aber bei mir haben sie eine Ausnahme gemacht. Der ruppige Einsatz der Soldaten an der Grenze tut mir echt leid, aber das war nötig, um die Grenzwache zu überzeugen. Mir hätten sie euch nie ausgeliefert. Da brauchte es einen Major eines Sondereinsatzkommandos, der das so schnell durchsetzen konnte. Denn die Aktion war völlig illegal, wir durften nicht warten, bis die Grenzer bei ihrer Dienststelle rückgefragt hatten. Dann hätte es ein echtes Feuergefecht gegeben, denn unser Sonderkommando gibt es offiziell gar nicht."

Otto wusste nicht, was er darauf sagen sollte als Viktor Urbanowitsch das Thema wechselte: „Was sollen wir eigentlich mit dieser amerikanischen Agentin anfangen, wozu schleppst du die Lady mit? Lass uns einen kleinen Abstecher aufs Schwarze Meer hinaus machen, da werfen wir sie durch die Heckklappe, dann sind wir dieses Problem auch los."

„Das ist meine wichtigste Entlastungszeugin, das wirst du bitte bleiben lassen", rief Otto auf, der allmählich seine Fassung wiedergefunden hatte. „Du vergisst, dass es für mich einen internationalen Haftbefehl gibt. Noch stehe ich auf der Fahndungsliste und nur Sylvia kann bezeugen, dass ich unschuldig bin."

„Na gut, wenn du meinst, dann lassen wir sie halt am Leben", erklärte Viktor. „Aber in meinem Büro hat sie sich schändlich verhalten, bei mir wäre ihr der Tod sicher."

„Viktor, du altes Ungeheuer, wir sind nicht mehr in der Sowjetunion, Sylvia hat die Fronten gewechselt und steht auf unserer Seite."

„Ist ja gut, jetzt fliegen wir erst einmal nach Sotschi, dort könnt ihr euch wieder zivilisieren, denn ihr wisst anscheinend nicht, wie ihr ausseht. Neue Kleidung ist dringend von Nöten."

„In Sotschi organisiere ich euch einen Flug nach Moskau und dann nehmt ihr einen Flug ganz normal nach Wien."

Otto rief: „In Wien warten schon meine Anwälte und die Polizei, da können wir dann rasch alles aufklären und meine Unschuld beweisen. Dann kann ich mich endlich um das Erbe meines Vaters kümmern. Da geht es um größere Beträge."

Otto hatte noch keine Ahnung, wie groß die Beträge waren, die ihm sein Vater hinterlassen hatte.

Kapitel 61 – Tag 5

George Michaelson atmete tief durch und streckte sich. Es war später Nachmittag und er war eben in Wien gelandet. Seine Einreise in die Europäische Union und in den Schengenraum hatte er sich komplizierter vorgestellt. Es war nur eine einfache digitale Passkontrolle in München gewesen und schon war er in der Europäischen Union. Vielleicht war seine Sorge vor Verfolgung unbegründet gewesen und die seltsame blonde Lady hatte nur geblufft.

Er nahm in Schwechat ein Taxi und ließ sich direkt zur POF Zentrale bringen, deren Adresse er im Internet recherchiert hatte.

Er war überrascht, wie klein die Zentrale der POF war, er hatte sie sich viel größer vorgestellt. Die Zentrale war am Wiener Berg in einem der großen Bürotürme untergebracht, beanspruchte von diesem aber nur zwei Stockwerke.

Bald saß er Rüdiger Baumgartner in der Besucherecke seines Chefbüros gegenüber. Nachdem sie beide die Aussicht über das südliche Wien in der abendlichen Sonne bewundert hatten, kam das Gespräch rasch auf das Video und Baumgartner begann Michaelson mit Fragen zu löchern.

Michaelson hatte sich bald in Fahrt geredet und erklärte Baumgartner, wie er zu seinen Erkenntnissen gekommen war.

Baumgartner hatte zwar das Video gesendet, bisher aber eher an einen Zufall der gleichzeitigen Ereignisse geglaubt. Doch die genauen Ausführungen von Michaelson überzeugten ihn. Es musste eine unbekannte Kraft gegeben haben, welche die Bahnänderung des Asteroiden verursacht hatte.

„Ohne äußere Kraft keine Bahnänderung, das sind die Grundbegriffe der Physik, die gelten immer", erklärte Michaelson bestimmt.

„Was ist eigentlich der Unterschied zwischen einem Kometen und einem Asteroiden?", wollte Baumgartner plötzlich wissen.

George Michaelson sah Baumgartner einen Moment groß an, dann rief er laut aus: „Ich bin so ein Dummkopf, daran hätte ich gleich denken müssen. Sie haben mit Ihrer Frage ins Schwarze getroffen."

Jetzt sah Rüdiger Baumgartner Georg Michaelson fassungslos an und kannte sich nicht aus.

Michaelson erklärte ihm: „Ganz einfach, Kometen haben einen Schweif aus verdampfender Materie, die von der Sonne aufgeheizt wird, wenn sie sich dem inneren Sonnensystem nähern. Sie werden auch oft schmutzige Schneebälle genannt, da sie einen so hohen Anteil an Wassereis haben, das bei Annäherung an die Sonne dann verdampft und den Kometenschweif bildet."

„Asteroiden sind viel felsiger und stabiler, sie verdampfen nicht so leicht. In jüngster Zeit hat man allerdings herausgefunden, dass es auch Mischformen gibt, die aus Felsen und Eis bestehen."

„Vielleicht war unser X99 ein solcher Mischtyp. Dann könnte es eine Verdampfung gegeben haben, und diese hätte wie die Steuerdüse einer Rakete die Bahnänderung verursacht. Wir müsse daher herausfinden, ob es einen solchen Materieausbruch auf X99 gegeben hat, denn das wäre die einfachste Erklärung."

„Fast schade", entgegnete Rüdiger Baumgartner, „das klingt unspektakulär und logisch. Dann hat es keinen Don

Pedro gebraucht und die Sonne war die Ursache für die Verdampfung."

„Wenn das stimmt, wären wir die Blamierten, die das Video über die Gleichzeitigkeit der Bahnänderung und der Meditation verbreitet haben, die doch nur reiner Zufall war", stellte er dann ernüchtert fest. „Wir müssen widerrufen und sagen, wie es wirklich war, die Sonne hat die Bahnänderung verursacht."

„Stopp, nicht so voreilig," fiel ihm Michaelson ins Wort. „Wir müssen zuerst prüfen die Aufnahmen des Asteroiden in extremer Vergrößerung einen Anhaltspunkt dafür bieten, denn dann müsste es bereits vorher eine Art von kleinem Schweif gegeben haben, den anscheinend niemand beachtet hat. Denn liegt das Eis im inneren des Asteroiden und nicht an der Oberfläche, dann kann die Sonne es nicht so rasch aufheizen, da es vom darüberliegenden Gestein von der Sonnenstrahlung geschützt ist. Da braucht es eine Menge an neuen Berechnungen, um hier eine wissenschaftlich fundierte Aussage treffen zu können. Bevor dies nicht geschehen ist, widerrufen wir gar nichts."

„Denn wir haben ja nur auf die Gleichzeitigkeit hingewiesen und keinerlei Spekulationen über die Ursache angestellt. Deswegen ist alles, was im Video gesagt wird, richtig. Nur die Erklärung fehlt noch, und jetzt haben wir einen Ansatz, den wir verfolgen können", jubilierte George Michaelson. „Ich mache mich gleich an die Arbeit, denn das kann ich auch von Wien, vom Hotelzimmer aus erledigen."

Rüdiger Baumgartner war nicht ganz so glücklich, denn die Vorbereitungen für den nächsten Großauftritt von Don Pedro waren schon in vollem Gang. Wenn nun doch alles nur Zufall war und die Sonne die Ursache, dann war Don Pedro zwar ein großer Prediger, aber eben nicht mehr als das. Er musste unbedingt mit Vera sprechen und sie informieren.

Es gab eben doch nur die bekannten Naturgesetze und alles andere war ins Reich der Fantasie zu verweisen, war sich Rüdiger Baumgartner jetzt wieder ganz sicher, oder würde er sich wieder einmal gewaltig geirrt haben?

Kapitel 62 – Tag 6

Endlich war es soweit, das Team von POF hatten ganze Arbeit geleistet. Diesmal waren alle daran beteiligt gewesen. Die Marketing Maschinerie war über alle Kanäle zugleich angeworfen worden. Drei Tage Vorbereitung waren verflixt kurz für das, was sie vorhatten, und die Arbeit war kaum zu schaffen. Doch alle waren mit Feuereifer bei der Sache und am Abend des ersten Tages ging keiner nach Hause, denn die Übertragung von Don Pedro sollte wieder weltweit simultan stattfinden, und diesmal korrekt organisiert, nicht so völlig spontan und chaotisch wie bei der letzten Rede.

Die POF hatte einer spontanen Idee Rüdiger Baumgartners folgend das Ernst Happel Stadion in Wien kurzerhand gemietet. Dieses war bis auf den letzten Platz gefüllt und die Menschen warteten gespannt, um bald Don Pedro auf der riesigen Videowall in der Mitte des Stadions sehen zu können. Die Menschen waren mit Bussen aus den

Bundesländern und den umliegenden Staaten angereist. Sogar aus Polen waren Busse eingetroffen.

Denn die Nachricht vom neuen Auftritt Don Pedros war seit ihrem Bekanntwerden in wenigen Stunden rund um den Globus gerast und die Senderverantwortlichen weltweit hatten sofort reagiert und die nötigen Übertragungskapazitäten freigeschalten.

Die Idee mit dem Wiener Ernst Happel Stadion hatte im Ausland Anklang gefunden und einen weltweiten Schneeballeffekt ausgelöst. So kam es, dass sich in fast allen Stadien dieses Planeten hunderttausende Menschen vor den Videowalls drängten, die in aller Eile installiert worden waren. Zuhause vor den Computern und Fernsehgeräten saßen hunderte Millionen. Überall auf den Straßen hatten Restaurants und Geschäfte Monitore montiert, vor denen sich die Menschen in dichten Trauben drängten.

Niemand konnte sagen, wie viele Menschen sich versammelt hatten, es waren wohl weit mehr als eine Milliarde.

Rüdiger Baumgartner hatte längst den Überblick verloren, wie viele Millionen Menschen Don Pedro jetzt gleich sehen würden.

In Puno waren sie auch nicht untätig geblieben, auch dort gab es ein bis auf den letzten Platz gefülltes Stadion mit einer großen Bühne. Auf dieser stand Don Pedro ganz allein. Diesmal war er in einen eleganten weißen Leinenanzug gekleidet, das Hemd geöffnet und lässigen Schrittes auf die Bühne gekommen. Er sah aus wie ein berühmter Entertainer, der vor Jahren seine Fernsehshow gehabt hatte. Dutzende Mikrofone und Kameras waren auf ihn gerichtet.

Doch er war viel mehr als ein Entertainer. Er war angetreten, den Menschen zu helfen, sich selbst zu erkennen und die Natur des Menschen sichtbar zu machen.

Erst als im Stadion Stille einkehrte, begann Don Pedro seine Rede: „Euer Glaube hat Berge versetzt", frei nach Matthäus (17;19), „denn der Asteroid war euer Berg, den ihr versetzt habt."

„Nicht ich war es. Ich war nur euer Kristallisationspunkt, ihr wart es, die meditiert haben und damit die Drehung des Asteroiden um seine Achse ausgelöst haben."

„Ihr alle, die ihr meditiert habt, ihr habt die Erde vor der Zerstörung errettet. Jetzt könnt ihr erkennen, was euch möglich ist, wenn ihr euch einig seid, und wenn etwas wirklich wichtig ist. Erkennt euer Potential und was den Menschen möglich ist."

„Die Mächtigen fürchten sich jetzt vor euch, Ihr aber, habt keine Angst, euch kann nichts geschehen, ihr seid zu viele. Angst war gestern, heute ist Zuversicht angesagt."

„Begreift, dass jeder Einzelne von Euch mehr ist als nur denkende Materie. Erkennt, dass das Leben mehr Kraft hat als die Wissenschaft heute messen kann. Erkennt, dass ihr einen feinstofflichen Anteil in euch tragt. Ihr seid mehr als Materie, jeder Mensch trägt einen Funken der göttlichen Liebe in sich."

„Verwendet diese Liebe, um diesen unseren Planeten zu reinigen von all den Verschmutzungen, die ihm die Menschheit in den letzten zweitausend Jahren angetan hat."

„Fürchtet euch nicht vor den Mächtigen, denn sie haben keine Macht mehr über euch."

„Jetzt fürchten sich die Mächtigen, doch ich sage euch, denkt nicht auf Rache und werdet nicht habgierig."

„Vergebt den Mächtigen, so wie ihr einander vergebt. Keiner hier auf diesem Planeten ist ohne Schuld. Nur eure gegenseitige Vergebung kann diese Schuld auflösen."

„Vergebt denen, die wussten, dass der Asteroid im Anflug ist, sie hätten in der kurzen Zeitspanne zwischen Entdeckung und Impakt niemals alle Menschen in Sicherheit bringen können, die Überlebenden wären verhungert."

„Nur mit Vergebung könnt ihr die scheinbar ewige Spirale von Gewalt und Gegengewalt durchbrechen. Denn Gewalt erzeugt neue Gewalt. Nur die reine Liebe erzeugt neue Liebe."

„Ohne gegenseitige Vergebung könnt ihr den Planeten nicht reinigen, da würdet ihr bald wieder zu streiten beginnen, und fragen, wer hat mehr verschmutzt, wer muss mehr reinigen."

„Erst wenn ihr euch fragt, was kann ich reinigen? Können wir gemeinsam mit unseren Nachbarn nicht viel besser reinigen als jeder einzelne alleine, dann wird die Reinigung gelingen."

„Und mit Einzelnen meine ich jede einzelne Person, jede einzelne Familie, jede einzelne Stadt, jeden einzelnen Bezirk und jeden einzelnen Staat. Denn nur gemeinsam, ohne Lüge und Hintergedanken kann es gelingen, die Zivilisation so umzubauen, dass wir wieder einen lebenswerten und gesunden Planeten für alle Bewohner erhalten können. Bewohner sind nicht nur wir Menschen, sondern auch die Tiere und die Pflanzen, die gemeinsam mit uns hier auf der Oberfläche des Planeten existieren."

„Dann braucht es keine Mächtigen, die euch vorschreiben, was ihr tun müsst, sondern dann wisst ihr es selbst. Und die ehemals Mächtigen dürfen wieder menschlich und milde werden, da ihr ihnen vergeben habt, und sie sich nicht vor eurer ungerechten Rache fürchten müssen."

„Formen wir die Erde im Einklang mit der Natur, mit Pacha Mama, die uns nährt und die uns versorgt, mit allem was wir brauchen. Lasst uns zusammen die Erde reinigen und die Verschmutzungen beseitigen. Pflanzen wir Millionen von Bäumen und machen wir den Planeten wieder grün. Drängen wir die Wüsten zurück und schaffen Platz für das Leben. Die Natur zeigt uns, wie es geht, Pacha Mama, wie wir Mutter Erde nennen, sorgt für uns alle."

„Wenn ihr denkt, ihr müsst auf vieles verzichten, was ihr unbedingt haben müsst, so denkt ihr falsch. Befreit euch stattdessen von den Dingen, die ihr nicht braucht. Gebt weiter, was andere brauchen können. Vermeidet die Verschwendung von Ressourcen. Macht euch frei, von Dingen, die euch belasten und die euch auch krank machen. Neues wird euch dafür geschenkt werden."

„Ihr werdet sehen, ihr müsst auf nichts verzichten, ihr werdet glücklich sein, ein neues Leben erfahren zu dürfen.

Ein neues Leben auf diesem Planeten, wo keiner mehr danach beurteilt wird, was er hat, sondern danach, was er ist und wie er denkt."

„Wer einmal geschmeckt hat, welch köstliche Speisen es vegan gibt, wird den Geschmack von getötetem und angebrannten Tieren nicht mehr vermissen. Denkt, die Welt ist größer, als ihr ahnt, und ihr seid ein Teil von Allem, was ist."

„Und nur gemeinsam können wir es schaffen, die Welt zu einem schönen, friedlichen und gesunden Planeten zu gestalten, der allen Menschen, Tieren und Pflanzen ein gutes und gesundes Leben dauerhaft ermöglicht."

„Aber das Wichtigste muss zuerst erfolgen, es kann nicht der zweite Schritt vor dem Ersten gesetzt werden.

Der erste Schritt ist, einander alle Sünden der Vergangenheit zu vergeben. Es muss Schluss sein mit dem endlosen Aufrechnen der Untaten der vergangenen Zeiten und Epochen."

„Das betrifft nicht nur die persönliche Geschichte jedes einzelnen von Euch, sondern auch ganze Staaten und Gesellschaften müssen vergeben, wenn sie Frieden wollen."

„Unrecht kann nicht durch neues Unrecht bekämpft werden. Friede kann nicht mit Waffen erzwungen werden."

„Eure Ahnen haben nichts davon, wenn die Enkel materielle Entschädigung bekommen, für die Versklavung von vor hundert Jahren."

„Nur wenn die Enkel der Sklaven den Enkeln der Sklavenhalter vergeben, und die Enkel der Sklavenhalter aufhören, alle Schuld ständig aufarbeiten und weitergeben zu wollen, kann Liebe und Frieden einkehren."

„Und das gilt für alle Schandtaten der Völker, wie Kolonialismus, Imperialismus, Faschismus, Völkermord, Folter, Fremdenhass, Diktaturen, Ausbeutung von Arbeitskräften als moderne Sklaven und so weiter."

„Nur durch Vergebung können diese Schandtaten ein für alle Mal beendet werden und erst dann wird der scheinbar ewige Kreislauf von Gewalt und Gegengewalt beendet werden können."

„Damit Ihr wisst, wie es sich anfühlt, einander zu vergeben", schloss Don Pedro seine Rede, „lade ich alle, die hier zuhören zu einer Meditation der Vergebung ein."

„Vergebt einander, so wird die Welt eine Bessere." Dabei hob er die Arme und Vera war es, wie wenn eine goldene Aura um Don Pedro flutete, doch diesmal war heller Sonnenschein, da es in Peru erst Mittag war, während in Europa das Abendprogramm lief. Daher konnte diese Aura fast niemand sehen, und diejenigen, die sie sahen, hielten sie für eine Wirkung des Sonnenlichtes.

Vera sah über die dichtgefüllten Ränge des Stadions von Puno und über die Rasenfläche, die ebenfalls dicht mit Menschen gefüllt war.

Alle waren konzentriert, die meisten hatten die Augen geschlossen und kein Laut war zu hören. Kein Straßenlärm und keine Vögel, sogar der Wind war plötzlich eingeschlafen.

Eine heilige Stille erfüllte den Ort und eine Glocke von liebevoller Energie umfing das Stadion und strahlte in die ganze Welt aus.

*

Rüdiger Baumgartner, der die Szene auf seinem Kontrollbildschirm in Wien mitverfolgen konnte, war kein gläubiger Mensch, aber er musste sich eingestehen, so etwas noch nie gesehen zu haben.

Die Kraft der Vergebung sprang auf ihn über. Er spürte, wie ihm warm ums Herz wurde und wie er die ganze Welt am liebsten umarmt hätte. Solche Gefühle waren ihm bisher völlig fremd gewesen. Er fühlte sich mit den Menschen im Stadion von Puno plötzlich verbunden und eins.

Dann fiel sein Blick auf die Monitore draußen im Großraumbüro. Über Satelliten waren die Stationen des Auslands zu sehen. Er sah das Londoner Olympia Stadion, die Allianz Arena in München, das Stadion San Paolo in Neapel, die Arena Corinthians in Sao Paulo und viele mehr. Und überall das gleiche Bild, die Menschen standen ergriffen und schwiegen in tiefster Verbundenheit. Die meisten hielten sich an den Händen, was nur zu sehen war, wenn die Kameras an die Ränge zoomten.

Die Reporter schwiegen ebenfalls, sodass sich eine Sphäre völliger Stille über den ganzen Planeten spannte, die von mehr als einer Milliarde Menschen getragen wurde.

Die meisten dieser Menschen saßen vor ihren TV-Geräten, da die Plätze in den Stadien bei weitem nicht ausgereicht hätten, alle an der Rede von Don Pedro teilnehmen zu lassen.

Das war der Moment, in dem das mächtige und planetenumspannende Kraftfeld des Friedens geschaffen wurde. Noch fehlte den meisten Menschen das Verständnis, was es mit solchen Feldern auf sich hatte, doch alle spürten instinktiv, dass sie an einem großen Moment der Geschichte ihren Anteil hatten.

In Puno beendete Don Pedro den Moment der Stille und die Menschen im Stadion begannen ergriffen spontan zu singen.

Es war ein bekanntes Lied des Friedens und der Funke sprang durch die Übertragungen auf die anderen Stadien der Welt über sodass bald mehr als eine Milliarde Menschen in das Lied einstimmten und gemeinsam für eine friedliche Zukunft sangen.

Kapitel 63 – Tag 7

Die Unruhen, die bisher weltweit für Chaos gesorgt hatten, hatten nach dem Auftritt Don Pedros überall aufgehört. Nicht alle Menschen hatten die Rede gehört, aber jeder kannte jemanden, der sie gehört hatte und mitgesungen hatte.

Dann kam der Anruf des Kardinalstaatssekretärs, des zweithöchsten Mannes der römischkatholischen Kirche nach dem Papst. Papst Silvester wolle Don Pedro sprechen. Don Pedro sei zu einer Privataudienz nach Cusco geladen. Papst Silvester habe ihm wichtige Dinge zu sagen und die Audienz werde morgen Abend stattfinden, richtete der

Kardinalstaatssekretär aus, der selbst in Rom im Vatikan saß.

Don Pedro hatte sofort zugesagt und berichtete Vera und Alfredo Navarro von dem Telefonat mit dem Vatikan. Inzwischen gab es auch eine offizielle E-Mail des Vatikans.

Vera freute sich, doch Alfredo Navarro vermutete eine Falle. „Die Mächtigen fühlen sich provoziert von Don Pedros Rede, wir müssen vorsichtig sein. Don Pedro hat mit einer einzigen Rede die Unruhen weltweit beendet. Er rief zur Vergebung auf, das darf normalerweise nur die Kirche. Die Kirche wird sich in ihrer Kompetenz verletzt sehen. Das wird sich der Papst nicht gefallen lassen."

„Schade, Kurt Oberleitner ist schon abgereist", meinte Vera, „der könnte prüfen, ob dein Verdacht gerechtfertigt ist."

Hilde und Sabrina Oberleitner waren von den Ereignissen derartig geschockt, dass sie darauf bestanden hatten, den Ort sofort zu verlassen. Sie hatten an den Feiern gar nicht teilgenommen denn sie waren psychisch am Ende gewesen. Daher hatte Kurt seine Familie in die nächste Maschine gepackt, nachdem er für seine Familie Zimmer in einem Luxushotel in Rio de Janeiro gebucht hatte. Das schien ihm weit genug von Peru entfernt. Das hätten sie sich jetzt verdient nach all dieser schrecklichen Aufregung, meinte er zum Abschied zu Vera und Don Pedro.

„Aber das Mittelalter ist doch schon lange vorbei, ein Papst kann heutzutage unliebsame Personen nicht so einfach verschwinden lassen", beruhigte Vera Alfredo Navarro und sich selbst.

Henry freute sich auch, dass sie zurück nach Cusco kämen, denn dann würde er Jorge und Esmeralda wiedersehen. Vera hatte mit Maria Estancia-Geiger telefoniert. Das Leben war wieder lebenswert geworden. Die Mobilfunkstrecken taten wieder wie gewohnt ihre Dienste.

Das wichtigste Ereignis für Vera war in der Aufregung über Don Pedros Reden fast untergegangen. Kurt Oberleitner aus Brasilien und Rüdiger Baumgartner in Wien hatten es gemeinsam geschafft, dass der internationale Haftbefehl gegen Vera aufgehoben und für Null und Nichtig erklärt worden war. Auch der Haftbefehl gegen Otto war aufgehoben worden, obwohl einige in Wien gerne einen Prozess gegen Otto geführt hätten. Doch da gab es diese geheimnisvolle Entlastungszeugin, deren Identität Vera immer noch nicht kannte. Sie wusste von Otto nur, dass er über Russland nach Wien kommen wollte. „Im Augenblick war er wohl in irgendeinem Flugzeug über Russland", dachte Vera.

Kapitel 64 – Tag 8

Von außen hatte das Gebäude im spanischen Kolonialstil beinahe unscheinbar ausgesehen und unterschied sich nicht von den umliegenden Bauten. Von Innen erwies es sich als eine weitläufige einstöckige Anlage, die um einen großen Innenhof gruppiert war.

Sie waren hier im Zentrum von Cusco in einem ehemaligen Kloster, das zu einem Fünfsternluxushotel umgebaut worden war.

Don Pedro, Vera, Henry und Alfredo waren gemeinsam nach Cusco geflogen, da Vera unbedingt bei der Audienz dabei sein wollte. Alfredo müsse auch mitkommen hatte Vera gesagt, denn womöglich brauche sie technische Unterstützung und er sei schließlich ihr einziger Mitarbeiter der peruanischen Niederlassung von POF. Die Niederlassung war zwar noch gar nicht gegründet worden, aber was machte das schon aus.

Nun standen sie im Innenhof, der von einem Arkadengang umgeben war, von dem die Zimmer des Hotels erreicht werden konnten. Es gab hier wunderschöne schattenspendende alte tropische Bäume und eine Vielzahl von Sträuchern.

Sie wurden von einem Priester in bodenlanger Soutane empfangen, der sie schon erwartet hatte. Papst Silvester hatte das ganze Hotel gemietet und es zu seinem Hauptquartier in Peru umfunktioniert. Der Papst konnte ja nicht im Zelt schlafen, wie es die Jugendlichen vor der Stadt taten. Vera sah, wie Priester geschäftig über die Kieswege des Hofes zu ihren Aufgaben eilten.

Der Priester machte ihnen unmissverständlich klar, dass sie nicht alle zur Privataudienz könnten, da diese nur für Don Pedro reserviert sei.

Veras Misstrauen erwachte, dass Don Pedro allein mit dem Papst und seiner Leibwache sein würde. Wie leicht konnte da etwas Unvorhergesehenes passieren. Vera protestierte daher heftig, schließlich wollte sie auch den Papst aus der Nähe sehen, doch der Priester war unnachgiebig.

Erst als sich Don Pedro einmischte und klarmachte, dass es ohne Vera auch mit ihm keine Audienz geben würde, musste der Priester nachgeben. Nur Alfredo und Henry durften nicht hinein, was die beiden seltsamerweise auch gar nicht störte. Sie setzten sich an einen der Tische des hoteleigenen Restaurants und Alfredo bestellte etwas zu trinken für sich und Henry.

„Wir warten hier, bis ihr wieder da seid", erklärte er lakonisch. „Aber bleibt nicht zu lange, sonst werdet ihr noch bekehrt."

Dann wurden Don Pedro und Vera in eines der geräumigen Luxusappartements geführt, wo sie von Giovanni Siccomario, dem Privatsekretär des Papstes empfangen wurden.

Nach dem Austausch einiger Höflichkeiten wurden sie nach kaum zwei Minuten Wartezeit in den Wohnraum des Appartements gebeten, wo Papst Silvester der Fünfte sie freundlich lächelnd willkommen hieß.

Der Papst war Italiener und stammte aus einem kleinen Dorf nahe bei Rom in der Provinz Latium. Er war schon weit über achtzig Jahre alt und von sehr kleiner greisenhafter Statur. Doch sein Gesicht wies eine Entschlossenheit und Härte auf, die nur ansatzweise durch sein freundliches Lächeln gemildert wurde.

Giovanni Siccomario schloss leise die Doppeltür und Vera bemerkte, dass sie nur zu viert in dem weitläufigen Raum waren, der Papst, sein Privatsekretär und Don Pedro mit Vera. Es gab keinerlei Wachen oder Securities. Sie hatte auch am Weg hierher keinerlei Sicherheitspersonal bemerkt.

Sie durften auf prunkvoll geschnitzten Stühlen gegenüber dem Papst Platz nehmen. Auch der Papst selbst saß auf einem solchen Stuhl und war mit ihnen dadurch auf Augenhöhe. Vera, die eher mit Niederknien und großem Verbeugungszeremoniell gerechnet hatte, war angenehm überrascht.

Papst Silvester erklärte freundlich und eine Spur zu liebenswürdig, er habe Don Pedro unbedingt persönlich kennenlernen wollen, denn es schien ihm, wie wenn Don Pedro die richtigen Worte zur richtigen Zeit zur Welt gesprochen hätte. Dafür möchte er sich im Namen der gesamten Katholischen Kirche herzlich bedanken.

Doch dann wurde er ganz ernst als er meinte, Don Pedro müsse mit seiner neu gewonnenen Macht sehr sorgfältig umgehen, denn die Menschen würden im Moment viel zu sehr auf ihn hören. Wie groß sei da die Gefahr, dass er die Menschen auf einen falschen Weg führe, der leicht am Abgrund enden könne. Ein kleines Missverständnis nur und es brächen wieder Revolten aus, die niemand gewollt hätte, nur weil irgendwelche Fanatiker die Worte Don Pedros falsch verstünden. Das sei eine nicht zu unterschätzende Gefahr, der sie sich alle bewusst sein müssten.

Wenn Don Pedro jedoch gemeinsam mit ihm, Papst Silvester dem Fünften vor die Welt trete und erklärte, dass er seine künftigen Predigten im Rahmen der Kirche und in enger Zusammenarbeit mit dem Papste zum Wohle der Menschheit halten wolle, sei allen sehr geholfen.

Ganz besonders sei Don Pedro geholfen, denn im Schoße der Kirche sei er in Sicherheit vor all seinen

Feinden, die er nach seinen Auftritten wohl zahlreich habe, da es viele Mächtige gibt, welche die Wahrheit nicht hören wollen.

Auch der Kirche sei dabei geholfen, da sie nun einen Prediger habe, der weltweit die Massen bewegen könne und das Ideal des Glaubens wiederaufleben lassen kann. Don Pedro könne der Kirche frische Kraft zuführen, die sie doch so nötig brauche. Bei diesen Worten sah der Papst Don Pedro erwartungsvoll an und wollte wissen, was er dazu sage.

Don Pedro ließ einen langen Moment der Stille entstehen und sagte vorerst gar nichts. Dann setzte er zu seiner Antwort an, lächelte ebenfalls sanft und lehnte sich in seinem Sessel zurück: „Ich bin nur ein einfacher Mensch, der ein wenig Ahnung von den Ereignissen im Universum hat und dessen sechster Sinn ein bisschen mehr ausgeprägt ist als bei den meisten Menschen."

„An der Macht zu herrschen bin ich nicht interessiert. Es ist die Zeit gekommen, in der die Menschen ihr Schicksal selbst in die Hand nehmen müssen. Jeder Mensch kann eigenverantwortlich handeln und erkennen, was Gut und Böse ist."

„Welche Kraft und Energie in jedem einzelnen Menschen steckt, wurde wohl eindeutig bewiesen, als der Asteroid aus der Bahn gedrängt wurde, nur weil hundertfünfzig Millionen Menschen wollten, dass die Welt nicht untergeht."

„Die Macht der Kirche ist zu Ende, es braucht keinen obersten unfehlbaren Herrscher mehr, der der Menschheit vorschreibt, was sie zu tun und zu lassen hat. Wer die Zeichen der Zeit erkennt, weiß, dass die Menschen die Autorität der Kirche längst ignorieren und etwas Neues schon ganz nahe ist."

„Die Zeit der Beeinflussung und der Herrschaft der Kirche kommt nicht mehr. Die Kirche hat weder den Atheismus noch die Massenmorde des Nationalsozialismus und von Stalin verhindern können. Sie hat Hass, Mord und Verfolgung zugelassen und in früheren Jahrhunderten mit der Verbrennung von Ketzern und Hexen sogar aktiv dazu beigetragen."

„Das neue Zeitalter hat schon begonnen. Die Kirche hat es ignoriert und am Alten festgehalten. Es braucht keine Herrscher mehr, es braucht nur noch weise Lehrer und wissbegierige Schüler. Dann können die Menschen, der Planet und die Umwelt gerettet werden. Die Menschen können in Glück und Zufriedenheit auf der Erde leben. Hass und Gewalt gehören dann der Vergangenheit an, da die Menschen sich dann bewusst sein werden, dass sie spirituelle Wesen sind und selbst in der Lage sind, auf ihre innere Stimme und ihr höheres Selbst zu hören. Sie brauchen von der Kirche keine Vorschriften mehr."

An dieser Stelle unterbrach Giovanni Siccomario, auf dessen Stirn sich bereits die Zornesröte zeigte, den Redefluss Don Pedros: „Es gibt keinerlei Beweise, dass diese Meditation irgendetwas mit der Laufbahn des Asteroiden zu tun gehabt hat. Dieses seltsame Video aus dem Internet ist eine plumpe Fälschung eines Don Pedro Anhängers. Ihre Antwort ist eine Beleidigung des Angebotes unseres Heiligen Vaters."

Giovanni Siccomario wollte eben eine Drohung gegen Don Pedro ausstoßen, als das Smartphone von Vera aufdringlich in voller Lautstärke zu läuten begann.

Vera sah entschuldigend zu Papst Silvester und begann hektisch in ihrer Handtasche nach dem Smartphone zu kramen.

Der Papst hatte sich durch die Rede von Don Pedro nicht aus der Ruhe bringen lassen, sondern sah diesen nur streng und ernst an.

Endlich hatte Vera ihr Smartphone gefunden und wollte es abwürgen, als sie sah, dass es Rüdiger Baumgartner war. Sie zögerte, denn sie ahnte, dass es wichtig sein könnte.

Da sprach der Papst freundlich: „Jetzt heben Sie endlich ab, vielleicht beruhigt sich unser Gespräch dann wieder." Bei diesen Worten warf er seinem Sekretär einen strafenden Blick zu.

Ein aufgeregter Rüdiger Baumgartner ergoss einen Wortschwall über Vera, sodass sie gar nicht zu Wort kam. Endlich konnte sie ihn unterbrechen: „Du, ich kann jetzt nicht, wir sind in Privataudienz bei Papst Silvester, ich rufe dich zurück."

„Nein", war die Antwort von Rüdiger, „der Papst soll gleich mithören, was wir zu sagen habe, das betrifft auch ihn, wir schreiben gerade Weltgeschichte."

Das hatte er so laut ins Telefon geschrien, dass es alle Anwesenden mithören mussten.

„Sind denn jetzt alle völlig irre", entfuhr es Giovanni Siccomario, „ihr seid hier bei seiner Heiligkeit dem Papst und nicht zu Hause in eurem Büro."

Doch Papst Silvester rief aus: „Ich will wissen, was er zu sagen hat, ich erkenne, dass wir in einer anderen Zeit leben, lasst uns zuhören. Wenn uns Don Pedro die Machtpolitik des Vatikans vorwirft, hat er nicht so unrecht."

Rüdiger schaltete auf Videokonferenz um und Vera sah, dass noch jemand neben Rüdiger im Raum war. Rüdiger riet ihr, das Gespräch auf ihr Notebook zu legen, da der Bildschirm größer sei.

Nach weniger als einer Minute begann wohl die seltsamste Webkonferenz, die es je gegeben hatte. Der Papst mit seinem Privatsekretär und Don Pedro mit Vera an dem einen Ende der Leitung und am anderen Ende war in Wien Rüdiger Baumgartner, der CEO eines kleinen Fernsehsenders und Doktor George Michaelson, Astronom am Caltech, der Entdecker des Asteroiden eingeloggt.

„Darauf bin ich jetzt nicht vorbereitet, dass ich meine Ausführungen gleich vor dem Papst halten soll", erklärte George Michaelson etwas verlegen, nachdem Rüdiger Baumgartner ihn kurz vorgestellt und ihm das Wort übergeben hatte.

Papst Silvester lächelte und meinte: „Keine Sorge, wir sind hier ganz unter uns, was Sie sagen, erfährt sonst niemand. Beginnen Sie mit Ihren Ausführungen."

Bei diesen Worten des Papstes musste Vera still in sich hinein lächeln, denn sie wusste, dass jedes Wort und jede Geste aufgezeichnet würde und wenn Rüdiger wollte, wäre alles in einer Stunde Million Menschen bekannt. Die Kamera ihres Notebooks war aktiviert und auf den Papst gerichtet.

In seiner Einleitung erklärte George Michaelson, was es mit dem Schweif von Kometen auf sich hat und kam dann rasch auf X99 zu sprechen.

„Wenn sich ein Körper, der viel Eis enthält, aus dem äußeren Sonnensystem kommend der Sonne nähert, erwärmt sich dieser Körper. Das Eis verdampft und wird zusammen mit Staubpartikeln und kleinen Steinen durch die Sonne vom Körper weggeblasen. Diese Partikel bilden den Schweif eines Kometen, der oft auch von der Erde mit freiem Auge sichtbar ist."

„Aber bei X99, unserem Asteroiden, war das nicht der Fall. Hier gab es keinen Schweif. Es ist uns gelungen, die Bilder des Hubble Teleskopes in der Vergrößerung auszuwerten. Dieses war in den Tagen vor der bevorstehenden Katastrophe ständig auf X99 gerichtet. Jede Bahnänderung sollte sofort erkannt werden."

„Diese Vergrößerungen zeigten Nahaufnahmen von X99 ohne Schweif. Es gab die ganze Zeit nichts, was verdampft wäre. Aber im entscheidenden Augenblick der Bahnänderung, simultan mit der Meditation von Don Pedro, gab es einen Ausbruch auf dem Asteroiden. Einige hunderttausend Tonnen Wasser sind explosionsartig verdampft und wirkten wie eine Steuerungsdüse einer Rakete. Auf den Bildern ist sehr schön zu erkennen, dass es nur einen einzigen Punkt gab, wo der Wasserdampf ausgetreten ist. Das Wasser muss im Inneren von X99 als Eis vorhanden gewesen sein und war nicht an der Oberfläche, denn sonst wäre es kontinuierlich verdampft und nicht schlagartig alles auf einmal."

„Die Ursache des Ausbruchs kann nicht die Sonne gewesen sein, wie wir anfangs glaubten, denn der Ausbruch erfolgte auf der sonnenabgewandten Schattenseite.

„Die wissenschaftliche Schlussfolgerung ist somit klar. Es kam zu einer starken Erwärmung und Verdampfung eines Teils des Eises von X99, die nicht durch die Sonne verursacht worden sein konnte. Aber welche äußere Einwirkung bleibt dann übrig?"

„Es konnte keine andere äußere Einwirkung festgestellt werden."

„Wir müssen akzeptieren, dass nur mehr die Energie und die Wärme der hundertfünfzig Millionen Menschen aus der Meditation in Frage kommen können. Diese haben das Eis auf X99 soweit erwärmt, dass die Wasserdampfexplosion erfolgt ist. Auch wenn wir das wissenschaftlich noch nicht nachvollziehen können, da für solche Energien noch keine Messinstrumente vorhanden sind, können wir uns diesen Fakten nicht länger verschließen."

„Wir wissen aber aus der Quantenphysik, dass es solche Energieübertragungen geben kann. Doch bisher haben diese Übertragungen in Experimenten immer nur wenige Atome betroffen. In solcher Dimension ist diese Energie der Wissenschaft bisher nicht bekannt, aber wir haben die Aufzeichnungen, dass die Ereignisse so stattgefunden haben. Wir müssen daher unsere Theorien erweitern und akzeptieren, was geschehen ist."

Vera sah, wie Papst Silvester blass geworden war.

Da hatte George Michaelson seine Ausführungen auch schon beendet und wartete auf eine Reaktion des Papstes.

Papst Silvester antwortete mit leiser Stimme: „Es ist also wahr, Zweifel ausgeschlossen. Ich habe befürchtet, dass es so kommen wird. Damit ist das Geheimnis des Glaubens jetzt bekannt geworden. Die Kirche hat zweitausend Jahre unter Verschluss gehalten, dass der Glaube der Menschen wirklich Berge versetzen kann. Die Energie im Feinstofflichen ist stärker als alles, was wir sehen und messen können. Die Kirche hat diese Energie streng rationiert und die wahre Macht und Kraft dieser Energie den Gläubigen vorenthalten. Die Kirche hat ihr Wissen geheim gehalten, um sich Einfluss und Macht zu sichern. Ihr seid nun auf das Geheimnis gekommen, was Spiritualität wirklich zu leisten vermag. Don Pedro hat es verursacht und dieser Wissenschaftler hat es richtig erkannt."

„Ich beuge mich vor euch, denn ihr habt Großes geleistet", erklärte ein sichtlich erschütterter Papst Silvester.

„Das ist nicht wahr, wir dürfen nicht zulassen, dass die Menschen die Energie selbst verwenden. Das ist alles Lüge, was der Astronom behauptet", schrie ein aufgebrachter Giovanni Siccomario dazwischen.

„Ihr könnt die Energie nicht mehr aufhalten, sie ist stärker als das schwindende Energiefeld der Kirche", warf Don Pedro ruhig ein. „Für die Zukunft der Menschheit braucht jeder Mensch diese Energie. Wenn die Kirche die Energie der Liebe und des Universums weiter blockieren will, wird sie bald Geschichte sein."

Papst Silvester seufzte tief: „Ich weiß, die Kirche darf nicht länger so tun, als sei sie die alleinige Mittlerin aller Gnaden. Wir haben unsere Macht viel zu lange viel zu sehr missbraucht. Mein Angebot an Don Pedro war der letzte Versuch, unsere Stellung zu halten. Er ist nicht darauf eingestiegen. Aber das wäre ich an seiner Stelle auch nicht. Er weiß, was er tut."

„Eure Heiligkeit, was ist los," rief Giovanni Siccomario erschrocken.

„Wir tun das, was schon längst überfällig ist. Wir geben der Menschheit ihre eigenen Fähigkeiten zurück und bezeugen, dass jeder Mensch ein spirituelles Wesen ist, dass in direktem Weg mit Gott in Kontakt treten kann. Jeder Mensch kann erkennen, was Gut und was Böse ist."

„Dazu brauchen wir keine Vorschriften mehr, mit welchen die Kirche die Menschen in Sünde und Abhängigkeit hält."

„Dazu braucht es keinen Papst, der diese Vorschriften erlässt. Die Menschheit hat ab jetzt die Kraft, ihre spirituelle Energie selbst zu erkennen und zu nutzen zum Wohle aller Menschen und zum Wohle des Planeten Erde."

„Kraft meines Amtes erkläre ich hiermit als Papst Silvester der Fünfte, dass ich das Amt des Papstes heute offiziell abschaffe, die römische Kurie auflöse und danach als Papst offiziell zurücktrete."

„In einer neuen Kirche werden die Gläubigen sich versammeln und als spirituelle Wesen Gott danken, dass es die Schöpfung gibt und sie darin auf der Erde wohnen dürfen. Das verkünde ich hiermit als meine letzte

Amtshandlung als Papst. Ab jetzt bin ich nur ein einfacher Priester."

Betretenes Schweigen aller folgte auf die Worte des eben emeritierten Papstes.

„Das wird die Kurie niemals akzeptieren", fand Giovanni Siccomario als Erster wieder Worte der Gegenrede. „Was machen Sie, wenn ein neuer Papst gewählt wird."

„Es gibt ab heute keine Kurie mehr, der Papst hat die Macht die Kurie aufzulösen. Das habe ich eben getan. Es wird auch kein neuer Papst gewählt werden, denn niemand kann mehr die Kardinäle zur Papstwahl einberufen, da es das Amt des Papstes nicht mehr gibt. Ich habe es eben abgeschafft."

„Der Papst war ein Relikt aus der Kaiserzeit. Seit mehr als hundert Jahren gibt es keinen Kaiser mehr, nun wird es Zeit, dass es auch keinen Papst mehr gibt. Denn regiert hat im Hintergrund immer die Kurie, der Papst war nur die Stimme nach außen und die Kurie hat alle Veränderungen immer blockiert. Damit muss jetzt Schluss sein."

„Das Kardinalskollegium selbst wird die Kirche als eine Art Parlament leiten und dieses Kollegium wird die neuen Kardinäle ernennen. Der Vorsitz im Kollegium wechselt alle zwei Jahre. Der Vorsitzende leitet nur die Versammlungen, hat aber selbst kein Stimmrecht. Die Mehrheit der Kardinäle entscheidet nach ausführlichem Gebet und Meditation", ergänzte der emeritierte Papst. „Dann kann sich die Kirche erneuern und die spirituelle Kraft erreicht wieder die Menschen."

„Nein, das kann nicht sein, Seiner Heiligkeit geht es nicht gut, der böse Einfluss von Don Pedro hat Eure Heiligkeit zu diesem Schritt veranlasst", begehrte Giovanni Siccomario auf.

„Ich bringe Eure Heiligkeit zurück nach Rom, dort wird alles wieder gut. Eure Heiligkeit haben einen Anfall geistiger Verwirrung, Eure Beschlüsse sind daher ungültig. Wir werden in Rom einen neuen Papst wählen, denn die Macht der Kirche währt ewig", schrie Giovanni Siccomario in höchster Erregung.

„Ich rufe jetzt die Wachen, die sollen diese beiden Ketzer festnehmen und der peruanischen Polizei übergeben", rief er und sprang auf um zur Tür zu laufen als die Stimme Rüdiger Baumgartners aus dem Notebook von Vera ertönte.

„An Ihrer Stelle würde ich das bleiben lassen, Sie haben vergessen, dass Sie online sind. Wir haben das ganze Gespräch aufgezeichnet und werden damit an die Öffentlichkeit gehen. Denn die Abschaffung des Papsttums samt Papstrücktritt gibt es nicht alle Tage zu berichten. Die Welt hat ein Recht darauf, das rasch zu erfahren."

Jetzt war es an Giovanni Siccomario völlig die Fassung zu verlieren: „Ich hetze das Heilige Offizium auf euch und lasse euch und euren Sender verbrennen, äh, euren Sender schließen, wollte ich sagen."

„Giovanni Siccomario, jetzt reicht es, du bist gefeuert!", ließ sich der emeritierte Papst vernehmen, „und ich bestätige hiermit, dass ich bei völlig klarem Bewusstsein die Schritte zur Beendigung des Papsttums gesetzt habe."

„Ich erteile daher die Freigabe zur Sendung eurer Aufzeichnungen, aber bitte schneidet die Ausfälle von Giovanni Siccomario heraus, denn die sind einfach nur würdelos", erklärte der emeritierte Papst. „Ich bin künftig wieder der einfache Priester Angelo Guardini aus der italienischen Provinz."

„Nein, das darf nicht sein", schrie Giovanni Siccomario und zog aus seiner Soutane eine kleine Pistole hervor und richtete sie auf Don Pedro, der noch immer ruhig auf seinem Sessel saß.

„Der hier ist schuld an allem Unglück. Aber es ist zu spät, ihn zu töten, weil alles bekannt werden wird und ich es nicht mehr verhindern kann."

Mit diesen Worten richtete er die Pistole gegen seine Schläfe und wollte abdrücken, als ihm Vera, die von ihrem Stuhl hochgeschnellt war, von der Seite einen kräftigen Stoß versetzte.

Giovanni Siccomario verlor das Gleichgewicht, riss seine Arme hoch, um sich zu fangen. Es gelang ihm aber nicht. Dabei löste sich ein Schuss und Giovanni Siccomario schlug der Länge nach auf dem Fußboden auf.

Die Kugel schlug nur harmlos in einen der Deckenbalken ein, als Vera schon über ihm war und ihm die Pistole geschickt entwand.

„Diese Blamage hätte ich der Kirche gerne erspart," seufzte der emeritierte Papst, „wenn ihr das ins Internet stellt."

Da ließ sich Rüdiger Baumgartner vernehmen: „Keine Sorge, alles von Giovanni Siccomario wird komplett geschnitten, das senden wir nicht, wir sind anständige Leute. Das Material mit den Aktionen von Giovanni Siccomario wird vernichtet, damit es wirklich niemals an die Öffentlichkeit gelangen kann."

„Aber die Erklärung von Monsignore Silvester und von George Michaelson geht in dreißig Minuten live und wird die Welt gehörig erschüttern. Da bin ich mir sicher", erklärte ein sichtlich zufriedener Rüdiger Baumgartner.

Kapitel 65

Sie hatten nach der Audienz die Residenz des ehemaligen Papstes fluchtartig verlassen. Von Monsignore Silvester hatten sie sich herzlich, aber rasch verabschiedet. Von seinem Privatsekretär, der nach Veras beherztem Einschreiten nur mehr als heulendes Häufchen Elend in einer Ecke kauerte, drohte im Augenblick keine Gefahr. Doch wie die übrigen Würdenträger im Hauptquartier reagieren würden, wenn sie die Nachricht von der Auflösung des Papsttums erhielten, wollten sie sich lieber nicht vorstellen. Da war es besser, schon in sicherer Entfernung zu sein. Monsignore Silvester hatte sich nach ihrem Abschied in die Kirche der ehemaligen Klosteranlage zum Gebet zurückgezogen, und sie waren unbehelligt beim Tor hinausgekommen. Henry wäre noch gerne länger geblieben, im Hotelrestaurant gab es so herrlich erfrischende Limonaden, doch Vera hatte zur Eile getrieben.

*

Es war später Nachmittag und ihr Flug zurück nach Juliaca ging erst in den Abendstunden. Niemand von ihnen bemerkte den Ford auf der anderen Seite des Platzes, in dem eine Frau und ein Mann saßen und unauffällig zu ihnen herüberblickten.

Es handelte sich um Bob Walters und Susan Daniely, die beiden Top CIA Agenten. Die beiden hatten anstrengende Tage hinter sich. Sie hatten feststellen müssen, dass die Chefs der bolivianischen Mafia weder durch Geld noch durch gute Worte bereit gewesen waren, Don Pedro und seine Gefährten ins Jenseits zu befördern. Alle Bosse, die sie kontaktierten, hatten gefunden, Don Pedro sei der neue südamerikanische Superstar, der die Menschheit gerettet hatte, dem dürfe nichts passieren. Die Gringos sollten sich möglichst rasch in die Staaten zurückziehen, sonst könnte es sein, dass ihre Leichen irgendwo im Nirgendwo nie gefunden würden.

Einmal hatten sie sogar bei den Gebeinen ihrer Großmutter schwören müssen, dass sie Don Pedro kein Haar krümmen würden. Hätten sie das nicht getan, wären sie aus der Villa dieses ehrenwerten Geschäftsmanns nicht mehr lebend hinausgekommen, denn seine Leibwächter hatten ihre automatischen Gewehre bereits entsichert.

„Alles muss man selbst machen", fluchte Bob Walters vor sich hin. Auch Susan Daniely war schlechter Stimmung. Die Verführung von Bob Walters an ihrem ersten Abend in Peru hatte stressbedingt nicht geklappt. Bob Walters war nach dem fünften doppelten Whisky an der Hotelbar nur mehr allein ins Bett gewankt, statt ihren Verführungskünsten zu erliegen. Sie hatten die Nacht daher in getrennten Betten verbracht. Die erfolglosen Anheuerungsversuche taten das ihrige, um ihre Stimmung noch weiter zu verschlechtern.

Die einzige Hoffnung, die sie nun noch hatten, waren die beiden kleinkalibrigen Daewoo Präzisionsmaschinenpistolen mit nur fünf Millimeter Kaliber und geringem Rückstoß. Diese südkoreanische Waffe war einfach zu handhaben und auch eine Susan Daniely würde damit umgehen können.

Bob Walters hatte die Waffen illegal erst hier in Peru beschafft. Langley wusste nichts davon und durfte auch nichts davon erfahren, bis sie Peru wieder verlassen hätten. Das Risiko, dass sie als hochrangige Topagenten in Peru als Attentäter von der Polizei geschnappt würden, dürften sie niemals eingehen. Dazu gab es die ausführenden Teams. Doch wenn es kein Team gab, blieb ihnen nichts mehr anderes übrig, als das Risiko doch einzugehen. Würden sie geschnappt, würde Langley alles abstreiten und sie würden in einem peruanischen Gefängnis verrotten. In so einem Fall wäre es besser, sich der Verhaftung durch Tod zu entziehen. Das wussten beide.

Wenn ihnen ihr Nachrichtendienst nicht die Mail mit der Einladung des Papstes an Don Pedro übermittelt hätte, wären sie noch immer in der Gegend von La Paz auf der Suche nach willigen Auftragskillern gewesen. So aber waren sie gerade rechtzeitig vor Ort, um zu sehen, wie Don Pedro mit seiner Gruppe die Hotelanlage verließ.

„Ich habe noch nie mit so einer Waffe geschossen", beschwerte sich Susan Daniely, aber Bob Walters war nicht in der Stimmung, darauf einzugehen. „Los, aussteigen" befahl er knapp. Aus dem Kofferraum nahmen sie die beiden Sporttaschen mit ihrem gefährlichen Inhalt und folgten der Gruppe in einigem Abstand.

*

„Wir brauchen rasch ein Internetcafe", erklärte Vera, nachdem sie Alfredo und Henry von den weltbewegenden Ereignissen in der Residenz berichtet hatte. „Wir müssen sehen, wie die Nachricht verbreitet wird."

Alfredo schlug den Plaza del Arms vor. Am Hauptplatz von Cusco kenne er ein nettes Kaffee mit Internetzugang.

Es waren nur wenige Gassen, durch die sie gehen mussten, um zum Plaza del Arms zu gelangen. Zu ihrem Glück waren diese sehr belebt, da die allgemeine Siesta schon vorbei war. Es fiel ihnen nicht auf, dass sie verfolgt wurden. Doch die Menschenmenge schützte sie vor einem Angriff der Agenten.

Gegenüber der Kathedrale von Cusco, in der sich Henry vor wenigen Tagen so gefürchtet hatte, saßen sie im Freien vor dem Kaffee an einem kleinen Tischchen. Vera hatte ihr Notebook wieder aufgeklappt und wartete auf das Video der POF.

Doch auf der POF Seite war noch nichts zu sehen. Vera rief Rüdiger an, um zu fragen, wann es endlich soweit sei.

Ein gestresster Rüdiger antwortete ihr, sie solle nicht drängen, er müsse sich erst rechtlich absichern. Die Macht der Kurie sei nicht zu unterschätzen. Er wolle den Sender noch länger betreiben und nicht im Gefängnis landen.

Doch dann kam der Kellner, um ihre Bestellungen aufzunehmen und erkannte sofort Don Pedro. Daraufhin drängten sich sämtliche Gäste des Kaffees an ihren Tisch und wollten Autogramme. Der Ruf „Don Pedro ist hier" eilte wie ein Lauffeuer über den Platz und alle drängten herbei, um Don Pedro zu sehen.

Das war Vera gar nicht recht. Sie wünschte, Don Pedro wäre unerkannt geblieben. Wie würde die Menge reagieren, wenn sie erfuhr, dass der Papst zurückgetreten war und Don Pedro die Ursache war? Wie katholisch waren die Leute hier?

Don Pedro war das egal, er gab Autogramme und jede Menge Selfies mit Don Pedro wurden von den Leuten gemacht. Die Menge am Platz wurde immer dichter, da sah Vera die Austria Presse Agentur Meldung mit Quellenangabe der POF über den Papstrücktritt und der Auflösung des Papstamtes.

Die Sache war heraussen. Ihre Finger rastern über die Tasten, um alle wichtigen Seiten durchzusehen. Nun war auch auf die POF Seite die Meldung an erster Stelle. Aber es gab kaum Echo, was Vera verwunderte. Bis ihr einfiel, dass es in Wien auf Grund des Zeitunterschiedes Mitternacht war. Erst mit den Morgennachrichten würde die ganze Welt Bescheid wissen. Doch manche wussten es bereits jetzt und begannen zu handeln.

Chefredakteure erhielten SMS und Nachrichten über Twitter und Snapchat. In den Redaktionen wurde Alarm gegeben, alle Schlagzeilen mussten umgestellt werden, die neue erste Meldung war: „Papst schafft Papsttum ab und tritt zurück."

Doch das alles interessierte Henry nur wenig, er wollte sich noch von Esmeralda und Jorge verabschieden bevor sie zurück nach Europa mussten. Henry wusste, dass die Estanzia-Geiger Wohnung ganz in der Nähe lag und drängte Vera auf einen Besuch, denn Vera hatte es ihm in Puno versprochen.

Vera wollte zwar nicht mir Daniel zusammentreffen, aber mit Maria Estanzia schon. Auch Don Pedro wollte das Kaffee verlassen, denn die Menschenmenge war ihm auf Dauer zu anstrengend. Er war kein Politiker und wollte in der Menge baden. Es war Zeit aufzubrechen.

So waren sie bald unterwegs zur Gasse, in der die Wohnung lag.

Susan Daniely und Bob Walters hatten ihren Aufbruch bemerkt und kamen unauffällig langsam näher.

Aber die Beliebtheit von Don Pedro war zu groß und die Menge folgte ihm einfach nach. Es gab im Gehen weitere Selfies und Don Pedro blieb nichts anderes übrig, als gute Miene zu machen. Für die Leute war er schließlich der Superstar.

Niemand ahnte dabei, dass die Menschenmenge das Leben von Don Pedro schützte, da Susan Daniely und Bob Walters den Inhalt ihrer Sporttaschen nicht auspacken konnten, ohne sofort überwältigt zu werden. Ein Blutbad von Unschuldigen durften sie nicht riskieren, da kämen sie selbst niemals lebend davon.

Doch jetzt waren Vera, Henry, Don Pedro und Alfredo erst einmal in der Wohnung bei Maria und ihren Kindern. Die Wiedersehensfreude war riesig und es gab viele kräftige Umarmungen. Alle waren schon ins Wohnzimmer gegangen, nur Vera stand noch in der Diele, um sich die Haare zu richten, als unvermittelt Daniel vor ihr stand.

Sie sahen sich an und sekundenlang sagte keiner ein Wort.

„Hi Daniel, wie geht's?" versuchte Vera die Situation zu entspannen.

Daniel schwieg noch eine ganze lange Weile, vermutlich um seine Gedanken zu ordnen. Dann erklärte er: „Es ist jetzt wohl an der Zeit mich zu entschuldigen. Ich habe dich für schuldig gehalten, am Tode deiner Schwiegereltern. Was war ich für ein Idiot. Wenn Maria nicht gewesen wäre, ich hätte glatt die Polizei gerufen, als du hier mit deinem Sohn so überraschend aufgetaucht bist."

„Das kann ich verstehen", erklärte Vera, „ich habe auch befürchtet, dass du genauso reagieren würdest. Aber sollten wir nicht langsam uns auch gegenseitig vergeben, was gewesen ist."

„Unsere Beziehung hatte ihre schönen Zeiten, aber das ist jetzt acht Jahre her. Du hast hier eine wundervolle Frau gefunden und ihr habt zwei prächtige Kinder. Kannst du mir jetzt nach acht Jahren verzeihen, dass ich dich damals verlassen habe?", fragte Vera und sah Daniel dabei in die Augen.

„Ich habe oft darüber nachgedacht", entgegnete Daniel, „wenn ich nicht so rasend eifersüchtig gewesen wäre, schon bevor du zu Otto gewechselt bist, und wenn ich dich nicht allein auf Schloss Rauhenstein hätte fahren lassen, ob dann nicht alles anders gekommen wäre?"

„Deine Eifersucht habe ich dir schon längst verziehen, aber ich glaube nicht, dass es anders gekommen wäre, denn unsere Beziehung hatte damals schon einen Knacks, denn sonst wäre Otto nicht so in mein Leben gekracht. Kannst du mir verzeihen, dass ich mit dir Schluss gemacht habe?"

„Wahrscheinlich hast du recht, wenn wir beide auf Schloss Rauhenstein gefahren wären, dann wärest du ein halbes Jahr später mit Otto zusammengekommen. Unsere Beziehung war eine Studentenliebe, die das Ende des Studiums nicht überdauert hat."

„Aber jetzt hier in Peru habe ich eine völlig andere Vera erlebt, du hast mit der Vera von vor acht Jahren so gut wie nichts mehr gemeinsam. Was du mit deinem Sender und den Auftritten von Don Pedro hingelegt hast, um die Welt vor dem sicheren Untergang zu retten ist mit Worten nicht zu beschreiben. Superpowerfrau ist eine zu schwache Vokabel dafür", schloss Daniel seine Ausführung.

„Ich will keine Bewunderung von dir, ich will wissen, ob du mir verzeihen kannst, was damals geschehen ist", blieb Vera hartnäckig.

„Ja, kann ich", erklärte Daniel und erstmals spielte ein Lächeln um seine Lippen. „Du kannst doch noch Gefühle zeigen und bist nicht die eiskalte Managerin, für die ich dich lange gehalten habe."

„So wenig kennst du mich also", entgegnete Vera schnippisch. Du solltest mehr POF schauen, da trete ich ganz anders auf. Was macht übrigens dein Waldprojekt, wie weit seid ihr inzwischen?"

„Das läuft gut, die Aufforstung schreitet voran, die Leute in den Dörfern helfen fleißig mit und wir bemerken, es gibt inzwischen mehr Niederschläge und die Bodenfeuchte steigt", erklärte Daniel.

Da ertönte aus dem Wohnzimmer ein Schrei von Don Pedro, dem ein allgemeines Gekreische folgte und in der nächsten Sekunde waren Salven aus vollautomatischen Waffen zu hören. Glas splitterte und Projektile peitschten in die Wände.

Daniel erstarrte, doch Vera ließ sich keine Sekunde aus der Fassung bringen: „Nicht schon wieder. Daniel, los wir müssen weg, gibt es hier einen Hinterausgang?"

Während sie dies sagte, schlug die nächste Salve im Wohnzimmer ein. Kaum war diese beendet, wurde die Tür zum Wohnzimmer aufgestoßen und Henry kam in den Flur gerobbt.

„Alles Roger, keine Verwundeten", meldete er ganz militärisch Vera. Anscheinend hatte er zu viele einschlägige Filme gesehen.

Hinter Henry kam auch schon Maria mit Esmeralda und Jorge gerobbt. Den Schluss bildeten Don Pedro und Alfredo.

Im Flur waren alle wieder auf den Beinen und diesmal war es Vera, die das Kommando übernahm: „Daniel, wir müssen zum Flughafen, wir haben einen Flug für heute nach Puno gebucht, kannst du uns hintenraus bringen und zum Flughafen fahren?"

Daniel war noch immer schockstarr, als Maria rief: „Ja, kann er und wir kommen alle mit, hier ist es im Moment etwas zu unsicher. Der Flughafen ist besser."

Maria zeigte den Weg über eine Hintertreppe, die in einen kleinen Innenhof führte, der als Abstellplatz von Daniels Geländewagen diente. Dieser war ein großer Toyota Pick Up. Alfredo schwang sich auf den Beifahrersitz neben Daniel, alle anderen drängten sich auf die Rückbank. Die Kinder saßen auf den Knien der Erwachsenen sodass alle Platz fanden.

Daniel öffnete mit zittrigen Fingern das Hoftor, welches zum Glück nicht in der Gasse lag, auf welche die Wohnzimmerfenster schauten.

Vorsichtig sah er sich um, aber es war niemand zu sehen und die Gasse war fast menschenleer. Er rannte zurück zum Pickup, startete und lenkte den großen Wagen in die enge Gasse.

Als er aussteigen wollte, um das Hoftor zu schließen, rief Vera vom Rücksitz: „Lass das bleiben, Vollgas, wir haben nur wenig Vorsprung und wir wissen nicht, wie viele es sind."

Erst als er auf der Hauptstraße den Wagen beschleunigen konnte und halsbrecherisch alle überholte, die langsamer unterwegs waren, hatte er seine Sprache wiedergefunden und schrie: „In drei Teufels Namen, wer war das jetzt? Wie könnte ihr nur so ruhig bleiben, wir sollten auf eine Polizeiwache fahren. Das sind wir sicherer."

Maria übernahm es, Daniel aufzuklären: „Polizei kannst du vergessen, das war vielleicht sogar die Polizei. Es gibt

Leute, denen Don Pedro nicht passt, sein Haus ist schließlich eingeäschert worden und schon vergessen, auch Vera wurde vom Geheimdienst in eine Falle gelockt."

Vera ergänzte: „Das sieht nach Auftragskillern irgendeines Geheimdienstes aus, der Vatikan kann es noch nicht sein, so schnell können die nicht reagieren, ich tippe eher auf die Amerikaner. Die wollten auch Otto in Tiflis aus dem Weg räumen."

„Otto ist tot?", rief Daniel aus, da er konzentriert auf den Verkehr achten musste, um bei seinem halsbrecherischen Tempo keinen Unfall zu bauen.

„Nein, Daniel, Otto lebt, ich liebe ihn, aber es gibt mehr Tote in der Geschichte, als du weißt, du kennst nur die halbe Story."

„Wo bin ich da hineingeraten", rief Daniel resigniert aus, „und was hat der Vatikan damit zu tun?".

„Ach, nichts weiter, der Papst ist bloß zurückgetreten und hat das Papsttum aufgelöst und die Kurie gleich mit. Das könnte einigen Leuten in Rom nicht recht sein", erklärte Vera in einem gleichgültigen Tonfall.

„Und ihr habt die Finger im Spiel gehabt, aber jetzt gehst du zu weit, das kann nicht stimmen, du willst mich verarschen", rief ein sichtlich erregter Daniel.

„Nein, die Meldung geht schon durch alle Medien, sie werden es bald im Radio bringen. Wir waren live dabei und die POF hat die Exklusivrechte vom Papst erhalten. Ich scherze nicht", erklärte Vera bestimmt.

Daniel verstand das alles nicht mehr. Die Story war anscheinend noch irrer, als er gedacht hatte, wenn jetzt schon mit Killern des Vatikans gerechnet werden musste.

„Wie könnte ihr so locker bleiben, wenn dauernd die Killer hinter euch her sind. Stört euch das gar nicht?"

„Nein, wenn du beim letzten Tag der Menschheit live dabei gewesen bist und geglaubt hast, die Welt geht unter, dann sind das hier Kinkerlitzchen", entgegnete Vera gelassen.

„Wie habt ihr es überhaupt geschafft, dass bei dem Feuerüberfall keiner verletzt worden ist?", wechselte Daniel rasch das Thema, als er eben das vierte Mal bei Rot über eine Kreuzung bretterte.

„Ganz einfach", rief Henry dazwischen, „ich wollte ein Foto machen von den vielen Leuten auf der Straße und bin mit meinem Smartphone zum Fenster gegangen. Unten war alles voller Leute, die mit Don Pedro hierhergekommen waren und nun auf ihn warteten."

„Dann war da so ein Kribbeln und ich sah die Leute mit den Gewehren am gegenüberliegenden Fenster in der Gasse", rief Henry weiter.

Don Pedro unterbrach und ergänzte: „Henry hat den sechsten Sinn, das war das Kribbeln, er spürte die Gefahr. Mir war es beim Betreten des Wohnzimmers ähnlich ergangen, aber erst als Henry erschrocken rief, ‚Was ist das?', fiel bei mir der Groschen."

Maria ergänzte: „Das hätte ich Don Pedro in seinem Alter gar nicht zugetraut. Als Henry rief, sprang Don Pedro mit einem Satz zum Fenster, packte den Kleinen und hechtete direkt auf uns drauf, um uns alle zu Boden zu reißen. Das war der Schrei, und dann krachten schon die Schüsse in die Wohnzimmerwand. Doch am Fußboden konnten sie uns nicht treffen. Der Winkel war zu flach. Diese Schweine hätten einen höheren Standpunkt gebraucht. Echte Profis hätten vom Dach aus geschossen, nicht vom Fenster auf gleicher Höhe", erklärte Maria sachkundig.

„So konnten wir in Sicherheit über den Boden robbend in den Flur entkommen", schloss Vera die Erzählung ab.

Inzwischen waren sie schon am Flughafen angekommen und Daniel steuerte den Pick Up auf einen freien Parkplatz in der Abflugzone.

„Und wenn hier auch noch Schützen lauern", gab Daniel zu Bedenken.

„Daniel, du Angsthase", rief Maria, „vertrau´ auf Don Pedro und auf Henry. Die haben den sechsten Sinn und warnen uns, wenn es wieder gefährlich werden sollte."

„Ihr könnt aussteigen, alles OK", meinte Don Pedro gelassen.

Am Flughafen herrschte normaler Betrieb, wie es ihn in den Tagen vor der Krise gegeben hatte. Nur die vielen Jugendgruppen fielen auf, die vom Weltjugendtreffen abreisten, das nun zu Ende gegangen war.

Die meisten der Jugendlichen hatten Bilder im Kopf, die sie niemals vergessen würden. Das Chaos, die Angst und die Trauer in den Stunden vor dem Impakt. Aber auch das Bild eines Mannes auf der Großleinwand, und das war nicht der Papst, das war Don Pedro.

Als sie in der Halle des kleinen Flughafens standen, bedankte sich Vera für die Hilfe bei Daniel und Maria, fragte aber dann, wo sie denn jetzt unterkämen, denn in der zerschossenen Wohnung zu übernachten, sei wohl undenkbar.

Maria erklärte noch bevor Daniel antworten konnte, sie würden bei Freunden einige Tage wohnen können, bis die Wohnung wieder bewohnbar gemacht sei und sie wieder zurück könnten. Worauf Vera erklärte, den Schaden an der Wohnung und alle anfallenden Kosten gingen selbstverständlich an sie, denn ohne ihren Besuch wäre die Familie nicht in Lebensgefahr geraten und die Wohnung wäre ganz geblieben.

Dann ging es ans Abschiednehmen. Vera und Daniel hatten sich soweit versöhnt, sie würden in Kontakt bleiben, versprachen sie einander, doch bald würden sie wieder durch Kontinente getrennt sein. Vera und Maria wollten künftig mehr Kontakt pflegen, da sie sich einfach gut verstanden und mit Skype war das Kontakthalten kein Problem. Henry hatte schon ein wenig Spanisch gelernt und konnte sich schon auf Spanisch von Esmeralda und Jorge verabschieden. Er musste wieder zurück nach Wien und in die Schule gehen. Dabei hatte er sich jetzt schon fast an das Abenteuerleben gewöhnt und wollte gar nicht wirklich zurück. Aber dafür hatte er in der Schule etwas zu berichten, das niemand aus seiner Klasse erlebt hatte.

Alfredo flog nur mit nach Puno, weil sein Auto dort noch parkte. Er würde in den nächsten Monaten damit beschäftigt sein, die Niederlassung der POF in Peru aufzubauen. Denn Vera war es mit der Niederlassung ernst und der Kontakt zu Don Pedro würde über die Niederlassung laufen können.

Schließlich wollte sie endlich Otto wiedersehen, den sie schon sehr vermisste. Auch im Sender sollte sie sich wieder blicken lassen, auch wenn sie jetzt der große Star war.

Aber der ganz große Star war immer noch Don Pedro, der jetzt die ganze Zeit abseits stand und angeregt auf Englisch mit irgendjemandem telefonierte.

Endlich beendete er sein Gespräch und bevor die Abschiedstränen zu zahlreich flossen, machten sich die Vier auf zum Gate für ihren Flug nach Puno.

Vera ahnte nicht, dass sie das Gate für den Puno Flug nie erreichen würde.

*

„Weg hier", schrie Bob Walters Susan Daniely an. Sie hatten eben ihre Magazine leergeschossen und mussten erkennen, dass die Zielobjekte außerhalb ihrer Reichweite waren, da sie den Fußboden des auf der gegenüberliegenden Straßenseite gelegenen Zimmers nicht erreichen konnten. Ob sie Don Pedro getroffen hatten, wussten sie nicht. Sie hatten nur gesehen, wie Don Pedro vom Fenster weggeschleudert worden war. Ob das die Folge ihrer Salve war, oder ob Don Pedro gesprungen war, hatten sie durch das Fenster nicht so genau sehen können. Jetzt war jedenfalls Flucht angesagt.

Susan Daniely umklammerte ihre Daewoo Präzisions-maschinenpistole und folgte Bob Walters, der schon zur Wohnungstür der kleinen Wohnung, in die sie gewaltsam eingedrungen waren, geeilt war.

„Lass die Waffe da, damit verraten wir uns", schrie er genervt.

Unten in der Gasse hatten ihre Salven ein Chaos ausgelöst. Alle schrien und rannten durcheinander und versuchten, in Deckung zu gehen. Doch sie hörten, wie unten im Stiegenhaus Leute eindrangen. Suchten sie bloß nach Deckung, oder hatten sie mitbekommen, von wo die Schüsse gefallen waren?

Es blieb ihnen keine Zeit, das herauszufinden, denn Polizeisirenen waren bereits von beiden Enden der Gasse zu hören.

„Verdammt, die sind doch sonst nicht so schnell", fluchte Bob Walters. Er sah Susan Daniely an und erkannte, dass sie gleich in Panik verfallen würde.

Er packte sie am Handgelenk und riss sie ins Stiegenhaus zur Treppe nach oben. „Los, wir müssen da rauf", versuchte er zu flüstern, um unten nicht gehört zu werden.

„Unsere einzige Chance", dachte er, „denn wenn sie wissen, wo wir sind, kommen sie nicht gleich hochgerannt, da sie unsere Waffen fürchten."

Die Tür zur Dachwohnung aufbrechen war einfach. Zum Glück stand die Wohnung leer, doch im Stiegenhaus waren bereits Schritte von Leuten zu hören, die langsam die Treppe hochkamen. „Wenn diese Typen jetzt schon hochkommen, dann sind sie bewaffnet", schlussfolgerte Bob Walters rasch. Zum Glück hatte er noch seine Pistole einstecken.

Über die Dachflächenfenster aufs Dach hinaus klettern und dann auf dem rutschigen Ziegeldach geduckt weiterlaufen war genau das, wovor sich Susan Daniely immer gefürchtet hatte. Einmal Ausrutschen und sie würde sich drei Etagen tiefer in einem Innenhof mit gebrochenen Knochen wiederfinden, falls sie den Sturz überhaupt überlebte.

Doch zum Denken blieb jetzt keine Zeit, sie musste Bob Walters hinterherlaufen, dem diese Aktion trotz seines Alters nicht das Geringste auszumachen schien. Trittsicher hastete er über die Dachziegel und schon war er am Dach des nächsten Hauses und sah sich nach Susan Daniely und den Verfolgern um, die jetzt bald am Dachflächenfenster auftauchen würden. Bis dahin sollten sie beide außer Sichtweite sein.

Nach einigen endlos scheinenden Sekunden war auch Susan Daniely am Nachbardach angelangt und sie rannten geduckt über ein Flachdach eines Hintertraktes. Das war einfacher und schon bot sich ihnen das nächste Hindernis. Ein Niveauunterschied zum nächsten Dach von fast zwei Metern. Sie mussten hinauf. Bob Walters machte Susan Daniely die Räuberleiter und schaffte es mit Anlauf und einem Klimmzug ebenfalls hinauf. Dann mussten sie das Dach hinauflaufen, um über den First auf die andere Dachseite in einen weiteren Hof zu gelangen.

Hinter sich hörten sie Rufe, die sie ignorierten, sie wollten nur rasch über den Giebel kommen. Sie warfen sich nieder und wälzten sich über den Giebel, als neben ihnen die ersten Projektile in die Dachziegel einschlugen. Dann waren sie auf der anderen Seite und die Verfolger außer Sicht.

Susan Danielys Herz machte einen Freudensprung, als sie sah, dass sich genau unterhalb ihres Daches eine Eisenkonstruktion mit vorgebauten Balkonen befand.

Sie schlitterten das Dach hinunter und sprangen auf den obersten Balkon. Dann schwangen sie sich über die Brüstung und kletterten an einer der Eisenstangen, welche die Balkone trugen, bis hinunter in den Innenhof.

Es blieb ihnen nur noch, den Hof im Laufschritt zu durchqueren und das Hoftor zu öffnen. Schon befanden sie sich in einer anderen belebten Seitengasse und konnten den Tumult eine Gasse weiter hören, den sie ausgelöst hatten.

Sie mischten sich rasch unter die Menge und verschwanden um die nächste Ecke.

Ihre Verfolger hatten sie jetzt wohl abgehängt, aber Peru auf legalem Weg per Flugzeug zu verlassen, war jetzt nicht ratsam.

Bob Walters erläuterte Susan Daniely seine Pläne: „Wir nehmen einen Mietwagen und fahren nach La Paz, von dort fliegen wir heim. Alles andere ist viel zu gefährlich."

„Ob wir Don Pedro getroffen haben, werden wir bald erfahren. Ich fürchte, wir haben ihn nicht getroffen, denn für mein Gefühl ist er bereits gesprungen, bevor wir geschossen haben, aber ich kann mich irren."

Susan Daniely war alles recht, sie war einfach nicht für echte Kampfeinsätze gemacht, so etwas wie eben wollte sie nie wieder erleben müssen. Sie wollte nur zurück in die USA. Ob sie dort beide vom Dienst gefeuert würden, weil sie versagt hätten, war ihr im Moment völlig egal.

Kapitel 66

Nachdem sie die Sicherheitskontrolle zu den Gates passiert hatten, wirkte Don Pedro so sonderbar.

„Gehen wir noch etwas trinken", meinte er, „denn die Reise könnte länger dauern als geplant". Dabei lächelte er verschmitzt.

Nachdem sie sich in der Flughafenbar mit Getränken versorgt hatten, begann Don Pedro von seinem eben geführten Telefonat zu berichten.

„Langsam glaube ich es wirklich. Die Welt beginnt sich zu verändern. Der Asteroid hat mehr bewegt, als ich anfangs dachte. Mit dem Papstrücktritt hätte ich nie gerechnet, und eben kam der nächste Anruf von der anderen Seite des Globus."

„Wer war es diesmal, der russische Präsident?", unterbrach Henry.

„Nein, ihr werdet ihn nicht kennen, auch ich kannte ihn bis vor wenigen Minuten nicht. Es ist Abdullah Ibrahim, der Großmufti von Ägypten, Scheich und Groß-Imam der al-Azhar Moschee in Kairo."

„Was will er von dir?", wollte Vera sofort wissen, da ihr Misstrauen erwacht war.

„Nicht von mir, von uns will er etwas. Vera, ich brauche dabei deine Hilfe, sonst kann die Sache nicht gelingen", fuhr Don Pedro fort.

„Abdullah Ibrahim war in Kairo, als der Asteroid knapp über die Stadt donnerte. Beinahe wäre er umgekommen, da er oben vom Minarett der al-Azhar Moschee den Einschlag sehen wollte. Aber einer inneren Stimme folgend ist er kurz vor dem Moment des Impakts herabgestiegen. Das Minarett ist durch die Druckwelle eingestürzt und der Scheich ist überzeugt, dass Allah ihn gerettet hat."

„Was hat das jetzt mit uns zu tun?", wollte Vera wissen.

„Der Scheich möchte der arabischen Welt nach diesen Ereignissen endlich einen dauerhaften Frieden bringen und dafür braucht er unsere Hilfe."

„Das haben doch die internationalen Diplomaten und Politiker samt UNO seit Jahrzehnten nicht geschafft", blieb Vera skeptisch.

„Eben deshalb will er einen neuen Anlauf starten. Der Scheich hat mich nach Kairo eingeladen, und ich wünsche mir, dass du mitkommst, denn wir werden deinen Sender wieder brauchen. Es soll eine große Konferenz stattfinden, ich soll dort eine Rede halten. Ich habe verlangt, es müsse auch eine Meditation dabei sein, und er hat dem tatsächlich zugestimmt. Vielleicht können wir mit der nötigen Anzahl an Menschen in der islamischen Welt ein energetisches Friedensfeld aufbauen, mit dem alle Konflikte mit einem Schlag beendet wären", erklärte Don Pedro ganz euphorisch.

„Wenn ich denke, was in den letzten Tagen möglich geworden ist, so wurde mir klar, dass die Geschichte noch lange nicht zu Ende ist. Wir haben mit Großem angefangen. Wir können nun nicht auf halbem Weg stehenbleiben. Es werden nun Energien frei in einer Intensität, die einfach unglaublich ist."

„Und wann soll die Konferenz stattfinden? So etwas braucht doch lange Planungszeiten. Bis wann will der

Scheich deine Antwort haben und willst du dir das wirklich antun?", fragte Vera und wollte Zeit gewinnen.

„Denn ich muss jetzt dringend nach Wien zu Otto. Henry sollte längst wieder in der Schule sein. Wir fliegen jetzt über Puno nach Lima und von dort über Madrid nach Wien. Dann sehen wir erst einmal weiter. Wer weiß, ob es diese Konferenz so bald geben wird", erklärte Vera ausweichend.

Ihr Interesse war zwar geweckt, da sie wusste was Don Pedro bewirken konnte. Aber bis zum nächsten Abenteuer brauchte sie eine Pause, das spürte sie.

„Meine Antwort hat der Scheich schon, ich habe schon zugesagt", erklärte Don Pedro.

„Bist du nicht ein wenig voreilig, du kennst doch niemanden in Kairo, dort herrschen ganz andere Verhältnisse als in Peru", warf Vera ein. „Dort sitzen die Sprengstoffgürtel noch lockerer, als wir hier schon erlebt haben. Kairo ist ein gefährliches Pflaster."

„Was kann mir schon passieren, nachdem wir den Weltuntergang überlebt haben?", blieb Don Pedro gelassen.

Vera musste an den letzten Anschlag von vor einer Stunde denken und feststellen, dass Don Pedro Recht hatte. Mit ein wenig sechstem Sinn würden sie auch alle weiteren Anschläge und Gefahren rechtzeitig erkennen und ihnen aus dem Weg gehen können.

„Ich brauche deine Hilfe in Kairo, ich habe fest damit gerechnet, dass du zusagst", fuhr Don Pedro fort. „Allein ist es wirklich zu schwierig für mich, da ich nicht Arabisch kann."

„Ich auch nicht", erklärte Vera.

„Aber die ganze Sache dauert nur eine Woche, du bist in zwei Wochen in Wien, den kleinen Umweg kannst du doch machen und die POF wird berichten."

„Wie bitte, wieso in zwei Wochen, dann müsste die Konferenz bereits nächste Woche starten, das geht sich doch gar nicht aus!", rief Vera.

„Doch, es geht sich aus, die Konferenz startet in vier Tagen und dort drüben", bei diesen Worten deutete Don Pedro aus dem Fenster des Flughafengebäudes, „landet eben der Scheich mit einem gemieteten Privatjet des Saudischen Königshauses."

Als Vera ihren Mund wieder zugeklappte hatte, fragte sie: „Wie hat er uns denn gefunden, jeder muss doch glauben, wir säßen in Puno."

„Glaubst du, unseren Aufenthaltsort kennt keiner, wir sind hier bekannter, als uns lieb sein kann.", erklärte Don Pedro.

„Wer weiß, ob die Amerikaner nicht noch ein Team schicken, oder wie die Leute im Vatikan reagieren, wenn sie mir die Schuld an der Auflösung des Papsttums in die Schuhe schieben wollen. Hier sind wir nicht sehr sicher, da können wir gleich nach Kairo gehen und uns unter den Schutz des Großmuftis begeben. Mein Gefühl sagt mir, dass wir dort sicherer wären."

„Der Großmufti hat mit mir vorhin über Satellitentelefon gesprochen, da er noch in der Luft war. Eigentlich wollte er mich zuerst persönlich aufsuchen, um mich zu dieser Konferenz einladen, aber der Papstrücktritt hat die Sache enorm beschleunigt. Er wurde von Riad informiert und hat den Jet gleich nach Cusco umdirigiert."

„Das war doch erst vor wenigen Stunden", rief Vera aus, die daran dachte, dass es in Europa noch Nacht sei. Dann dämmerte ihr, dass Riad viel weiter östlich lag, dort war schon Morgen und die Nachricht musste dort wie eine Bombe eingeschlagen haben. Sie sah vor ihrem geistigen Auge schon die Schlagzeilen der Arabischen Zeitungen: „Papsttum abgeschafft, der Islam hat gesiegt."

Dabei wurde ihr zum ersten Mal etwas mulmig, was hatten sie hier losgetreten. Die Geschwindigkeit der Veränderung der Welt nahm beängstigende Züge an.

Don Pedro sah sie ruhig an und erkannte, dass Vera begriffen hatte.

„Verstehst du jetzt, warum uns in Kairo keine Gefahr droht. Deshalb ist die Chance für einen dauerhaften Frieden so groß wie noch nie. Ich komme nicht als westlicher Politiker, sondern als ein Mann des Südens, der in den Augen der arabischen Welt soeben den Papst erledigt hat."

„Und ob sie glauben, dass Allah sie vor dem Asteroiden gerettet hat, oder unserer Meditation, das ist zweitrangig. Viel wichtiger ist, dass sie bald spüren werden, wie sich eine Friedensmeditation wirklich anfühlt und dass Vergebung besser als Hass und Rache ist. Dazu brauche ich dich und deine POF."

Vera war nun klar, dass sie nicht ablehnen konnte. Hier ging es um Ereignisse, welche die ganze Welt betrafen, da mussten ihre Befindlichkeiten zurückstehen.

Sie sagte zu, als ihre Namen am Flughafenlautsprecher aufgerufen wurden. Sie wandten sich an das nächste Desk der LATAM, wo sie von zwei Securities erwartet wurden. Diese salutierten vor ihnen, was für Vera ein ungewohnter Anblick war. Dann wurden sie höflichst gebeten, zum Ausgang für VIPs zu gehen, denn sie würden erwartet.

Vor dem Ausgang stand die einzige Stretch Limousine des Flughafens, die normalerweise nur von Präsidenten benutzt wurde.

Drinnen saß Abdullah Ibrahim, der Großmufti von Ägypten, Groß-Imam und Scheich der al-Azhar Moschee und winkte ihnen freundlich zu.

Nach einer kurzen Begrüßung stiegen Don Pedro, Vera und Henry zu dem Scheich in die Limousine. Alfredo verabschiedete sich, denn er musste zurück zum Gate, um seinen Flug nach Puno nicht zu verpassen.

Die Limousine setzte sich in Bewegung und Vera hatte kurz Zeit, den Scheich zu betrachten, da dieser sich mit Don Pedro sofort angeregt unterhielt. Der Scheich war in einen einfachen weißen Kaftan gehüllt und trug einen weiten Umhang, den er lässig über zwei Sitze drapiert hatte. Auf seinem Kopf saß ein einfacher Fes, der mit Goldborten verziert war, die seinen hohen Rang ausdrückten. Sein Alter war für Vera unbestimmbar irgendwo zwischen Sechzig und Achtzig.

Sie fuhren direkt hinaus auf das Flugfeld, wo die Gulfstream G650 des Saudischen Königshauses parkte und eben aufgetankt wurde.

„Das ist eines der modernsten Privatflugzeuge der Welt, mit dieser Maschine können wir von hier ohne Zwischenlandung nach Kairo fliegen, das sind mehr als achttausend Meilen", erklärte der Scheich in bestem Englisch.

Henrys Herz schlug bis zum Hals, er war noch nie in einem Privatjet geflogen, und dann gleich in einem solchen Flugzeug einmal um den halben Globus.

Eine solch luxuriöse Kabineneinrichtung hatte auch Vera noch nie gesehen. Sie nahmen in den unendlich weichen Liege- und Schlafsesseln Platz, die mit normalen Economy Sitzen, die sie bisher gewohnt waren, so gar nichts gemein hatten.

Henry musste gleich alle Knöpfe zur Sitzverstellung ausprobieren und wäre am liebsten gleich nach vorne ins Cockpit gestürmt, um den Flieger noch genauer zu inspizieren.

Vera sah plötzlich vier uniformierte arabische Piloten zusammenstehen. Doch nein, das war keine optische Täuschung, das waren zwei Teams. Eines war hergeflogen, das andere würde den Rückflug übernehmen, während das erste Team schlafen konnte.

Dann war der Tankvorgang auch schon beendet und es erfolgte der Start, der Vera sanft in die weichen Polster presste, während die Gulfstream in einer eleganten Kurve über dem Tal von Cusco rasch an Höhe gewann.

Bald lagen die schneebedeckten Gipfel der Anden unter ihnen und Vera versuchte, ihre Gedanken zu ordnen. Sie flogen Richtung Heimat, denn Kairo lag viel näher an Wien als Cusco. Doch wo war ihre Heimat? Sie war längst Weltbürgerin und ihre Heimat war dort, wo ihre Liebsten und ihre Freunde waren. So war auch Peru zu einem Stückchen ihrer Heimat geworden.

Vera ahnte, dass die Abenteuer in Kairo weitergehen würden. Jetzt durfte sie erst einmal den Kopf in die Polsterung legen und schlafen. Dann, in wenigen Stunden, wenn ihr Jet irgendwo über dem Atlantik oder über Afrika fliegen würde, musste sie mit dem Satellitentelefon des Jets Otto anrufen und über die Lage informieren. Dann musste sie Rüdiger anrufen und ihn über den Scheich und die Konferenz informieren. Sie brauchte dort diesmal ein Team des Senders. Alfredo war nicht zur Verfügung und bei einer großen Konferenz brauchte es mehr als eine Kamera und ein einziges Notebook. Das alles musste rasch geplant und umgesetzt werden.

Jetzt aber verbannte sie alle Gedanken aus ihrem Kopf und fiel in einen tiefen und traumreichen Schlaf.

Auch Don Pedro und der Scheich waren bald in ihren umgeklappten Sitzen eingeschlafen.

Nur Henry blieb hellwach und betrachtete versonnen die Andengipfel im Licht der untergehenden Sonne, während er sich auf Kairo freute.

Nachwort

Die Frage, wer wir als Menschen denn wirklich sind und welche Fähigkeiten in uns Menschen stecken, konnte bis heute noch nicht abschließend geklärt werden, weder von der Wissenschaft, noch von den Religionen.

Derzeit ist die Kraft der im Roman beschriebenen Massenmeditation noch Fiktion, doch niemand weiß, ob sich das nicht in Zukunft ändern wird. Denn in uns Menschen steckt viel mehr Kraft, Energie und Glaube, als wir selbst vermuten.

Daher geht die Geschichte weiter, und unsere Freunde müssen neue Abenteuer bestehen und werden ihre Erfahrungen noch kräftig erweitern können.

Dies wird in einer Zukunft stattfinden, die nicht sehr weit vor unserem Heute liegt. Die meisten von uns werden diese Zukunft noch erleben.

Band 4 der Reihe „Das Seelenkarussell" folgt ...

Bisher von Andy Hermann erschienen

Die junge und dynamische Juristin Vera, die nur an ihre Karriere im Diesseits glaubt, erkennt in Brüssel erst nach ihrer jähen Ermordung, dass es drüben weitergeht und das Leben noch lange nicht zu Ende ist.

Mehr als zwanzig Jahre später wird Vera Opfer eines Attentats und ist in ihrem neuen Leben im Diesseits Journalistin in Wien. Sie gerät in den politischen Grabenkampf zwischen den Parteien und muss erkennen, dass ihr Vorleben eine wichtige Rolle spielt.

Im Jahre 2117, hundert Jahre nach dem Brexit steigt Clara im zerstörten und verarmten London bei der falschen U-Bahn-Station aus und gerät in einen mörderischen Bandenkrieg bis die angreifenden Spezialeinheiten der Rest EU auf der Jagd nach einer geheimnisvollen Energie alles noch schlimmer machen.

Weitere Informationen über
die anderen Seiten der Wirklichkeit gibt es unter:

https://www.dieanderenseiten.com/